十朝

奇道

卷一 藏龍臥虎

高容 GAO RONG 作品

上下一行如骨肉
幾人身死掩風沙

《學者推薦・導讀》

賴祥蔚（台灣藝術大學廣播電視學系教授、歷史小說作家）

感謝，我們有高容
——歷史小說的新高峰《十朝》

當全世界華人在討論歷史小說的時候，中國大陸可以講出很多享譽國際的歷史小說作家，就連日本也有不少廣為人知的華人歷史小說作家，這時不免慶幸，感謝在當代的台灣，我們有高容。

說台灣有高容，當然不是說高容的歷史小說只在台灣發光，而是感謝這位本來的科技新貴，能夠毅然全職投入歷史小說寫作，不僅為中國歷史的普及，貢獻了一盞無可取代的絢麗燈火，也在全球文壇為台灣的歷史小說寫作大大爭光。

環顧當代中國的歷史小說作家群像，真可以說是奇才輩出、各顯神通，宛如重現了諸子百家的盛況。

推陳出新的歷史小說，個人首推方白羽的《天機破》系列，他讓線上遊戲與穿越時空，在華麗中完美進行多層次的結合，早在十多年前就以小說巧妙展現了真正的「元宇宙」概念；相較之下，一些現代科技大亨的論述，說穿了就只是「人設宇宙」而已。

至於正規的歷史小說，典範當數孫皓暉的《大秦帝國》系列，他簡直讓讀者重新走過那段老秦人變法圖強、奮發出關、一統天下的傳奇歷史。更讓人折服的是，本職為法學教授的孫皓暉不只說故事，還從具體時空背景，由真實歷史人物在故事的推進中，深入淺出闡述春秋戰國各家學說與制度的精華。即使是在大學與研究所都曾經修讀中國政治思想史的我，拜讀之後都常有豁然開朗的欣喜收穫。

有這麼多座歷史小說的「神山」在前，一則以喜，一則以憂。喜的是有歷史文學的盛宴，憂的是會不會竟難以為繼？

就在這個時候，高容出現了。她把奇幻、武俠融入歷史小說，乍看之下讓人既驚艷、又擔心。驚艷的是，高容的歷史小說「信雅達」：信是符合歷史，雅是文字雋永，達是內容通順、有最適合傳達的閱讀趣味，一開卷就讓人愛不釋手。擔心的是，這樣會不會又走上金庸的困境？

金庸大師寫了許多經典而具有歷史色彩的武俠小說，有華人的地方就有金庸小說，這句話一點也不誇張。有人認為，金庸如果不是採取武俠小說的形式，更能夠成為文學大師。但後來的發展證明，金庸就是大師。

金庸已經是大師，那麼高容呢？

閱讀高容的歷史小說，當可發現她兼具金庸、孫皓暉、方白羽等大師的長處。

孫皓輝寫《大秦帝國》，這段歷史本來就容易吸引讀者，目標明確，就是強國。在這個大的主軸之下，許多人物都具有超高的知名度，容易獲得讀者認同。

然而，或許是歷史太長、人物太多，加上早有既定印象，重讀那段大歷史，固然讓人心情激盪不已，但是對人物的情感，相對反而模糊一點了，許多人物儘管在翻頁時出現在眼前，但是幾頁之後，終究還是回到了歷史。

至於金庸寫武俠，功夫描寫當然精彩，人物刻劃更是活靈活現，蕭峰、郭靖、楊過、張無忌、韋小寶，簡直有了真實生命，愛恨情愁躍然眼前。相較之下，故事的歷史性就稍微簡單了一點。

方白羽的「元宇宙」歷史小說，有歷史、有人物、有科幻趣味，讓人大開眼界。但是因為時間長度是上下數千年，具體歷史也不免稍微薄弱。

高容先前的作品，就已經奠定了她的文學地位，吸引了一大群忠實讀者。2013 年，她寫出 130 萬字的魔幻武俠鉅作《殘天闋》；2015 年，她跨入玄幻武俠歷史小說，推出了 95 萬字的《武唐》。如今這部《十朝》，不只更上一層樓，而是攀登到了巔峰。

高容的歷史小說《十朝》，幾乎就是把真實歷史寫出來，裡面那些超乎想像的情節，都可以在歷史記載找到根據。最難能可貴的是，高容寫活了歷史與人物，而且她這次挑選的，還是最難寫的歷史與最難寫的人物——五代十國的馮道。

說起五代十國，人人嘆氣，那個最混亂的時代，是許多人求學時歷史考試最怕的領域。梁、唐、晉、漢、周，能記得就不容易，更不用說各朝與十國的王侯將相了。小說的主角馮道，後代史家給他的定位，多為負面，說他不忠、以他為恥。這段歷史、這種人物，居然會有人想寫？這種選擇，讓人好奇是不是歷史小說家要自我折磨啊？

直到翻開《十朝》，看到的不只是在我腦海裡一直混沌不明的五代十國，一頁頁清晰了起來；隨著主角馮道的登場，更看到作者高容的企圖心——她不只是書寫歷史小說，更是要重新呈現一段已被世人漠視與扭曲數百年的真實歷史人物！

以歷史小說為真實歷史翻案，目前為止比較為人所知的，只有英國作家約瑟芬・鐵伊在1951發表的歷史小說《時間的女兒》，為理查三世翻案，澄清了這位「惡君」沒有殺死王兄之子以奪得王位。這部小說雖然因為歷史翻案而相當有名，但是作品本身的普及度，恐怕不是很高，即使是喜歡歷史小說的讀者，恐怕看過的也不太多。何以如此？關鍵在於文學的趣味性。

最通俗的中國古典歷史小說，或許是羅貫中的《三國演義》，精彩好看又有深度，眾多人物各有風采。但美中不足的是，《三國演義》的內容太多背離正史，這恐怕不會是真正歷史小說的好榜樣。高容的《十朝》，不只寫活了主角馮道，也像《三國演義》一樣讓王侯將相等千百人物都鮮明了起來。

高容的《十朝》，完全有資格像《三國演義》那樣廣為流傳，但不同的是，《三國演義》讓人混淆了正史《三國志》，扭曲太多歷史。高容的《十朝》，在充滿文學張力的奇幻、武俠、愛情之外，幾乎都是真實歷史。

有幸先睹為快，暢讀之餘，對許多太傳奇的內容，忍不住屢屢對照史料，每次都驚嘆居然都有真實根據！出身科技業的年輕才女高容，居然可以把枯燥的史料寫得這麼精彩，連當時的生活習慣與語言文物，也都認真查證，用功之勤，勝過許多學者。

相信任何讀者看了之後，從此就真正明白了五代十國的歷史。原本的歷史，絕對沒有這麼多的血肉，多虧了高容的妙筆與巧思。這當然不是化腐朽為神奇，但絕對是化史料為傳奇！

高容細細寫出馮道的人生，她不是用白描的方式，直接告訴讀者馮道這個人的性格，而是讓大家跟著年輕的馮道，一起在因緣際會的無奈之中，漂泊於江湖、體驗亂世之下的真實人生。剛開始閱讀，好奇馮道在人生的十字路口會怎麼抉擇；繼續看下去，我們漸漸不是在觀看馮道的人生，而是融入了馮道的世界，跟他一起體驗人生。於是領悟了馮道何以會成為馮道，他怎麼能夠歷經五個朝代、十一位皇帝，卻「累朝不離將相、三公、三師之位」。史書簡單兩行字，百姓堆疊無盡骨。這是我閱讀高容《十朝》之後的感嘆。

高容的《十朝》，關心的是天下蒼生，提醒大家不要忘了在戰亂之中，最痛苦的是百姓。讀聖賢書，所學何事？要慷慨赴義？還是要解救黎民？這是最有人道主義的大哉問。

馮道如果有知，當感謝一千多年後的高容與《十朝》。被馮道救助過的無數生命，也當感謝高容的《十朝》。

作為忠實的讀者，由衷感謝，我們能有高容。

蔡造珉（真理大學臺灣文學系副教授、台灣文學學會監事）

武俠真的已成明日黃花了？筆者不諱言的說，就目前態勢來看，答案是對的。若光以台灣而論，台灣曾出現超過 300 個武俠作家、3000 多部武俠作品，但盤點 2000 年後之台灣武俠，卻僅剩高容、沈默、鄭丰、上官鼎、樓蘭未、孫曉、張大春、奇儒……等 10 來位，這樣的現狀，不是沒落又該是什麼？但「武林」縱使多擾（有各類型小說），卻仍有少數願做此「俠客之夢」撰寫武俠，或許也該慶幸才是。

其中高容，看似雖僅出版《殘天闋》、《武唐》及《十朝》等三部，但其雄渾氣魄與細膩文筆，這剛柔並濟之勢，筆者以為，實為台灣武俠界撐起了一方江山。

高容截至目前作品（含筆者有幸先睹為快此《十朝》二部曲之電子檔），其創作總字數已堂而皇之超過四百萬字，而欲邁入五百萬字之林，這樣的創作量放眼當今仍筆耕於武俠界者，難有出其右者。

又其對歷史鑽研之深（五代十國可謂中國歷史中極其繁複之一段）與文學用功之勤（如其《武唐》與《十朝》回目大量採用唐太宗、李白、杜甫等之詩選），都不是一般武俠作家能力所及之處，而高容竟如此駕馭自如，若非親眼所見，實難相信這竟是出自一位理工科系之生花妙筆，著實令我激賞與讚嘆。而就其作品，筆者以為還可從三個視角著眼觀察之：

真實構寫迫人無法迴避

亂世與民不聊生是畫上等號的，而描寫五代十國這樣的亂世，人民別說溫飽，就連啃樹皮、吃黏土，亦屬稀鬆平常；更甚者，如政府設立「宰殺務」，屠宰饑民以充當軍糧，高容構寫事實，讓殘酷歷史「示現」於我們面前，所以「膽小者勿入」亦是做為推薦者的我，對於讀者閱讀此書之善意提醒。

另外，諸如這些皇帝和大臣們的荒淫、殘暴與無恥，也是書中展現出來令人無法迴避之痛恨，如朱全忠之淫穢竟連大臣們之妻子稍具姿色者，盡皆召入後宮、供其享樂；而大臣為爬高位乃逢迎拍馬、醜陋盡顯，直如高容藉主角馮道之口諷刺這些人乃：「無才無德、無勇無義、無是無非、無骨無氣，任人揉搓捏扁，不改其志，膿包哉。」無奈這膿包自古至今都有，倒也不曾在哪個時代缺席過，換個角度想，或許這也是一種公平吧！

善立新意使人追尋思索

《十朝》以馮道為主角，但誠如歐陽修在《新五代史》中曾對其強烈批評道：「予讀馮道《長樂老敘》，見其自述以為榮，其可謂無廉恥矣」，乃恥其竟忝顏在四朝歷任高官，彷若「國家興亡，與我無關」，還自封「長樂老」，洋洋自得般。

但高容此書為其翻案，認為亂世之中，最簡單是歸隱偷生，其次是盡忠殉主，再其次是提著腦袋在戰場上廝殺，但最難的是，「在奸雄手下苟且生存，看似無恥逢迎，受萬人唾罵，其實心懷天下，能忍人所不能忍。」馮道一生功過是否由歐陽修一語斷定？見此，難道不需深思細究？

又如宦官是否在歷史對其汙衊下，沒有一盡忠報國之人？先不論人類對其施行何等慘無人道之酷刑，就宦官來源而論，若非貧民，便是戰俘，再不然便是獲罪誅族之稚兒，其年幼入宮，故知識何能承載治理國家？若說其為何挾君叛國？主因不即是昏君在位而宦官們只想求生存罷了！高容提供了我們對所謂「事實」另一角度的看法。

文字優美令人反覆閱讀

高容文筆細膩、文字優美，在此稍破個梗，先透露一段寫佳人的文字，分享給大家，其寫道：

眉似青黛、眼如月波，心如玲瓏玉、人似碧綠荷，雖不是絕色佳麗，但對任何人都溫婉和悅、靈巧周到，彷如濁世中一朵清蓮，不惹春英妒，未似俗花艷，在群雄都忙著搜羅美人，群芳都爭奇鬥妍的亂世裡，這樣內心美善，舉止謙雅的姑娘反而難能可貴……

這形容的是書中一名為「千荷」的丫鬟，連一小小角色，高容都如此狀寫，豈不有《紅樓夢》之神韻？而整部作品引用古典詩詞處，更是俯拾可得，這一切端賴讀者您細細品嘗，切莫貪快引人入勝之情節，忘卻駐足留戀作者此匠意巧心之刻畫。

「縱使繁花似落盡，仍數點寒星傲立」，這是筆者 2020 年在台灣大學台灣文學研究所舉辦的國際學術研討會中發表的一篇論文題目，縱然武俠已不復當年盛況，但仍有如高容這樣醉心於武俠並願意為之付出所有心力的高質量作家，作為武俠癡的我，真正是欣喜若狂的。所以當高容告知將出版《十朝》二部曲並囑我撰寫推薦文時，「義不容辭」是我的心情寫照，像這樣兼具「真善美」的武俠作品，叫我寫個百千篇推薦文，我也是甘之如飴的。

遼
皇都
燕
渤海
幽州
前晉
太原
岐
後
梁
汴州
鳳翔
長安
前蜀
南平
揚州
成都
荊州
吳
錢塘
吳越
潭州
楚
閩
福州
大理
大長和
番禺
交趾
南漢
大羅

後梁勢力圖 公元 907-922 年

唐末勢力圖 公元906-907年

潞州決戰示意圖（公元908年）

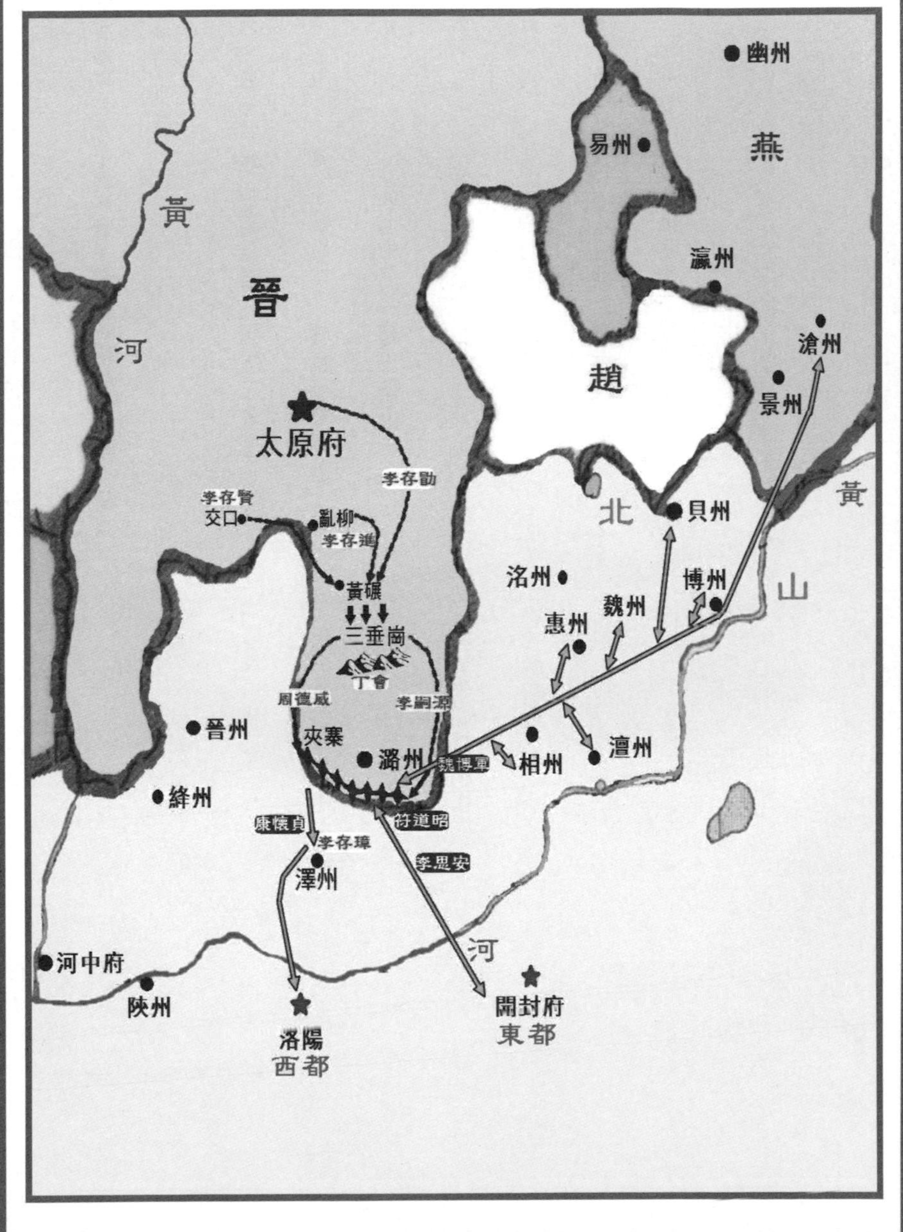

本書目錄以公元年為序號，章回名稱取自《李白詩選》

九〇六・四

嘆我萬里游・飄飄三十春

其先為農為儒，不恒其業。道少純厚，好學善屬文，不恥惡衣食，負米奉親之外，惟以披誦吟諷為事，雖大雪擁戶，凝塵滿席，湛如也。天祐中，劉守光署為幽州掾。《舊五代史．馮道傳》

「嘆我萬里游，飄飄三十春，空談帝王略，紫綬不掛身，雄劍藏玉匣，陰符生素塵，廓落無所合，流離湘水濱……」❶

河北幽州的鄉野，蓮葉田田、楊柳依依，暖風薰得遊人醉，盛夏暑光將層層稻浪映得波光閃閃、蒼翠欲滴，一名農家子弟身穿粗布葛衣，跨坐在一條乾瘦的老牯牛上，手中拿著經卷，腳下晃蕩著兩隻新編的草鞋，牛背上還馱著幾罐醃菜、幾袋肉脯，一路往東南方的「弓高縣」而去。

青年雖是農家打扮，眉目間卻有一股斯文的儒生氣質，他輕輕拉扯韁繩，役使老牛順著山道蜿蜒而上，口中大聲朗誦唐太宗的《帝範》：「夫國之匡輔，必待忠良。任使得人，天下自治……士之居世，賢之立身，莫不戢翼隱鱗，待風雲之會……」

那老牛或許是聽慣了青年的讀書聲，知道該自己表現了，立刻「哞哞！」兩聲做為回應，聽在青年耳裡彷彿是：「朕知道了！朕知道了！」他滿意地拍拍老牛的頭頂，笑道：「牛爺爺，連你都知道了，可是那些霸主卻不知道，這鄉下地方隱藏著一位治世奇才，等到風雲際會時，就要展開鵬翼，一飛沖天……」

青年行到了丘峰高處，俯望下方峰巒連綿、層層疊翠，見萬物都小如蠕蟻，盡伏趾下，一時間胸懷開闊，壯志凌霄漢，下一段路程，他順著山道往下走入谷底，朗朗青天盡被蒼樹遮蔽，不透半點天光，前途又變得昏暗不清。

他越過一重復一重的丘陵，一會兒上、一會兒下，一會兒光明、一會兒黑暗，宛如人生際遇高低起伏，不禁觸景生情，胸臆間浮起幾許惆悵：「我已經二十五歲，老大不小了！卻還飄飄蕩蕩、浮浮沉沉，空有滿腹學問、滿懷理想，卻不得明主賞識，無法施展，只能朝種農田晚讀書……人家是對牛彈琴，我卻是對牛談帝王略！」他拍拍老牛，笑道：「那些英主無緣聽聞我的學問，只有你天天受教，牛爺爺，你說你是不是特別福氣？」

老牛「哞哞」兩聲，彷彿在說：「不錯！不錯！他們有福也不會享，還不如我！」

青年又道：「我對著那些霸主談《帝範》，他們一句也聽不進，真可謂對牛彈琴，這樣說起來，他們和你也沒多大分別，都是老牯牛而已！」說罷哈哈一笑：「不肯聽忠言、不以百姓為念之人，就算手握權勢，也不過是一群老牯牛而已，我又何必跟牠們生氣？」

「哼哼！」這一回老牯牛卻是哼叫兩聲，似乎頗不服氣：「我可是聽了一堆帝王略，你怎能拿那些沒學問的傢伙與我相比？」

青年笑道：「唉喲！失敬失敬！你每天聽聖賢書，腹中學問早已強過那幫傢伙了！」

立夏炎炎、天色清朗，一人一牛說說笑笑，悠然前行。遠方農田青翠，小徑阡陌縱橫，人人彎腰低首，忙於農事，青年心中一片寧和，卻又夾雜幾許憂慮：「如今朱全忠已橫掃大半天下，接下來，他勢必會攻打河北，這點安閒，不知還可守到幾時？」

時值天祐三年，大唐王朝已窮途末路，唐昭宗李曄及其子孫盡被殺害，只留下一位年僅十五歲的李柷（唐哀帝）被魏王朱全忠困在洛陽當傀儡皇帝。

朱全忠起兵於汴州，曾封梁王，後加授九錫，再賜魏王，如今已掌握了唐廷，征服了大半江山，擁有最強的兵力，隨時準備登基稱帝。

許多藩鎮或投靠、或臣服，皆在朱氏的掌控之中，只餘河東李克用、鳳翔李茂貞、西川王建、淮南楊渥、幽燕劉仁恭等藩鎮還不肯稱服，意圖阻止新朝建立，天下由此展開群雄爭鬥的新局面。

這些反朱勢力當中，盧龍節度使劉仁恭據幽州自立，幽州形勢雄要，西倚太行、北枕燕山，左依河東、南臨汴梁，隸屬「河北道」，於戰國時期乃是燕國領地，因此又稱「幽燕」，是阻止契丹南侵的第一道防線。❷

歷代幽州藩鎮主為抵禦北方蠻夷，往往手擁重兵，作風強悍，唐廷於安史之亂後，已無力鎮壓，只能放任安撫。

劉仁恭武功雖不是頂尖，卻有一手開挖地道的絕技，且個性狡猾多計，他趁著朱全忠與李克用忙於爭鬥之際，游移在兩強中間各討好處，又憑著挖地道的本事搶攻許多城池，逐步佔領幽、瀛、滄、景、德、涿等十多個州郡，終於成為一方之霸。

江湖因此稱他「劉窟頭」，一方面是讚揚他挖地道竟能挖出一片天，另方面也是諷刺他狡兔有三窟。

但臥榻之側，豈容他人鼾睡？當劉仁恭還沉醉在自己宏圖霸業的幻想中，朱全忠已決定揮軍北上，徹底剿滅這個狡猾之徒，以絕後患。

河北平靜的表象下，已是山雨欲來、暴風將至……

天有不測風雲，上空忽然飄來好大一片烏雲，綿延不見盡頭，青年暗呼：「糟糕！這天色變得好快，我還沒走出山谷，就要下起大雨，先找個地方躲躲！」放眼望去，四周群山重重、迷霧茫茫，沒有半間客棧，只東南方有一間荒廢木屋，青年連忙戴起笠帽，口中呼哨：「快走！快走！大雨要來了！」

偏偏老牯牛慢慢吞吞，奔也奔不快，青年怕催得太急，老牯牛會發起牛脾氣，再也不肯走了，他只得跳下牛背，對老牛連哄帶拖地往前拉行。

「轟！」天空打落一道驚雷，傾下漫天暴雨，原本青翠的山林瞬間變得雨淒霧迷，幾乎目不能視，青年只能瞇起雙眼，拼命拉扯韁繩，艱難前進，他費了好大的力氣，終於把老牛趕到廢屋前，卻已被雨水、泥水濺得一身狼狽。

青年稍稍喘了口氣，仰望天空，見大雨豪傾，沒有半點停歇的意思，不禁有些擔心：「夏日雷雨最驚人，說來就來，也不知要下多久？若是明早還不停歇，恐怕會耽誤考試……」

自從劉仁恭稱霸河北後，就倒行逆施，橫征暴斂，不只將百姓的錢財搜刮殆盡，改用粘土當做錢幣換給他們，還禁止江南茶商入境，用粗草木屑假裝茶葉賣給百姓，令他們吃不飽、穿不暖，生活苦不堪言，如今更大肆抓取男丁為他建造豪華宮殿，許多人因為不堪折磨，勞病而死。

青年的父母擔心兒子去服苦勞，會橫死異地，便想方設法地為他找門路，一打聽到幽州節度使劉守光要遴選參軍，立刻催促兒子前往應試，希望他能爭取到出仕的機會。

劉仁恭膝下育有二子，長子劉守文性情溫和，忠勇孝順，頗受信任器重，因此劉仁恭賜他義昌節度使，讓他鎮守「滄州」，還派了河北第一軍師孫鶴相輔，這滄州鄰近汴梁領地，是最重要的門戶，朱全忠一直虎視眈眈，有長子和心腹軍師坐鎮，河北終於有了幾分平靜，劉仁恭才可以安心享樂。

至於次子劉守光，其凶狠狡猾卻勝過父親。劉仁恭把他放在身邊擔任幽州節度使，一方面是嚴加看管，另方面也是守護自己。劉守光因為不學無術，內心特別討厭讀書人，但見劉守文有孫鶴相輔，處事得體，受到父親及軍士的支持，便也想甄選參軍來輔佐自己。

「那劉守光是個二愣子，要在他手底下撈個小參軍，肯定得伏首彎腰、奉承巴結，我滿腹學問、滿懷理想通通施展不出，還不如朝種農田晚讀書……」青年這一去，實是前途未卜、凶險難測，但為了養家活口，也只能硬著頭皮深入虎穴：「我離家多年，未承歡膝下，已是不孝，爺娘還費盡心思為我張羅前程，一打聽到劉守光要遴選參軍，便花盡家中積蓄，硬是攢下幾兩肉脯，連同家裡這條最值錢的老牛都讓我帶來當做獻禮，我若不能謀得一官半職，怎對得起他們？」

眼看不能趕路了，青年只好把老牛繫在屋簷下，進入屋內升起柴火，吃了一塊蒸饃，便曲臂當枕，和衣而睡。

屋外風急雨大，似有千刀萬刃圍繞著這個破木屋刷刷亂砍，整夜不停，他擔心這屋子會崩坍倒落，一晚上翻來覆去，睡得極不安穩，恍惚間，似聽到老牛在暴雨中嚎叫，不由得驚醒過來：「牛爺爺怎麼啦，為何哞叫個不停？」連忙起身望向屋外，見老牛仍安安穩穩待在屋簷下，並未出事，心中稍安：「這雷打得太凶，牠害怕了，我把牠牽進來吧！」

青年起身走向門口，伸手拔開橫門，打開大門，「嘩！」竟有一具長髮披散，沾滿泥濘的女屍被雨水沖到了門檻邊！

「唉喲！」青年瞥見是具全裸女屍，連忙閉了眼，心口怦怦而跳：「這大半夜的，怎遇上……」他拍拍胸口，定了定神，不由得一嘆：「唉！寧為太平狗，莫作亂世人！亂世裡，百姓都不得安穩，可憐一個小姑娘竟被山匪殺害棄屍，流落到這裡……」

他知道自己不可能睡了，心想：「就算這人已經死去，畢竟是個姑娘家，我是個大男子，可不好碰觸她……」但難道任由一個可憐女子橫躺在門口也不理？便轉身入內，去尋找有用的掩埋器物。他找來找去，只找到一支生鏽的鐵耙，並沒有什麼東西可以包裹女屍，他只好脫下身上的葛衣，蹲下身準備包裹女屍，這一近看，幾乎被那恐怖的樣貌嚇得打跌在地！

那女子雖經泥水浸泡，但身子尚未腐爛變形，依稀看得出是十五、六歲的少女，原本應該豐潤的肌膚，卻瘦到沒有血肉，只剩一層薄薄皮膚貼著骨骼，乾癟的皮膚下佈滿黑絲血管，一雙眼瞳睜得大大的，冷冷瞪著對方，眼底充滿怨恨恐懼，彷彿生前受到極大的痛苦折磨，因此死不瞑目！

雖然河北百姓在劉仁恭的剝削下，常常挨餓，但這個姑娘瘦到如此地步，實在詭異。青年但覺有些蹊蹺，雙手合十，道：「在下馮道，瀛州景城人氏，想為姑娘查驗玉身，或許能為妳申冤，若有冒犯處，還請見諒。」說罷才伸手去翻看屍身，不由得越看越心驚：「她全身沒有半點血跡，甚至沒有半點傷痕，整個人像是被活生生抽乾了氣血，變得有如乾屍！這不是土匪，也不是兵禍，甚至不是野獸，究竟是被什麼怪物所傷？」他思索許久，始終想不明白，只好用葛衣包裹住女屍，打算尋一個地方掩埋。

他戴起斗笠，帶上隨身包袱，扛抱起女屍，拍拍老牛，道：「牛爺爺，你在這兒等我，我很快就回來。」便拿著鐵耙向外走去。

這一場暴雨下得又急又大，雨水沖刷了山石，夾著黃泥奔流而下，不到半個時辰，路面已是水窪泥濘、濁浪滾滾，馮道小心翼翼走了一段路，前方竟又沖來一具女屍，長髮散，身子僵硬地俯臥著，形狀也甚古怪，他不禁微微蹙眉：「怎又來一個？」只好放下手中東西，蹲下身去查看。

馮道一邊扳過女子的肩頭，一邊打亮火摺，以微弱的火光映照，只見這少女死去較久，皮膚有一大半腐爛消失，露出森森白骨，未消失的部份也是薄皮貼著骨頭，被抽乾氣血的可怕模樣！

他見女屍瞪大眼望著自己，心中不忍：「我埋了這個，難道不理那個？」便打開包袱，拿出一件新衣衫，心想：「爺娘為了讓我選上參軍，省吃儉用，積攢好幾個月，才湊到銀兩為我做這件衣裳，如今只能對不起他們了……」他怕沿途泥沙弄髒了新衣裳，一直捨不得穿上，只收在包袱裡，想等到甄試再穿，此刻手邊沒有其他東西，只好忍痛拿出，豈料他才攤開新衣裳，前方又沖來第三具女屍！

馮道心中震驚，抬眼望去，想道：「這些女屍都是從前面的山谷沖過來的，難道那裡真有可怕的事？」他實在無法處理三具女屍，只好通通放下，那葛衣是不能再穿了，也不能赤裸著身子在雨夜中查探，便穿起那件新衣裳，一手拿著鐵耙，一手打亮火摺，順著屍體沖下的泥流，一路往前追溯。

大雨沖倒許多樹木，枝幹橫七豎八地遮蔽前路，馮道以鐵耙撥開枝條，戰戰兢兢地往前行，天地一片漆黑，沒有半點燈火，他每每打亮火摺，就被狂風吹熄，幸好他練有玄功「榮枯鑑」，憑著「聞達」雙耳、「明鑒」雙眼，能觀察入微，在黑暗風雨中徐徐前進。

「唉！」後方忽傳來一聲女子嘆息，那聲音極輕極遠，在黑沉沉的幽夜裡，聽來格外陰森。馮道連忙回首望去，卻不見半個人影，只有幢幢樹影在風雨中娑娑搖曳，宛如群魔狂飛亂舞。

「難道我耳花了？」他聽力十分靈敏，不相信自己聽錯了，便遊目環顧，果然發現有道黑影從數丈外的樹叢間遁走了，他連忙將全身功力灌入雙腿，以「節義」步伐疾追。

「唉喲！」他全副心思都盯著前方黑影，腳邊一個不注意，竟被狠狠絆倒，整個人撲到地上：「什麼東西？」他雙臂撐起，驚見自己壓在一具乾癟的女屍上，與對方可怕的容貌朝個面對面：「我的娘！」他大叫一聲，翻身滾開，坐到一邊，拍拍胸口，寧定心神，再抬眼望去，方才的神祕黑影已消失不見。

「轟！」霎然間，一道驚雷轟碎狂風暴雨，散射的閃光狠狠撕裂幽暗，映出周遭可怖的景象，整個天地冷冷冥冥，竟不似塵世人間，而像是幽暗地獄！

「這……這麼多？」雷光乍亮的瞬間，馮道似看清了什麼，又像沒有看清，卻不由自主地寒顫起來。

下一剎那，雷電消失，又化為一片漆黑！

他就這麼呆坐在黑暗中，良久良久，任由狂風暴雨吹打在身上，陣陣腐羶味混著雨水土霉味撲面而來，分不清身上是雨水還是冷汗，只感到全身顫慄到雙腿發軟，無力站起：「這裡難道是亂葬崗？」

戰爭亂世，到處都是屍橫遍野的景象，往往隨意一個山谷就是亂葬崗，但這麼噁心慘烈的畫面，他還是第一次看到：四周黃泥滾滾、寒雨淒淒，滿坑滿谷浮著一具具乾癟的少女裸屍，有的肢體被土石壓得殘破，有的還很完整，橫七豎八地漂浮了一片，不知有多少，彷彿老天爺也看不過眼，用驚雷暴雨的憤怒揭開這樁滔天罪行，為枉死者申冤！

馮道顫抖著手拿出火摺，努力打亮一次又一次，藉著明明滅滅的火光，放眼望去，只見一個個原本青春洋溢的生命，被殘忍的手段剝奪了生息，他越看越怵目驚心，不由得怒火中燒，心口怦怦急跳：「不！這不是亂葬崗！這山谷位於幽州境內，並非是前線，如果是戰爭禍亂造成，劉仁恭豈容敵人隨意入侵？總有軍兵打鬥的痕跡，更不會全是被吸乾氣血的少女……這凶手簡直是喪心病狂！」

他在風雨泥水中爬起身，小心翼翼地走到各處查看，想道：「看這泥土的痕跡，應該是凶手怕被發現惡行，就挖了大坑，將她們都掩埋起來。若不是這場豪雨將泥沙沖散，屍體隨著水流漂浮起來，這件慘案也不會曝光！這裡是幽州，究竟是誰如此大膽，竟敢在劉仁恭眼皮底下大肆殺戮？」

遠方忽傳來細微的鐵靴行進聲，馮道連忙運功於耳：「聽這聲意，應該有五名士兵，大風雨夜的，他們來荒山野嶺做什麼？難道是來查這樁慘案？我還是先找個地方躲起來，免得被誤認成凶手！」亂世中隨便抓個凶手交差，是常有之事，他可不想惹上這個麻煩，便藏身到附近的一棵大樹後方。

那五名士兵偶而嘆息，偶而低呼，卻不曾交談，只其中一人說道：「你們分頭查查，看是什麼情況，再回來報告。」

馮道看他們穿著「定霸都」軍裝，心想：「他們是劉仁恭的親軍，肯定是劉仁恭知道了這件事，派人來查看，或許他們知道一些線索……」他正猶豫著要不要出去幫忙查案，忽然間，五道閃光劃過，「嗤嗤嗤嗤！」一陣疾響，那五名定霸都兵雙目大睜，滿臉驚恐，一手緊緊握住自己滲血的頸子，一手指向黑暗處，驚呼：「誰……」一口氣來不及呼出，竟一起翻倒斃命！

「啊！」馮道幾乎驚呼出聲，連忙以手摀住自己的口，瞪大眼瞧去，見暗器發射處，走來一道長長黑影，不由得心口怦怦急跳：「凶手見士兵來查案，就殺人滅口！」

幽幽風雨夜，凶手以細小暗器夾在風雨中突襲，一口氣連殺五名壯漢，取命無痕，其手段之狠，宛如森森厲鬼。馮道實在緊張害怕，卻又忍不住好奇，遂悄悄從樹幹後探出半顆腦袋偷窺，只見那神祕人走近一具女屍，蹲下身子，一手翻看屍體，一手左比右劃，那手勢似乎在演練什麼武功招式。

「原來這人是利用少女修練邪功！」馮道站在幾丈遠的後方，看不清神祕人的面貌，只看見一團霧茫茫的背影，他實在想查探那人的真面目，便躡手躡足地繞過樹叢，「嗤！」黑暗中白光微閃，一枚暗器迎面射來，卻是神祕人發現了他的蹤影，突施殺手，馮道嚇得連忙躲到樹幹後方，「叮！」一聲，那暗器直刺入樹幹裡。

神祕人一擊不中，冷哼一聲，決定痛下殺手，身影一閃，飛奔向馮道藏身處，同時間，從腰帶摸出一把暗器，對準馮道灑射過去！

銀光閃閃，漫天飛來，馮道連忙將鐵耙舞成屏障，那暗器撞上鐵耙，叮叮叮一陣清響，爆出點點火花。憑藉這一點閃光，馮道已看清那人身披黑色大氅，頭戴帷帽，帽檐四周垂下皂紗至頸肩處，將自己的面貌身形完全包覆住，顯然是想掩飾身分。

馮道心知自己武功不敵，再打下去，肯定要吃虧，便施展輕功躍上樹梢，想盡快逃走，神祕人識破他的企圖，冷哼一聲，也跟著縱身一躍，凌空對準馮道再度灑去暗器。

馮道聽見暗器破風聲，連忙施展輕功跳躍到另一枝樹梢上，神祕人卻緊追不捨，暗器連發，逼得他在樹梢間不斷縱躍閃躲。

馮道回首瞥見對方手臂纖細、舉止輕盈，實在驚詫：「想不到這麼凶狠的屠夫竟是個女子！」雙方無冤無仇，神祕人卻連下殺手，非置人於死，他心中氣惱，不由得破口罵道：「一個姑娘家出手這般狠辣，就不怕遭報應麼？」

神祕人冷哼一聲，並不答話，只銀針連灑，顯然不殺馮道絕不罷休！

馮道心想：「這女煞星要殺人滅口，已是有理說不清，我還是快快逃命！」他不敢再逗留，連忙將氣息灌入雙腿，展開輕功狂奔，那女子卻緊追不捨，嬌呼：「惡賊休逃！」

馮道心中暗罵：「她自己連殺五人，卻罵我惡賊，難道天下女子都是母老虎？一隻比一隻凶悍、一隻比一隻不講道理？黑夜遇女屍、招煞星，我是倒了什麼楣？」幸好這山谷裡樹木、岩石密密交錯，他憑著「節義」步伐左彎右拐、縱上跳下，以樹林掩蔽身形，奔了好長一段路，終於擺脫了追殺。

神祕人左顧右望，尋了一陣，始終尋不到馮道的蹤影，只好離去，幾個起落，即隱入濛濛夜霧裡。

馮道見對方走得遠了，便快速返回山谷，撿起地上的暗器查看，見那是一枚枚細小的銀針，頓時聯想起失蹤的未婚妻：「這女煞星難道是……妹妹！」

他心中激動，再顧不得殺身危險，拔腿拼命追去，追了一小段路，無奈風雨太大、土石泥濘，阻礙了速度，已追之不及，放眼望去，只餘滿山淒迷、一片蒼茫，哪裡有半點佳人身影？他不禁深深自責：「妹妹好不容易出現，我竟然只顧逃命，卻不把人看清楚？」重逢的希望破滅，將來未必可相見，一時間，心中激動痛悔更勝周遭的狂風暴雨：「她要殺我，我讓她刺個痛快便是，怎能躲躲閃閃，因此氣跑了她……唉！」

他就這麼站在風雨中怔怔癡想，渾然不顧滿身濕寒，直到一道大雷轟轟打落，照亮了四周女屍遍佈的可怖景況，才清醒了過來，又看了一眼手中的銀針，思索道：「雖然她們都以銀針為暗器，但妹妹的寒江針是特別打造的，針尖如流星垂墜，灑出來時有如漫天星雨，好看極了。這女煞星用的只是普通的繡花針，豈能相比？更何況妹妹心地善良，就算沒認出我來，也絕對不會濫殺無辜，她們一個是天上仙女，一個是地獄惡鬼，我怎能把女煞星當成她？這簡直褻瀆了妹妹！」

今夜的事太過慘絕人寰，女煞星又殺人不眨眼，他實在不敢再逗留，只飛快趕回破屋，牽了老牯牛急急趕路，想盡快走出這片山谷惡地。

煙水寒嵐籠罩著幽州山城，化成一片灰濛濛，更顯朦朧而神祕。

當他走出山谷時，風雨剛好停歇，旭日東升，陽光普照，草香花豔，蟲鳴鳥唱，彷彿一瞬間，所有的詭暗殘忍都消失不見，天地又回復一片溫暖光明。

馮道回憶昨夜見聞，只覺得恍如隔世，他看看天光，算了算時辰，想道：「我若是不快快趕路，只怕要錯過參軍甄選了！」他雖然想查清謎案，但這鄉試是爺娘百般打點才爭取到的機會，也只能將心中疑惑暫時放下，打起精神趕路。

（註❶：「嘆我萬里游，飄飄三十春……」取自李白《門有車馬客行》。）

（註❷：河北以北至遼寧一帶，因戰國時為燕國所在地，唐代則「河北道」範圍，為幽州所治，故又稱為「幽燕」，此時歸劉仁恭管轄，馮道故鄉瀛州也位於劉仁恭的轄地。）

九〇六・五

珠玉買歌笑・糟糠養賢才

歷經一夜驚魂、風雨奔波，馮道終於來到幽州軍府，他跳下牛背，牽著老牛走近前去，軍府門口站了十多名衛兵，領頭的裨將瞧他滿身髒亂，立刻持槍上前，以槍尖指著他，喝道：「喂！這裡是軍事重地，閑雜人等不得靠近！」

馮道見眾人雙眼直溜溜地打量自己，順著對方眼光下望，驚覺自己滿身泥濘，衣服都被樹枝給割破了，心中暗叫：「糟糕！」他連夜趕路，又滿心沉浸在謎案裡，竟忘了清洗，不由得暗暗懊惱：「爺娘花了好大心力，才準備這衣衫讓我赴會，我卻弄得如此狼狽……」他雙手拍打身上的泥沙，拍了幾下，怎麼也弄不乾淨，只好作罷，趕緊呈上一片形式雅逸的青竹名刺，道：「在下馮道，家父是景城里長馮良建，今日來拜見劉節使，參加考試。」

馮道年少時雖有「河北第一才子」的美名，但離家多年，又黯然回鄉，那一點名聲早已隨風而逝，這位裨將壓根沒聽過他的名號，一邊呼喝：「今日來應試者，都是幽燕赫赫有名的才子，不是什麼人都可以進來？快走快走！」一邊拿著槍桿像驅趕蚊蠅般揮來揮去，試圖驅趕他。

馮道東跳西竄地避開對方槍尖，卻始終不肯離去，口裡呼呼叫道：「我真是來應試的！軍爺，你別打、別打！」手裡隨即拿出一枚土錢高高舉起，豈料那裨將一槍打掉了他手中的土錢，呸道：「這東西管什麼用？是騙你們這幫死老百姓的！出了幽燕，啥也買不了，只能當土吃！想賄賂軍爺放行，得拿出真金白銀來！」

馮道聞言，不由得哈哈一笑，裨將愕然道：「你笑什麼？聽清楚了，你有真金白銀，本軍爺就放行，沒有，就快滾！」

馮道微笑道：「原來節帥發的土錢，在軍爺眼中這麼不值。」那裨將微然色變，馮道又揚聲道：「我記得律法規定，真金白銀可都要繳庫的，是節帥的專屬！軍爺卻想私吞真金白銀，這話若是傳到節帥耳中，不知誰該受罰？」

那裨將頓時嚇得臉色蒼白，恨不能一槍戳死馮道好殺人滅口，但他剛才揮來刺去都趕不走人，便知道這小子有些功夫，要殺他也沒那麼容易，一瞥眼，見其他衛兵臉上盡是幸災樂禍，心中暗罵：「這幫小兔崽子，向來嫉妒我得小將軍器重，恨不能拉我下馬，今日不小心說錯了話，可別讓他們逮著機會去告狀！」

他能受到劉守光器重，也不是白混的，腦袋確實有些機靈，立刻提高聲音道：「我教你奉上真金白銀，是想試探你有沒有私藏銀兩，這便是小將軍甄選參軍的第一道試題，必需誠實不欺，對節帥的命令奉行無違，對小將軍忠心耿耿才行。方才好幾個應試的傢伙想拿銀兩來賄賂，都被我下到牢裡了，你算通過第一關了！」

馮道笑嘻嘻道：「真金白銀小人絕不敢私藏，咱們農家子弟能準備的，就是一點肉脯、菜乾。」將牛背上的肉脯菜乾全取出來，雙手奉上，道：「也不是賄賂，就是給各位軍爺解解饞，慰勞慰勞大家的辛苦。」

這裨將是劉守光眼前的紅人，平時吃香喝辣，哪裡瞧得上馮道手中的東西，招了招手，教其中一名衛兵過來收取，道：「這些鄉下土產拿去分給兄弟們！」

「多謝軍爺笑納。」馮道恭敬遞過，卻把雙親交代要奉送的老牛給省了，暗想：「牛爺爺是爺娘的生計、我的知己，可不能隨便送人！」

這裨將索賄不得，心裡暗惱，橫了他一眼，冷笑道：「你想進去便進去吧！」

馮道見他眼底流露一抹譏誚，雖覺得有些奇怪，仍客客氣氣地拱手致意：「多謝軍爺放行。」便將老牛繫在附近的大樹旁，徒步走入軍府。

他才穿過大門，眼前就出現一幕不堪入目的景象，令他尷尬萬分，目光不知該往哪裡擺放，怔忡之間，冷不妨「碰！」一聲，那守門裨將在他後背狠狠踢了一腳，高聲叫道：「將軍，馬來了！」馮道還反應不過來，整個人已狼狽地跌入廳殿裡。

這幽州軍府佈置得華麗奇趣，四周點著一盞盞紅紗宮燈，左側牆邊排排站著一群垂首閉眼的文士，神情十分緊張，不敢發出半點聲響，廳殿中央卻熱鬧非常，並不是官員爭論議事，而是一群十三、四歲身穿薄紗的青春少女，圍著劉守光嬉鬧奔轉，那薄紗翩翩飛揚，少女們纖嫩的胴體在燈光映照下若隱若現，引人無限遐想，劉守光樂呵呵地追逐其中，左撲右抱，好不快意，不一會兒，雙手已各抓住一名少女。

少女們嬌嗔道：「不公平！不公平！將軍如此神勇，人家怎麼逃得掉？」

劉守光笑道：「妳們不服是吧？好！本將軍給妳們一個法子……」他長臂揚起，指向旁邊那一排文士呼喝道：「你們統統給我趴下！」

這些文士都是前來應徵參軍，被劉守光這麼一嚇，瞬間雙腿一軟，砰砰跪下。

劉守光不耐道：「不是跪著，是趴下！雙手雙腳都給我著地，當馬！」

「……」這幫文士個個知書達禮，在幽燕文壇小有名氣，怎堪如此羞辱？只你看看我、我看看你，不知如何是好。

劉守光指了前排第一位文士，喝道：「你過來！」

那文士鼓起勇氣，漲紅了臉，站起身昂首道：「在下是人！讀書人！不是馬……」一句話未說完，劉守光已揚起長鞭，對著他腦袋狠狠打下，那文士閃避不及，「碰！」一聲，就倒地昏死過去。其餘文士見他滿臉鮮血、腦袋開花，情狀十分可怖，嚇得不敢再逞強，連忙伏趴在地下。

劉守光對門口守衛喝道：「把這人拖出去埋了！免得打擾本將軍的興致！」這意思是就算那文士未死，也要活埋，又指了第二名文士道：「你過來！」那文士雖覺得羞辱至極，也不敢反抗，只能雙手雙腳地趴在地上，快速爬了過去。

劉守光長腿一跨，重重坐在文士的背脊上，朗笑道：「本將軍騎過無數名駒，唯獨沒試過人肉跑馬，今日一試，果然有趣！」雙腿一夾，呼喝道：「快！帶著本將軍去捕抓獵物！」那文士雖難承其重，為保住性命，也只能咬牙奮力爬跑。

「快！往東！快！左邊、右邊……」劉守光揚著長鞭，騎著人肉跑馬，循著少女的聲音追來追去，好不歡快。雖然少女們步伐細碎，無法快速奔跑，但人馬畢竟不是真馬，始終追不上，劉守光一邊呼喝：「沒用的東西！本將軍的威名都被你掃光了！」一邊揚起長鞭重重甩打在文士的屁股上，打得他衣開肉綻、血痕斑斑。那文士驚痛之下，只能更賣力爬跑，果然追近幾分，劉守光雙臂大展，使勁抓住其中一名少女，笑道：「還逃！」少女香俏的臉蛋瞬間紅了，嬌嫩得就像初熟的粉蜜桃。劉守光毫不客氣地猛力親下，笑道：「寶貝，輪到妳侍奉本將軍了……」將少女摟在懷裡，正準備放肆一番，豈料那文士實在支撐不住兩人的重量，瞬間軟倒。劉守光忽然失去平衡，抱著少女一起滾跌在地，少女趁機向劉守光撓癢，劉守光笑得手臂一縮，少女一溜煙地從他懷裡滾了出去，笑道：「奴家逃了！」

其他少女拍手咯咯嬌笑：「沒抓到！還是沒抓到！」那逃走的少女更是笑得歡暢，宛如玫瑰亂顫。

劉守光一腳狠狠踢飛那名文士，怒道：「沒用的東西，竟讓本將軍獵物逃走了，該死！」一拿起弓箭，對準他的腦袋，斥道：「讀書人就是沒個屁用！」

那文士滾到了遠處，驚見利箭對準自己，嚇得魂飛魄散，想要閃躲，偏偏四肢酸軟，怎麼也站不起來，只能跪在原地，拼命磕首求饒：「將軍饒命！饒命啊！」

少女們爭相嘲笑：「這幫書蟲只會死嗑書，哪有將軍威武？」

劉守光被吹捧得十分歡快，笑道：「罷了！本將軍今日心情不錯，只要你躲得過三箭，就饒你不死！」

生死關頭，那文士沖湧出一股力量，起身拔腿就跑，衝向軍營外，劉守光搭起弓箭，「咻咻咻」連三射，那文士被折磨得幾近虛脫，即使拼命奔跑，又怎快得過飛箭？剎那間，背心連中兩箭，撲地倒落。

劉守光連殺兩名文士，就像捏死兩隻螞蟻般毫不在意，又叫另一名文士來當馬。那文士嚇得厲害，幾乎快癱倒，但害怕成為箭靶，仍是手腳並用，拼命挪動，劉守光見他跑得慢，氣惱之下，拼命踢打，那文士驚痛過劇，爬不了多久，便口吐鮮血，倒地不起，劉守光氣得一腳踏破他胸腹，又換一名文士上來，就這麼一個換過一個，儘管文士們已奮力爬跑，劉守光還是一個小姑娘也沒抓著，盡撲了空，少女們逾發得意，聲聲嘲笑：「抓不到！抓不到！」

劉守光見少女們喧鬧，心癢難耐，感到胯下那匹人馬越跑越慢，一邊猛踢他肚腹，催促快跑，一邊隨手探去，要再抓一名文士來當跑馬，豈料抓了個空，所有的文士都已橫七豎八地躺成一片。

少女們拍手笑道：「沒有馬兒，將軍輸了！」

劉守光怒道：「怎麼沒有馬了？」

門外的裨將一聽，連忙叫道：「將軍，馬來了！」一抬腿，猛力將馮道踢了進來。

劉守光喝了許多酒，醉眼迷濛，見門口一道人影踉踉蹌蹌地跌進來，高聲呼喝道：「喂！你過來！這邊趴著！」又哈哈笑道：「妳們小心啦！本將軍的新馬來了，要橫掃千軍，萬娘莫敵……」

馮道進來時，正好看見文士滿地滾爬，少女飛舞來去的情景，原本應該保家衛國的軍府，竟成了荒淫糜亂的煙花地，僅僅數里之外，餓殍遍野、孤寡無依，卻無人聞問，一股羞惱怒火從馮道胸口沖湧而起：「八年過去，這小子非但沒半點長進，還變本加厲！我怎能輔佐這樣的人？」他幾乎衝動地要轉身離去，忍不住又想：「我耗盡爺娘的家產才來到這裡，是為了接近孫鶴，解開《天相．星象》之謎，我不只要尋到妹妹的下落，更要找出真龍天子，拯救這個亂世……眼前不過一點屈辱危險，我怎能輕易退縮？」

如今的孫鶴已是盧龍第一軍師、幽燕第一名人，平時日理萬機，身邊護衛層層，想拜入門下的文士何止千百，哪裡會接見閑雜人？馮道幾次想接近孫府，但沒門沒路，總被阻擋在外，好不容易等到這個機會，就算知道劉守光是個混人，也只能硬著頭皮前來。他吸了口氣，拱手朗聲道：「在下馮道，前來應徵參軍……」

「參軍？」劉守光目光仍盯著少女們，並未看馮道一眼，只招了招手，笑道：「來來來！你這個參軍，快給本將軍想個法子，看怎麼樣才能捉住她們？」

馮道忍不住緊握雙拳，大聲道：「在下今日前來，是為了甄選參軍，輔佐劉節使治理幽州，外抗蠻賊、內安百姓，不是為了……」

「沒抓到！還是沒抓到！」少女們仍歡鬧不停，嘻笑聲淹沒了馮道的聲音：「來啊！來啊！再抓不中，咱們就走了！」「今晚讓將軍一個人挨著！」

劉守光想到長夜漫漫，無美人相伴，急得呼喝：「那個什麼參軍，你快過來！」

馮道可以屈膝下拜李克用、言辭奉承楊行密、與耶律阿保機暢談大志，除了他身上背負著延續大唐的使命，心懷保護百姓的志向，也因為他們確有過人之處，但他萬萬不肯為了一已前程，屈身在這個惡主之下當座騎，那簡直是斯文掃地、氣節盡失！他骨子裡的士人傲氣沖湧而起，非但沒有屈蹲下來，反而更挺直脊骨，昂首道：「在下是來甄選參軍……」

劉守光的興致終於被打斷了，不禁暴跳而起，指著馮道破口大罵：「你既來甄選參軍，就得讓本將軍高興，你是要過來當馬，還是過去當箭靶？快快選一個，你再囉嗦，老子剝了你的皮！」

馮道絕不肯屈身當馬，也不願被人剝皮，暗想：「只怕我還沒見到孫鶴，就枉死在這裡，這個參軍不當也罷！」他決定逃之夭夭，才轉個身，劉守光已呼喝：「把他拿下！」門口的衛兵立刻衝進來，擋住馮道的去路，後方又是劉守光和眾少女，馮道的「節義」步伐再高明，也被圍得無法展開，兵衛們一擁而上，幾隻大手一起抓住馮道用力壓下，馮道被壓制得伏趴在地上，不得動彈，連轉頭呼吸都困難，只能發出嗚嗚的喘氣聲。

少女們圍成一圈，對著馮道指指點點：「就這鄉巴佬，也想來當參軍，為將軍出謀劃策？簡直可笑！」

其中一名少女大了膽子，將手上花簪對準馮道的頭丟去，笑道：「妳們說，這書呆子這麼呆，知道痛嚒？」

其他少女覺得有趣，也有樣學樣地將手上的花飾、布紗、團扇擲到馮道身上，爭相取笑：「書呆子，痛不痛？痛不痛？」

馮道從未受過這樣的羞辱，不由得滿臉通紅，呼呼喘氣，眾少女看著有趣，更拍掌笑道：「第一次見到這樣的參軍，像狗一樣趴著呼呼叫，難不成是狗頭軍師？」眾少女又是咯咯嬌笑，爭相叫道：「狗頭軍師！狗頭軍師！」

馮道雖然又羞又惱，但形勢比人強，實在掙脫不得，也只好安慰自己：「三國嚮噹噹的謀士『臥龍諸葛亮』、『鳳雛龐統』、『冢虎司馬懿』、『幼麟姜維』都是以奇獸做為封號，我這『狗頭馮道』也算是跟『獸』沾上了邊！」又想：「但和先賢們相比，這『狗頭』又取得不太好，不如『臥龍』、『鳳雛』大器，也沒有『冢虎』威風，『幼麟』可愛，罷了！這些姑娘沒學問，我也不跟她們計較，下次有機會再告訴她們，應該稱我『隱龍馮道』才是……」❶

劉守光卻冷冷一哼：「既是狗頭軍師，就把這人拖出去活活餵狗！」

少女們又拍手歡呼：「狗頭軍師，餵狗剛好！將軍真厲害，想出這好主意！」

劉守光對自己的點子也十分得意，開懷得哈哈大笑。

馮道想不到「狗頭軍師」不只名號差，還招來餵狗的惡運，驚嚇得拼命掙扎，拉扯間，大門緩緩開啟，一道粉光飄了進來，幾乎迷眩了眾人的眼。

那是一名身穿鮮艷桃紅長裙的女子，足踩紅底花鳥紋的高頭錦履，搖曳著弱柳般的嬌軀，以最妖嬈的步姿俏盈盈地走了進來，她髮上的雲簪花飾、衣上的叮噹環佩，隨著她婀娜搖擺，所有珠光不停閃耀幻化，將整個人暈染成一道爛漫春光。

場中所有少女都睜大了眼，發出嫉妒的嘆息；所有衛兵都目瞪口呆，垂涎欲滴，壓制馮道手勁不禁有些鬆了。馮道微微側轉了頭，用眼角餘光由下往上斜斜瞄去，雖只能瞥見她窈窕的背影和尖尖的下巴，看不清五官，但已可感受到那無與倫比的魅力。此女雖已二十來歲，不似少女們年輕，但桃紅衣袖下，十指纖纖，膚色瑩透如雪，比起那些少女，絲毫不遜色。舉手投足間，展現出風塵女子的勾人韻味，偶爾又會流露一、兩分少女的稚嫩純真。

劉守光一雙賊眼緊緊盯著嬌媚女子，一瞬也不瞬，整個人已呆似木頭，女子就像一顆火種，瞬間燃起他全身慾火，吞沒他所有理智，也將身旁少女的青純美麗都燃成灰燼，令他再也生不出任何興致，心中只有一個強烈渴望：「他奶奶的！老子得不到妳，誓不為人！」

女子微微別過頭去，避開他貪婪的目光，劉守光吞了吞唾沫，澀聲道：「嬌客光駕，我這軍府真是蓬……嗯……那個什麼光的？亮得我眼睛都瞎了！」那聲音彷彿沙漠中飢渴得快要發狂的小獸。

馮道忍不住插口：「蓬蓽生輝。」

劉守光呸道：「要你多嘴！我說的就是蓬蓽生輝！」

女子嬌聲道：「節帥說你最近搜刮了一批上好綢緞，讓我來瞧瞧，挑選喜歡的……」她低頭瞥見扯了一地的薄紗，惋惜道：「小將軍怎麼把布紗弄成這樣？」

劉守光英眉一挑，笑道：「這些粗布只適合那班庸脂俗粉，怎配得上小姨娘？我特意為妳留了一匹上好緞子，桃紅的！」轉身到桌案上拿了一匹桃紅錦緞，再走到女子面前，將錦緞展開，輕輕環繞上她的雙肩，一雙賊眼骨溜溜地打量著下方豐滿欲出的酥胸，還不忘以手指輕刮她雪嫩的肌膚，笑道：「妳瞧，這匹布多襯妳的膚色……」

少女們聽劉守光說自己是庸脂俗粉，又見那錦緞如此美豔，紛紛吵鬧：「我們也要錦緞！」「將軍真偏心！」

劉守光不耐道：「妳們吵什麼？都給我安靜！」少女們見他翻臉如翻書，都嚇得噤了聲。劉守光又從懷裡拿出一支金玉桃花簪，親手為女子插上髮髻，笑道：「妳瞧，這桃花簪與妳多相配，也是我特意為妳留的！」

那小姨娘與他面對面，相距不過咫尺，見他毫不避諱地調情，羞得雙頰紅似粉桃，低聲道：「小將軍請自重……」

她身後站了一名老道，見劉守光實在太不像話了，故意重重咳了一聲：「小將軍！」

劉守光見老道士和士兵們都睜大眼盯著自己，只得壓住滿身慾火，心不甘情不願地放開那小姨娘，哼道：「你這牛鼻子老道不好好服侍老頭，跑來這裡做什麼？」

老道士一甩拂塵，昂首道：「王某奉節帥口諭，傳令給小將軍。」

劉守光一聽見父親有令，登時冷了半截，終於離開小姨娘，轉過身，坐上大椅，對著少女們揮揮手，示意她們下去，又翹起二郎腿晃晃蕩蕩，哼道：「王老道，老頭又讓你傳什麼話了？」

馮道心想：「這劉守光是個二愣子，除了他老子，誰也不怕，對這老道竟有幾分忌憚，他又是誰？」

這老道名喚王若訥，精通修道煉丹，在河北一帶頗負盛名，河北的另兩大藩鎮——義武節度使王處直、成德節度使王鎔都爭相邀請，最後劉仁恭以重金籠絡，好不容易將他留在身邊，因此對他十分禮遇，幾乎到了言聽計從的地步。

王若訥臉色微紅，昂首道：「小將軍聽好了，一個月內務必要把事情辦好，千萬不能拖延，否則節帥會以軍法處置！小將軍，聽老道奉勸一句——」他重重警告：「千萬別讓女色誤了事！」

劉守光不耐煩地揮了揮手：「知道啦！」

王若訥道：「既然小將軍已經聽懂了，老道也不再囉嗦，這就告退。」他一甩拂塵，微然拱手，又向小姨娘使個眼色，便轉身離去。那小姨娘會意，道：「多謝二公子特意為我留的布匹，來日再答謝。」也趕緊跟著離去。

劉守光對王若訥的多管閑事十分生氣，一見他們走出門口，立刻拿起桌上杯盤狠狠砸向大門，又呼喝道：「李小喜，快給我滾進來！」

那李小喜正是守在門外與馮道糾纏的裨將，也是劉守光的心腹，一聽主子呼喊，立刻屁顛屁顛地奔進來，全身煥發著諂媚的笑意，恭敬道：「將軍有什麼吩咐？」與方才趾高氣昂的模樣全然不同，簡直像披上另一層人皮。

「我有法子！」馮道見狀，拼了命大喊：「我是參軍！我有法子為將軍解憂！」

劉守光冷喝道：「你這鄉巴佬，連節帥交辦什麼任務都不知道，還敢誇口說自己有法子！」

馮道趕緊道：「在下既是來當參軍，無論節帥交代什麼任務，我都有法子替小將軍完成！」

「無論什麼事都能完成？」劉守光終於正眼瞧了馮道，見這人滿身髒兮兮，一副窮酸卑屈的可笑模樣，不像孫鶴總是端著道貌岸然的高姿態，彷彿誰也瞧不起，他怒氣頓時消減了幾分，道：「好！本將軍就給你一個機會！大安山上的宮殿和道觀，必須一個月內完工，否則全部的人都得砍頭，就連我也會受罰，但山上那些蠢才慢慢吞吞，什麼活都幹不了，以現在的狀況，再三個月也完不了工！」

馮道心想事情迫在眉捷，劉守光還有興致玩樂，他心裡應該早就有主意，便恭敬道：「將軍有何指示，要在下如何行事？」

劉守光最討厭那些愛顯擺的讀書人，一遇到事情，總喜歡長篇大論、指手劃腳，顯示他們比自己聰明，眼前這鄉下小子竟然先問自己的意見，懂得順服自己，怒氣不由得又消了幾分，嘿嘿一笑，道：「我早已想好法子，好得不得了！」

馮道心想只有留在劉守光身邊，才能接近孫鶴，無論如何不能再傲拗了，他雖不願意當馬，卻不吝嗇送上幾句口頭奉承：「將軍的法子聰明絕頂，屬下一定會依法照辦。」

劉守光果然很歡喜，笑道：「我都還沒說出來，你怎麼知道是聰明法子？」

馮道說道：「將軍是聰明人，想的法子自然是絕頂聰明。」

劉守光年輕又好大喜功，卻始終被父兄、孫鶴壓制著，身邊奉承的小人如李小喜之流，頂多是說他英明神武，出些餿主意討他歡心，從來沒有人稱讚他聰明，認同過他的能力，因此馮道為了保命隨口吐出的稱讚，卻打中了劉守光的心，他興沖沖道：「好吧！你去附近村落抓五百名壯丁，我算過了，只要再添五百人，不眠不休，日夜趕造，一個月內必能完工！事成之後，你便能得到掾屬之位。」又對李小喜道：「你帶一隊士兵去，有人敢反抗，格殺毋論！若能辦好此事，你便升副將了！」

馮道怎麼也沒想到所謂高明的法子，竟是要抓捕百姓做苦勞，不由得暗暗哀嘆：「當初爺娘不想我去大安山做苦勞，才花盡積蓄找了這條門路，想不到現在不但得去大安山，還成了抓人的劊子手！」倘若拒絕，恐怕李小喜的「格殺令」第一個殺的就是自己，儘管百般不願意，也只能咬牙接下命令。

李小喜卻十分興奮，領命之後，不到一個時辰就點齊兵馬，整備出發。

一路上李小喜昂首在前，馮道跟隨左右，諸兵尾附其後，眾人快馬奔馳，離大安山還有數十里遠，李小喜便呼喝：「停下！」

馮道見前方是一片平原，幾個村落聚在一起，不解道：「這裡還不到大安山，李副將為何停下？」

李小喜哼道：「大安山方圓五里內，沒有半點人煙，離得最近的村落的男丁早就抓光了，咱們只能在這遠一點的地方抓人！」

盧龍兵以徵工匠為名，挨家挨戶地闖進民宅，見到男子，不管老幼，都以刀槍壓制，用繩索縛起，看見美貌的少婦少女，便先強擄到一旁準備享樂。百姓知道這一去服勞役，不只農田荒廢，更不知能不能活著回來，又見到軍兵想搶奪妻小，便拿起棍棒奮力抵抗，女子也是與士兵拉拉扯扯，不肯就範。

李小喜見百姓反抗得厲害，也激起怒氣：「這幫刁民不服命令，累得我到處奔波，不能留在宮中陪小將軍享樂，須好好教訓一番。」

馮道知道他要採取更激烈的手段，忍不住出聲阻止：「等一下！李將軍，請……」一句話未說完，李小喜已插口道：「鄉巴佬，你好好見識本將軍的手段，事成之後，你得了掾屬之位，可都要感謝我！」再不管馮道的攔阻，大聲呼喝：「兄弟們，給我下狠手！」

盧龍兵立刻抽起長槍，一見到人就猛力打下，這些農民自是敵不過軍兵的凶狠，有人抱頭鼠竄，有人推擠滾撲，哀嚎聲和鮮血沿著長街一路蔓延，馮道見情況愈來愈慘烈，再也忍耐不住，挺身道：「李將軍手下留情！」

李小喜怒道：「留什麼情？這幫刁民不知死活，教他們知道本將軍的厲害！」舉起長刀便要下令屠殺：「來人！給我……」馮道情急之下，連忙塞了拳頭進他的口，李小喜怎麼也想不到他會使出這怪招，一時閃避不及，滿口被塞得喊不出話，只氣得滿臉通紅，「嗚嗚」吼叫，雙目如要噴出火來，馮道被他咬得疼痛，忍不住哇哇而叫：「李將軍放……放開……！」

李小喜隨即想起手中長刀，便高高舉起，要砍了馮道的手臂，馮道想縮回手臂，卻被咬得緊，千鈞一髮間，他靈機一動，再次使出當年制伏十太保李存賢的「撓癢絕技」，伸出另一手指，狠狠點向李小喜腋窩下的笑穴，李小喜不由得張嘴哈哈一笑，長刀也揮得偏了，馮道連忙縮回手臂，往後跳一大步，離開李小喜的長刀範圍，道：「李將軍別生氣！」

李小喜被耍得狼狽不堪，簡直快氣炸了，長刀遙指馮道，大吼道：「你竟敢欺辱本將軍，兄弟們，給我狠狠地打！」

馮道急喝道：「慢著！我有法子！先聽我說完，你不滿意，再打不遲！」眾士兵聽他呼喝，都停了手上動作。

馮道長長一揖，道：「方才是馮某不對，得罪之處，還請李副將消消氣。但我有法子不動刀槍，就召到五百勞役！」

李小喜雖是個拍馬奉迎的小人，脾氣卻不暴燥，見馮道好言致歉，便消了幾許火氣，哼道：「一個月內必須完工，不這麼抓人，還能有什麼法子？」

馮道見他神色緩和了，好言道：「這任務是一定要完成，人也是要帶去的，只是副將何必動刀動槍，累得半死，不如先在這兒歇息，讓我好好勸說，倘若他們真的不聽，你再拿刀不遲。」

李小喜怒道：「這麼一個個勸說，要浪費多少時間？」

馮道又道：「你把人都殺光了，還得往下個村子找，豈不更費時費力？」

李小喜只敢對百姓作威作福，內心其實十分膽小，既然劉守光賞了馮道掾屬的職位，倒也不敢真的殺了他，又聽他的話有些道理，便道：「好！我給你一個時辰，你給我湊齊五百人！」又對眾士兵道：「咱們先到一旁享樂去！讓他一個人去忙和！」

馮道怎能眼睜睜看著軍兵在一旁淫威作惡，又道：「李將軍，請先把姑娘們放了。」

李小喜一手扯著一名可憐少女，一手揚起長刀怒指馮道：「你快給我召集五百民丁，別壞了老子的好事！」

馮道見那一雙雙可憐的眼睛都在向自己求救，實在於心不忍，只好硬著頭皮又勸：「如今最重要的事是完成任務，否則大家都要掉腦袋。你掠奪人家的妻女，他們肯定要拿刀子拼命，我怎麼勸說？」

李小喜怒道：「誰敢再反抗，我就殺無赦！」

馮道嘆道：「你殺光了壯丁，只剩下一些小男童可以抓，就算湊齊了五百人，也沒有力氣做工，更沒人會真心為節帥趕工，又如何完成任務？」

李小喜心想他說的不錯，但要白白放過手中這個美人兒，又實在不甘心，正猶豫間，赫然有數道閃光劃過，馮道急得撲向李小喜，叫道：「小心！」

「嗤嗤嗤嗤！」數道銀針劃過，幾名盧龍兵原本還抓著女子，瞬間雙目大睜，滿臉驚恐，不得不放開女子，以雙手緊握住自己滲血的頸子，還來不及發出哀嚎，就軟倒斃命，只有李小喜在馮道的撲倒下，滾到一邊，躲過死劫。

一道黑色旋風在炎炎白日憑空而降，正是頭戴淺露帷帽、身穿黑色大氅的女煞星！

「怎麼又是她？我命休矣！」馮道抱著李小喜滾倒在地，不由得全身都冰涼了起來，心想：「女煞星來這裡，肯定是要抓這幫女子去練邪功，我怎能見死不救？」但技不如人，自身難保，又如何相救？他實在想不出法子，只喊道：「大家合力殺了她！」

李小喜驚得目瞪口呆，聽馮道這麼一喊，也跟著喊道：「快！快殺了她！」

盧龍兵硬著頭皮圍了上去，卻遭遇女子銀針連射，「碰碰碰！」一個接一個倒下。百姓們見惡兵與凶煞大打出手，嚇得四散逃竄，各自奔回家中，緊閉門戶。李小喜見對手太厲害，想起身逃跑，偏偏全身抖得厲害，手腳無力，只能雙手雙腳地往後急蹭。

那女煞星原本只忙著對付盧龍兵，聽見馮道的喊聲，回頭望去，冷哼道：「又是你！」說罷手中銀針對準馮道如花灑去！

李小喜和馮道原本緊緊挨著，見銀針灑來，大叫一聲：「我的娘啊！」猛力一推馮道去擋針，奮起平生之力轉身逃跑。

馮道想不到李小喜這麼快就恩將仇報，冷不防被推了一把，不由自主地朝女煞星投飛過去，眼看滿天銀針當頭灑來，避無可避，只能雙腿一曲，護住胸腹，把自己蜷縮成球狀，雙臂運上「交結」氣網，護住頭臉，「嗤嗤嗤嗤！」一陣急響，他雙臂、雙腿中了無數細針，痛得他滾倒在地，幾乎昏死過去。

女煞星不知馮道練有玄功，以為他已死去，狠狠踢了他一腳，冷哼道：「死有餘辜！」

馮道痛得甦醒過來，雙眼微張，迷濛中看見女煞星走向被綁俘的少女，想要呼喝阻止，卻全身無力，連聲音也發不出。

少女們被繩索綁著，無法逃跑，眼看煞星走來，只能縮在一起，驚叫連連，女煞星卻毫不留情，對著少女們灑了迷香，使人昏迷，再將她們全數放入馬車之中，隨即駕車揚長而去。

馮道想到少女們轉眼就要變成一具具乾屍，自己卻無力阻止，心中既氣憤又難過，他掙扎著坐起身，咬緊牙關，忍痛將身上的銀針一支支拔起，那針刺極深，若不是他以「交結」氣勁強行抵住，便要洞穿骨節了。

「我得趕緊救回那些姑娘！」他忍痛起身，循著馬車痕跡一路追到河邊，只見一輛空溼溼的馬車逗留在那裡，顯然神祕女子早有防備，一到河邊就棄車乘船逃走了。

馮道心中懊惱，卻又無可奈何，心想：「劉仁恭的一月之限，務必要達成，否則他氣極之下，很可能會屠村。李小喜跑了，我還是回去召集百姓吧！」便忍著腿傷走回去，一跛一跛地挨家挨戶去拍門。

他費了大半時辰，說破了口舌，卻沒有半戶人家願意開門，終於有一戶人家開門，卻是被抓走了女兒，心中怨恨，拿棍子出來打人，把怒氣都撒在馮道身上。

馮道不想再引起衝突，只以雙臂抵擋，喊道：「你別打！別打！聽我說……」話未說完，其他百姓探頭出來，看見這情景，都想：「這做惡的官兵落了單，咱們報仇的機會來了，錯過便可惜了！」便一窩蜂地拿了棍棒衝湧出來，沒頭沒腦地往馮道身上猛砸，一陣亂棍加身，如重槌擊鼓般點點打下。

馮道手臂、雙腿都受了傷，難以運氣抵抗，也無法施展輕功閃躲，只能拼命喊道：「大家不要打，你們聽我說！聽我說！」他傷上加傷，又中了十多棍，只覺得皮開肉綻，痛得幾欲暈去。

終於有一名年約十八、九歲的青年站了出來，擋在馮道身前，揮舞著雙手，大聲道：「鄉親們，大家先停停手！我瞧他不是壞人！」

眾人拿著棍棒揮舞，忿忿道：「這幫盧龍兵時常欺壓咱們，怎麼不是壞人？」

另有人道：「劇兄弟，你書讀得多，平時大夥兒也願意聽你，可今日情況不一樣，沒道理可說的！」

那青年道：「你們瞧，他沒有穿軍服，剛才他還出言求情，叫那幫惡兵不要殺我們。」

眾人一聽青年這麼說，才安靜下來，有幾人認出馮道的確幫他們求過情，連忙道：「不錯！不錯！他方才是求了情！」「剛才那惡兵要欺辱我家閨女，也是他求的情。」

眾人發現錯怪了馮道，連忙收起棍棒，紛紛致意：「原來你不是惡兵，真是對不住！」「多謝你為我們求情，我們竟還打了你，真是對不住！」眾人都是純樸的百姓，只是被軍兵欺侮得慘了，才激起意氣打人，一旦發現錯誤，便越說越不好意思，也有人惴惴不安，心想馮道是劉守光派來的官吏，這麼打傷他，萬一他回頭報復，恐怕會下場淒慘，便拚命道歉。

那青年將馮道扶起，馮道見他雖然衣服破舊，但長相斯文、觀察細微，不像其他人是莽夫，連聲稱謝，問道：「小兄弟，你尊姓大名？」

那青年恭敬答道：「小弟劇可久，字尚賢，涿州范陽人。」

馮道又道：「你年紀輕輕，村民卻肯聽你說話，想來你通文達禮，很有本事，今日相助之情，在下銘感五內，來日若有機會，必當報答。」

劇可久慘然一笑，道：「我只不過在家中薄讀幾本書罷了，哪有什麼本事？官爺若真要報答，我只盼你不要記恨他們，也向剛才那些軍爺求個情，求他們不要來屠村。」

馮道讚許道：「你年紀雖輕，看事情卻很通透，我正是怕軍兵屠村，才留下來勸說大家，還望你多幫忙。」

劉可久點點頭，道：「好！多謝官爺。」又對村民喊道：「這位官爺有話對大家說，你們先別激動，聽聽他怎麼說。」

馮道全身大小傷口無數，疼痛難當，只能依著青年勉強站起，抓緊機會向眾人解釋：「今日我前來，是要給大家一個活命機會！節帥欲徵召工匠興建大殿，為期一個月，之後，我保證大家平平安安回來，還能領到工餉，大家就不用挨餓了。」

百姓知道對抗軍兵，就算一時得勝，將來也是死路一條，心中都甚害怕，聽馮道解釋這次服役有工餉可領，且保證一個月後能平安回家，便不再反抗，都答應前往大安山。

馮道帶著這批志願的百姓，前往下一個村落，路上又說：「你們與隔壁村都相熟，只要大家相互幫助，召集越多人，就能盡早完工回家。」

百姓但覺有理，到了鄰村，都自動自發地勸說鄉親，教大家一起去做工，互相有個照應，這位新來的掾屬很照顧人，兩個村子緊鄰隔壁，平時多有往來，一下子便說服了許多人。馮道以這方法，好言解釋、耐心說服，就這麼一村滾過一村，不到一日，便召集了七百男丁。

李小喜終於回來了，還帶一大隊士兵準備大開殺戒，強行執令，想不到馮道竟已集結七百多人，比原本預計的五百人還多，他驚喜之餘，也不再記恨，便高高興興地率隊前往大安山。

（註❶：「冢虎司馬懿」、「幼麟姜維」等封號並非出自史家之筆，乃是後世為使兩人與諸葛亮、龐統對應而取的稱呼，此處僅以小說趣味視之。）

九〇六・六

刑徒七十萬・起土驪山隈

是時，天子播遷，中原多故，仁恭嘯傲薊門，志意盈滿，師道士王若訥，祈長生羽化之道。幽州西有名山曰大安山，仁恭乃於其上盛飾館宇，僭擬宮掖，聚室女艷婦，窮極侈麗。又招聚緇黃，合仙丹，講求法要。又以墐泥作錢，令部內行使，盡斂銅錢於大安山巔，鑿穴以藏之，藏畢即殺匠石以滅其口。又禁江表茶商，自擷山中草葉為茶，以邀厚利。《舊五代史・卷一三五》

大安山位於河北、河東和契丹往來要道的側翼，山勢高深陡峻、地貌起伏複雜，自古以來，即是兵家必爭之地。

李小喜帶著眾人一路尋幽探徑，漸漸登高，四周植被繁茂，紅濤綠浪一波連著一波，層層疊疊，綿延看不到盡頭，其中叉路千百、泉溪交錯，當真是亂花野徑迷人眼，高山流水無盡期。

馮道仰首望去，見劉仁恭的寶殿座落在山頂深處，掩映在鬱鬱葱葱的樹蔭裡，雖可見到殿宇尖頂，卻看不見通向的路徑，彷彿所有道路都被綠蔭遮蔽了，心想：「整座大安山就是一座天然的大迷宮，一旦踏入這莽莽大山裡，任誰都要迷路。劉仁恭躲在山頂，確實十分安全，朱全忠和李克用想要他的命，只怕得把整座山都給剷平了。」

眾人害怕迷失在山林裡，都緊緊跟隨李小喜，一路左彎右繞，到了半山腰，濃綠的樹蔭幾乎遮掩住所有天光，士兵們便打起火熠，照亮前方，繼續趕路。有時遇到崖壁連片，看似絕境，李小喜從山縫中穿過，就豁然開朗，有時遇到谷壑幽深，無法跨越，李小喜沿著梯道彎轉而下，又走出一片天地。

一開始馮道憑著博學強記，還能記住來時路，到了半山腰，天色陰暗，又轉了太多叉路，腦中路線圖已逐漸模糊：「李小喜能這麼趕路，沿途必然有記號，我不如向他打聽看看。」便過去與李小喜攀談：「李副將，你要把我們帶到哪兒？這裡每棵樹都長得一樣，山路彎彎曲曲、分叉千百，毫無規則，不會迷路嚒？」

李小喜因為馮道快速完成召集苦役的任務，已把他當成有用之人，不再冷眉冷眼，聽他這麼問起，驕傲道：「當年節帥要在山頂蓋宮殿，可是費了好大一番功夫，才摸索出上山的路，並留下行路標記。只有節帥極信任的人才知道暗號，一般小兵小將可沒有資格！屈指算來，知道暗號者不出十人，我便是其中一個！」言下之意，他軍階雖低微，但倚仗著劉守光的寵信，即使是官階較高之人，也只能對他奉承討好。

馮道暗想：「劉仁恭信任親兒子，想教他率隊上山修築宮城，告訴他暗號，但劉守光只顧玩樂，不願做這苦工，便把暗號告訴心腹李小喜，讓他代替自己監工，或許幾趟下來，李小喜事情辦得不錯，劉仁恭也就不計較是誰監工了。」又問：「李副將，這暗號如此隱秘，我們萬一有急事要下山，難道還得拉著你一起？」

李小喜冷笑一聲：「上了山，你還想下山嚒？」

馮道心中一凜，連忙道：「在下愚鈍，有些不明白，上了山怎麼不能下山？還請副將點撥點撥。」

李小喜臉色一沉，眼神微微閃爍，但覺自己話太多了，揮揮手道：「你別再問啦！等完工之後，這群死老百姓自有去處，你瞎操什麼心？」

馮道試探道：「如果順利完成任務，小將軍肯定有獎賞吧？到時候，在下絕對忘不了你的指點之恩。」

李小喜心中歡喜，表面冷冷一哼：「你也算機伶，我就提點你一句，你只要好好監督，令他們準時完工便可，其他事都不要過問了，知道太多，小心掉了腦袋！」

馮道又試探了幾句，李小喜口風甚緊，始終不肯說出隱情，馮道暗想：「你不說也罷，難道我不會自己做記號嚒？」便趁李小喜不注意時，悄悄在每個轉折處做下標記，遇到無法做記號時，就編了口訣記下。

眾人從東往西，步步向上，最後來到一個洞穴口，李小喜命眾人魚貫穿入隧道裡，這隧道十分狹窄，只容兩人並肩走入，夾石壁為牆，形如一線天，每半里路便是一個轉折關卡，每個關卡都有劉仁恭的親衛定霸都組成百人隊把守，敵軍絕對無法大舉攻入。

馮道見這條狹長石路並非天然而成，乃是以人力將山石硬生生鑿穿，形成彎彎曲曲的蛇行路，暗嘆：「劉仁恭為了保護自己，大興工程，不知要耗費多少人力，才能造就這片山道迴廊。」

李小喜見馮道流露驚嘆神色，得意道：「節帥曾說這大安山四面都是峰崖絕壁，能以少敵眾，就算梁軍再強大、河東鐵騎再凶悍，也莫可奈何。」

馮道贊同道：「節帥說的不錯，敵軍要攻上山頂，需通過迷宮森林、狹長隧道等一關又一關的障礙，若是沿路再設下一些陷阱，採取分散遊擊的戰略，就能將敵軍逐批殲滅！」微微一嘆，又道：「這山頂宮城只能保護節帥一人，梁軍若強攻不進，損失慘重，肯定會屠殺洩憤，山下的百姓可就遭殃了。」

李小喜不學無術，對馮道說的高明戰術聽而不覺，對百姓的生死也毫不在意，只忙著炫耀：「馮掾屬，你是第一次來到這裡，就讓你大開眼界，好好瞧瞧這天底下最偉大的建築是什麼模樣！」

馮道愕然道：「這山道迴廊還不夠壯觀麼？」

李小喜瞟了他一眼，嘲笑道：「你這書呆子真是少見多怪！」

談話間，眾人已轉過無數彎曲小路，最後來到「百花山」頂，眼前景象直教人驚嘆不已，只見前方一片開闊平坦的石板廣場上，矗立著一座巍峨宮殿，所有棟樑都以金石包覆，宮牆上盡是金碧輝煌的珠寶，每一扇門窗皆以精湛的手藝細細雕飾，在夕陽映照下，就像瑤宮金殿漂浮在雲海上，那耀眼的光芒幾乎閃瞎了每個人的眼睛。

但最特別的是，整座宮殿是從山腹開鑿雕刻而成，就像從山腹裡自然生出般，實有鬼斧神工之妙，四周還有大大小小近兩百座高峰圍繞，千尺峰巒，峰峰插天，形成銅牆鐵壁的保護。

李小喜讚嘆道：「你說這是不是天下間最偉大的宮城？就算皇帝小子、朱全忠、李克用也比不上吧？」

李克用的氈帳豪邁大器，朱全忠的洛陽宮殿開闊壯麗，但都比不上眼前這座宮殿豪奢。長安皇城更是幾經藩鎮掠奪，殘破不堪，先帝李曄幾度受人囚禁，餓似窮狗，馮道從沒想過這天下第一華宮，竟然隱藏在貧苦的河北家鄉裡，委實被震撼得說不出話來。

李小喜見他目瞪口呆，得意道：「這座宮城可是直接從山腹裡開鑿出來的，四周全是天然山壁，只有一個正門可出入，節帥躲在裡頭，什麼強大的敵人也不怕了！你說說，有誰能破開整座山？晉陽城、鳳翔城算什麼？這才是真正的銅牆鐵壁！」

馮道心中忽升起荒謬的感覺：「劉仁恭費盡心思搶了河北大片江山，最後卻親手打造一座牢籠把自己禁錮在裡頭？」不由得哈哈一笑：「節帥號稱『劉窟頭』，果然名不虛傳，造了天下第一窟圍住自己，厲害！厲害！」

李小喜不懂他話中譏諷，嘿嘿一笑：「這有什麼難？多抓些人來做工，也就是了！」

馮道問道：「當初是召了多少人，才建造出這樣一座山頂宮城？」

李小喜道：「原本召了七、八千，但中間死了不少人，陸陸續續又召了許多，我已記不得啦！沒有五萬，也有三萬吧！」

馮道心中不勝憤慨：「一個人所躺之地，不過數尺而已，哪裡享用得了這麼多地方？劉仁恭卻為了一己私欲，犧牲無數人命來堆砌這虛假的榮華！」又問：「召了三萬民丁還不夠，居然要再召五百人？」

李小喜道：「你們有特別的工作，是來修石碑的。」帶著眾人繞過殿門，一路往宮殿後方行去，沿途只有衛兵，不見半個工匠，馮道但覺奇怪：「為何不讓原本的工匠順道把石碑修一修？」

李小喜哼道：「他們都不在了，如何修整？」

馮道「哦」了一聲，道：「原來他們都下山了！」

李小喜眼中閃過一抹古怪神色，似不明白馮道的意思，愣愣半晌，才道：「這工作非同一般，節帥堅持要新人來做，咱們做下屬的也只好重新召人了。」

馮道見他刻意隱瞞，也不好追根究柢，便改了話題，想旁敲側擊：「李副將帶著幾千人上山下山，一趟又一趟的，著實不容易。」

李小喜嘆道：「主上吩咐的，咱們怎敢發一句怨言，說一句辛苦？其實這些都不算什麼，最苦的是一不小心就會掉了腦袋……」話一出口，但覺不妥，便打住了，改口道：「快走吧！天黑前得紮好營。」說話間，已帶著眾人繞到宮殿側邊。馮道這才發現劉仁恭不只修築了盤山迴廊、在高聳山壁間開鑿出一座華麗宮殿，後方竟還接連一座通天道觀！

那道觀氣勢恢宏，前方連接宮殿，後方是一大片浩瀚無垠的綠海，漸漸傾斜至深谷，樹林密密叢叢，幾無縫隙，一入其中，便暗無天日，分不清東西南北，比前方山路更加可怕，所以劉仁恭根本不需派軍兵防守。

道觀群殿全用紅岩石板堆砌而成，造型金壁輝煌，威風凜凜地高踞山顛，就像一座拔高插天的石院，殿頂香火沖升，雲煙繚繞，頗有上接天界、下瞰人間，力壓群峰的氣勢。

每座宮殿分上中下三層殿宇，殿中香火旺盛，日夜不熄地供奉著滿天仙佛，玉皇大帝、觀音菩薩、三皇三星三太子、文昌星君、武曲星君、財神、土地公、送子娘娘……，幾乎唸得出來的神仙名稱，一個也不放過。

劉仁恭修道的大殿位於中間道觀的最上方，讓滿天神佛環護著他，鑲金的門楣上書寫著「仁恭大帝」四個大字，兩側門框則寫著一副對聯：「長生不老神仙府，榮華美名君王殿。」

「這道觀建得真雄偉！」馮道瞧了瞧四周，又覺得奇怪：「但怎麼沒有出入的門？」

李小喜道：「這道觀只供節帥和王道長修行，是從宮殿直接入內的。」指了山下西南方向道：「你瞧那兒！」

馮道順著他所指的方向看去，問道：「那裡可是北武當山？」

李小喜道：「不錯！真武大帝曾在那裡修行悟道，隋朝官吏就蓋了真武大帝殿，裡面供奉著真武老爺，所以那一帶又稱做『老爺山』，它的左右兩側是青龍山與白虎山，正前方又有一座香爐山，不只如此，南峰觀音寨還有菩薩殿、碧霞殿、藥王殿等，所以說，咱們河北是個福地，最適合修道成仙。」

馮道見劉仁恭的殿宇正好與那片北武當山群遙遙相對，彷彿仁恭大帝想與真武大帝等神仙一較高下，心想：「劉仁恭已經掌握大權，享盡福樂，甚至造了滿天神佛來保護自己，仍不知足，還妄想長生不死，升天做神仙，可見人心之貪，當真是永無饜足。」嘆道：「李副將，你真有學問，竟然懂得神仙之事！你不說，我還不知道咱們河北是修仙地呢！」

李小喜以為馮道真是稱讚自己，笑道：「咱們凡人哪能明白仙界的事？只有王道長才明白，所以節帥特別信任他。」從懷中拿出一張圖紙交給馮道，指向道觀左側空地，道：「你們只要在那裡依圖施為，蓋上一百二十八座功德石碑，為節帥增添仙福之氣，待修好之後，便算完成任務。」

馮道奇道：「原來咱們做工，是替節帥增添仙氣！」

李小喜道：「可不是嚒？你們施做這工程，能沾點仙福，也是三生有幸！」

馮道暗想：「劉仁恭當藩主，百姓已受盡苦楚，他若真成了神仙，天下豈不大亂了？」

他接過圖稿，仔細看了一會兒，忽然發覺這一百二十八座功德石碑的位置，乃是以巨木、巨石排成一個陣法，一般工匠不知道這是什麼，就連李小喜也以為這是召福石碑，只有他能看出其中奧妙，暗覺奇怪：「這明明是八卦陣，用來迷惑入陣者的眼目，讓人找不到方位，哪裡能祈求仙福？難道王若訥是隨意設一個陣法，欺騙劉仁恭說能召福，想訛詐他的錢財？」問道：「這施工圖是王道長畫的嚒？」

李小喜哼道：「王道長只懂修仙練丹，哪裡會畫建築圖？這可是出自咱們幽燕第一軍師孫鶴的手筆！」

馮道心中一喜，連忙問道：「如果我對圖畫有疑惑，可以去請教孫先生嚒？」

李小喜哼道：「你有什麼問題就問我好了，孫先生哪有空見你？」

馮道心想他連祈福圖、迷陣圖都傻傻分不清楚，問了也是白饒，口裡仍是道謝。

李小喜道：「今晚你讓工人先安營，天一亮，就開始做工，一刻都別想偷懶！」他匆匆交代幾句話，把安頓工人的事交給馮道，便跑去與士兵們喝酒聊天。

直到深夜中宵，馮道才將所有百姓都安置好，回到自己的營帳內，累得倒頭就睡。

翌日，天才微微亮，馮道便被鼓角聲吵醒，他連忙整理裝束，趕到工地，只見數百名苦役已起開始做工，他們打著赤膊，身上纏裹著粗繩，一個個賣力地拉著巨大的石磚、粗木，那粗糙的繩索在他們身上磨出一條條血痕，盛夏豔陽更是火上加油，曬得人人汗流浹背，那汗水、血水不斷交互磨擦，更是痛苦萬分，成年人還咬牙苦撐，老人小孩卻是熬不住了，幾日下來，一個個中暑生病，虛弱倒地。

一開始李小喜還未動粗，見越來越多人倒下，終於耐不住性子，開始呼喝斥罵、拳打腳踢，馮道有時會下場幫助一些體力不支的人，有時會好言勸阻李小喜，但隨著倒下的人越來越多，馮道暗想：「這樣下去，情況只會越來越糟，我得想法子解決。」

晚上回到營帳，他便著手研究施工圖，想設計一些器械工具好幫助眾人減輕工作。這一夜，他一直研究到清晨才躺下休息，迷迷糊糊間，卻聽見帳外傳來一陣陣哭喊：「馮掾屬，救命啊！救命啊！」

「發生什麼事了？」馮道被呼救聲驚醒，匆匆穿了草鞋，奔出帳外，只見一名士兵正用力拉扯一位少年，想把他趕離營帳，少年拼命抓住馮道營帳外的一根繩索，不肯放手，整個人被拖在地上，連皮肉都磨出了血。士兵一怒之下，拔出長劍就要刺入他肚腹，少年不斷哭喊：「馮掾屬！救命啊！」

馮道急喝：「住手！」士兵一愣，右手悻悻然收了劍，左手卻還抓著少年不放。馮道快步過去，從士兵手中隔開了少年，扶他起身，問道：「發生什麼事了？」

少年哭道：「他們要打死我阿爺，我拼了命地跑，才找到你……」

「你跟我來！」馮道不等他說完，拔腿往工地趕去，遠遠便瞧見李小喜高舉長鞭，在空中甩得呼呼作響，長聲怒吼：「都給我好好幹活，誰敢偷懶，就讓他吃鞭子！」說罷長鞭「啪啪啪！」地落在幾個老人、小孩身上：「慢慢吞吞的！再不出力氣，我打死你們！」

老人、小孩經不起鞭打，紛紛倒地，有的蜷縮顫抖，有的口吐白沫，有的直接昏暈過去。這一來，李小喜更氣憤了，手中鞭子落個不停，口中狂罵不休：「他奶奶的，這幫廢物竟敢連累老子，先打死你們！」

老人、小孩被打得鮮血飛濺，皮綻肉裂，抽搐了幾下，就不動了。李小喜又罵：「想裝死，老子就成全你們，來人，把他們丟下山谷！」

幾個沒暈厥的老人聞言，想掙扎站起，卻實在無法起身，只能伏在地上，拼命磕首哀求：「軍爺，求求你饒了我們吧！」

李小喜看得不耐，又呼喝士兵：「還不快把他們拖去丟了？想浪費糧食嚒？」

幾名士兵連忙上前抓人，有些老人拼命掙扎，小孩只不斷嚎哭，其他苦役見李小喜要把大活人丟下山谷，都嚇傻了，只呆呆站住，不敢亂動。李小喜更加生氣，拿起鞭子亂掃一通：「你們再不快點幹活，那就是你們的下場！」

馮道連忙趕了過來，呼喝道：「李副將，住手！住手！發生什麼事了？」

李小喜猶忿忿不平：「看你辦得好事，找這幫沒用的廢物來！」

馮道心知與李小喜這樣的小人爭辯，只是招來報復，道：「是我沒把事情辦好，這些老人、小孩就交給我處理，絕不給你添麻煩！」

李小喜見馮道對自己低聲下氣，更是趾高氣昂：「你最好快快處理了，要是趕不上進度，你便和他們一起做苦力！」

馮道命士兵把昏倒的人搬到大樹下，察看他們的氣息脈搏，未昏過去的老人緊緊抓了馮道的手，哭道：「官爺，我們是相信你，才來做工的，可那軍爺快逼死我們了，你一定要救救我們！」

馮道見他兩鬢花白，年歲甚大，無奈道：「當初我召集壯丁時，已經說年紀太大、太小莫要前來，你們身子都太虛了，擔不起這苦工，可你們啊，不只自己前來，還把家中小孫子都帶來，混入了隊伍中。」

這幾日，他見天氣太過酷熱，怕工人們中暑，時常在附近採集紫蘇葉、藿香、蒼朮等各種草藥，熬成藥湯，以備不時之需，此刻便取出來，一邊餵眾人吞服，一邊安慰道：「這藥湯有安神強骨之效，也可和解表裡，治發熱，你們都好好服下，把心放寬，身子才好得快。」

老丈悲嘆道：「官爺你說只要我們來做工，就能賺取工糧，還保證能平平安安地回家，我們才攜老扶幼地來了。若是不來做工，收稅的官爺那麼狠，大夥兒都快餓死了，怎麼有錢繳糧？」

馮道問道：「您的兒子呢？怎麼不見他來做工，卻是你帶著兩個小孫子過來？」

老者眼圈一紅，哽咽道：「那年欠收，我兒子繳不出糧，跟軍爺起了爭執，就被殺了，媳婦活不下去，也上吊了，若不是還有這兩個小孫子，咱家也跟著去了，這種日子，活著遭罪，早死早超生，說不定還能投胎到富貴人家！」

另一名老者聞言，憤恨地以拳捶地，哭道：「富貴人家有什麼用？下輩子莫投胎做人了！真想投胎，就投到有權有勢的人家裡！我從前小有家產，造橋鋪路、施粥發藥，什麼善事沒做過，結果呢？被那些惡兵看成肥羊，不只強佔我田產，逼死我妻女，」指著殘廢的左腿悲愴道：「還把我打成這樣！」

一個小男孩忍不住嚶嚶哭了起來：「我不要死！我不要死！官爺哥哥，你說你會帶我們回去吧？」

馮道心中一酸，安慰道：「我會幫你們治病，只要熬過這幾天，就能下山了。」

小男孩卻不相信，又哭道：「官爺哥哥，我不要死，我求求你了！」

馮道安慰道：「你把這草藥吃了，身子就會慢慢好起來。」

小男孩哭道：「身子好起來有什麼用？那軍大爺又會逼死我們！」

馮道溫言問道：「你為什麼這麼說？」

小男孩抽著鼻子道：「我阿爺、大郎上山來做工，都沒有回去。村子裡的人說他們死了，我阿娘不相信，天天等、夜夜盼，哭瞎了眼睛，那官兵搶了我們的農田，我不來做工，就沒錢給阿娘吃飯、治病，我一定要回去照顧她，官爺哥哥，我求求你了！」

馮道一愣：「都沒有回家？」忽然想起李小喜所說：「上了山，你還想下山？」心中頓覺不安。

老人嘆道：「唉！原來做不做工，都是死路一條！」見馮道臉色凝重，又問：「這事你也做不得主吧？」

河北百姓原本就吃不飽，再歷經這番折騰，個個骨瘦如柴，身上鞭傷累累，臉頰眼窩深陷，幾乎不成人形，馮道心想李小喜如此凶狠，天氣又熱毒，今天累垮十多個老人小孩，明日恐怕會累倒更多，這開山搬石的事如此蠻幹，根本是用人命築宮牆、血肉填長城：「他們因為信任我，才來到這裡，無論如何，我一定要將他們平平安安帶回去。」

馮道將病人安頓好，便回到工地，李小喜仍在大發雷霆，一鞭一鞭抽著苦役，他再忍不住將力氣聚到手臂，一把抓住鞭梢，道：「李副將！」

李小喜想不到他如此大膽，先是一愣，隨即暴跳如雷：「你做什麼？想造反嚒？」他手上使勁想抽回鞭子，那鞭子卻紋絲不動，心中不由得有些驚懼：「這小子竟有點功夫？」

馮道溫言勸道：「你先別生氣，聽我說幾句話。」

李小喜敢作威作福，不過是仗了劉守光的恩寵，但伴在劉守光這樣的瘋子身邊，他行事也是小心翼翼，不敢真的鬧出大亂子，見馮道態度溫和，沒有繼續為難自己，便收了脾氣，道：「你想說什麼？」

馮道放開長鞭，道：「這幫老人小孩雖然做不了苦工，卻可以做雜役，你殺了他們，便少了幾分力氣，你把這工程全交給我，我保證一個月內完工，如果完不了工，你提我腦袋去給小將軍。這段時間，你便去喝喝小酒、賞賞景，什麼事都不用管，這不是挺美的差事？何必站在大太陽底下生氣？」

李小喜瞟了他一眼，眼珠子轉了轉，不知在打什麼主意，好半晌，終於冷冷一哼：「你最好拎緊你的腦袋，不然就跟他們一起陪葬！」說罷一甩長鞭，忿忿離去。

馮道覺得李小喜的眼神似隱瞞了什麼，心想：「這人不知又在打什麼壞主意？」

李小喜果然不再出現，盡情享樂去了，只任由馮道主持監工事宜。馮道先將工人分成數批，讓他們可以輪流休息。休息的人也不是白白休息，馮道帶著他們前往附近的山林採摘一些水果、草藥，帶回來給做工的人補充涼食，或醫治傷病。

到了晚上，他則秉燭研究施工圖，往往徹夜不眠：「只有短短一個月的時間，如果分一半人手去製造器械，原本的工程便要耽擱，反而不能準時完成，該如何分配人力，才能不偏不差，恰恰在時間內把工程趕完？」時間步步逼近，工程卻實在延誤了，他想來想去，總沒有最好的法子：「不如我再去查看地勢，看怎麼施工才最省力？」便起身走出營帳，再次去到工地。

此時工匠、士兵都回營休息了，萬籟俱寂，馮道持著火摺仔細查看石陣，卻越看越覺得不對勁：「這張施工圖絕對不是用來祈福的！如果孫鶴想用陣法保護大殿內的劉仁恭，應該將它設在正門口，為什麼要設在道觀旁？一個小小石陣工程為什麼不讓原來的工匠施作，非要召新人不可？還下令限時完成，否則連劉守光也要受罰？劉仁恭如此慎重，必有原因！」

他走到道觀旁側，見那是天然山石，又想：「這裡只有山壁石牆，什麼都沒有，這八卦陣究竟是想保護什麼？」思索間，忽聽見一對腳步聲漸漸逼近，他連忙躲到山石後方：「這麼晚了，誰會到這裡？」想不到來人竟是李小喜和劉守光！

劉守光在石碑工地快速巡視一陣，當真是越看越生氣：「只剩半個月了，這些木石都還擱在地上，沒有打入地底，你究竟是怎麼辦事的？倘若不能準時完工，老頭祈不到福，莫說你要掉腦袋，連我都要受罰！」

李小喜伏跪在地，嚇得頻頻磕頭，又伸袖抹淚，哽咽道：「小將軍交代的事，小喜真的是盡心盡力，不敢有半點懈怠，誰敢偷懶，都是狠抽鞭子，絕不放過。但那書呆子硬是來攪局，現在所有工匠都聽他的話，跟我作對，小喜實在是沒法子了，才請小將軍過來好好教訓他。」

馮道心道：「好你個小喜子！這段時間不在，原來是搬大佛來了！」

劉守光哼道：「等事情完工後，那書呆子肯定活不了，他是替你受死，有什麼氣，你也就忍著點。」

李小喜頻頻磕首：「小將軍讓我忍，我就算忍得心膽俱裂，也絕不皺一下眉頭。」

馮道心中一驚：「原來劉守光還是想要我的命，可為什麼說我是替李小喜受死？」

劉守光又道：「當初我送你上山，又一直拖延工程時間，就是讓你打探老頭的祕密，你到底探得如何了？」

李小喜顫聲道：「當初節帥為了徹底保密，將鑿山道、建宮殿的工人分批坑殺，每建好一段工程就將他們殺光，再重召一批新人建下一段工程，小喜尋訪許久，真沒有找到一個活口，也沒有半個士兵知道宮殿全部的樣貌……」

馮道心中震撼，幾乎驚呼出聲，幸好他及時摀住自己的口鼻，才沒有發出聲音，身子卻忍不住打起哆嗦：「原來……原來……三萬苦役竟是被活活坑殺了！」隨即浮起一個更可怕的念頭：「這石陣保守著劉仁恭最重要的祕密，他絕不會容我們活口！」

劉守光不耐道：「這些我都知道，別說廢話！」

李小喜頭伏得更低了，身子抖得更厲害了：「實在……找不到那個地方……」

「蠢材！」劉守光勃然大怒，狠狠喘了李小喜一腳，踢得他摔跌在地：「已經十幾個月了，你連那麼大的地方都找不到，信不信我讓你跟那些工人一起活埋了！」

李小喜身子一顫，磕頭如搗蒜，幾乎要把地面給磕破了：「小將軍息怒，再給我一點時間，我一定可以查出來。」

劉守光咆哮道：「這新福石碑已經是最後一件工程，再半個月就要收工，沒有時間了！到時候，那地方沒找著，工程也沒完成，我落得兩頭空，還要受老頭處罰，你最好拎緊你的腦袋！」

馮道恍然明白：「劉守光要找的隱秘之地，肯定就藏在石陣後方，只是李小喜看不出那是八卦陣，在大安山轉來轉去，始終找不到。」

李小喜見劉守光怒火不熄，心想只好拿出殺手鐧了，支吾道：「小人雖然找不到那個地方，可也不是全無收獲，這段時間，小喜將大安山每一寸地都踏遍了……」

劉守光怒道：「除了那個地方，其他的，我沒興趣，你不用廢話了！」

李小喜顫聲道：「難道小將軍對嬌夫人也沒有興趣？」

劉守光一愕，想起小姨娘的千嬌百媚，一身怒火頓時轉為慾火，不由得舔了舔口舌，蹙眉道：「怎麼？你有什麼法子？」

李小喜道：「小喜有個法子，可以兩全其美，小將軍不但可以得到嬌夫人，就算工程沒有準時完成，你也不必受罰。」

劉守光連忙道：「什麼兩全其美的法子？你快起來說！」

李小喜如獲大赦，連忙站起，貼近他耳畔低聲道：「如今節帥在宮裡享福，全然不管外邊的事，而世子和孫鶴就忙著對付朱全忠，小將軍何不趁此機會全面掌握幽燕……」

劉守光雖然貪殺好色，對父親還是畏懼的，聽見這麼大膽的提議，不由得顫慄起來，遲疑道：「老頭雖不管事，但要是被他發現我有動作，可就麻煩了！」

李小喜一咬牙，從懷中拿出一張圖紙，打開來呈給劉守光，壓低聲音道：「只要小喜將大安山的佈防弄清楚了，無論是『那個地方』還是嬌夫人，就全屬於小將軍了……」

劉守光見那是大安山的軍力佈防圖，雖只畫了一半，但其中有許多伏兵是自己也不知道，不由得心中一震，顫聲道：「你是說……」想了想，搖頭道：「不行！老頭武功太厲害，莫說我原本就差他太遠，最近他在王老道的慫恿下，又修習一門神功，不日就要大成，就算有這佈防圖，我也不是他的對手……」

李小喜慫恿道：「小將軍是節帥的親兒子，他所有的東西，將來不是世子就是你的，只有節帥的女人，小將軍是接收不到的……」

劉守光不由得握緊了拳頭，恨得牙癢癢的：「當初我在花樓遇見她，就想收了她，想不到只差一步，竟被老頭搶了先！」

李小喜繼續蠱惑：「萬一節帥又把『那個地方』賞賜給世子，小將軍豈不是什麼都沒有了？那才是真正的兩頭空！」頓了頓，又道：「小喜左思右想，只有小將軍真正掌握大權，才能為所欲為，到時候，你就派人翻遍大安山，還怕找不到『那個地方』？小喜一片忠心，都是為小將軍著想啊！」

劉守光掙扎一陣，終於，誘惑戰勝了理智、慾望壓過了親情，他一咬牙，沉聲道：「你盡快把大安山的佈防給我查清楚了，一點都不能遺漏！」

李小喜鬆了口氣，道：「是！是！小喜定不辱命，一定把佈防圖畫得仔仔細細。」

馮道聽著兩人的密謀，越聽越震憾：「朱全忠的大軍就快要打來了，這劉氏父子只知剝削百姓、貪圖享樂，為了一個女子，就要拼個你死我活！可憐我幽燕百姓竟有這樣的藩主，我卻還得屈蹲在他們之下，成為幫凶……」他心中不勝憤慨，暗暗做下一個劉氏父子怎麼也料想不到的決定！

劉守光露出一抹笑意，拍了拍李小喜的臉頰，道：「瞧你這麼乖順，我也捨不得讓你死！到時候，我會跟老頭說，這祈福石碑全是那書呆子監工的，與你沒有半點關係。將來大事若成，我便賞你一個節度使做做！」

李小喜又跪下了，這次卻是歡喜得站都站不住，連連磕首：「多謝小將軍提拔，小喜生時為您做牛做馬、挨刀擋箭，死後就保祐你長命百歲，我李家世世代代，都會對你忠心耿耿……」

劉守光想到美夢將成，如飛雲端，喜孜孜地大步而去。李小喜鬆了口氣，趕緊站起，屁顛屁顛地緊跟在後。

馮道見兩人走遠了，從山石後方轉出來，快步走到石陣處，以「明鑒」玄功凝聚雙眼，細細查看每一塊山石，終於發現石壁上真有一條細長縫隙特別古怪，只不過山石嶙峋，紋路深淺不一，被巧妙地掩飾了。

他伸出手指順著紋路摸去，赫然發覺那是一道門縫，既驚訝又覺得意料之中：「八卦陣果然是用來保護這道石門，不讓人進入，但石門後方究竟隱藏了什麼，讓劉仁恭如此緊張？而劉守光卻拼命尋找？」

他功聚雙臂用力推去，但石門有千斤重，又與山壁緊緊相嵌，幾乎連為一體，就算使盡吃奶的力氣，石門也紋風不動。

他不禁暗罵自己太異想天開：「這裡面既然藏了寶物，門內必是以重鎖牢牢鎖住，我沒有開門的方法，又何必白花力氣？劉仁恭也真多事，這石門已如此牢固，還大費周章地命孫鶴設立石陣，抓百姓蓋工程……」

忽然間，他靈光一閃：「難道……我完全弄錯方向了？這石陣是孫鶴所設，莫非要保護寶物的不只是劉仁恭，還有孫鶴？」想到孫鶴最大的秘密就是《天相．星象篇》，他心口不禁怦怦而跳：「既然有門，必能出入，我一定要找到方法。」

他用力推了幾回，始終徒勞無功，又觀察許久，也找不出任何開門的綫索，頓覺得有些沮喪：「寶物近在眼前，我卻無法取得……」

旭日東昇，一抹曙光劃破黑暗，馮道為免引人注意到這片石牆，不得不放棄離開。

他反身往原路漫步回去，望見李小喜當時所指的「觀音寨」，在清晨破曉時分，雲霧繚繞，朦朦朧朧，好似觀音菩薩身披薄紗，手執仙瓶，普渡衆生，他心中不禁感慨萬分：「劉仁恭滿手血腥，罄南山之竹，書罪無窮；決東海之波，流惡難盡，就算請了滿天神佛來保護自己，真能消災擋厄，長生不死麼？」又想：「倘若河北真是修仙福地，這滿天神佛為何不解蒼生苦難，只任由惡霸欺凌百姓？」

他回到營帳，稍事休息，便來到工地，指揮工人打樁，把巨石、巨木一一釘入地底，下午又帶著老人小孩去採水果、草藥，除了平日飲食治病的份量，也教他們多摘採一些，偷偷儲藏起來，好做為將來逃難時的存糧。

衆人在馮道細心照料下，雖然依舊勞苦，卻不再生病，眼看工程一點一滴完竣，心中都充滿期待，盼著領工糧回家團圓的日子，殊不知完工之日就是他們的死期！

坑殺的時間漸漸逼近，馮道只若無其事，一如往常地作息，除了指揮工人，就是查探石門的秘密；李小喜也很忙碌，既要尋找劉仁恭的祕地，又要勘查大安山的兵力佈防，無暇去找工人的麻煩。

這一夜，馮道見工程已到最後，心中雖鬆了口氣，卻也陷入了兩難：「劉仁恭隨時會下屠殺令，我得盡快帶他們離開，但那石門如何開啟，我還未查出，一旦離開，就沒機會回來了，或許裡頭真藏著《星象篇》，我卻永遠也取不到了……」思想許久，他終是下定決心，帶著工程圖去找李小喜。

「李副將，只要將這幾顆圓石、圓柱安放到正確的位置──」馮道將工程圖攤開，指著圖上的記號，道：「最遲三天，工程便完竣了，請你明日通知小將軍前來驗收、發糧，好讓大家安心回家。」

李小喜原以為工期會延誤，一顆心始終吊著，想不到竟還提早數日，自己和劉守光都不必受罰，真是喜出望外：「好！我立刻派人通知小將軍，給他一個驚喜，到時候，你我都升官發財，別說老哥哥沒關照你！」

馮道拱手道：「小喜兄照顧之情，道始終銘記於心，日後跟在您身邊辦事，也請多提點。」

李小喜拍了拍他的肩，道：「只要你謹守本分、乖乖聽話，日後有你好處的！」

馮道微笑道：「多謝小喜兄！這兩日我會催他們連夜趕工，能早一分便是一分，以免節外生枝。」

從前馮道絕不肯讓苦役熬夜趕工，為此兩人起了不少衝突，這次他主動提出，李小喜大喜過望：「不錯！不錯！最後幾日，大家辛苦一點，熬個夜，趕趕工程，絕對不能出差錯，早一點完工，你我心裡都踏實些，大夥兒也能早點回家團聚，你說是不是？」

馮道微笑道：「小喜兄說得甚是！」

李小喜想了想，道：「你把施工圖留下來，我好交給小將軍查驗。」

「是。」馮道留下施工圖，又道：「我不打擾您歇息了。」便告辭退出。

李小喜望著馮道離去的背影，心中盤算：「節帥要坑殺他們，明早我先派人把工地圍起來，好好監督，直到工程完畢，絕不能有半點閃失，也不能讓任何人跑了。」便吩咐下屬連夜趕去通知劉守光。

馮道又去工地巡視了一會兒，才返回自己的營帳，剛熄了燈，準備好好歇息，李小喜卻氣鼓鼓地直接闖了進來，拍桌道：「馮掾屬，你快給我起來解釋清楚！」

馮道驚得坐起身，揉揉眼，一臉茫然地問道：「我做什麼了，惹您如此生氣？」

李小喜怒道：「你還裝蒜，那些老人和小孩呢？」原來他得到監查士兵的密報，說工地裡的老人和小孩都不見了。

馮道臉色一變，抓了抓頭，支吾道：「李副將，你說什麼？」

李小喜冷笑道：「好你個馮道，竟跟我裝模作樣！工程還沒有完成，你就私下放走工人，信不信我跟小將軍稟報，說你違反軍令，直接砍了你的腦袋？」

馮道心中嘀咕：「反正我完不完工，你們都要砍我的腦袋，犯得著豎那麼大的旗子嚒？」一邊慢悠悠地下了床、穿好鞋子、披上外衣，一邊好聲好氣地解釋：「我怎敢私自放人？副將是聽了什麼謠言，這樣冤枉我？」

李小喜眉梢一揚，冷聲道：「你說我冤枉你？那你把人都叫出來，讓我數點數點！」

馮道輕輕一嘆：「那也不必，他們確實消失了！我為了這事，正不知該高興還是煩惱呢！也不知該不該跟你報告？」

李小喜怒道：「你不來報告，就是犯了失職之罪！」

馮道說道：「小將軍最在意的是準時完工，既然工程提前了，那些老人、小孩就算不見了，也無妨吧？」

李小喜心想：「準時完工固然重要，這些人也得坑殺，一個都不能走，如今不見了，該如何是好？」但這些話不能對馮道說，只道：「他們逃跑就是犯了罪，得抓回來！」

「我方才已說他們並非逃跑，而是……」馮道深深地盯望著他，一字一句道：「消──失──了！」

李小喜被他嚴肅的神情震懾了，愕然道：「你說什麼？什麼消失了？」

馮道眉目一沉，森然道：「難道副將只聽說他們失蹤了，卻沒聽到另一個傳言嚒？」

李小喜心中一凜，問道：「什麼傳言？」

馮道小心翼翼點了燭火，緩緩說道：「前兩天，那些老人小孩莫名失蹤了，起初我也以為他們是不耐折磨，偷偷逃走了，心裡還咒罵他們忘恩負義，竟然違令逃跑，連累我受罰。若是他們迷失在山林裡餓死了，也是自找苦吃，怨不得人！可後來我卻聽見苦役們私下傳說……」他故作懸疑，不往下說，惹得李小喜心癢難耐，忙問：「究竟是怎麼回事？」

馮道壓低聲音，神神祕祕地說道：「那些人是在大白天裡，當著眾人的面，活生生地消失了！」

李小喜呸道：「大白天活見鬼，騙誰呢？你私放勞役，卻找個理由搪塞，再不說實話，信不信我治你的罪！」

馮道苦著臉道：「這件事很多工人都瞧見了！副將若是不相信，可以找他們來問問！只不過啊……」微微一笑，又道：「那不是大白天活見鬼，而是見神仙！」

李小喜一愣，問道：「什麼『見神仙』？」

馮道又是輕輕一嘆：「他們是被神仙帶走了！我是一介凡人，哪能從神仙手裡把人抓回來？或許小喜兄有通天本事，能夠做得到！」

李小喜哼道：「你休想矇我！世上哪有這種事？」

馮道說道：「副將始終不相信，那我問你幾個問題，按理說，苦役們操勞一個月下來，生病的人應該越來越多才是，為何大家都不生病了？」

李小喜呸道：「還不是因為你讓他們偷懶休息！」

馮道搖搖頭道：「天氣太酷熱，就算我讓他們休息，已經生病的人，也不容易恢復，是神仙幫他們治了病！」

李小喜聽他說得有些道理，不禁有幾分動搖，馮道又道：「就算因為休息，他們才不生病，那休息的時間多了，工程為什麼提前了？」

李小喜一直認為只有狠逼工人，才能催趕進度，想不到休息多了，反而提前完工，這件事他實在始料未及、百思不解，只能哼哼兩聲：「這事還得問你！」

馮道歉然道：「我讓他們歇息，只是不忍心，真不是要與你作對，你大人有大量，別記恨我了。其實我心裡也著急得很，一直怕工程延誤，可後來啊，卻發生一件怪事……」

近日李小喜都忙著查探大安山的佈防，未留意工地動靜，聽馮道這麼說，但覺不妙，急問：「什麼怪事？」

馮道悄聲道：「每晚收工後，我都會記下工地狀況，有一天早上，我到工地一看，卻發現那工程比前天晚上做得還多，起初我以為記錯了，但這事天天發生……」

李小喜不由得張大了口，全身起了雞皮疙瘩，不敢相信：「真有此事？」

馮道用力點點頭，又道：「我原先還以為是你夜晚催著他們趕工，我不知道罷了。」

李小喜連連搖頭：「沒有！沒有！」臉色已然變了，心中既驚駭又有一絲歡喜。

「直到有一天晚上，我做了一個夢……」馮道活靈活現地說道：「夢中有個白鬍子老神仙來跟我說，這石碑能通天祈仙福，我們心中的願望祂都聽見了，知道大家盼著早日完工，所以祂下凡來幫忙。」

李小喜在大安山待久了，一方面受劉仁恭、王若訥的影響，深信修道成仙之事，一方面在大安山看了那麼多屠殺，內心其實特別膽小，很害怕鬼神報應，聽馮道這麼說，不由得頭皮一陣發麻：「這麼說來，這石碑真有仙靈?可以通天?」

馮道低聲道：「可不是嚒?王道長真是神人，他的話一點兒也不假，孫先生的石碑也很厲害，能通到天上去。」

李小喜連連點頭：「孫先生的本事是不必說了，河北一帶，誰不佩服?那王道長其貌不揚，竟也這般高明……」

「不只如此，」馮道又道：「那白鬍子神仙還說我們這些做石碑的，都承接了仙福，若有人想當神仙，祂都可以帶我們升天。」

李小喜瞪大了眼，不敢置信，連忙問道：「真可以當神仙？不是你胡亂作春秋大夢？」

馮道搖搖頭道：「原先我也以為是自己胡亂做夢，隔天跟工人們閒聊，想不到人人都做了同樣的夢！」

李小喜心中一驚，豁地站起，激動道：「我……我也去做工！」

馮道拉了他坐下，嘆道：「來不及了！」

李小喜著急道：「怎麼來不及？不是三天後才完工嚒？我也去做工！」

馮道說道：「白鬍子神仙說要能升天的，至少得做十天的工，沾足仙福才可以。」

李小喜怒道：「這樣的事，你怎不早一點告訴我！你到底有沒有把我當兄弟？」

馮道一臉冤枉道：「我見你對小將軍忠心耿耿，以為你並不想當神仙，只想緊緊跟隨小將軍，為他出生入死。」

李小喜白白失去做神仙的機會，又急又氣，一時口不擇言，破口罵道：「我呸！誰想跟隨那個瘋子！」

馮道指著他吃驚道：「你……你……原來你心中這麼痛恨小將軍……」

李小喜揮揮手，不耐道：「別提那個瘋子了！若能當神仙，誰願意做搖尾狗？你若是好兄弟，就快幫我想想辦法！」

馮道無奈道：「我雖然想幫忙，卻有心無力！神仙想帶誰升天，我有什麼法子？」

李小喜急問：「那神仙還說了什麼？或許我們可以一起想想法子。」

馮道搔了搔頭，道：「當時我迷迷糊糊的，只記得白鬍子神仙說祂先接走老人和小孩，待所有工程都完畢，再來接其他工人。」

李小喜抓緊他雙臂，急道：「祂什麼時候接人？我也去瞧瞧。」心想只要能見著神仙一面，就算死皮賴臉、搖尾乞憐，也要死死抓住祂不放，一定要求祂帶自己升天。

馮道聳聳肩道：「既是神仙，就是神出鬼沒，來無影、去無蹤，祂何時出現，我又怎麼會知道？」

李小喜十指用力抓髮，焦急不已：「那該如何是好？你快想想法子！你不幫我，我便去跟小將軍告狀，讓他治你的罪！」

馮道低呼：「唉喲！你可別害我，我想想，我盡力想想……」便起身踱來踱去，走得李小喜心都亂了，忽然間，馮道靈機一閃，拍手笑道：「有了！神仙出現時，總是騰雲駕霧而來。」

「不錯！不錯！」李小喜連連點頭，問道：「但那又如何？」

馮道續道：「雖然我們看不見神仙，但只要看見雲霧四起，便知道祂來了！」

李小喜笑讚道：「馮兄弟真不愧是參軍，好聰明啊！我只要注意哪裡忽然生出大片雲霧，就知道神仙來了，到時候，馮兄弟可得幫我求個情！」

馮道微笑道：「那是自然，咱倆兄弟一起升天，在天界結伴同遊，做一對逍遙散仙，多麼快意！」拍了拍李小喜的肩膀，道：「小喜兄就先回去好好歇息，養足精神，或許過兩天，工程一結束，神仙就來了！」

「好！好！我這就回去養足精神。」李小喜歡歡喜喜回到營房，卻是輾轉反側，興奮地難以入眠：「也不知上天界要帶多少銀兩？我可不能當個窮神仙，需得好好準備，那土錢是萬萬不能帶的，要帶就帶真金白銀……」

挨到清晨，李小喜終於睡著了，卻聽見帳外一聲急呼：「大事不好，工地走水了！」

「怎麼回事？」李小喜驚得跳起來，一邊穿鞋一邊奔出帳外，遠遠瞧見石碑工地生出一蓬蓬煙霧，他嚇得心膽俱裂，全力衝奔過去。那士兵緊跟在他身側，急呼呼地說道：「我們聽從副將命令，一直包圍著工地，昨夜工人們還賣力地在趕工，並沒有異樣。今早，天才濛濛亮，守哨的弟兄忽然見到石碑冒出蓬蓬煙霧，瀰漫成一大片，就趕緊呼叫大家，那煙霧實在怪異……」

李小喜奔近工地，雖見煙霧瀰漫，卻沒有半點火焰，心中一呆：「這……這不是走水……」不由得全身都顫抖起來：「這是……神仙來了！」再不管不顧，衝了進去！

「副將！」所有站在外邊觀看的士兵，以為李小喜受不了工程全毀的刺激才衝進去救火，都驚得齊聲大叫：「副將！快出來！」也有人喊道：「快拿水來！」

李小喜進入石碑陣裡，但見一蓬蓬煙霧瀰漫得他幾乎睜不開眼，只能像一隻無頭蒼蠅亂衝亂闖，不停大喊：「神仙！大神仙！祢在哪兒？我也是造石碑的人，祢別落下我！」

他喊叫了一陣，見沒有人回答，急得有如熱鍋上的螞蟻，又喊道：「馮小兄！你在哪兒？你快幫我求情！」

任憑他怎麼呼喊，也沒有半點回應，終於迷霧漸漸消散，除了一百二十八座通天石碑昂然挺立，既沒有神仙，也沒有馮道，甚至沒有半個工人！

李小喜一愣：「怎……怎麼散霧了？」卻不死心，拼命地在石碑陣裡奔來跑去，跑得筋疲力盡，連半個人影、鬼影、仙影都不見，到後來只累得氣喘吁吁：「死呆子！竟敢欺騙老子，自己就這麼升天去了……」一句話沒罵完，忽然轉到了石碑陣外！

圍觀的士兵見他還活著，紛紛上前關心：「副將受傷了麼？」

李小喜臉色極為難看，整個人癱倒在地，許久許久，才問：「你們方才在外面，有沒有瞧見任何人逃出去？」

士兵盡皆搖頭：「大家雖然瞧不見裡頭的情況，但一步也沒有離開，並沒有見到半個人影逃出來！」

李小喜不禁懷疑：「難道那書呆子騙我，根本沒有什麼神仙，他帶著工人逃了？」抬頭仰望那高高聳立的石碑，又拿出懷裡的施工圖比對，細細數算，見石碑足足有一百二十八座，一座也不缺，又想：「倘若書呆子真要逃命，又何必把工程全部完成？」

他實在想不通，指了幾個伶俐的部屬，道：「你們幾個帶隊，進入石碑裡和附近山林查看，若發現任何逃犯，格殺毋論，一個時辰後，回來報告。」

幾名士兵進入石碑陣查看，也是東轉西轉，不一會兒，就走到了石碑陣外，心中都感納悶：「偌大的地方，怎麼一下子就轉出來了？」那領頭的隊長只好率領大家再次進入，誰知又是轉了兩三圈，就走到石碑陣外，彷彿有些地方明明看得見，卻怎麼也走不到。

過不久，其他幾隊士兵也從附近的山林回來了，都報告沒有半個可疑人影，李小喜雖百般不願相信，也不得不承認：「那些苦役將近七百多人，若是匆匆下山，必會被守衛發現，看來真是神仙帶走他們，否則怎會憑空消失？」這麼一想，不由得萬分扼腕，悲嘆無已：「我明明知道了這天大的祕密，卻沒有福緣……」

那巡查石碑陣的隊長見李小喜臉如死灰、失魂落魄，忍不住問道：「工人都不見了，我們還包圍嘛？」

其他士兵也問道：「對啊！工人怎麼不見了？」

既然沒有福緣升天，只好把人間的日子努力過下去，李小喜抹了抹臉上的汗水，順帶悄悄抹去眼角的一滴淚水，一咬牙，站起身，大聲道：「節帥傳了密令，說苦役完工後，全要坑殺，昨晚他們已經死了，屍體就埋在那邊山頭！」

士兵們對坑殺之事毫不在意，聽李小喜這麼說，也就相信了。

劉守光見工程提早完成，高興得哈哈大笑，不只獎賞了李小喜，更急匆匆地拿著施工圖去向劉仁恭討賞。

而劉仁恭見道觀有祈福石碑護祐，每一座石碑都巍峨挺拔，直入雲霄，彷彿他的修仙之路已直通天界，更是滿意得不得了，大大賞賜了劉守光。

這件事真是皆大歡喜！唯一美中不足的是，李小喜沒當成神仙，劉守光心中有憾：

「想不到那書呆子真是個人才，辦事挺俐落的，就這麼活埋了，倒有些可惜了！」

九〇六・七

坦腹東床下・由來志氣疏

當馮道聽見劉仁恭曾坑殺數萬工匠，便決定改變石碑陣法，好封住石壁密室入口，不讓劉仁恭拿裡面的寶物去爭天下。

他曾在「青史如鏡」中學會周天萬象、陰陽易理，後來還藉著木牛流馬、千里船的原理，由軌道輪盤去推動數百座巨石雕像，因此要修改孫鶴這石碑八卦陣，簡直是易如反掌，但孫鶴也精通五行八卦，如果設計一個普通陣法，很容易被他破解。

馮道苦思數日，忽然想起奇幻島上的活陣，從中得了靈感，便利用監工的身分，讓工人在地面埋設數條軌道，並且在每座石碑底下裝設輪盤，使原本固定的八卦陣成了一個活陣，乍看之下，與原來陣法無異，但只要有人走入其中，那石陣會立刻活了起來，一百二十八座石碑緩緩移動，自行排出一條通向陣外的路，陣中之人卻毫無察覺，只自然而然順著石碑間隙走到陣外。

劉守光、王若訥乃至劉仁恭，無一人懂得陣法，看見石碑全都依圖形完工，十分高興，唯一能辨別真偽的孫鶴，偏偏待在滄州，無暇回來，他怎麼也想不到竟有監工看得懂陣法，還膽敢擅自更改。

「我既開不了石門，索性一拍兩散，誰都別進去了！」馮道每每想到劉仁恭和孫鶴發現根本進不了密室，氣得吹鬍子瞪眼睛的模樣，就得意不已。

另一方面，他也著手安排逃命計劃，要讓數百人躲過士兵耳目，悄悄離開大安山，最終還要尋找一塊安身地，並不是一件容易的事。

如果離開幽燕，外面盡是朱全忠的勢力，馮道思來想去，覺得這麼一大票人還是留在河北比較妥當：「我既無法回到劉守光身邊，要想接近孫鶴，就只能去滄州，劉守文雖稱不上英雄明主，至少比劉仁恭、劉守光寬厚，等時日一久，風聲過去，大夥兒還是能回到家鄉。」

馮道決定了安身地，便開始計劃逃亡路線，他趁著帶老人小孩去採摘水果的機會，順道觀察了附近山勢，並時時記下日月星辰的變化，最後命工人在每座石碑腹鑿開一個洞穴，讓老人小孩帶著存糧先躲進去，接著在完工的早晨，放出煙霧的瞬間，讓成年壯丁也趕緊躲了進去。

接下來的日子，劉守光、劉仁恭分別來察驗工程，盡皆滿意，但劉仁恭仍擔心石門祕密會洩露，遂吩咐所有士兵不得接近石碑，打擾他的清修，只要嚴密防守盤山迴廊即可。

數日之後，軍兵果然散去，馮道悄悄召集眾人走出石碑，低聲吩咐：「大家聽我說，我們不能走前門，只能從道觀後方下山去。」

敵軍要攻入劉仁恭的宮殿，只有一條盤山迴廊，要下山卻有千百小徑，只不過都會迷失在森林裡，尤其在大黑夜裡，絕沒有人敢走進那片萬里深山之中，就連劉仁恭的親軍也不敢。

眾人見前方一片漆黑，莽莽蒼蒼、無邊無際，心中都十分害怕，低聲問道：「馮掾屬，我們真能活著出去麼？」

馮道內心雖然忐忑，此刻卻只能咬緊牙關，鼓舞士氣：「只要大家聽我的吩咐，帶好糧食武器，一個挨著一個，大人牽著孩子、年輕扶著年老的、強健撐著生病的，互相照應，千萬不要走失了，我一定會帶大家走出去的。」

他自己領頭在前，讓四人排成一組，老人小孩或傷病者走在中間，外側是壯丁，人人一手拿著斧頭、鐵耙、鐮刀等武器，另一手拿著曼陀羅、川烏、天仙子、雄黃捆成的蒙汗藥草束，以防備毒蛇野獸的攻擊。為免燈火太盛，引起盧龍軍或野獸注意，每隔五組，才有一名身手俐落的少年手持火把，以微弱的火光照亮前路，除此之外，每人身上還掛著一只避邪香包，以驅趕蟲蟻。

雖然馮道已盡量查考山勢地形，但一進入林中，這蒼天巨樹錯縱複雜，藤蔓密密交覆，宛如黑傘大張地籠罩住林中渺小的人們，實在不易辨認方位，往往不知不覺就會走偏方向。天空暗無點光，若有似無的小徑更被草藤苔蘚覆蓋遮蔽，眾人彷彿初盲的瞎子在崎嶇叢林中摸索前進，有時得爬越突石，有時得鑽過藤蔓，常常一個不小心，便踩入樹洞或岩石縫隙裡，因而扭傷腳踝，拖慢了速度。

眾人不知何時才能脫出危險，心中越來越著急，不時問道：「天色這麼暗，叉路又多，真不會迷路嚒？怎麼可能走到山下？」

馮道知道他們害怕，總是耐心安撫：「大家不用擔心，那滄州位於東南方，只要認準北斗七星，朝著它相反方向一路走去，便能到達了。」

劇可久疑道：「馮大哥，我曾看書上說『南箕北斗』，但滄州是在東南方，並非正南方，這樣真不會走錯嚒？」

施工期間，馮道見劇可久是個人才，就找他當助手管理眾人，又時時傳授學問，一個月下來，兩人已建立亦師亦友的情誼。馮道見他不明白，便細細解釋：「那『南箕北斗』只是粗略的說法，古聖賢沿著黃道線把南中天的星子分為東西南北四個天象，每個方位各有七組星宿，形成青龍、白虎、朱雀、玄武四種神獸的樣貌，這二十八星宿在天宇裡周而復始、環繞不停，古人便依它們出沒和中天時刻來劃分晝夜、陰陽的氣數變化，定下一年四季二十四節氣。

經書上說：『青龍蟠東，白虎踞西、朱雀峙南、玄武拱北』，而東方青龍有『角』、『亢』等七個星宿，南方朱雀也有『軫』、『翼』等七個星宿，滄州位於東南方，所以只要找到『角』、『亢』、『軫』、『翼』這四個星宿交會的角落，便能定出東南方向。」

劇可久仔細聆聽牢記，想了想又問：「但天空都被樹木給遮蔽了，怎麼看得見星星？」

馮道笑道：「放心吧，山人自有妙計！」

劇可久實在好奇，睜大眼瞧去，只見馮道用了一個最簡單卻也最有效的法子，他拿出一根極長的竹竿，竹竿尖頂綁著掃帚鬚，往上捅去，旋轉竿柄，掃開頭上那密密麻麻的樹葉，旋即出現一小方璀璨夜空，劇可久忍不住哈哈一笑：「馮大哥總有妙計！」又問：「但夜空這麼遙遠，星星那麼多，有的明亮無比，有的暗弱似無，那『角』、『亢』之星究竟是哪一顆？」

馮道微微一笑，叮囑道：「正因為這些星宿非常細小，難以辨認，待會兒我必需專心觀星領路，你便負責照看眾人。」

劇可久道：「是，我必定照看好大家。」

馮道每走一段路，便拿出長竿掃開頭頂樹葉，只要能透出一方天色，他便以真氣匯聚於雙眼，以「明鑒」玄功觀星探月，在枝葉縫隙間尋找星子，確認方位。

他也將真氣聚於雙耳，原本寂靜無聲的黑暗森林頓時精彩紛呈，清風穿洞聲、樹葉落地聲、潺潺流水聲、蟲蟻爬走聲、野獸呼吸聲，盡納入他雙耳之中：「水往低處流，只要細辨流水方向，便能一步步往下，走至山谷。」

他一方面帶領大家沿著「永定河」流域往下，另方面，也仔細聆聽毒蟲野獸的動靜，寧可繞些彎路，也要避開危險，就這麼憑著敏銳的耳目觀天星、辨水流、聽獸聲，小心翼翼地往前行。

歷經數日數夜的摸索，眾人終於有驚無險地抵達山谷，來到水瀑邊，望著曙光曉霧、山水相融，滿山紅黃燦爛的黃櫨樹耀然生輝，心中都充滿了重見天日的激動與劫後餘生的歡喜。

這地方四周高崖林立、千岩競秀，崖壁大大小小的飛瀑連成一片，墜入深潭，不斷激起漫漫水霧，將整片山谷渲染得如迷如幻。炎炎夏日，眾人疲熱交加，來到這裡，一陣沁心涼快，不由得爆出歡呼聲，爭先恐後地伏在岸邊喝水，河水清澈甘甜，有人忍不住便脫去外衣，跳入潭中喝個飽，接著一個、兩個都跳入水中，到後來，連馮道也忍不住脫了衣服，跟著跳入，與大家玩鬧在一塊兒。

眾人心中感激馮道，爭相致謝，馮道表面上與大家說說笑笑，心中卻暗暗憂慮。他與眾人玩鬧一陣後，便拉了劇可久到一旁，商量難題：「我原本計劃要帶大家前往滄州安居，但這裡離滄州還有十天路程，我們卻只剩三天的存糧……」

劇可久嘆道：「因為沿路上老人小孩拖延了腳程，若強行前往滄州，只怕三天之後，大家都要餓肚子！」

這些工人平日就靠家中農地種植為生，如今離了家，都是身無分文、目不識丁，這段期間在馮道的帶領下，憑著吃野果、飲溪水還能支撐數日，一旦進入城鎮，要以錢幣交易，反而無法生存，尤其數百張嘴吃起飯來，糧耗極大，馮道身上雖有一點銀兩，也無法支撐十天半個月的開支，就算要沿街行乞，這麼多人忽然湧入城中乞討，定會引起官兵注意。

劇可久也沒有好法子，兩人談話聲被那原本是富商的跛腳老者聽見了，便湊近前來，插口道：「馮掾屬可曾聽過『三笑齋』？或許那是個去處，如果我沒記錯，那地方應該就在十里外的白溝河畔。」

馮道聽見有地方可去，連忙道：「晚生孤陋寡聞，未曾聽過，還請老丈細說。」

那跛腳老者嘆道：「我從前曾施粥發飯給窮苦人家，卻被軍兵搶奪，打成殘廢，因此對『三笑齋』這地方特別留意！」

馮道問道：「這地方有什麼特別？」

跛腳老者道：「聽說許多難民都逃到那裡求溫飽，『三笑齋』總是盡力幫忙，從不拒絕，甚至有一片大宅地，專門收留苦難人，卻沒有軍兵敢進去打擾。」

馮道好奇道：「『三笑齋』的主人是何方神聖？」

跛腳老者道：「是景州弓高縣令孫師禮。」

劇可久不解道：「孫師禮是景州縣令，府邸怎會設在幽州？」

跛腳老者道：「三笑齋並不是弓高縣府，而是孫師禮的私人別院。」

馮道但覺奇怪：「能收留大批難民，肯定是家財萬貫了，劉仁恭竟沒把他掠奪一空？」

跛腳老者悲嘆道：「可不是麼？所以我才特別心酸。」

馮道越聽越覺得古怪：「孫明府只是一個小小景州縣令，怎能如此豪氣？還把手伸入幽州！」

跛腳老者道：「孫明府為人還算清廉，但做事畏畏縮縮的，並不敢多惹是非，因此向來是兩袖清風，沒什麼財產，奇怪的是，自從去年他撿回一個女兒，就變得慷慨大方，時時解人危難、接濟窮苦。」

馮道愕然道：「撿回一個女兒，就開始行善積德？這女兒是觀音菩薩、仙女下凡麼？既能增添孫明府的仁善勇氣，又能普降甘霖？」

跛腳老者笑道：「他女兒如何，老朽沒瞧過，但就算不是仙女下凡，據說也是天下無雙！」頓了一頓，又笑道：「或許是失而復得，孫明府特別寶貝這個女兒，對她有求必應。」

馮道笑了笑，搖搖頭道：「這世上哪有女子擔得起『天下無雙』的名頭？都是鄉野傳說，誇大其詞罷了……」說到這裡，不禁想起失蹤的未婚妻：「從前鄉親說寒依妹妹是白狐狸，我總以為是鄉野傳說，誇大其詞，可一見到她，我就迷得暈頭轉向，妹妹在我心中，才是真正的天下無雙，沒有一個女子比得上！」

跛腳老者見馮道陷入沉思，取笑道：「馮掾屬，你年青有為，又未娶妻，該是對孫姑娘好奇了？」

馮道趕緊回了神，尷尬道：「老丈說笑了！孫姑娘既是仙女下凡，我這種山村野夫哪敢妄想？我只是想就算孫明府真是因為尋回女兒，還願行善，那些軍兵為何不敢打擾他？這其中必有原故。」

劇可久在一旁聽了許久，心中也甚好奇，道：「不如我們去三笑齋試試。」

馮道微笑道：「自然要去一試！」

劇可久對奇人異事、不解之謎特別感興趣，興沖沖地想前往三笑齋一探究竟，馮道感到這大善之家背後絕不簡單，不想眾人涉險，便教他們先待在山谷裡等候消息，又吩咐劇可久好生照料，只獨自前往十里外的三笑齋。

馮道聽從跛腳老者指示，走了大半天的路，又沿路打聽，終於尋到那座黃牆碧瓦的三進大石院，他沒有立刻上門求助，只站在附近的大樹下遠遠觀看傳說中的大善之家，只見它門上未掛任何匾額，庭簷古樸簡單，並沒有多餘的裝飾，石牆老舊，甚至有些殘破斑駁，一點也看不出富豪闊綽的氣概，只門口蹲著一對石獅子，形貌還算威武，但各自少了一隻耳朵，也沒有修補，又顯得有些滑稽。

今日府中似乎正在辦喜事，門楣上掛了幾顆紅燈籠增添喜氣，每顆燈籠上都以娟秀的字跡寫著「鳳凰于飛」、「琴瑟和鳴」等祝詞。

幾名年輕文士恰巧在石院門口相遇，彼此熱絡寒暄，話中之意，彷彿人人都是聲名遠揚的大才子，互相仰慕已久。

府院門口站著一名迎賓家丁，一見到眾才子，立刻快步迎上，恭敬招呼：「諸位郎君遠來辛苦。」

一位笑意輕浮的男子朗聲道：「唉喲！為了孫姑娘，本大爺可是日夜趕路，確實有些累了！」

那家丁恭敬道：「郎君尊姓大名？請讓小人看看帖子。」

男子拿出請柬遞了過去，昂首道：「李小喜！」

馮道正想過去，乍聽到「李小喜」三個字，一顆心幾乎驚跳出來：「不是冤家不聚頭！」又暗暗慶幸自己沒有一股腦地闖進去：「我得改扮改扮才行！」便躲到大樹後，將易容的黃泥在臉上揉揉捏捏，再貼上兩撇小鬍，改成一個中年男子。

家丁知道李小喜是劉守光眼前的大紅人，連忙咧嘴微笑，恭敬道：「原來是李郎君，失敬失敬！」

李小喜傲然道：「大爺問你，孫姑娘長得花容月貌吧？否則豈不浪費我大好時光，千里迢迢地趕到這裡？」

其他文士雖覺得他態度傲慢，但心中對孫姑娘實在好奇，便沒有出聲勸阻，反而都睜大眼睛望著家丁，等待他的回答。

家丁見一道道目光圍著自己，一時困窘，支吾道：「姑娘……姑娘……」掙扎老半天，始終不吐一個詞，眾才子瞬間起了疑心，李小喜忍不住喝問：「你怎麼吞吞吐吐的？難道孫姑娘的樣貌很難啟齒？」

其他人也跟著追問：「要不然你說說，孫姑娘究竟是像孫明府多些，還是像孫夫人多些？」

眾才子都想若是像孫夫人，肯定美貌些，那家丁卻道：「姑娘誰也不像。」

眾才子愕然道：「怎會誰也不像？」

李小喜提高聲音呼喝：「你不肯說實話，咱們走人了！」

「慢著！慢著！姑娘她……」家丁被眾人催逼得急，心想：「明公費了好大的勁，才把河北才子都邀來，可不能把事情弄砸了。」抬眼望了望眾人，一咬牙，大聲道：「姑娘的品貌自然是天下無雙！」說完已是滿臉通紅。

眾才子聽了，心中大石總算放下，李小喜哈哈大笑道：「那就好！也不枉費我們遠道前來，各位兄弟，快進去搶個好位子吧！」便領頭在前，率眾才子大步入內。

馮道將這一幕瞧在眼底，暗笑：「對『天下無雙』好奇的人，可真不少！」心中正猶豫要不要與李小喜打照面，那家丁已經笑盈盈地高聲呼喚：「樹下那位郎君，您久等了，還請過來吧！」

馮道見已露了形藏，只好從樹後走了出來，拱手道：「在下馮隱，曾聽人說三笑齋是仁善之家，常救濟窮苦，今日前來拜會，是想求你們家主收留一批可憐人。」

那家丁想不到他提出這要求，微微蹙了眉，為難道：「真是不巧，敝府這幾日舉辦喜事，除了幽燕才子，不能接待外人，這喜事要辦十多天，還請馮郎君過後再來。」

馮道心想眾人還在山谷等消息，便好言求懇道：「在下來的真不是時候，打擾了貴府喜事，實在不應該！但這幫可憐人還挨餓受凍，請小郎君幫個忙，通傳一聲，讓他們暫時有個安身地。」

那家丁心想若是拒絕這可憐人的請求，日後傳了出去，恐怕會破壞主人名聲，道：「這樣吧！我給你指一條明路，只要你今日能拔得頭籌，有什麼請求都能如願。」

「拔得頭籌？」馮道有些不解，那家丁也不多做解釋，只推著他入內，笑道：「既然來了，你又有事相求姑娘，姑娘家的心腸最軟了，你若能讓她滿意，什麼事不能答應你？快進去吧！」

馮道心中盤算：「原來這三笑齋的善舉是孫姑娘主持的，只要能討她歡心，便有望成事。」又想：「我連那些惡霸節帥都能周旋，還怕說服不了一個大姑娘？」便信心滿滿地走入石院。

他聽從家丁指示，通過庭院，進入大廳，只見廳堂頗為空曠，佈置粗略簡單，除了前方主座特意鋪了紅繡錦緞、擺了幾束鮮花增添色彩，再沒有多餘的飾物。

主位之下數十張茶几分成左右兩列，排成長龍，眾才子依序入座，馮道來得晚，只能坐在離主座最遠的位置，他好奇地左張右望，見今日赴宴者都是年輕俊彥，個個文質彬彬、飽讀詩書，風采猶勝在劉守光軍營的應甄者，心想：「這位孫姑娘果真是天下無雙，竟讓河北才子全都巴巴地趕來！」

文人相輕，自古皆然，眾才子一聚會，便高談闊論起來，有人吟詠詩詞歌賦，有人解析經史子集，一時間百家爭鳴、唇槍舌戰，好不熱鬧。馮道只安靜坐在角落，豎耳傾聽，不想引人注意，在滔滔辯論聲中，忽然有一人低聲問道：「不知孫姑娘品貌如何？倘若醜如嫫母無鹽，凶如虎豹熊獅，這一生可要如何度過？」

那聲音雖低，卻已引起周圍幾個才子注意，李小喜提高聲音道：「你今日真能勝出，再來煩惱下半輩子吧！」

那人聽李小喜語帶挑釁，心中不悅，卻也不屑與之爭辯。另一人答道：「兄台不必擔心，我早已打聽過了，孫姑娘琴棋書畫樣樣精通，是大家閨秀的風範！」

眾才子忍不住你一言、我一語地加入話題：「我卻聽說孫姑娘武藝高強，一個月前才把石家莊的土匪頭子打得滿地找牙，逼他拆寨散夥，不准再搶掠百姓！」

眾人嘖嘖稱奇，不敢置信：「一個姑娘家竟然獨自挑了土匪窩？果然是天下無雙！」

另一人道：「不只如此，我還聽說十天前，有個惡霸強搶民女，撞在她手上，她眼也不眨一下，手起刀落，咻一聲，就削下惡霸的……根……」說到一半，竟打了嗝，止住了話。

眾才子臉色一變，心中甚覺尷尬：「這黃花大閨女，難道斬了人家的命根子？」

那人吞了口氣，又道：「她手起刀落，就削下那惡霸幾根手指、兩片耳朵！」

眾人都暗暗吁了口氣：「我們這是想岔了，人家畢竟是千金閨秀，再怎麼凶悍，也不會太出格。」

李小喜歡喜道：「這麼說來，孫姑娘是個文武雙全、行俠仗義的奇女子，誰娶了她，可真是福氣！」

先前那人嘿嘿一笑，道：「看來李將軍是志在必得，非娶到孫姑娘不可了？」

李小喜胸有成竹地道：「大家都是來向孫姑娘求親，當然是各憑本事了！」

那人冷笑道：「大家憑真本事就好，千萬別憑什麼將軍寵信了，否則勝之不武！」

誰都聽出這句話是諷刺李小喜憑著諂媚劉守光，才能扶搖直上，李小喜氣得幾乎要發作，但想到這地方不宜鬧事，才恨恨地忍了下來。

眾才子見他忍得滿臉紅通通，都暗暗竊笑，唯獨馮道心中隱隱抽痛，雙手不自覺地用力絞緊，幾乎要臨陣逃脫：「原來這是孫姑娘的招親大會，我來湊什麼熱鬧？」

一年多前，自己也曾有佳人相伴，恩愛情深，欲結連理，卻橫遭惡人陷害，落得天涯兩隔、生死茫茫的下場。這段日子，他用盡各種方法，始終找不到佳人下落，卻堅執著不肯放棄：「我與妹妹早已山盟海誓，約定終身，倘若我向別的姑娘求親，豈不是辜負了她？」但山谷裡的百姓還在等待救援，他怎能撒手離去？一時間，陷入了左右為難，思索一陣：「罷了！我還是先走一步，另想法子便是！」他決定起身離開，不料孫師禮正好從內堂走了出來，廳堂一時鴉雀無聲，眾才子趕緊起身，恭敬站好，齊聲道：「明公好。」

孫師禮形貌清瘦，背脊微駝，兩鬢花白，眉眼都是慈和笑意，身上穿了粗布長衫，衣褲上還有幾道補釘，一看便知是嚴正君子。馮道心中暗讚：「孫明府衣不花哨、屋不裝飾，是個清儉樸實的好官。我還是留下來，找機會求求他！」便又回入座位。

孫師禮坐上主座，微笑道：「諸君請坐，隨意用茶。」

眾才子齊聲稱是，安靜坐下，有人小啜桌上的清茶，有人正襟危坐。

孫師禮喝了口茶，緩緩道：「老夫有一獨生愛女，年華雙十，尚待字閨中，我一向視她如珍寶，當年為她取名『無憂』，就是盼她此生都無憂無慮！」

眾才子都想：「原來孫姑娘閨名無憂，無憂無慮，想必她性情天真瀾漫、親切可人。」

只有馮道心懷情傷，瞧什麼、聽什麼都是惆悵，不由得暗暗感慨：「『夜光照玄陰，長嘆戀所思。誰謂我無憂，積念發狂癡！』這名字明明相思成狂，怎會無憂無慮？」❶

孫師禮微笑道：「我原想為她挑選一位文武雙全的英雄，小女卻希望夫婿不必武藝高強、不必英雄豪傑，只要年輕志遠、腹有經綸、品性高潔、胸懷天下。我幽燕之地，文風鼎盛，賢才多不勝數，各位英傑肯於下顧，老夫感激不盡，但盼這次真能尋到有緣人，順利締結良緣。」

眾才子齊聲道：「我等蒙明公看重，倍感榮幸。」

馮道心想：「聽孫明府的口氣，他原本希望為愛女挑選一位戰功顯赫的英雄，孫姑娘卻堅持選一位書生，這年頭，窮酸儒生都養不活自己，哪有姑娘肯下嫁？更何況是嬌貴的千金閨秀，這姑娘的想法倒是有趣！」

內堂走出一名身穿柳綠衣裙、足踩絲履的少女，向孫師禮微微福了一禮。

眾才子見這姑娘樣貌清麗、體態纖巧，一行一止都溫婉輕柔，好似楊柳拂風，暗暗鬆了口氣：「孫姑娘長得如此清秀，雖及不上『天下無雙』這四個字，卻也是小家碧玉，娶來相夫教子，還是可以的，只要能被孫明府看中，將來仕途便有望了！」

孫師禮道：「千荷，姑娘有何吩咐？」

眾才子心中一愣：「原來她只是小婢！」又想：「要擔得起『天下無雙』這四個字，可沒那麼容易，孫姑娘肯定要美麗多了。」這麼一想，不由得暗暗歡喜，充滿期待。

千荷輕聲道：「姑娘有示，請諸位郎君至後山的『三笑齋』品茗看畫。」

孫師禮微笑道：「小女想與諸君切磋一下文藝，這也不是什麼科舉考試，只是隨意閒聊罷了，大家不必緊張。」

「是。」眾才子齊聲答應，心中既興奮又忐忑：「孫姑娘要親自選婿，看來可以一睹天下無雙的容顏了。」

馮道卻對「三笑齋」這名字感到好奇：「原來孫姑娘住的地方才是『三笑齋』，但大家閨秀總是含蓄靦腆、笑不露齒，她為什麼會把閨閣取名『三笑齋』？亂世之中，能有笑容者，實屬難得，更何況是一笑再笑連三笑？看來傳言不假，她是個不拘泥俗見、爽快俐落的人物，倒不知這三笑又是如何笑法？」

孫師禮對千荷道：「妳帶他們過去吧！」

「是。」千荷淺淺一笑，轉身走到門口，纖手微微一擺，道：「諸位郎君請！」眾才子一齊站起，向孫師禮拱手告辭，便依序離席，隨千荷出門而去。

一行人繞到後山，穿過蒼蒼鬱鬱的松林，最後順著一條小徑突穿出去，前方豁然開朗，出現一泓碧湖，湖面被日光映照得閃閃爍爍，宛如天地自生的綠寶錦緞，光耀得讓人睜不開眼來。

湖畔立著一座簡樸的竹齋，屋角掛著兩盞碧紗燈籠，屋旁立著一座木架，架上掛著幾幅畫軸。屋前擺放一張大木桌和長條凳，這副桌椅與竹廬的樣式十分不協調，顯然是為了招待賓客，臨時加添的。

千荷對著竹齋呼喚道：「姑娘，貴客到了。」

「嗯。」竹齋內傳來一道低低聲音，口氣冷淡，沒有半點喜迎賓客的親切。

眾才子聽見孫無憂已在內室，心中甚是期待，千荷卻招呼眾人圍著木桌就座：「竹齋太小，容不下許多人，還請諸位在屋外享用茶點，簡慢莫怪。」

眾才子長途而來，早已飢渴交加，見到桌上一碟碟芝麻花酥糖、窩窩兒、青蔥煎餅等精巧點心，都怦然心動，恨不能一把吞進肚裡去，但想孫無憂隨時會從竹齋出來，可不能露出饞急模樣，也只好嚥著口水，正襟危坐。

馮道心中掛念山谷裡的難民，又排斥這門婚事，心想：「我把自己弄得粗鄙些，讓孫姑娘瞧不上我，只要早早淘汰，我就可以溜去找孫師禮……」便刻意放肆起來，大聲道：

「很好，很好！孫姑娘挺周到的，這些點心看來不錯！」說著伸長手到別人桌上，拿了一個大窩窩頭大口咬下，囫圇吞入，一時間口乾舌燥，險些噎住，忍不住蹙眉道：「孫姑娘不是說請我們來品茗看畫，怎麼沒茶水？這樣吃東西，燥得很，快快拿茶水上來吧！」

眾才子都覺得他甚是無禮，那千荷卻是好脾氣，柔聲道：「郎君稍待。」便從角落搬出一只銅鼎風爐、木炭和粗陶茶具過來，道：「待會兒就有茶水了。」

馮道又抱怨：「現在才煮茶，要等到幾時呢？」

千荷輕聲道：「茶水要現煮，才不會涼了，諸位若是閒極無聊，可以欣賞湖光山色，也可欣賞書畫。」又起身走向那掛卷軸的木架，一一拉了繩索，垂下六幅掛畫，分別是鳳凰圖、鴛鴦圖、大荷花圖，還有三幅是才子佳人泛舟圖。

這些畫作筆法細膩、色彩繽紛，但最特別的是它的顏料，看似水墨暈染，在日光映射下，卻閃著微微光芒，那光彩雖小，需特別留意才會發現，卻使一張張圖畫顯得更加鮮活靈動。

馮道心中掛念山谷難民，催促道：「山水書畫有什麼好看的？還是美人兒賞心悅目，趕緊讓姑娘出來相見吧，喜不喜歡，一拍兩散，莫浪費彼此的時間！」

千荷柔聲解釋：「姑娘喜歡以文會友，因此親手做了幾張圖，想與諸位郎君切磋一番，鳳凰、鴛鴦、荷花是各別圖畫，這三張泛舟圖卻是連環圖，不能拆開觀看，待會兒要請諸位報上身家姓名，從中挑選一幅畫，以古詩抒發己見，倘若有人能答對一題，姑娘便會相見。」

眾才子心想：「這考題簡單得很，鳳凰、鴛鴦、荷花，都隱含了佳偶大成的意思，等會兒只要選擇一首情詩，表露傾慕之意，相信就能過關了！至於那泛舟圖，一首詩要表達三張圖，太過困難，不選也罷！」都打定主意從鳳凰、鴛鴦、荷花圖中挑選一幅作答。

馮道哼道：「她是皇帝點狀元嚒？這麼大架子！咱們是讀書人，有儒士風骨，豈能呆呆站在這裡，讓一個連面都不肯露的小姑娘點評來點評去？」

眾才子暗暗好笑：「孫姑娘躲在竹齋裡，是暗中觀察我們的品性，以詩畫出題，卻是考較文才，這鄉巴佬全然不懂，真是鬧笑話！」想到孫無憂正盯著自己，人人都昂首挺胸，更注意自己的儀態。

千荷柳眉微蹙，暗想：「這個鄉下野夫，真不知明公為何發請帖給他？」

眾才子都起身到畫架仔細研究，只有馮道不去看畫，心想：「倘若來不及求見孫明府，我至少帶些糧食回去。」便坐到千荷對面，指著桌上點心道：「這麼好吃的茶點，他們都不吃，真是可惜了！我能不能打包回去？」這般討要點心，實是不要臉面，但為了谷中百姓，他也顧不得了。

千荷微然蹙眉，暗啐：「這人真不懂禮數！」道：「這些點心是給諸位郎君共享的！」

馮道一不作二不休，索性耍起無賴：「他們只想求見孫姑娘，哪有心思吃東西？請姑娘幫我打包起來，若灶房裡還有點心，也請一併打包，總之多多益善，孫明府一向樂善好施，不會拒絕我這小小要求吧？」

千荷從沒遇過這麼無賴的人，只好道：「就這些了！郎君喜歡，請自便吧。」

馮道立刻從懷裡拿出一個大布囊，毫不客氣地將桌上點心一一打包入袋，連餅屑也不放過。千荷懶得與他爭辯，趁著眾才子欣賞畫作，只專心烹煮茶水，她先點燃風爐下的木炭，再把大肚釜放到爐上燒煮開水，接著夾起一塊餅茶慢慢炙烤，再用茶磨將餅茶輾細，盛夏日光灑過湖面，反映到佳人的纖影，形成一幅柔美的女子烹茶圖。

馮道正專注打包點心，忽聞一陣茶香，抬頭望去，見千荷甜美婉約的身影融入茶霧氤氳、湖光水色裡，一時間不由得癡了：「這煙波寒水、碧紗燈籠、美人煮茶……」眼前彷彿當年渭水河上，波光粼粼，褚寒依乘船而來，如仙子飛渡銀河的美景：「那一日也是這樣，我與妹妹在畫舫上相遇，她彈琴唱曲、細細烹茶，我對她一見傾心，說要為她三笑傾舟……可如今舟傾人散，佳人渺渺，不知流落何方……」想起當時風光旖旎，如今伊人殞逝，只餘他獨自憔悴，無處話淒涼，不由得輕聲一嘆，滿懷心思都沉浸在前塵往事裡。

千荷見馮道目光癡癡專注於自己的雙手，不由得暗暗羞臊：「這人不只是野夫，還是登徒子！」但礙於孫無憂的吩咐，既不能停止煮茶，又不好直面數落賓客，只能委婉道：「郎君當真渴得很，一直盯著茶水？」

馮道滿心傷感，並沒注意到自己的失態，聽千荷這麼問，解釋道：「我不是盯著茶水，是欣賞妳煮茶。」

千荷一聽，更加羞臊：「這人明明是來向姑娘提親，卻一直盯著我看，怎麼得了？莫要惹惱姑娘，還連累了我！」見馮道毫不避諱，又柔聲勸道：「茶水沒這麼快好，郎君還是去瞧瞧掛畫吧！」

馮道嘆道：「姑娘煮茶是一道活生生的美景，我又何必去看那些沒有生氣的圖畫？」

千荷臉上一紅，嗔道：「唉！你莫要亂說話！」

馮道認真道：「我沒有亂說話！這鴛鴦圖、鳳凰圖、荷花圖沒一張畫得好的，哪裡比得上姑娘烹茶好看？」

千荷柳眉微微一蹙，暗啐：「登徒子！」面上仍是禮貌周到，輕聲道：「姑娘的畫都藏有深意，只怕郎君沒有瞧出來。」

馮道不以為然道：「這些畫哪有什麼高深意境？小姑娘故作姿態罷了！就拿那張鳳凰圖來說，構圖太過複雜，什麼亂七八糟的東西都放進去，一看便知是下品！」

那鳳凰圖是一對鳳凰神采飛揚地昂立城樓上，羽翼大展，圍護著一座高大城樓，城樓下芳草虛蕪，江水東流，渺渺遠去，流水盡頭是隱隱青山。整張圖氣勢磅礴，又徒留唏噓，讓人以為是哪個男子慨嘆時局之作，但仔細觀察，便會發現兩隻鳳首脈脈相望，目光含情，流露出兒女情長。

千荷聽馮道這麼直言，吃了一驚，急道：「這些畫怎麼不好了？你可要說出個道理，否則小心姑娘饒不了你！」

馮道將幾個芝麻酥糖小心翼翼地放入袋中，拍了拍手上的酥屑，道：「好吧！我便說給你聽，這鳳凰既是圍護下方城樓，本該目光炯炯，可是孫姑娘卻把牠們畫成含情脈脈地對看，倘若要畫鳳凰于飛、鳳凰和鳴，下方就該畫些喜慶圖案，而不是殘破城樓，這佈局與意境大相徑庭，簡直是不倫不類！」又指向最左邊的掛圖，道：「還有那張，更是狗屁不通！」

那是一幅色彩繽紛的鴛鴦圖，濛濛雲雨籠罩著城樓，將滿城春花洗滌得明媚嬌豔，處處綻放著盎然生機，樓前曲水環繞，碧波蕩漾，一對鴛鴦悠遊其中，恩愛嬉戲。

千荷聽他出言不遜，臉上一紅，支吾道：「你……你這話未免那個……不雅！」

馮道卻是振振有辭：「這幅畫上空是雨霧濛濛，下方卻花草鮮明，花草淋了雨霧，只會殘破迷濛，需等天空放晴，方顯嬌豔，哪有雨霧還下，花草就清豔的道理？這不是狗屁不通是什麼？」

千荷聽他直言批評，心中又急又怒，卻說不出一句話來反駁，一張小臉只脹得紅通通。

「此言差矣！」一位年近三十、頭戴垂翅幞帽、身穿灰青色圓領袍衫的文士聽到兩人對話，走近前來，昂首道：「在下王緘，先祖是東晉宰相王導，在節帥帳中擔任參軍，對這幅鴛鴦圖有不同見解。」這段話表明自己出身世家，已得到劉仁恭提拔，孫無憂若肯下嫁，日後也是衣食無憂。

千荷見來了救兵，連忙道：「王郎有什麼高見，還請道來。」

王緘走到鴛鴦圖前，微笑道：「孫姑娘筆法工整細致，佈局虛實相合，那濛濛雨霧呈現了空靈潤澤的氛圍，正好將碧葉紅花、五彩鴛鴦的鮮豔襯托出來，這是寫意，不是寫實，倘若畫作都要依據事實，那便失了味道和想像。」

千荷歡喜道：「王郎說得甚是！」

馮道見王緘五官剛硬，神色頗有英悍之氣，身形不高，卻站得十分筆挺，形貌頗為固執，心想：「我只是來胡混，也不必和他爭論。」便閉了口，不再說話。

王緘以為他說不過自己，心中得意，更提高聲音滔滔大論，想讓竹齋內的孫無憂聽見：「但這些畫最特別之處，乃是孫姑娘並非以筆墨畫成，而是以繡線織就，無論是鴛鴦羽毛的蓬鬆，還是含情脈脈的眼神，盡活靈活現。孫姑娘手藝果然擔得起『天下無雙』這四個字，就算是趙夫人在世，也要自愧弗如，不敢號稱『三絕』！」

他說的趙夫人是三國吳王孫權的妃子，擅長以指間撚彩絲織錦，號稱「機絕」，又能在小小的方帛裡，繡出各國地形圖，稱作「針絕」，還能以膠續絲做成輕幔，稱為「絲絕」，因此有「三絕」美名流傳後世。

馮道根本沒仔細觀看畫作，聽王緘這麼一說，才發現那些畫作會微微閃爍，是因為繡線反映了日光，他憶及褚寒依也擅長繡畫，不由得黯然神傷，隨即想起女煞星也是以繡花針殺人，一時陷入沉思：「難道女煞星也擅長刺繡，才以繡針為暗器？」

王緘見馮道神情黯然，認定他怯於自己，更是意氣風發，想趁勢搶個頭采：「方才千荷姑娘說我們要挑選一幅畫，以古詩抒發己見，在下就挑這幅鴛鴦圖吧！」

千荷微笑道：「王郎請說。」

王緘腦中早已轉過無數鴛鴦的詩詞，立刻高聲吟道：「『菱透浮萍綠錦池，夏鶯千囀弄薔薇。盡日無人看微雨，鴛鴦相對浴紅衣。』」微微一笑，又道：「這不用多加解釋了，孫姑娘與我相對浴紅衣，願作鴛鴦不羨仙！」

馮道心中讚道：「這首詩選得好極，可謂詩中有畫、畫中有情。」

眾才子大多和王緘存了一般心思，打算挑這幅鴛鴦圖，想不到會讓他搶了先機，一時間也想不出更好的詩詞，心中都懊悔自己動作太慢。

王緘也覺得自己的詩是萬中選一，以篤定的語氣問道：「杜牡這首《齊安郡後池絕句》如何？可以會見孫姑娘嚒？」

「王郎請稍待。」千荷放下手中茶具，起身走進竹齋裡，過了一會兒，又走出來，向王緘微微福了一禮，輕聲道：「姑娘說這首詩挑得很不錯，可是這幅鴛鴦圖只有高樓雲雨、鴛鴦戲水，並沒有菱葉浮萍，也沒有夏鶯薔薇，王郎為何胡亂加添？」

王緘未料孫無憂會在細節裡挑刺，一時想不到什麼詩能完全符合，卻不甘心退場，辯駁道：「方才姑娘說必需引用古詩，我才借了杜牧的詩，倘若要完全符合圖畫，我自題一首詩來描述，也是可以的。」

千荷卻婉拒道：「王郎的文采當然不錯，自行題詩倒也不必了。」

王緘忿忿不平道：「這是什麼意思？就算淘汰了我，也請孫姑娘發出一言！」

千荷柔聲勸道：「王郎稍安毋躁，先聽聽其他郎君的意思。」又高聲喚道：「還有哪一位郎君想來試試？」

「啵！」大肚釜的熱水冒出一個大氣泡，馮道興奮地站起來，千荷問道：「郎君想答題嚒？」

馮道笑咪咪道：「不是，我是說已經第一沸，該加鹽了！」

千荷奇怪地望了他一眼，暗想：「看來他真的很渴。」一邊加細鹽入滾水裡，一邊用木勺攪拌茶水，道：「請再等等。」

馮道喜道：「是！是！我明白！還要等第二沸、第三沸才可以！」

千荷道：「原來郎君也懂煮茶？」

馮道沉醉道：「我瞧人煮過，那是世上最好喝的茶，教我回味至今，永世不忘……」

千荷低哼道：「世上還有比姑娘會煮茶的人？我可不信！改日請那人來與姑娘較量較量。」

馮道黯然道：「那人如今不知去向，我就是想再喝一口她的茶，也不可能了……」

千荷想自己觸到他的傷心事，便停了話題，轉向眾人高聲問道：「還有哪位郎君要答題？」

等了許久，都無人應答，馮道心想：「反正我無意娶親，猜錯了也無妨，就替他們探探謎題吧。」便站起身，同時間，邊席上一位玉樹臨風的青年起身拱手道：「在下劉昫，字耀遠，涿州歸義人。」此人神彩秀拔、風度翩翩，一身錦衣袍子繡著白雲遊逸的花樣，將那高挑的身形襯托得更加優雅。

眾人不由得眼睛一亮，心中甚是羨慕：「原來這人便是譽滿幽燕的三美才子劉昫，聽說他祖父劉乘是幽府左司馬，父親劉因是幽州巡官，不只家世好，兄弟三人都生得十分俊俏，才名遠揚，就不知是肚裡真有墨水，還是因為長得好皮囊，才添了美名？」

千荷微笑道：「劉郎前來，真令敝齋蓬蓽生輝，沾染榮光，還請多多指教。」

馮道見千荷笑意盈盈，一雙美眸盡在這位俏郎君臉上悄悄打轉，取笑道：「他是才子，我也是才子，難道他生了一張小白臉，妳對他就笑盈盈，對我就冷冰冰？」

千荷聞言，恨不能找個地洞鑽了，羞急道：「我沒有！我……郎君莫要胡說，小婢萬萬不敢。」

馮道輕嘆道：「我和妳閒聊半天，妳從來也沒問過我的名字，我站起來要答題，妳卻只招呼他。」

千荷尷尬道：「我以為茶水第二沸了，你才站起，沒想到你竟要答題……」

馮道搖頭感慨：「原來姑娘瞧不起我，覺得我只會吃吃喝喝，根本不會答題？」

「我沒有……」千荷不知如何解釋，只羞得滿臉通紅。

劉昫才貌兼備，自幼人見人誇，不免養成剛直高傲的性子，方才瞥見馮道一雙眼睛緊盯著千荷的雙手，已是不忿，又見他出口調笑，不由得義憤填膺，訓斥道：「這位仁兄，就算千荷姑娘只是一個小婢，也是父母生養，你堂堂一個大男子，為何態度輕薄，盡欺侮小姑娘，你羞也不羞？」

馮道心中冤枉：「我幾時輕薄她了？我不過開個玩笑，他何必生這麼大的氣？這人相貌俊秀，看似斯斯文文，脾氣卻火爆得很，性情與外表也太不相配了！」認出劉昫就是方才在大廳中，諷刺李小喜攀附劉守光之人，又想：「說他脾氣差，卻每每仗義直言，也算是胸懷正義！」

劉昫又道：「你想搶先答題，劉某讓你便是！」

千荷如獲大赦，向劉昫投了一個感激的眼光，羞怯道：「多謝劉郎君。」又轉問馮道：「請問郎君大名。」

馮道說道：「在下馮隱，瀛州景城人。」

千荷又道：「敢問馮郎想挑哪一幅圖畫？」

馮道笑道：「鳳凰于飛、鴛鴦對浴、並蒂蓮，哈哈！每一幅都代表孫姑娘的待嫁女兒心，急不可待，一時間難選得很，妳還是先問劉郎君吧！」

千荷聽他嘲笑孫無憂急於嫁人，又不答題，暗暗惱怒：「這人簡直是不可理喻！」遂轉問劉昫，目光一觸了他，小臉又不禁一紅，連忙別開目光望向掛畫，輕聲問道：「敢問劉郎，你挑哪一幅畫作？」

劉昫走近荷花圖，對竹齋拱手道：「劉某對這荷花圖有些領會，請姑娘指教。」那圖是一位少女以背相對，站立在荷花湖畔，湖心有一名男子正在採蓮，碧湖銀波粼粼，湖中荷葉點點，卻只有一株極大的雙開荷花，宛如王者傲然獨立，花瓣層層疊疊綻放開來，不知有多少，許多花瓣隨風飄飛，與春雪相映成紛紛紅雨，還有一雙小鳥在風中天真嬉戲，整幅圖畫生機盎然、頗有情趣。

劉昫吟道：「世間花葉不相倫，花入金盆葉作塵。惟有綠荷紅菡萏，卷舒開合任天真。此花此葉常相映，翠減紅衰愁殺人。」

他借李商隱的《贈荷花》，暗喻自己與孫無憂是天造地設的一對，有如荷花、荷葉相輝映，但願與她恩愛白頭，永不分離。這詩比起王緘的「鴛鴦相對浴紅衣」，雖然委婉含蓄，卻更和諧美妙，也表明了長相廝守的決心，並非鴛鴦戲水般，只貪一時的歡愉。

馮道心中暗讚：「這人外表俊美，看似易招惹風流，不大可靠，其實比王緘更有誠意，是孫姑娘的良伴。」

其他人也想：「這劉昫不但人長得俊，文采也確實不錯，是個大大的勁敵，只怕就要贏得孫姑娘的芳心了！」

千荷照例進入竹齋內請問孫無憂，過了一會兒，緩步出來，對劉昫柔聲道：「劉郎的誠意，姑娘收到了，但姑娘仍有一問，這畫中是雙開荷花，並非是單獨一朵荷花與荷葉相映，還有比翼雙飛的小鳥兒，白雪紅瓣雨又作何解釋？」

劉昫一時無解，拱手道：「在下不才，沒有令孫姑娘滿意。」

千荷雖為他可惜，也無能相助，只好讓其他人繼續猜謎：「還有哪位郎君想試試？」

左邊角落一位濃眉大眼、年近三十的青年昂首站起，拱手道：「在下趙鳳。」他身形高挑，態度從容豁達，衣衫雖然有些老舊，卻掩不住一身儒生正氣。

「趙鳳？」馮道心想：「聽說此人學識豐富，曾參加科舉，中過進士，是有名的才子。」

趙鳳走上前指著鳳凰圖，朗聲道：「在下單名一個『鳳』字，便選鳳凰圖，唯願與姑娘鳳凰于飛。」

馮道微笑道：「這畫挑得好！既有趙兄的名字，也表達了對孫姑娘的仰慕之情。」

趙鳳並不領情，反而道：「方才馮兄批評這張圖亂七八糟，在下看法全然不同，私以為這構圖雖然複雜了些，卻很有意境。」

馮道「哦」了一聲，不置可否，千荷見趙鳳反駁馮道的批評，心中生了幾分好感，微笑道：「願聞其詳。」

趙鳳長吟道：「鳳凰臺上鳳凰遊，鳳去臺空江自流。吳宮花草埋幽徑，晉代衣冠成古丘。三山半落青天外，二水中分白鷺洲。總為浮雲能蔽日，長安不見使人愁。」

馮道心中佩服：「這詩挑得最好！鳳凰乃是王權的代表，鳳去台空，昔日長安的繁華已然荒蕪，朝中風流人物也已經埋入黃土，徒留江水悠悠。這首《登金陵鳳凰台》不只符合鳳凰圖的意境，更表露了男兒憂思家國的惆悵。這趙鳳是個真儒士，倘若我是孫姑娘，定要選他為婿！」

千荷也聽出這詩意不凡，興沖沖進入竹齋，卻黯然出來，搖頭嘆道：「姑娘說趙郎挑選《登金陵鳳凰台》，詩意確實符合畫境，卻太過惆悵，不大符合求婚喜事！」

馮道心中一愕：「這孫無憂也太難伺候了！」

趙鳳不服氣道：「趙某雖不才，也能看出這圖畫本身就流露幾許傷感，孫姑娘不讓人說出來，那還評論什麼？」

千荷臉上一陣為難，有些欲言又止，趙鳳也是聰明人，立刻道：「莫非孫姑娘有什麼愁煩事？在下願意傾聽，或許能為姑娘開解。」

千荷嘆道：「姑娘說了，趙郎的才學、高遠志向，她很是佩服，只不過，這試題是答錯了，還請見諒。」

其他人暗想王緘、劉昫、趙鳳都是學問優瞻、盛名遠揚的才子，卻接連敗陣，一時間也不敢再搶出風頭，都仔細研究畫作，苦苦思索，有幾人試了幾幅畫，始終不符合孫無憂的心意，便不再有人站起。

那茶水已經到了第三沸，千荷一邊分茶給眾人，一邊道：「諸君請慢用。」

眾才子拿了茶碗慢慢品茗，心中暗暗思索，都覺得這試題並不像表面看得那麼容易。

馮道卻想：「無論大家怎麼回答，孫姑娘都能挑出刺來，她壓根沒想嫁人，我也不用費這腦筋了！」既然求親無望，他只能把酥餅帶回去給山谷難民，又想：「我必須在這裡把茶米吃個夠，回去就不用跟大家搶吃的。」遂揭開碗蓋大口吞茶，又不住地咀嚼。其時河北百姓十分貧苦，在劉仁恭的剝削之下，常常連米粒也吃不到，就把曬乾的草枝磨成粉，加點水，當做茶米充飢，馮道習慣使然，嚼了一會兒，忽覺得齒間空虛，這才發現千荷的茶只有茶湯，根本沒有茶葉，忍不住道：「這茶裡什麼也沒有，怎吃得飽？」

眾人都暗暗竊笑：「原來他到這裡，不是為了求親，是來求一頓溫飽的。」「這也難怪，像他這樣肚子裡沒有墨水，身骨又弱不禁風，文不成、武不就，在這亂世裡，就只會餓死……」

千荷同情地瞄了馮道一眼，搖頭道：「真的沒有茶點了。」又問道：「還有哪位郎君想試題？」

眾文士平時才思敏捷，此刻卻是想破了頭，也猜不出什麼詩作能完全符合畫意，等了半晌，終於有一位文士站起來，拱手道：「在下李崧，字大醜，深州饒陽人。」此人一張扁平大臉上搭著烏雞小眼、大塌鼻，樣貌頗為醜陋。

「大醜？」眾才子心中一愣，都暗暗好笑：「果然人如其名！」

李小喜哼道：「真是什麼人都敢來求娶天下無雙的孫姑娘！」

李崧知道自己樣貌不佳，卻不在乎旁人眼光，只對千荷微微一笑，道：「有一首詩可合得上泛舟圖。」

眾才子挑選鴛鴦、鳳凰、荷花圖，便是覺得泛舟連環圖，最難想出匹配的詩句，想不到李崧竟會如此挑選，心中都不以為然，王緘低低一哼，嗤之以鼻，李小喜更是直接哄笑了出來：「大醜，你別忘了，這三幅可是連環圖，你當真想得出詩詞？」

李崧自知樣貌比不上劉昫、才氣比不過趙鳳、家世比不上王緘，便決定兵行險著，挑選最難的試題，道：「這三張圖可配得李白的《清平調三首》，第一首形容孫姑娘靈秀如瑤臺仙子，第二首是孫姑娘我見猶憐，宛如趙飛燕，第三首自是孫姑娘美豔高貴，有如楊貴妃了。」❷

眾才子都驚嘆李崧答得十分高明：「這大醜樣貌雖醜，腦袋卻不差，竟能想出《清平調》來奉承孫姑娘！就算他答不中，哪個姑娘不喜歡好聽話？說不定孫姑娘一高興，就點他進去了。」

那李小喜最善逢迎，心中扼腕：「我怎沒想到這一招，讓那個大醜搶了先！」

千荷進入竹簾探問，過了一會兒出來道：「姑娘說《清平調》裡的美人兒，她擔當不起，倒是李郎的詩中沒有泛舟、江水，與圖畫並不相合。」

李崧的鎩羽而歸，讓眾人更加氣餒，卻也學到了一招，既猜不中孫無憂真正的意思，倒不如學他的花言巧語，李小喜反應最快，立刻站起大聲吟誦「洛神賦」，孫無憂在竹齋內敲打竹枝示意他停止，他仍厚著臉皮把整首詩都念完，末了還加一堆阿諛奉承之詞，盛讚孫無憂美貌如甄宓，其他人見狀，也爭相仿效，有人大聲長吟「西施詠」，有人朗誦「王昭君」，大約古代美人、才女的詩賦全用上了，所唸之詞極盡婀諛，卻與圖畫全不符合。

孫無憂聽得好生不耐，往往聽他們吟唸幾句，便以竹枝輕敲窗框，示意錯誤，連千荷都不再進去詢問。

馮道也弄不清孫無憂意欲何為，但他既無心求婚，便不費這個腦筋，只安心把桌上茶點逐一掃光，便站起身來，道：「好茶好點好痛快！各位兄弟，你們慢慢來，在下先行一步了！」

眾人見他來白吃白喝一頓，都想：「這人到底怎麼混進來的？」

忽聽得孫無憂在竹齋裡敲了兩下竹枝，千荷會意，連忙起身攔住馮道，柔聲道：「郎君且慢，你還未答題。」

馮道微笑道：「那樣的奉承詞令，在下是萬萬說不出來的，既無法回答，只好自行告退。」

千荷暗想：「看他的樣子，就知道他沒有半點墨水，我真是多此一問！可是大家都答完了，竟沒有一人猜中姑娘的意思，這該如何是好？」美眸一掃，發現有一條漏網之魚，便不再理會馮道，連忙指了角落一位男子，道：「郎君，你是最後一位了！」

那人怯怯地抬起頭來，眾人一見他的形貌，不由得蹙了眉，發出低低驚呼聲，馮道原本要離去，聽見眾人反應，便停步回首望去。

幽燕文風雖盛，劉仁恭父子卻不重視文人，以致許多才子有志難申，來這裡的人雖有劉昫、王緘那樣的官宦公子，更多的是家境清寒，希望攀上孫明府婚事，謀求仕途的貧苦子弟，但無論如何窘迫，既來求親，總會盡量打扮一番，衣飾就算不高貴華麗，也會穿上新衣新帽，再不然也會乾淨清爽，像馮道那樣沿路奔波，弄得一身狼狽，已是不可思議，這人竟比馮道還不堪，他身上的衣衫比身形還短了一截，雙臂雙腿都露了出來，那衣服雖然洗過，仍殘留許多污漬，更有許多破洞補丁，顯然這衣服已不知穿了多少年，露出的手臂小腿也滿是傷痕。

那人低聲道：「在下龍……龍敏……幽州永清人，字欲訥。」

眾才子心中都想：「龍敏？聽說他有一個儒丐的稱號。」又想：「那儒丐是客套話，乞丐才是真的。」

千荷見龍敏如此落魄，心中甚覺不妥：「姑娘怎能嫁給這樣的人？」但態度仍是客氣：「敢問龍郎想挑哪幅畫？」

龍敏原本心中自卑，因此沒有搶答，直等到千荷點名，才不得不抬起頭來，見眾人果然打量著自己的外貌，又見眾才子都沒有答對，心中更沒有底氣，神情不由得忸怩起來，低聲道：「就……這連……」

李小喜冷笑道：「龍兄一直不吭聲，也是來騙吃騙喝嚒？」

馮道微笑道：「龍兄，你是不是也覺得這些畫沒什麼了不起，不如咱倆別看畫了，喝茶去！」

龍敏向他微微一笑，卻不想放棄這個機會，一咬牙，道：「我挑泛舟圖。」

「連環圖？」眾才子更是不肯相信，鼻中盡哼出聲。

千荷道：「敢問龍郎的詩句是……」

「蒹葭！」龍敏道：「蒹葭蒼蒼，白露為霜。所謂伊人，在水一方。蒹葭淒淒，白露未晞。所謂伊人，在水之湄。蒹葭采采，白露未已。所謂伊人，在水之涘。」❸

馮道大聲讚道：「這蒹葭三首挑得好！」又對竹齋裡喊道：「詩句剛好把少女泛舟全然表達了，孫姑娘可不能再說沒有江水了！」

千荷聽孫無憂並沒有敲竹枝，便走進竹齋詢問，過一會兒，又走出來，道：「姑娘說蒹葭詩句優雅，但與畫中女子的姿態並不匹配。」

龍敏聽孫無憂拒絕了自己，又見眾人嘲笑的眼光，臉上一紅，尷尬道：「是！姑娘說得是。」

馮道見圖中是一名少女站在舟上，手持長櫓，揮打一名男子，神態飛逸，英姿颯爽，不禁笑道：「龍兄用詩經形容三張水中女子，再合適不過！只不過孫姑娘畫技太差，硬生生把美人畫成母老虎，才配不上詩經佳句。」龍敏朝他微微一笑，目光盡是感激。

千荷蹙眉道：「姑娘行俠仗義，棒打地痞無賴，哪裡不好？」

馮道哈哈一笑，道：「原來這是孫姑娘行俠仗義圖，失敬！失敬！」又道：「凶悍的女子沒什麼不好，我喜歡的姑娘比這畫中女子還凶悍！」

龍敏奇道：「馮兄既有心上人，又怎會來此？」

這一句話正好戳中馮道的心事，想到褚寒依的音容倩影，不禁胸口一痛，傷心欲絕：「是啊！我在這裡做什麼？」卻只能輕輕一嘆。

王緘冷笑道：「是為了攀附孫家，拋棄舊人吧！」

馮道不願在眾人面前談及自己的傷心事，便轉移目標，想去瞧瞧那幅少女棒打無賴圖，千荷卻橫跨一步，擋住馮道的視線，道：「馮郎君既有心上人，就不勞你的大駕了！」

馮道笑道：「不給看？也罷！」

王緘仍不甘心，道：「孫姑娘對我們的答案都不滿意，想必有更高明的詩句，還請見告。」

千荷搖搖頭道：「姑娘沒有答案，才想求問各位郎君。」

眾人一愣：「孫姑娘也沒有答案？」紛紛問道：「那麼姑娘究竟要選誰？」

千荷道：「各位沒有答中姑娘的心意，都請回去吧。」

李小喜大是不耐，忍不住罵道：「這什麼意思？她自己沒有答案，卻說我們都答錯？把我們差來差去，是要著人玩麼？」

眾人也跟著鼓躁起來：「不錯！快教孫姑娘出來見面！」

千荷見眾男子神情氣憤，有些膽怯，連忙進竹齋詢問，過了一會兒，又出來道：「姑娘請王綝、劉昫、趙鳳、李崧、龍敏幾位郎君進入竹齋閒聊，其餘人可以回去了。」將竹門開了一道縫隙，被點名的幾位才子見狀，不由得喜上眉梢，快步魚貫而入。

李小喜越加不服氣：「憑什麼那大醜樣貌如此醜陋，可以錄取？龍敏那乞丐又髒又臭，也可以錄取？還請孫姑娘出來發個話！」其他落選之人爭相附和，只有馮道十分乾脆，拱手道：「今日承蒙千荷姑娘厚茶相待，又領受了諸位的才識，在下實是獲益良多，不虛此行，就此別過了。」便瀟灑離去。

（註❶「夜光照玄陰……積念發狂癡。」出自兩漢詩詞《蘭若生春陽》。）

（註❷《清平調三首》，其一：雲想衣裳花想容，春風拂檻露華濃。若非群玉山頭見，會向瑤台月下逢。其二：一枝紅艷露凝香，雲雨巫山枉斷腸。借問漢宮誰得似，可憐飛燕倚新妝。其三：名花傾國兩相歡，常得君王帶笑看。解釋春風無限恨，沉香亭北倚欄杆。）

（註❸「蒹葭蒼蒼……在水之涘。」出自《詩經》的《秦風蒹葭》。）

九〇六・八　浩歌待明月・曲盡已忘情

馮道離開三笑齋，趕回石院尋找孫師禮，卻落了空，孫師禮已經前往景州，他也只好先回山谷，與眾人會合，再做打算。

他沿著河畔慢慢行走，苦思如何籌措足夠的糧食，一抬頭，忽見前方山坡大片棗樹迎風搖曳，一顆顆金絲小棗纍纍掛滿樹梢，在日光灑照下金光爍爍，不由得欣喜若狂：「有救了！我先採一些金絲小棗回去，再教他們過來，這麼大片棗樹，吃上十天半個月也不成問題！」

他飛奔過去，直接摘了一枚棗子放入口裏品嚐，但覺核小肉豐、金絲綿綿、香甜如蜜，不由得讚嘆：「常言道：『天地藹華金絲果，古今名士品其高。』這金絲小棗的風味果然如名士一般高雅！我今日是名士也見了，金絲果也嘗了，真是好福氣！」

他一邊採棗，一邊回想今日遇見的文士：「方才答題時，所有人都有意無意地討好孫姑娘，只有趙鳳不屑為之，他豪爽敢言、胸懷高遠志向，是輕利重義的性情中人；那劉昫也是真有學問，並非空有外貌的草包，性情雖急燥了些，卻是仗義執言的實心人；儒丐龍敏寬厚隨和，看似卑微，其實內含學問，堅執理想；李崧雖其貌不揚，卻能審時度勢，出奇制勝，只是他性子如何，一時還不好說；至於王緘，出身名門，也有些墨水，並非不學無術的紈褲子弟，但性情驕傲，並無雅量，論才識、論胸襟，是比不過趙鳳了！孫姑娘確實有眼光，挑的人雖不是英雄豪傑，卻是安邦治民的棟樑，將來都大有前途，日後我若是與他們在官場上相遇，倒可以引為知己，互相扶持，共同為蒼生努力……」

正當馮道採得不亦樂乎，兜個大布袋時，卻見竹齋落選的才子們慌慌張張地奔來，口裡還大聲呼救，彷彿後面有什麼咬人的野獸在追逐他們。

馮道高聲喚道：「你們遇上什麼麻煩了？」

眾才子見馮道呼喚，連忙奔向他，指著後方，爭相告知：「快跑！後……後面……」但跑得氣喘吁吁，連話都說不全。

馮道凝功於耳目，向他們所指的方向看去，道：「那裡什麼也沒有，究竟發生什麼事了？」

眾才子聽馮道這麼一說，連忙回首望去，才發現早已脫離危險，剛才拼命奔跑，這一鬆懈，頓覺全身虛脫，紛紛頹然坐倒，大大喘氣。

馮道見他們熱汗淋漓，便拿出新摘的棗子分送給眾人，道：「大家跑累了，嚐個棗子解解渴。」

眾人吃了棗子，才真正放鬆下來，便開始你一言、我一語地說起情況，李小喜搶先道：「馮兄當真幸運，先走一步，才沒遇到那個瘋婆子！」

馮道不解道：「什麼瘋婆子？」

李小喜道：「你走了之後，大夥兒起初還不肯散去，都吵著要見孫無憂！」

馮道見他們神情氣憤，不再以「孫姑娘」相稱，反而直呼其名，心想：「你們手無縛雞之力，還敢威脅一個武功高強的姑娘，肯定要吃苦頭！」道：「孫姑娘不肯相見，總不會放狗咬人吧？」

李小喜氣憤道：「雖不是放狗咬人，但也相差無幾！她自己就是一隻瘋狗，哪還需要放狗咬人？」

馮道見眾人狼狽的樣子，險些笑了出來，只能強忍笑意，好言問道：「再怎麼說，孫無憂也是個姑娘家，怎能比做瘋狗？」

另一人道：「我們待在竹齋前不肯離去，其實只是好奇，想等王緘那幾人出來，問問看孫無憂究竟是怎樣的天下無雙？等得久了，不免你一言我一語地閒聊，豈料沒把人等出來，卻等來一把繡花針！」

馮道心中一凜，問道：「繡花針？什麼意思？」

李小喜翻開衣袖，露出臂上的針孔，忿忿道：「或許是我們的談話刺了孫大姑娘的耳朵，她居然從竹齋裏射出繡花針，一人賞我們一針！你瞧瞧，我被射中臂膀！」

另一人也翻開褲管，道：「我被射中小腿！」

他們將拔起的繡花針攤放在掌心，遞到馮道面前，氣憤道：「你瞧！這女人多惡毒！我們不過閒聊兩句，她就拿針射我們！」

「當初招親時，說沒有武功的士子才能參加，我們全都沒武功，她卻以繡花針傷人，這不是欺侮人嚒？」

「又是繡花針……」馮道隱隱覺得這孫無憂大有問題，連忙拿起繡針細細察看，見那只是一般的繡花針，很多女子都常使用，很難證明孫無憂就是女煞星，正當他越想越可疑時，其中一人又道：「無故傷人，我們自然很生氣了，嚷嚷著要孫無憂出來解釋，那千荷竟說：『你們這般胡言亂語，姑娘只是小小教訓一下，算你們走運，別不知好歹了！』」

馮道心想：「千荷一個嬌滴滴的小姑娘，連我這麼無賴，她都好聲好氣，怎會怒氣沖沖？肯定是他們說話極為難聽，小姑娘是個忠心護主之人，因此動了氣。倘若孫無憂真是女煞星，只刺刺他們的手臂、小腿，確實是手下留情了。」嘆道：「這孫姑娘是有些蠻橫！難道招親之前，你們沒打聽過她的品性？」

其中一人嘆道：「我們自己出身不好，哪能挑剔什麼？只想她既是孫明府的女兒，教養應不會太差。」

李小喜怒道：「那千荷還說：『你們再胡鬧，就不怕孫先生摘了你們的腦袋？』你聽聽，她竟想讓孫先生殺了我們？」

馮道心想：「你李小喜是劉守光眼前的紅人，小小一個孫明府能拿你如何？」便問：「孫明府看來斯文有禮，怎會輕易摘人腦袋？」

李小喜哼道：「孫明府自然不會輕易摘人腦袋，他也沒這麼大本事，千荷說的孫先生是我盧龍第一軍師——孫鶴！孫師禮與他是遠親！」

馮道心中一震：「孫師禮與孫鶴是遠親？」恍然明白：「原來三笑齋真正的主人是孫鶴，難怪無人敢招惹！」見眾才子聽到孫鶴的名字時，個個眼睛發亮，心中頓時瞭然：「這些人是希望借與孫家聯姻，攀上孫鶴，因此就算不知孫無憂品貌如何，仍踴躍前來求親。自廣明大亂後，各藩鎮競延名士，以掌書檄，孫鶴自然知道網羅賢才的重要性，因此孫師禮這次召河北才子前來，表面上是選婿，其實也是為孫鶴選才，倘若這女婿得到孫鶴提拔，孫姑娘日後生活也多了份保障。這真是一舉三得、皆大歡喜的好婚事！他們三方都有如意算盤，只有我一人是瞎葫蘆，誤打誤撞地滾進去！」

這幾年劉仁恭的地盤能快速擴充，全倚賴孫鶴的運籌帷幄，因此他對孫鶴極為禮遇；孫鶴感念劉仁恭的知遇之恩，也是忠心不貳、鞠躬盡瘁。劉仁恭見孫鶴謀略有方，索性把軍國大事全交給他處理，自己樂得大肆享福。孫鶴一時位高權重，風光無兩，所有幽燕才子無不費盡心思想投到他門下。

馮道回鄉之後，也曾設法接近孫鶴，始終不得其門而入，本來想托好友韓延徽引薦，偏偏韓延徽出遠門去了，想不到孫無憂與孫鶴關係密切，自己卻因為任性，白白錯失良機，心中不禁萬分懊惱：「我真是愚不可及！孫姑娘此刻肯定很討厭我了，我該如何回去求她？」

李小喜說出孫師禮與孫鶴的關係，等於直接戳破眾才子想藉孫無憂攀附權貴的意圖，眾才子見馮道臉色驚詫，眼神流露幾許異樣，顯然他並不知情，不禁有些尷尬，紛紛辯解道：「世道太亂，讀書人往往被輕視、殘殺，我們也是不得已，才想參加招親求活路！」「我們飽讀聖賢書，卻無法施展抱負，只有參加招親，才有機會拜在孫先生門下，我們真不是故意要攀附權貴……」

李小喜冷冷一哼，插口道：「就算要攀龍附鳳，我也攀個真鳳凰，豈會攀那隻假鳳凰？她真以為自己是大戶千金，故作姿態地畫什麼鳳凰圖，誰不知她才是攀龍附鳳的假鳳凰！不知哪來的野女人，孫明府竟把她當成寶！我要不是奉了小將軍之令，替他來瞧瞧這天下無雙的美人，我用得著受這氣嚒？」

馮道心想：「原來劉守光想得到孫姑娘，礙於孫鶴，不敢動手，便讓李小喜來探探情況。」又道：「就算孫姑娘品貌不佳，也不至於是假鳳凰……」

其中一人解釋道：「馮兄有所不知，孫明府有個獨生女，名喚『無憂』，有一年他們全家去到江南，乘船時竟遭遇海盜搶劫，無憂落水失蹤，孫明府夫婦不願相信愛女已死，年年去揚子江尋找，想不到去年真的在河裡撈起這位姑娘，見她與自己的女兒年歲相當，眉目有幾分相似，就認定她是無憂，十分疼愛她。」

另一人接口道：「但大家都說這姑娘根本就不是孫無憂，也有傳言說她是為了躲避匪兵，跳下懸崖，墜入河裡，撞壞了腦子，因此有些糊裡糊塗。」

李小喜氣憤道：「豈止腦袋糊塗？簡直就是瘋婆子！她用銀針傷人，還裝模作樣地嘆氣說：『你們怎麼躲不過呢？如果是他，一定能躲得了。』我們氣不過，自是與她吵了起來，說：『我們沒什麼武功，怎麼躲？』她竟然說：『他也沒有武功，卻躲得了，不！他也躲不了，他明明能躲，卻會為了討我歡心，故意不躲開，總之都是你們不好！』馮兄，你評評理，她是不是瘋婆子？」

馮道暗嘆：「這孫無憂和我一樣，心中藏了一個人，為情所困，才痴痴傻傻了。」不禁對她起了同情。

李小喜呸道：「瘋顛也就罷了，竟還長得醜！什麼天下無雙？我呸！簡直就是天下無雙的醜婆子！」

馮道萬萬想不到孫無憂非但不是什麼天仙美女，還又凶又醜，不禁嘆了口氣：「就算她容貌平凡些，李大哥也該口下留情！」

李小喜憤恨道：「一個姑娘家若是長得平凡些，就該注重賢德，她卻仗著有孫鶴這座大靠山，便無法無天！這女人醜得天下無雙，這輩子是別想嫁出去了！」

馮道不解道：「孫姑娘躲在竹齋裡，李大哥怎會知道她的樣貌？」

李小喜道：「那時我們吵鬧著不肯離開，她終於現身了！」

其他人卻問：「她雖然現身，卻戴著一頂帷帽，你又如何看見她的長相？」

馮道心中驚詫，急問：「你們說她戴了一頂帷帽，那樣式如何？」

李小喜一邊拿起樹枝在地上畫出圖式，一邊道：「皂紗垂肩，就是淺露黑帽。」

「以繡花針為暗器，戴黑色帷帽……」馮道幾乎要認定前夜的女煞星就是孫無憂：「一個官家小姐殺自家士兵，絲毫不手軟，還可能殘害眾多少女，這孫無憂也太可怕了！她究竟是個什麼樣的人？」

只聽李小喜續道：「她一出現，繡花針就漫天亂射，簡直是殺人不眨眼的女魔頭，我們只好拔腿快逃，她還不肯放過，死命追在後頭，我忍不住回望了一眼，誰知那麼恰巧，她追得太急，帷帽被風吹掉了，露出那可怕的面貌，她怕醜了，連忙去追帽子，才沒繼續追殺我們，可我們也不敢停步，就一路奔到這兒了！」說到這裡，不知是慶幸自己逃脫了虎口，還是被那醜臉嚇的，不禁拍了拍胸口，大大吁了口氣。

馮道忍不住道：「一個姑娘家能怎麼醜法，竟把李大哥嚇成這樣？」

李小喜哼道：「她臉上有道長刀疤，簡直是人見人怕、鬼見鬼愁！人說春秋戰國有個鍾無豔，咱們卻有個孫無憂，也不知誰比較醜、誰比較可怕……」他兀自嘮叨個不停，馮道聽見臉有刀疤，幾乎是驚跳而起，回頭奔去，不管後面那幫才子聲聲呼喚：「喂！你怎麼回去了？」「你小心了！那是隻會咬人的母老虎！」

馮道飛快繞往後山，往竹齋奔去，把自己罵了千萬遍：「我真是糊塗！我應該極力爭取見孫姑娘一面才是！」

竹齋那端傳來一陣輕柔縹緲的琴音，馮道不由得全身一震：「這曲子是『鳳凰于飛』！是當日在鳳翔城，妹妹為我彈的曲子……」他又驚又喜，恨不能奔得再快些，但漸漸地，卻感到有些不對勁，當時他與褚寒依兩情相悅、愛戀至深，曲中意韻如慕如訴，纏綿刻骨，孫無憂所彈的曲調雖美，卻迷離空泛，彷彿她心中情愛無處可依，只是空彈著曲兒，並無法感動人心。

馮道不禁迷惘：「當日我與妹妹情意正濃，互訂終身，這曲子在妹妹手中，極盡鳳凰和諧之意，是何等美妙！但孫姑娘孤芳自賞、不識情愛，沒有選中佳婿，琴音也就空空蕩蕩，這意境與妹妹相差甚遠……難道孫姑娘並不是妹妹？」這麼一想，不由得忐忑起來，琴聲漸細漸微，彷彿伊人越走越遠，飄飛到了數里之外，馮道情不自禁地著急起來，叫道：「妹妹！等我！」忍不住飛奔向三笑齋。

三笑齋前，千荷正在收拾杯碗殘羹，見馮道忽然回來，吃了一驚，幾乎掉落手中的茶盞，定了定神，才道：「馮郎君，你怎麼回來了？」

馮道心中激蕩，一邊剝去臉上易容的黃泥，一邊急問千荷：「你家姑娘還在嚒？」

千荷看得驚奇，指著他支吾道：「你……你怎麼換了容貌？」

馮道拱手道：「我想見孫姑娘一面，請代為通報。」

千荷搖搖頭，道：「考試已經結束，你沒有錄取，不得見姑娘。」

馮道只好道：「那我問妳一件事，妳家姑娘長得醜，是不是臉上有一道長長的刀疤？」

千荷跺足道：「誰說我家姑娘長得醜？」又氣得伸手推他：「你這個裝神弄鬼的傢伙，竟用假面貌來相親，沒有半點誠意，我家姑娘長得如何，都不關你的事！你快快走吧！」

馮道求懇道：「好姑娘，請妳去通報一聲，說我想見孫姑娘。」

千荷冷哼道：「這麼多人想見姑娘都見不著，憑什麼她要見你？」

馮道正求助無門，一抬頭，見到「三笑齋」的字牌，心中似有什麼念頭隱隱要竄出，卻還摸不著頭緒，問道：「這小閣為何取名『三笑齋』？」

千荷道：「姑娘高興一笑再笑連三笑，干你什麼事？姑娘不在這裡，你快走吧！」

馮道耳朵極靈，道：「我明明聽見孫姑娘還在竹齋內……」

千荷蹙眉道：「姑娘想見你自會出聲，她不出聲，自是不想見你了。」

馮道怎肯放棄，索性奔向畫架，仔細端看畫作，只見第一幅泛舟圖是一名少女手持琵琶，與一名書生相對而坐，在一艘美麗的畫舫上，兩人中間擺了茶器、琵琶，馮道不由得心跳劇烈、驚喜交加：「這是我和妹妹在渭水上相遇，彈琴煮茶……」他往前走去，見第二幅泛舟圖就是那張少女在小舟上，手持長櫓揮打滾地書生，馮道狠敲自己一記爆栗：「這根本不是棒打地痞流氓，是晉水河上妹妹持櫓打我！」他快步走到第三幅泛舟圖前，見少女與書生乘舟共遊荷花湖，並肩欣賞一方繡帕，繡帕上有一朵大大的千瓣荷：「這是我們在淮南定情，一起欣賞千瓣荷的繡畫……世上絕沒有這麼巧的事！」

這一剎那，彷彿所有圖畫都活了過來，串成一幕幕往事，他恍然明白：「妹妹猜想我一定會回鄉，因此早早回到這裡等我；她尋不到我，便用文士招親的方式引我前來；她設下鳳凰、鴛鴦、荷花、泛舟圖的謎題，又教千荷煮茶，那些全是我倆共同的經歷，千荷的名字即是千瓣荷，三笑齋其實是三笑傾舟！妹妹費盡苦心地尋找我，我卻糊裡糊塗，肆意妄為，全然不解風情……我真是豬腦袋，該打！」他越想越是頭昏腦熱，忍不住伸手打了自己一巴掌。

千荷見他痴痴傻傻，竟打了自己，驚呼道：「唉喲！你這人是失心瘋了？人家不見你，你就自己打自己，撒潑起來了？」

馮道求懇道：「我知道我把事情弄砸了，可是方才我真不知道是她，千荷姑娘，求求妳，我一定要見她一面。」

千荷瞧他神態有些瘋顛，連忙站到竹齋前，雙臂大展，不讓他越雷池一步，馮道見千荷不肯通報，反而阻擋前路，便高聲喊道：「妹妹，是不是妳？是我！我來赴約了！」

千荷怒道：「你莫耍潑皮了！方才讓你好好看畫，你滿口胡言，一轉身又來求爺爺、告奶奶！你再不離開，我可喊人了！」

馮道指著圖畫激動道：「這裡每一幅圖畫都與我有關！這鳳凰圖是我和妹妹……我是說和寒依……不！是和孫姑娘在一起……」

千荷氣惱道：「你胡說什麼？我家姑娘幾時和你在一起了？」

馮道但覺說什麼都不對，只好道：「總之這是我們一起防守鳳翔城的情景……」

千荷見他胡攪蠻纏，跺足道：「你這人怎地如此討厭？你答錯題目，姑娘是絕不會再見你的，否則人人都來翻案，豈不是煩不勝煩？你快快走吧！」

馮道反駁道：「我沒有答錯題目！因為我根本還沒有答題，孫姑娘應該給我一次機會，我不只能答對一題，還奉送另外三題，我也不要求孫姑娘下嫁，只要她肯與我見上一面，這買賣夠划算吧？」不等孫無憂回答，又指著架上一幅幅字畫，道：「這鳳凰圖的題詩是：『鳳凰于飛，翽翽其羽，亦傅于天。藹藹王多吉人，維君子命，媚于庶人。鳳凰鳴矣，于彼高岡。梧桐生矣，于彼朝陽。菶菶萋萋，雝雝喈喈』，說的是我倆用了『鳳凰于飛』、『鳳凰和鳴』的計策，一起守護鳳翔城的天子與百姓；鴛鴦圖是妹妹用：『廣陵城中饒花光，廣陵城外花為牆。高樓重重宿雲雨，野水灩灩飛鴛鴦。』這首詩來通知我，妳義父已答應我倆的婚約；荷花圖是妹妹為我刺了千瓣荷的繡畫，詩作是：『采蓮君子新求偶，咏雪佳人夙締緣，春風笑引比翼鳥，紅雨催開並蒂蓮。』這三張泛舟圖的詩作卻是改過的，原本是：『北方有佳人，絕世而獨立，一顧傾人城，再顧傾人國。寧不知傾城與傾

國，佳人難再得。』」❶

他說到「佳人難再得」時，不由得輕聲一嘆，對竹齋柔聲說道：「當時我為了博妳一笑，把它改成：『一笑傾城、再笑傾國、三笑傾舟』，所以這是一幅連環圖，也是『三笑齋』名字的由來！孫姑娘，我不知妳為何不肯相認，但這些詩，妳說我答得對不對？」

千荷聽到後來，臉色也不禁變了，目光望向竹齋，輕聲問道：「姑娘，他……答得對麼？」顯然也覺得馮道所言頗有道理。

四下一片寂靜，許久許久，都沒有半點回應，孫無憂始終不發一言，馮道以「聞達」玄功凝耳豎聽，才隱隱聽見她呼吸微微急促，似乎有些激動，馮道連忙道：「妹……」竹齋裡終於傳出一記輕輕的敲竹聲，馮道歡呼道：「孫姑娘敲竹枝了，她要見我！」

千荷微微蹙眉，道：「這一聲不是見你，是姑娘喚我進去。」便轉身進去竹齋，不過片刻，馮道卻覺得像等了一輩子那麼長久，一顆心七上八下，怦怦劇跳，終於盼到千荷出來：「姑娘說你可以從泛舟圖挑選一幅畫，挑好了，便盡快離去。」

馮道再也忍不住，激動道：「她為什麼不見我？我答錯了麼？我不走！」

千荷回頭望望竹齋，又轉過來道：「姑娘贈你親筆畫作，已是破例，你莫再夾纏不清。」

馮道望著那三張連環泛舟圖，心中糾結難捨，究竟該選哪一幅，實在抉擇不下，搖搖頭道：「我不選！」

千荷低聲勸道：「姑娘今夜還有別的事，待會兒就要離開，你再不走，肯定有苦頭吃！」

咫尺天涯，卻不得相見，馮道越想越傷心，忍不住紅了眼眶，哽咽道：「我帶走其中一幅，便和另外兩幅分開了，豈不是孤伶伶的，就像我與妹妹分開一樣？鴛鴦拆離、孤獨無依，從此尋尋覓覓……」

千荷心中不忍，嘆了口氣，道：「你別這樣，這事我做不了主。」她趕不走馮道，只好對竹齋喊道：「姑娘，馮郎君不肯離去，要賴哭了起來，這該如何是好？」

孫無憂啐道：「他哭了？」

千荷點點頭道：「哭了！」

孫無憂幽幽道：「『他』總是嘻嘻哈哈，從來不哭的，就算天塌下來，也能當被蓋……這懦弱的愛哭鬼，豈配做我的夫君？讓他走吧！」顯然更瞧不起馮道了。

馮道頓時感到失態，連忙伸袖拭淚，道：「在下是自傷身世，並不是因為姑娘不肯相見，才……」話說到一半，忽然一個閃身，繞過千荷，直闖向竹齋。千荷吃了一驚，驚呼道：「你這個登徒子！」連忙追去，但她步伐細碎，又如何追得上？

馮道今日不探個究竟，絕不罷休，大聲喊道：「妹……」一句話尚未說完，「嗤嗤嗤！」孫無憂忽然發難，從內室射出三隻繡花針，馮道心神恍惚，竟不知閃躲，還奔向前去，直到被射中肩口、手臂、大腿，他身上幾處劇通併發，心中更加激動，忍不住大叫道：「妳要射便射吧！妳不肯見我，不如射死了我！」眼看一枚繡花針射向面門，他堅持不肯退離，只雙目一閉，忍不住流下淚來：「我……我尋妳尋得好苦，妳為什麼不肯見我？」

「叮！」一聲，孫無憂原本也只是嚇嚇他，見他中了幾針還不肯退，便狠心發了一枚針直射他眉間，但見他仍不退，終是心軟，自己又發了一枚繡針打落了那枚取命針，沉聲道：「馮郎君莫再僭越了，否則我絕不留情。」又道：「千荷，妳進來，莫要理會他了。」千荷便開了齋門進入。

馮道驚魂甫定，暗呼好險，倒也不敢再造次了，心中一時歡喜一時憂愁：「她終究捨不得殺我，可我也進不去……」又想：「剛才千荷說她晚些要出去，我就守在這裡，她一刻不出門，我就等一刻，她一輩子不出門，我就等一輩子，無論如何，找一定要見到她！」

竹齋一時靜了下來，再沒有半點聲音，馮道既打算長期抗戰，便坐到附近的松樹下，癡癡地望著竹齋，想像裡面的倩影，一時愁腸百轉：「妹妹已知道是我，為什麼不肯相見？難道她是怪我當時沒有救下她嚒？還是怕我嫌棄她的容貌？她為了救我性命，才自毀容貌，我憐惜她還來不及，又怎會嫌棄她？」一想到前日那個女煞星，不禁擔憂起來：「如果妹妹真成了女煞星，這該如何是好？她為什麼要濫殺無辜？唉！她心地善良，肯定不會胡亂殺人，但她追殺李小喜等人，又是千真萬確……難道她墜河時，真撞壞了腦子，以至心性大變？無論她是醜了、瘋了，還是更凶了，我都要設法醫治她，就算治不好，我也一輩子照顧她……」

他坐在樹下，但覺好多疑問都無可解答，一時沉緬往昔、長吁短嘆，忽聽見千荷在竹齋裡問道：「姑娘，時間快到了，那馮郎君還待在樹下，不肯離去，恐怕會礙事，要不要我去打發他？」

孫無憂冷冷道：「妳打發得了嚒？」

千荷吐了吐舌頭，輕輕一笑：「我是打發不了，但姑娘也不打發他？」

孫無憂沉默半晌，道：「妳讓他進來吧。」

千荷愕然道：「姑娘肯見他？」

孫無憂淡淡道：「這人無賴、無膽、無識，我連跟他說一句話都不願意，又怎會想見他？只是他太過無賴，不見他，咱們怎麼出門辦事？」

「是。」千荷走出竹齋，喚道：「馮郎君，你過來吧，姑娘有話對你說。」

馮道連忙站起，心想：「妹妹好容易答應見我，我可不能再魯莽了，千萬要好言相哄，不能再惹惱她。」便定了定心神，小心翼翼隨千荷進入，卻見竹齋內空蕩蕩的，沒有半個人，孫無憂不知去了哪裡，只堂側立著一片書架，架上藏書豐富，書架旁有一片垂地竹簾，右側窗下有一張竹桌，桌上擺放一具琵琶，和幾張紙骨柔薄、仿姑蘇繡染的粉色假蘇箋，幾枝纖細的紫毫湖筆，和一方端硯、半截徽墨。在河北這貧困之地，能收集到這些精巧之物，想必孫無憂是費了好大一番心思，除此之外，屋內並沒有華麗擺設，也沒有小女兒的飾物，可見她雅好琴詩書畫，不喜虛榮浮華。

過了一會兒，竹簾後才映出孫無憂的身影，道：「你從李小喜口中得知我臉上有刀疤，知道我又醜又凶，應該避而遠之，為何還回來？」

馮道趕緊道：「妳很像我從前認識的姑娘，我想確認……」

孫無憂冷哼一聲，打斷他道：「你既有了心上人，為何還來這裡？你們所有人來求親，為的都不是我孫無憂，而是為了攀附孫鶴！你們這些文士，表面清高，其實為了求取功名，不惜利用女子登高上爬，為了施展才華，寧可助紂為虐，當真是無恥至極！像你們這樣的人，還想教本姑娘下嫁？」

馮道想不到孫無憂把自己叫進來，竟是劈頭一頓辱罵，他雖不生氣，卻也忍不住反駁：「姑娘此言差矣！我瞧趙鳳、劉昫、龍敏都是性情耿直、胸懷志向之人，我們讀聖賢書，不是為了升官發財，是為了致君堯舜，經世濟民。如今世道紛亂，沒有半個賢君，我們只能投靠孫鶴，接近劉仁恭，希望盡一己之力，勸諫他愛護百姓。」

孫無憂冷嘲道：「你簡直是痴人作夢！若是劉仁恭聽你勸說幾句，就能成為明主，太陽都能從西方升起！」

馮道誠懇道：「我來求親，確實不是為了姑娘，卻也不是為了孫鶴，是為了一群苦難人，他們待在大安山谷底，望姑娘大發善心，伸手救援。」說罷深深一揖。

孫無憂冷冷一哼，顯然不相信他所說，道：「你既說是為了救人，我便給你一個機會，咱們打個賭——」

「好！」馮道一口答應，心中美滋滋地想著：「妹妹就是愛打賭，從前我與她打賭猜謎，結下情緣，這次我一定也能勝出賭局，重結婚緣！」

孫無憂奇道：「你還不知要打賭什麼，就答應了？」

馮道說道：「不管打賭什麼，我都答應，我只有一個條件……」他原本想提出勝了賭局，就要看孫無憂的真面目，此時卻只能說道：「如果我賭贏了，還請三笑齋收留那幫難民。」

孫無憂似有深意地一笑：「既然你自信能勸服劉仁恭，那我就給你一個死諫的機會，只要你能活著回來，我便救人。」

馮道不明所以，問道：「什麼死諫的機會？」一句話未說完，但覺頭暈目眩，渾身酥軟，不由得吃了一驚：「難道她用傾城香害我？如果她不是妹妹，而是女煞星，就糟了……」他一心只想與褚寒依團圓，全沒想到提防孫無憂，此刻驚覺大事不妙，已來不及，只軟軟倒下，任人宰割。

（註❶：「鳳凰于飛……雝雝喈喈」出自《詩經．大雅．卷阿》。「廣陵城中饒花光……野水灩灩飛鴛鴦。」出自唐朝趙嘏《廣陵》。「采蓮君子新求偶……紅雨催開並蒂蓮。」出自喜慶對聯。「北方有佳人……佳人難再得。」出自李延年《北方有佳人》。）

九〇六・九

尚采不死藥・茫然使心哀

是時，中原方多故，仁恭得倚燕彊且遠，無所憚，意自滿。從方士王若訥學長年，築館大安山，掠子女充之。又招浮屠，與講法。以堇土為錢，斂真錢，穴山藏之，殺匠滅口。禁南方茶，自擷山為茶，號山曰大恩，以邀利。《新唐書・卷二一二》

月沉星稀、薄霧繚繞，一輛馬車獨行在蒼林間，滾動的車輪不斷碾碎地上的沙石、枯木，有時也碾碎一些荒野屍骨，那轆轆不絕的嘎吱聲，彷彿是整座山林唯一餘留的聲音。

沿路的顛簸令馮道漸漸甦醒過來，他勉強睜開眼睛，見周遭一片黑暗，身子卻被軟軟硬硬的東西擠壓住，四肢只能蜷曲著，無法伸展，不禁一聲驚呼：「唉喲！我這是在哪裡？」聽見外邊馬蹄聲響，回想起先前被孫無憂迷昏，不禁一嘆：「看樣子，我是被她塞在箱子裡，不知要運往何方？」

馬車一路往上，顛簸不已，馮道體內迷香未散，全身虛軟乏力，又被顛得頭昏腦脹，一時聚不起真氣，只能伸出手指在黑暗中緩緩摸索：「咦？這些布料軟軟的，好像綾羅薄紗，還點綴著珠飾、貼花，這些長絲怎麼好像……姑娘的髮絲！」他赫然發覺那些軟軟硬硬的東西是人體！雖然隔著衣衫，卻能感受到那是人的骨骼和肌肉！

「長髮、貼花……難道妹妹把我和姑娘們塞在一起？唉喲！這怎麼得了？孟夫子說：『男女授受不親』，這等豔福，我可消受不起！」一時間他感到無比羞臊，身子不敢亂動，腦子卻忍不住胡思亂想：「難道妹妹是要試探我的定力，看我對她是不是一心一意，才這麼做？唉！我心裡只有她一個人，她卻陷我於不義，還毀了幾位姑娘的名節，真是太任性了！」

馬車忽然停了下來，四周一片寂靜，只有蟬鳴鳥啼和嗡嗡迴響的風聲，馮道暗思：「這季節山風不強，這地方卻有風聲回音，應該是位於山林洞穴口。妹妹將我們運到這裡……」腦中倏然浮起女屍滿山谷的可怕景象，不由得打了一個激靈，只能拼命告訴自己：「不會的！不會的！妹妹心地善良，絕不是女煞星……」

他對孫無憂一直懷著癡想，認定她是失蹤的褚寒依，即使被迷昏塞入木箱，也不怎麼害怕，只以為她是故意作弄，就像從前褚寒依把他五花大綁，卻不會真的下毒手，但如果孫無憂真把他和一群女子塞入木箱，運至山谷殺害丟棄，就太可怕了！

「孟夫子雖說：『男女授受不親』，卻也說：『嫂溺援之以手者』。情非得已，各位姑娘，我只好失禮了！」馮道伸出手指試圖尋找她們的手腕，摸索了一會兒，但覺她們皮膚粗糙、骨胳粗大，心想：「這些姑娘粗手大腳的，應該是附近的農家子弟，雖然呼吸低淺，總算還活著！」確認她們無病無害，只是昏迷過去，稍稍鬆了口氣，又輕聲道歉：「各位姑娘，我若有冒犯，觸碰了不該的地方，真不是故意的，請多加原宥，我一定會盡力救大家出去。」說罷便功聚雙耳，仔細聆聽四方動靜。

孫無憂與千荷坐在駕車處，一直沉默無語，只呼吸微微沉重，似乎有些緊張，過了一會兒，千荷想找個話題緩解氣氛，便道：「我原以為馮郎君是個粗鄙野夫，想不到他說的詩詞全然符合圖畫，挑不出什麼毛病，姑娘，妳說他是不是妳要找的那個人？」

馮道低呼：「她果然是借著圖畫在尋人！」心中升起希望，連忙豎耳傾聽，卻聽孫無憂斬釘截鐵地道：「不是！」

千荷吶吶道：「姑娘，那個人每次出現，都戴著面具，妳怎能確定他不是馮郎君？」

孫無憂哼道：「那個馮隱就是個登徒子！明明來向我求親，心裡卻念著別的姑娘，眼睛還賊溜溜地盯著妳不放，像這種無賴，我見得多了，恨不得給他一頓教訓，他怎麼可能是那個人？」

馮道暗想：「那個人時常出現在她面前，我卻是今日才遇見她，看來真是誤會一場，她並不是妹妹。」小木箱裡原本空氣滯悶，心中的盼望又瞬間破滅，他頓時有種鬱結到不能呼吸的感覺，不由得輕輕嘆了口氣：「唉！我該好好向她致歉才是。但我雖不是那個人，她也不必把我囚在木箱裡！」

孫無憂幽幽說道：「在夢中，我們一起乘舟賞花、彈琴煮茶，還一起站在城樓上看天下，那城頭有一隻大的木鳳凰，我倆也好像鳳凰比翼雙飛一般。我雖看不清他的面貌，對他卻十分熟悉，才能把夢境一幅幅畫下來。」她輕輕一嘆，嘆息聲中隱藏著萬般愁苦、萬分深情：「可我不知道為什麼，一開始總是很歡喜，到最後，卻變得一片混亂，在很多人影之中，我看見他轉過身來，我心裡……竟十分害怕！」她語聲輕輕顫抖，彷彿自己不是女煞星，而是遇見了真正的煞星：「我明明想見他，為什麼害怕？我……我也不知道是怎麼回事？」

千荷問道：「他長得青面獠牙麼？」

「不！他玉樹臨風，俊美得很，只不過——」孫無憂搖搖頭道：「他臉上戴著銀色面具，很冰冷，我始終看不清他的面貌，也記不起來……」

馮道一愣：「原來他們是在夢中相遇！」瞬間又歡喜起來：「她對那個人念念不忘，才會日有所思、夜有所夢，倘若她真是妹妹，那麼我在她心中便是玉樹臨風……」他雖然挺會自我安慰，卻也有自知之明，知道這形容詞不大像自己：「我雖然會易容，卻不曾戴過銀色面具，難道她夢中那個人真不是我？」

千荷輕聲安慰：「姑娘想不起來就別想了，免得心煩。」

孫無憂輕輕一嘆，又低聲道：「他們應該快到了，我先做準備，妳千萬要沉住氣，牢記我的吩咐，一旦離開，就趕快去找叔叔。」

「她說的叔叔肯定就是孫鶴！」馮道心想孫無憂明明是個千金閨秀，可不知怎麼，這幾句話說得幽幽淡淡，竟有一種風蕭水寒，孤膽英雄訣別的味道，令他直覺不妙：「這姑娘行事常出人意表，莫要做出什麼傻事，還拖著我們一群人陪葬……」

果然千荷十分不安，顫聲勸道：「姑娘，妳真要進去麼？這件事真的太危險了，就算能活著出來，也可能連累明公，甚至是整個孫家……」

孫無憂不悅地打斷她：「我安排許久，總算將河北最有才華的書呆子全引誘過來，參與這場驚天大戲，我怎能不親眼瞧瞧？」

馮道心中一涼：「難道這場招親既不是孫師禮嫁女，也不是孫鶴選才，而是孫鶴以孫無憂為餌，設下招親圈套，企圖將所有河北文士一網打盡？」想到河北文士不只地位低下，生存困難，還遭到誘殺，不由得義憤填膺。

千荷雖然害怕，仍鼓起勇氣道：「姑娘，我陪妳進去吧！」

孫無憂哼道：「妳有什麼本事陪我進去？不怕死嚒？我交代的事，妳全忘了嚒？妳得盡快去找叔叔！」

千荷一咬牙道：「好吧！姑娘，妳自己千萬小心。」

兩人跳下馬車，走到車後方，掀開簾子，孫無憂指著裡面的大木箱，叮嚀千荷：「記得鎖緊。」

千荷著急道：「不行！我要是鎖緊箱子，萬一出了事，姑娘該怎麼逃跑？」

孫無憂道：「這是置之死地而後生，妳不鎖緊箱子，若是提前露了餡，才真是危險。」千荷無奈，只好答應。

馮道還在琢磨驚天大戲究竟是什麼意思，孫無憂忽然打開木箱，馮道一愣：「她要做什麼？」連忙閉上雙眼、屏住氣息，假裝昏迷，忽然間，一陣香氣撲身而來，竟是孫無憂屈身鑽入箱中，與他緊緊相貼地擠在一起。

千荷將木箱重新蓋好鎖緊，便回去靜靜坐在馬車座駕上，不發一語。

馮道與孫無憂軟綿的嬌軀相貼，不由得心猿意馬，心口狂跳：「她究竟是不是妹妹？」想到她一針就能刺死自己，又不敢造次，只蜷縮不動。但孫無憂身上迷人的甜香漸漸充斥在整個狹小的空間，越來越濃郁，在整晚詭譎迷亂的氣氛中，憑添一縷綺麗夢幻，馮道沐浴其中，直覺這香氣、柔軟的觸感，與褚寒依毫無二致，心中不由得一陣激動，恨不能一把摟住她傾訴相思，就算被一針刺死，也心甘情願，忽然明白了「牡丹花下死，作鬼也風流」是何等飄然的境界！

孫無憂自是不明白他的心思，一雙晶眸只睜得大大的，一瞬也不瞬地盯著木箱的開合處，全身都緊張地戒備著，似乎怕那箱門隨時會打開。馮道聽著她怦怦怦的心跳聲，但覺簡直是仙鼓擊樂：「此曲只應天上有，人間能得幾回聞？只小馮子有幸能聽見！」

正當他沉醉其中，滿心飄飄然，渾然忘記身處危境時，殘酷的現實總是猝不及防地降臨！

幾個男子從遠方走了過來，其中一人粗聲喊道：「喂！前面那個兄弟！」

千荷跳下馬車，拱了拱手，刻意逼緊嗓子，以粗啞聲音道：「今日……那老張生病，讓……讓我把東西……送過來。」

馮道原以為孫無憂與來人是一夥，但聽千荷啞著聲音，假扮成男子，與這幫壯漢接頭，不禁瞄了身旁的孫無憂一眼，暗想：「這姑娘一直裝神弄鬼，不知要做什麼？我卻莫名地掉入她的圈套！」

領頭男子嘲笑道：「小結巴！你的臉瞧著眼生，令牌給我瞧瞧！」

千荷手忙腳亂地翻出令牌，遞了過去，男子瞄了一眼令牌，點點頭，問道：「貨呢？」

千荷走到馬車後方，掀開車簾，顫聲道：「就……就在木箱裡。」

領頭男子也跟了過去，拍拍箱蓋，賊嘻嘻一笑：「全是上等貨色？」

千荷用力點點頭：「最好的一批！」

領頭男子問道：「裡面有幾個？」

千荷垂了頭，低聲道：「七……七個。」

「七個？」領頭男子怒斥道：「說好要十六個，怎麼才送來七個？」

千荷太過緊張，才結結巴巴，被他一喝斥，嚇得更結巴了：「這……這……附近的人都跑了……抓不到……」

領頭男子道：「罷了！先把人送進去！你趕緊回去告訴李副將，叫他盡快補足人數！」

「是。」千荷微微施禮：「我……回去稟報，再趕緊……趕緊抓人……」

領頭男子呼喝下屬：「你們快過來抬箱子！」眾人身手俐落地將大木箱搬到一輛手推車上，領頭男子見千荷似乎不肯離去，以為她想討賞，便拿了幾枚土錢丟給她，揮揮手道：「走吧！走吧！別杵在這裡結巴了，聽著難受！」

千荷擔心孫無憂的安全，才捨不得離開，眼看無法再待下去，也只好任他們搬走箱子，趕緊跳上馬車，疾馳而去。

馮道心中盤算：「原來木箱裡塞了七個人！除了我和孫姑娘，還有五位大姑娘……」這木箱鎖得十分嚴實，方才無論他怎麼用力，也推不開箱蓋，就算真能脫出木箱，以他的武功要對付孫無憂和其他壯漢，還要帶著五名大姑娘逃跑，實在不可能！

正當他苦思無策時，那木推車往前行了一小段路，忽然大力晃動一下，翻滾了半圈，幸好馮道緊緊抵住雙唇，才沒發出聲音。外邊那領頭男子已呼罵起來：「你們怎麼推車的？這箱貨是頂尖的，把她們顛傷了，你們有幾顆腦袋做賠？」

被罵的人也不服氣，道：「老大，這地道黑漆漆的，地面又凹凹凸凸，難走得很，才絆了腳！」

領頭男子啐道：「身強體壯的，都上了戰場，留下來的，盡是些老弱殘疾，能把隧道修得多好？總之你們照子放亮些，小心行走，別打翻車子。兄弟們，加把勁！等交了差，就能領賞！」

眾人一路左彎右拐，馮道心中暗暗數算：「十步、左彎；二十步、右轉……」但覺數了好久，這長路卻似無窮無盡：「這是個大迷宮麼？再這麼下去，我肯定記不住了，又怎麼救人出去？」但此刻也只能用力在腦中畫著路線圖，畫著畫著，忽然覺得這路徑越走越熟悉，不由得頭皮發麻：「這……是大安山的盤山迴廊！我是著了什麼魔，竟然又回到這裡！」

不遠處傳來一道腳步聲，木推車停了下來，眾男子恭敬道：「小將軍！」

剎那間，馮道對孫無憂的綺念全消，心中慘嚎：「果然是劉守光，我命休矣！」

眾男子向劉守光報告箱中有七人，劉守光微微沉默，似在思索什麼，半晌才道：「讓李小喜盡快把人補齊了！」眾男子恭敬稱「是」後，便快速退了出去。

劉守光命身邊侍衛繼續推著木推車前進，轉了幾個彎，又讓侍衛們退出去，然後親自動手推車，又轉了幾個彎，終於把箱子放下，便開始轉動箱子的鎖鍊和鎖頭。

馮道全然不知外面是什麼情況，只聽見一陣一陣的低吼聲，那聲音似乎十分壓抑又極為飢渴，宛如春雷潛在地底隆隆悶響，讓人分不清究竟是野獸的掙扎還是鬼怪的喘息。馮道不由得害怕起來：「劉守光不是要把我們拿去餵妖怪吧？」

隨著劉守光慢慢打開箱蓋一道縫隙，微微暈黃的燈光射了進來，馮道緊張地心口怦怦急跳，瞇著眼睛從細縫望出去，只見所在之地是一間金碧輝煌的大寢殿，前方有一張金白鑲繡的玉龍大床，床前羅幔垂舞，一名烏絲飄逸的明豔女子裹著輕薄白紗，玉體曼妙地橫陳在床上，慵懶如春睡海棠。

如此黯然銷魂的美景旁邊，卻有一大片築成蜂窩格狀的冰牆，每個蜂窩格裡塞著一名少女，那些少女被凍得臉色蒼白、雙眼沉閉，雖氣息奄奄，但還未死去，使原本夢幻綺麗的美景頓時變得詭異可怖。

但最可怕的是地板上還擱置一座徑長五尺、高三尺，形狀矮胖的三足鼎爐，鼎下放著一盆燒得紅通通的炭火，鼎邊氤氳冉冉，不斷冒出熱霧，將整間寢殿渲染成幻境般。鼎上有一名披頭散髮遮住面貌、全身赤裸、大汗淋漓的男子盤膝而坐，他原本曬得發亮的褐色肌膚裡透著森森黑氣，口裡不斷發出呼呼喘息，那壓抑的悶雷聲，就是由他丹田發出。

後方還站著一名手執拂塵的道士，另有幾名赤裸少女圍著三足鼎爐盤膝坐在地上，光潔的皮膚佈滿黑色血絲，那黑血絲從她們身子底處緩緩向上蔓延，就像黑色蛛網漫漫擴張，少女們身子微微顫抖，似乎十分痛苦，又無法掙脫，但最恐怖的是角落橫七豎八躺了好幾具少女裸屍，情狀就像山谷女屍那般淒慘！

「你的賊眼在瞧什麼？」喘息的男子一聲厲喝，嚇得馮道心口幾乎跳了出來，劉守光更是吃了一驚，手一抖，掉了木箱蓋，陪笑道：「您別誤會，孩兒是為您驗貨……」

「孩兒？」馮道心中怵然一驚，恍然明白那喘息男子竟是幽燕最高統帥——劉仁恭！

「還不去門口守著？」劉仁恭不等劉守光解釋，又大喝一聲：「快給我滾！」顯然已是焦燥難耐。

劉守光將箱蓋重新蓋好，鎖緊鐵鍊，快速退了出去。馮道再度落入黑暗囚困之中，但憑著剛才那一瞬看到的恐怖場景，已明白事情的真相，不由得全身發涼：「劉仁恭不只屠殺數萬工匠，還擄掠少女修練邪功……」不禁恨恨地瞪了孫無憂一眼：「難怪孫鶴、孫無憂要設計謀害河北文士，還捕捉少女，這全是為了討好劉仁恭，為他效力！」

而孫無憂在箱蓋打開的一剎那，整個人臉面朝下，幾乎是全然躲入馮道的懷裡，似乎怕劉守光會發現她的存在，已完全顧不上馮道的動靜。

劉仁恭沉聲問道：「小崽子送來多少人？」

那名道士正是王若訥，恭敬答道：「小將軍說裡頭裝了七人……」

劉仁恭勃然大怒：「明明需要十六人，他怎麼辦事的？」

王若訥見他心性浮燥，不利修練，連忙轉移話題，好化解他的怒氣：「恭喜節帥！」

劉仁恭怒道：「人數不夠，完功之日又要延後，仙道卻恭喜本帥，喜從何來？」

王若訥緩緩道：「節帥歷經七日閉關，已煉化了二百四十名少女，只要再煉化十六名，就可以突破『玉煞轉仙訣』第五重，這麼一重重練上去，直達到九重天，便能脫去肉體凡胎，完成仙體轉化，成為真正的仁恭大帝了！到時候，莫說李克用、朱全忠那幫凡夫俗子的拳腳武功根本不堪一擊，就連玉皇大帝也要讓你三分。」

「第一層十六名，第二層三十二名，第三層六十四名，上一次用了一百二十八名……」劉仁恭回想一路過關，與數百名少女合歡雙修，宛如千人斬般痛快，不由得回味無窮，哈哈大笑：「這修仙之法當真是快活似神仙！」

馮道心中驚駭：「這什麼轉仙訣，每進一層，就需用多一倍的女子修煉，練到第九層，豈不是要殘害八千多人？這明明是妖道，竟還說是仙法！」

王若訥安撫了劉仁恭的怒氣，又道：「這兩日至關重要，節帥務必持守中心，莫要輕易受外界影響。」

床上女子嗲聲勸道：「恭郎，王仙道說得不錯，你莫要急躁，小心走火入魔！」

劉仁恭笑道：「本帥不急，就怕嬌兒等太久，不耐煩了。」

「嬌兒？」馮道認出那聲音正是前日到劉守光軍府索要錦緞的小姨娘，想必也是李小喜口中的嬌夫人：「這女子的聲音好熟悉，我在哪裡聽過？」當時在幽州軍府中，他被幾個士兵壓制住，拚命掙扎，因此未留意嬌夫人的聲音，此刻細細聽來，不知為何，竟有一種似曾相識的感覺。

嬌夫人軟軟一哼，委屈道：「恭郎真是冤枉人家！你『蜂窩居』裡美女如雲，揮之即來，玩樂不盡，人家還不是乖乖等候著，哪敢有一句怨言？」

劉仁恭安慰道：「那些女人不過是本帥練功的爐鼎，妳才是我的心肝寶貝兒，我修練這神功，還不是為了妳，倘若我不年輕些，怎配得上妳這小美人？」

嬌夫人啐道：「自己圖青春快活，卻賴到人家身上！」又幽怨道：「將來你成了仁恭大帝，身邊仙女環繞，莫忘了嬌兒曾經盡心服侍你。」

即使劉仁恭想冷靜下來，一聽見美人兒嬌聲發嗲，也被挑逗得慾火焚身，忍不住呼喝：「王若訥，你動作快點，本帥要樂活了！」

馮道被關在黑暗中，看不見外邊景況，只聽見王若訥不停地奔來跑去，口中連聲答應：「是！是！老道需把小美人排好位置，要是出了差錯，後果不堪設想……」

劉仁恭時而低低壞笑，時而呼呼氣吼，那聲音特別邪淫詭異，又夾雜著幾許少女的慘呼，馮道越聽越驚駭憤怒，急得有如熱鍋上的螞蟻：「劉仁恭究竟在做什麼？」他心中焦急，卻不敢開口說話，免得被箱外的人查覺，便輕輕推了推孫無憂，想教她打開箱門，孫無憂卻渾然不覺，只全身冷得像冰，一雙晶眸死死盯著箱蓋開縫，不知是冷漠、憤怒還是害怕。

鼎爐下方的火燄越燒越旺，劉仁恭身體越來越灼熱，脾氣也越來越大，不停地呼喝斥罵，教王若訥動作快些，王若訥滿頭大汗地奔來奔去，一邊將劉仁恭修練完斷氣的少女丟到角落，一邊奔去蜂窩格裡抽取出沉睡的少女，再將她們安放在鼎爐四周，口裡仍不忘勸說：「節帥莫要心急，她們在蜂窩居待得越久，吸收的寒陰之氣越多，也越能補充你的功力，否則就必需找更多女子……」

「少廢話！」劉仁恭完全聽不進勸言，在暴施淫威後，雙拳連揮，「碰碰碰碰！」一口氣將四名斷氣少女全轟得肢離破碎，怒喝道：「快點！本帥快頂不住了！」

王若訥正奔向蜂窩格，聽見劉仁恭呼喊，回應道：「太快了！節帥，你運功如此著急，只怕會……」忽然一聲驚呼：「沒有了！節帥你消耗太快，蜂窩居的女人都用完了！我得打開木箱子……」又奔至劉守光送來的木箱，快速轉開鐵鎖鍊。

一旦箱蓋開啟，眾人都非死不可！

「想不到孫無憂真要置我們於死地……李小喜說得不錯，她就是個瘋婆子！我竟還把她當做妹妹，心存幻想！」在這之前，馮道甚至還抱著希望，不相信孫無憂如此狠毒，但殘忍的事實擺在眼前，他對自己的癡想感到傷心，為自己的無能為力感到憤怒，更為幽燕百姓有這樣的藩主感到萬分悲慟，不由得雙拳緊握，全身都顫抖起來。

下一剎那，箱蓋完全被打開，馮道還想不出對策，王若訥已經把箱中人一個一個快速抓起，連同孫無憂和馮道一起排到三足鼎周圍，瞬間一個人肉爐鼎已然完成。

劉仁恭沉閉著雙眼坐在爐頂上，大掌舉起，內力一吸，「咻！」一聲，其中一名女子瞬間飛至爐頂，馮道險些叫了出來，終是強忍住震驚，緊閉雙眼，心中急思該如何救人：「這房間除了劉仁恭之外，還有一個妖道和床上那個女人，外邊還有劉守光帶兵守著……」這等情況，他根本沒有半點勝算，更遑論還要帶走其他女子。

劉仁恭將全身血氣灌注下身，狂性大發地跨坐到女子身上，大掌用力扯開她的衣衫，準備以合歡之姿，將自己修練邪功所產生的濁陽穢氣傾洩給受害少女，並吸收對方的純陰真氣，以達到汰濁入清、採陰補陽之效。

馮道一顆心幾乎跳了出來，明知不敵，卻怎麼也無法眼睜睜看著無辜女子受害，一咬牙，將全身力氣聚到拳眼，準備飛撲過去。

「啊——」劉仁恭忽然大叫一聲，將爐頂少女掃了開去！

王若訥驚問：「怎麼了？」劉仁恭滿臉脹得通紅，全身緊繃到極點，還來不及回答就快速將第二個人吸上爐頂，才氣吼道：「那是男的！」話聲剛落，以指勁震開第二人的衣衫，卻發現這人也是男子所扮，他速度極快，就這麼一抓一甩，來來去去，快如閃電，直到第三人被抓，馮道才反應過來：「怎麼是男的？」睜眼望去，這才發現孫無憂竟然將相親錄取的五位文士——王緘、劉昫、趙鳳、李崧、龍敏連同馮道一起迷昏，改扮成女子，裝入木箱，再送他們潛入劉仁恭的練功房，此刻鼎爐四周全是陽剛男子假扮的姑娘，除了孫無憂自己！

馮道不禁感到既好氣又好笑：「孫姑娘當真是胡鬧至極！誰能想出這麼荒唐的主意？」卻發現劉仁恭抓的第三人赫然就是孫無憂！

以劉仁恭老道的經驗，立刻感受到這纖細柔軟的身軀是貨真價實的女子，並不像剛才那兩人是男子假扮，他急於將被迫彆住的滿腔陽熱火氣傾洩在孫無憂身上，一抓到人，立刻跨坐到她身上，見這女人以黑巾蒙臉，只露出一雙眼睛，雖然有些古怪，但此刻他體內如火中燒，已無暇細究，五指大張就去抓她衣衫，想狠狠撕裂。

馮道眼看孫無憂萬分危險，氣聚拳眼，身如離弓箭矢，飛撲過去，一股拳勁就要擊中劉仁恭後心要穴，王若訥知道劉仁恭正到緊要關頭，忽見馮道偷襲，驚呼：「節帥小心！」手中拂塵疾竄而出，似白蛇纏捲住馮道的小腿，將他往後拋甩出去。

馮道被這麼一扯，身子往後直飛，竟跌入大床裡，他為了卸去力道，情急之下，不得不抱住那豔麗的嬌夫人滾了一圈，滾到了地板上。兩人臉面相對，不過寸距，馮道聞到如蘭香氣，睜眼瞧去，只見眼前美人秋波盈盈、媚眼如絲，桃腮含笑，一抹香唇豔嫩欲滴，清麗之中有幾分妖媚，冶豔之中又有少許純真，令馮道驚喜之下，不由得低呼：「原來是妳！」

嬌夫人聽馮道認識自己，凝眸瞧了半晌，卻不認得他，愕然道：「妳是誰？」

此時情況危急，馮道無暇細說，只能撥開自己的長瀏海，道：「我是渭水河畔的馮道，妳還記得嚒？」

嬌夫人見他臉上塗了五彩脂粉，模樣滑稽，噗哧笑了出來，嗲聲道：「原來是馮郎君，我當然記得！」

這嬌夫人正是八年前在渭水河畔相遇的羅嬌兒，當時她不滿十二歲，只是一個小少女，因為害怕入宮探取情報，馮道曾為她求情，褚寒依因此代替羅嬌兒入宮涉險，馮道想不到她已亭亭玉立，成了明豔無方、婀娜多嬌的女子，更想不到她會來到幽州，成了劉仁恭的寵妾，兩人竟在這種情況相遇，還衣衫不整地擁滾在一起，實是尷尬至極。

馮道驚覺自己伏在她以薄紗輕蔽幾近赤裸的身上，實在失禮，連忙要起身，羅嬌兒卻以雙臂緊緊纏抱住他，美眸一瞟床外，低呼道：「你不要命嚒，闖來這裡？」馮道還來不及回答，羅幔外卻傳來劉仁恭與孫無憂的同聲慘呼！

孫無憂被劉仁恭緊緊壓制住，見他雙眼血紅，全身熱汗淋漓，急色如瘋鬼，又伸出魔掌去抓自己的衣衫，不由得害怕起來，拼盡全力奮然一扭，想脫出他的控制，劉仁恭這一抓一撕，只撕去她臉上黑巾！

劉仁恭被那黑巾下的醜陋面貌嚇得慾念全消：「妳……」原本要衝出的陽剛穢氣瞬間縮了回去，反衝自身，這濁氣三次欲出而不得，大大重創他的內元，就在他強行壓抑住翻湧的氣血時，孫無憂已毫不留情地射出三十六根銀針，針針對準他致命大穴！

兩人相距咫尺，劉仁恭原本已難閃避，此時受了內傷，也無法運功抵擋，頓時陷入九死一生的景況，不由得狂怒巨吼：「賤人！」一掌掃開銀針，一掌轟向孫無憂！

兩人攻防只在瞬息之間，孫無憂來不及抽身退後，被轟得受傷拋飛地面，蜷身伏首，不知生死。劉仁恭也好不到哪裡去，雖極力抵擋，仍有幾處要穴被銀針刺中，狂嚎一聲，口中噴出如柱鮮血，整個人從爐頂上倒栽葱般地摔落！

原來他練功到了關頭，滿身穢氣全積聚在下身，就等著施展邪功，豈料今日的爐器竟不是純陰少女，而是陽剛男子，他體內聚積的濁氣無處可洩，終於全然爆發開來，反噬自身，卻又遭逢銀針暗算，導致功體破碎，支撐不住。

王若訥驚駭地奔向劉仁恭，想助一臂之力，卻剛好迎上飛灑而來的銀針和氣勁，也受傷倒地，昏暈過去。

至此，馮道已然明白，孫無憂這麼大費周章，是為了刺殺劉仁恭！但她的武功相差太遠，因此先利用幾個陽剛男子破去劉仁恭的功體，最後再出手行刺！

「孫無憂是孫家的寶貝女兒，竟用這麼慘烈的方式刺殺！這等氣魄、手法更像一名死士，絕不是千金閨秀想得出來的……」馮道震驚之餘，心中不由得沖湧起一陣痛楚：「當年妹妹為了維護我，也是不惜與敵人同歸於盡，這世上有幾個女子的性情、習慣會這麼相似？她怎可能不是『她』？可她為什麼不與我相認？」

劉仁恭功虧一簣，簡直是氣沖牛斗，狂吼道：「我殺了你們！」正要大發掌力，擊斃這些毀功的男子，「嗤嗤嗤嗤！」忽然間，地上射出幾點銀針，針針對準劉仁恭的背後大穴，卻是孫無憂強忍傷勢，拼著一口氣，再度發針！

劉仁恭連忙回身，雙臂急揮，將銀針用力掃開，同時一掌轟向地下的孫無憂！

孫無憂眼看對方掌力如狂鬼撲來，拼命滾向一邊，對馮道呼喝：「書呆子！還不快帶他們走！」

她這麼一喊，劉仁恭頓時注意到愛妾被敵人抱住，銅眼大瞪，暴喝道：「我殺了你！」轉身飛撲向玉龍大床，十指血紅如鷹爪，打算將馮道撕個稀爛，馮道低聲急呼：「羅姑娘救命！」羅嬌兒道：「快挾持我！」馮道連忙抽出匕首抵住她頸項，將她推到身前抵擋，劉仁恭吃了一驚，急收內力，指尖停在羅嬌兒的咽喉眼球三寸之距！

羅嬌兒嚇得緊緊閉了眼，馮道剛鬆了口氣，誰知劉仁恭怕傷到愛妾，硬是將勁力向旁橫移，竟轟飛了馮道的假髮，馮道不由得大驚失色：「糟！他看到我的真面目了！」下一剎那，劉仁恭卻是一口鮮血噴吐過去，馮道及時將羅嬌兒的玉首微偏，讓自己淋個滿頭滿臉，好遮出面貌！

羅嬌兒以雲袖拭去臉上被噴濺到的血水，關心道：「恭郎，你受傷太重了，快歇歇，別再動武了。嬌兒寧可犧牲自己，也不能讓你加重傷勢。」

劉仁恭大肆動武，真氣不斷從銀針刺中的要穴洩出，早已內中空虛，只是憑著一口氣勉強支撐，才屹立不倒，聽羅嬌兒提醒，猛然驚覺：「我確實不能再耗費真氣了……」

王緘等人體內的迷香漸漸失效，再加上一片混戰，已經甦醒過來，見四周堆滿女屍，前方幾人打成一團，都驚嚇得說不出話來，其中趙鳳和李崧曾被劉仁恭抓到爐頂又拋甩下去，更是全身疼痛，無力站起。

馮道見劉仁恭終於停下攻擊，稍稍鬆了口氣，隨手拿了床上的衣衫為羅嬌兒披上，另一手仍以匕首押著她，小心翼翼地走向其他才子，啞著嗓子道：「你們不要開口說話，快扶起傷者，跟我一起出去。」

眾才子低頭看見自己被扮成女子，都吃了一驚，但也算機靈，連忙點頭，不敢開口說話，以免露餡，依照馮道指示，王緘扶起趙鳳、劉昫扶起李崧、龍敏扶起孫無憂，馮道押著羅嬌兒斷後，共四組人亦步亦趨地走了出去。

豈料眾人剛走到殿門口，劉守光卻聽見聲音，帶著幾名親衛衝了進來，見四周一片狼籍，急喝：「把門口守住了！」

馮道幾人又被逼了回來，劉仁恭已經坐倒在地，見羅嬌兒落在敵人手中，桃面染愁、珠淚盈盈，十分害怕，他心中一軟，揮揮手，道：「讓他們走！」

劉守光雖不甘心，卻也無可奈何，一咬牙，吩咐眾親衛：「讓開！放他們出去！」馮道幾人終於走出練功房。劉守光趕緊奔向劉仁恭，將他扶上床關切道：「父帥如何了？還挺得住麼？」

「我……」劉仁恭才吐個字，又噴出一大口鮮血，劉守光不敢閃躲，被淋得滿頭滿身，連眼目都睜不開，劉仁恭喘口氣，摀住胸口，又道：「我歇息一下便好，快追！務必把嬌夫人帶回來，不能讓賊人傷了她！將那些賊子千刀萬剮……」

「是！」劉守光連忙起身，帶兵追了出去。

卻說馮道一邊帶著眾人快步走出宮殿，一邊說道：「這裡下山只有兩條路，一是從正門出去，通過大殿廣場，進入彎彎曲曲的盤山迴廊，那裡佈滿軍兵，不能走，要離開只能從後方道觀下去。」

孫無憂原本計劃從來時路回去，聽馮道這麼說，勉強撐起一口氣，反對道：「後方是萬里森山，沒有人能活著走出去，如今我們握有人質，劉仁恭又受了重傷，不敢輕易動手，我們就大大方方從盤山迴廊下去。」

眾才子莫名被抓到這裡，還弄不清怎麼回事，就被迫逃命，對山上情況一無所知，再有萬般才智也施展不出，一時間都方寸大亂，不知該相信誰。

馮道聽見劉守光已帶兵追來，決定用最快的方法逼大家順從，冒著孫無憂可能是褚寒依，不惜得罪心上人的風險，道：「你們就是上了她的當，才落入這等景況，你們還相信她麼？」

眾人盡是心高氣傲的才子，先前被孫無憂以詩題捉弄，已是不滿，想不到還被迷昏扮成女裝，更覺得受到莫大羞辱，待發現孫無憂其實醜得天下無雙，更是忍無可忍：「不錯，我們差點被這個惡毒醜婦害死了！」

馮道方才都專注著防備劉仁恭，直到這時才有心思仔細看孫無憂的容顏，見她方臉寬頷，短眉小眼，眉心至左頰確有一道長傷疤，以致傷疤兩旁的皮膚緊皺，顯得有些可怖，但那傷疤更像是擦傷，而非刀疤，心中不禁一陣失落：「她雖有傷疤，但樣貌輪廓與妹妹相差甚遠……」短短時間內，他對孫無憂猜測無數回，心中七上八下，彷彿歷經一次又一次的冰火煎熬，至此終於揭開答案，但覺自己愚蠢至極、疲憊至極，一時心灰意冷，幾乎連開口的力氣也沒有了。

孫無憂見眾才子以鄙夷的目光看著自己，就連馮道的眼神也是失望至極，不由得神情微微一黯，隨即倔強地撕下一塊衣袖，往臉上一蒙，不讓他們盯著自己的面貌，不甘示弱地道：「他是劉守光的掾屬，曾與李小喜一起抓百姓上山做工，又坑殺他們，你們敢相信他麼？」見馮道居然扶著羅嬌兒，而不是以匕首押著她，心中冷哼：「果然是以貌取人的登徒子！」忿忿指向馮道：「你們瞧，他沒有好好押解人質，根本就不想讓大家活著出去！」

眾才子一時驚詫，又望向馮道，不知該如何決定。馮道心中思索：「當時我與李小喜一起抓百姓，遇上女煞星……看來她真是女煞星，才會知道那些事，並認出我來。」只好道：「就因為我曾經上山做工，才知道後山這條路可以安全離開。劉守光就快帶兵來了，相信的就跟著我！」

眾才子面面相覷，難以抉擇，龍敏忽然道：「我跟你走！」

方才趙鳳、李崧、孫無憂三人都受了傷，無法行走，王緘心高氣傲、劉昫性情耿硬，都不想理會孫無憂，各自選了趙鳳和李崧攙扶，只有龍敏性情溫和，才不計前嫌地扶起她，此刻龍敏忽然出言支持馮道，孫無憂雖想反對，但受了重傷，連說話都費力氣，若沒有龍敏攙扶，她連站都站不住，等於是被迫要跟隨馮道，她再不情願，也無可奈何，馮道向龍敏微笑示意，感謝他的及時決斷。

眾人才做好決定，就聽見劉守光率兵急追的呼喝聲，不由得害怕起來：「糟了！來不及了！」

馮道低呼：「快把火摺滅了！」

此時天色陰黑，眾才子都吃了一驚，孫無憂冷哼道：「沒有燈火，怎可能走出山林？」

馮道無暇解釋，只道：「快隨我來！」眾才子已無計可施，只好緊緊跟隨他。

九〇六・一〇

群沙穢明珠・眾草凌孤芳

仁恭有愛妾羅氏，其子守光烝之，仁恭怒，笞守光，逐之。《新五代史・卷三十九・雜傳第二十七》

眾才子依馮道指示，來到宮殿後方的道觀，那地方已被劉仁恭下令劃為禁地，沒有任何軍兵把守，只有一百二十八座石碑，形成一套陣形。馮道乃是設陣之人，因此帶領眾人輕鬆穿過石碑陣，沿著後方山道下去，眾才子見他對後山地形瞭如指掌，終於放心跟隨。

「在那裡！快追！」劉守光遠遠瞧見凶犯進入石陣禁地，身為劉仁恭的親兒，又是祈福石碑的負責人，他當然不必遵守禁令，立刻喝令下屬盡快追上，豈料一進入石碑陣裡，不到一會兒，就自行轉了出來，回到原地，他試了幾次，都無法突破，就這麼延遲一會兒，已失去凶犯的蹤影，他想到羅嫣兒還在對方手中，心中氣憤難平，便快速返回行宮，調動大批親衛，不再從石碑陣下去，而是大舉搜索後山。

眾才子心中忐忑，一方面害怕森林危險，一方面擔心劉守光追來，都緊緊跟隨馮道，急急奔行，不敢有半點耽擱，直到天色微亮，馮道心想這大片森林也不是一天半日能走得出去，又見劉守光並未追來，便帶著眾人找個空地歇息，並查看趙鳳和李崧的傷勢，見他們並無大礙，安慰道：「劉仁恭情急之下，只是將你們掃飛出去，並沒有下重手，兩位大哥是傷了皮肉筋骨，吃了些苦頭，倒沒有生命危險，不必擔心。」

孫無憂不願意他查看自己的傷勢，朱唇微抿，道：「我沒事，不麻煩你。」

馮道知道她胸口正中劉仁恭一掌，傷勢最重，但她雙臂交胸，護衛之意甚是明顯，而且當著這麼多男子面前，也不能查看傷勢，只好道：「姑娘無事便好，若支撐不下去，千萬不要勉強。」

眾才子好不容易鬆了口氣，紛紛向馮道表示謝意，李崧道：「今夜真是好險，多虧馮兄不計前嫌，救我們脫出險境，大醜在此謝過。」

趙鳳慷慨道：「大恩不言謝，今後若有任何需要，趙某定當援手，絕不推辭。」

劉昫也大發豪興，道：「馮兄，你這個朋友我交定了！以後有我劉昫一口飯吃，便有你一口飯，有我一條命在，便有你一條命！」

馮道謙遜道：「時局混亂，讀書人生存艱難，本該互相扶持，各位大哥毋需客氣。」

眾才子見馮道為人謙和，心中更生好感，聽他說到「讀書人生存艱難」，不禁心有慽慽焉。

龍敏忍不住嘆道：「我出身低微，連安身立命也不易，原想投靠孫鶴，安邦治國，保鄉衛民，如今卻落下一個襲擊劉仁恭的死罪，只怕要掉腦袋……」

李崧也感慨：「如今我們仕途化為烏有，滿身才華無法施展，更不知能逃往哪裡？」

王緘氣憤道：「你們原本就沒什麼前途，倒也罷了，我卻是節帥底下的參軍，不過來求個親，竟莫名變成刺殺他的罪犯，我又如何回去？」

眾人說到這裡，目光一齊投向孫無憂，都心生怨懟，若非她是女流之輩，又受了傷，只怕就要出手痛揍她一頓。

王緘譏諷道：「我現在才明白，馮兄並不是騙吃騙喝的二混子，而是明察秋毫，瞧不上人家，招親時才刻意隱藏本事，不想被點中。」

馮道尷尬地瞄了孫無憂一眼，孫無憂哼道：「都怪你這書呆子壞我的好事！」

馮道一愣：「我怎麼壞事了？」

孫無憂道：「若非你沉不住氣，忽然偷襲劉仁恭後背，我早就一舉殺了那萬惡淫賊！」

馮道心想：「我好意出手相救，卻無端遭罵，真是冤枉！」仍好言勸道：「姑娘立意雖好，但為何不讓武功高手假扮成女子來進行這件危險任務？卻選擇手無縛雞之力的書生，讓他們陷入危險，他們可都是河北最優秀的才子，國家的棟樑，將來必有作為……」

孫無憂冷冷一哼：「是國家棟樑還是為虎作倀？」

王緘氣憤道：「妳這個醜女罵誰呢？」

孫無憂道：「你們這些文士，自視清高，總以為自己的性命比其他人高貴，你們是棟樑砥柱，旁人就是芥菜野草？劉仁恭一心追求長生不老，在大安山建宮殿、練邪功，大肆抓男丁做苦役、收女子採陰補陽，幽州早已民不聊生！你們讀了那麼多聖賢書，卻不辨是非，為了求取功名，不惜效力暴君，讓無辜百姓枉死，簡直是毫無氣節！尤其是你——」她怒指馮道：「竟然幫劉守光抓捕苦役，還坑殺工匠，就是個劊子手！」又指向王緘：「還有你！身為劉仁恭的參軍，可有說一句話勸阻過他？我就是要讓你們體會那些可憐女子的恐懼，讓你們明白劉仁恭是怎樣的暴虐！像你們這種貪慕榮華、助紂為虐之人，死了也不足惜，我讓你們全身而退，已經是手下留情了。」

王緘見她沒有半點歉意，還亂罵一通，簡直快氣瘋了：「無論如何，妳也不能拿人命當兒戲！」

馮道見兩人快要吵起，趕緊轉了話題，插口道：「當初我請村民到大安山做工，已安全帶他們下山，此刻正待在谷底等待三笑齋救援，因為他們是逃犯，我不好明言，才導致姑娘誤會，這是馮某之過，可如今我們被困在大安山數日，只怕他們就要斷糧了！」

孫無憂恍然明白自己誤會了馮道，臉色微微一赧，道：「原來你已經救了他們，放心吧！出發前，我已命人去谷底探看，倘若真有難民，就帶他們回三笑齋安置。」

馮道對孫無憂深深一揖，道：「姑娘設想得好周到！此番恩德，馮某萬分感激，日後定當圖報。」又對眾人道：「孫姑娘自己也是萬般犧牲、萬分危險，如今還受了傷，你們聽我一句勸，莫再怪她了。」

眾才子都承馮道的情，見他感激孫無憂，不好再為難她，只王緘心有不甘，見眾人心意動搖，又道：「妳可知道，朱全忠已蠢蠢欲動，節帥如果沒有練成『玉煞轉仙訣』，如何抵擋梁軍入侵？到那時，幽州覆滅，生靈塗炭，妳才是真正的罪人！妳的任性將為幽州引來戰火，害了千萬百姓！」

孫無憂怒道：「真正危害百姓的是劉氏父子！劉仁恭邪功不破，就不會罷手，這『玉煞轉仙訣』練到第九重，要殺害八千多名少女，難道她們就該無辜枉死？你怎能為了抵擋一種惡行，去施行另一種惡行？」

眾才子此時方知這邪功如此可怕，趙鳳、劉昫、龍敏三人尤其憤慨，都覺得孫無憂所言深有道理。

王緘為了將眾人拉回自己這一方，又道：「妳就不怕事機敗露，被劉仁恭抄家？我們被妳陷害，倒楣也就罷了，卻要牽扯上親人好友，幾個家族下來，可是關係到數百條性命！」

孫無憂冷哼道：「這件事只有你們幾人知道，而你們正是傷害劉仁恭的禍首，有誰敢洩露消息？」

龍敏嘆道：「姑娘還真狠心，妳這是把我們硬拉到同一條船上了！」

孫無憂承龍敏相扶之情，對他說話時，口氣便溫和許多：「不必擔心，今晚你們都扮了女裝，情況又一團混亂，沒人認得出你們是誰。」

眾人被畫成大彩臉，扮了女裝，連自己都快認不得，更何況劉仁恭只是匆匆一瞥，恍然明白孫無憂雖設計害人，卻也沒有壞到骨子裡，仍是設法為他們留了後路，都暗暗鬆了口氣。

孫無憂斜睨了王緘一眼，冷哼道：「想當搖尾狗的，盡可以滾回去！劉仁恭不會識破你！」

王緘雙拳緊握，臉上一陣青、一陣白，幾乎快要爆發，馮道再次出面打圓場，道：「孫姑娘說話雖不中聽，但心地美善、大勇無畏，今日之事雖險，卻也是用心良苦，有如當頭棒喝，敲醒我們這幫濁世昏醉之人，還請大家瞧在馮某的面子，都消消氣，從此化干戈為玉帛，結為知交，這或許就是不打不相識！」

眾才子看著孫無憂，但想此女雖其貌不揚、行事荒唐，卻實在救過不少人，行過諸多善舉，比起自己鎮日只會高談闊論、清議時局，卻一事無成，實在強多了，趙鳳、劉昫、龍敏都暗覺慚愧，劉昫道：「馮兄說得不錯，孫姑娘行事或許有欠考慮，但我們因此有機會揭發凶殘血案，斷絕劉仁恭的惡行，也是一樁義舉。」

趙鳳也附和：「我等自詡儒士君子，當立國平天下，難道見了百姓受迫害，也不為他們伸張？如今有機會參與義舉，還全身而退，為何忿忿不休？難道那些高遠志向只是口頭說說而已？」

龍敏感慨道：「孫姑娘確實是女中豪傑，我等一眾男子都比不上！」

李崧暗暗思索：「這姑娘行事雖然偏激，但拜她所賜，早一日認清劉仁恭的實力，也是好事，如今他功體已毀，幽州遲早被梁軍踏破，這地方是不能再待下去了，今日若能脫出險境，我必需盡快離開，另投明主。」

王緘見眾人轉而支持孫無憂，只好強忍滿腔怒火，回想起大安山練功房裡的情景，不禁毛骨悚然，又想日後若繼續待在劉仁恭麾下，恐怕天天都要提心吊膽，若是離開，又該何去何從？眾人想到前途茫茫，不由得都垂了頭，沉默下來。

忽然間，遠方傳來軍兵的呼喝聲，打斷眾人的思緒，顯然劉守光已顧不得萬里森山的危險，召集了大批軍兵，趁著天光漸亮，決定深入山中搜索，不抓到凶犯決不罷休。

馮道微微蹙眉，道：「他們追來了！快走吧！」

眾人心中驚恐，連忙起身，孫無憂見羅嬌兒始終脈脈凝望著馮道，眼底煥發著崇拜的光采，心中甚為不恥，冷冷道：「慢著！這女人怎麼處置？」

眾才子被孫無憂這麼提醒，恍然想起她是個危險人物，李崧當機立斷，沉聲道：「這位嬌夫人可是劉仁恭最寵愛的小妾，方才我們說的話她都聽見了，她已經知道我們的身分，留著她，大夥都別想活了！」言下之意是要殺人滅口。

王緘附和道：「不是我們狠心，留下這女子，肯定會洩露我們的身分。」

趙鳳、劉昫和龍敏對一個弱女子是下不了手的，但也知道茲事體大，一時沉默不語，不知該如何決定。

羅嬌兒感到自己的處境十分危險，連忙躲到馮道身後，緊緊拉住他的手，一雙美眸楚楚可憐地凝望著他，無聲地乞求他解救自己。

馮道見她柔弱的纖軀不停顫抖，精緻的小臉已沒有半分嬌膩味道，再濃豔的脂粉也掩不住驚恐蒼白，彷彿又回到從前渭水河畔那個害怕孤身入虎穴的小姑娘，溫言道：「妳別害怕。」又對眾人解釋：「羅姑娘絕不會傷害大家，方才就是她自願當人質帶你們離開，難道你們忍心殺害救命恩人？只要帶她一起走，就不必擔心她會洩密了。」

孫無憂心中暗罵：「這人雖有善心，也有些本事，就是個登徒子，一見美人就暈頭轉向，什麼都分不清了！」冷冷道：「帶著她，只會沿路洩露我們的行蹤，難道你能困她一輩子，保證她不會逃出去？」

劉昫生來俊美，常有姑娘暗送秋波，自也看出羅嬌兒與馮道關係不一般，他實在不願殺害弱女子，更不能恩將仇報，靈機一動，微笑道：「羅姑娘肯捨身解救大家，是瞧了馮兒的金面，倘若你願意收了她做侍妾或小婢，這問題便解決了！」

馮道愕然道：「這怎麼可以？莫說嬌兒不願意，我也……」一句話未說完，孫無憂已插口：「我瞧她願意得很，妳說是不是？」最後這一句自是問羅嬌兒。

羅嬌兒滿面羞紅，一句話也說不出來，孫無憂道：「那就這麼決定了！」

馮道心知只要自己說個「不」字，就會惹起眾怒，害了羅嬌兒，暗想：「嬌兒知道我對寒依一往情深，不會有其他念頭，今日這等情況，先權宜行事。」道：「我們啟程吧！」沿路上，他一直把羅嬌兒護在身邊，問道：「妳怎會來幽州？是樓主的意思？」

羅嬌兒對馮道感念在心，又知道他十分清楚煙雨樓的底細，也不隱瞞，輕輕點了點頭。馮道溫言道：「劉氏父子、煙雨樓都不是好地方，妳跟我們走吧，我會找個地方好好安置妳。」

羅嬌兒指了孫無憂，道：「他們都不喜歡我，怕我洩露消息害了你們，我不想你為難，你們自己走吧，我就待在這兒，等劉守光他們過來。」

馮道勸道：「劉仁恭不是好人，劉守光也對妳心懷不軌，妳這麼回去，太危險了。」

羅嬌兒強顏一笑，輕聲道：「我已經長大了，學會很多本事，樓主才會派我來這裡，我總不能一直依靠著你和寒依姐姐的保護。」她抬起雙眸，凝望著馮道，輕聲問道：「你還念著她嚒？」

馮道心中一酸，點點頭：「我無時無刻不想她。」

羅嬌兒眼圈兒一紅，哽咽道：「我從小就是個孤兒，只有你和寒依姐姐對我最好，可是她離開了……我想你一定跟我一樣，很想她，這個世上只有我倆還念著她了……」

馮道點點頭道：「難為妳還記得她。」

羅嬌兒淒然道：「我記得她，可是有誰會記得我呢？煙雨樓的姑娘都活不過三十歲，張惠師姐背叛了樓主，是活得最長的了，可是她很有本事，而我就是一個笨丫頭，只學會狐媚男人的手段……死不死，又有誰會在乎？這世上有誰會惦記著我，就像你惦記著寒依姐姐一樣？」

馮道心中一慟，毅然牽緊她的手道：「從前我保護不了她，今日我一定要護住妳，我不能讓寒依關心的妹妹受到傷害！無論是誰，都不能阻止。」他這句話也是宣告給李崧和王緘二人聽。

孫無憂聞言，望了馮道一眼，不知為何，馮道也忍不住抬眼望向她，兩人目光相對，旋即又避開。孫無憂暗想：「那位『寒依姐姐』就是他的心上人麼？」

馮道心口不由自主地怦怦而跳：「我是怎麼了？即使看到孫姑娘的長相和妹妹天差地遠，卻為何不死心？」自從遇見孫無憂以來，他的心就像過山路般，不斷高高升起，又重重跌落，從沒有一個人令他如此心煩意亂，緊張糾結，卻又不知所措，他正想說些什麼，劉守光的呼喝聲已越來越近。

羅嬌兒道：「你們快走吧，倘若劉仁恭找不到我，會派大軍一直追殺，你們逃不掉的。」

馮道其實也看出情勢已然不同，上回他帶工人離開，有充份的時間準備，最後還騙得李小喜為自己圓謊，斷去軍兵追殺；這次不只匆促成行，只要羅嬌兒一刻不回去，哪怕要進入恐怖的萬里森山，劉仁恭都會不惜一切派大軍入山搜索，但馮道看著羅嬌兒，就像看著自己與褚寒依共同保護的小妹妹，好不容易遇見了，又怎能讓她回到火窟裡，毅然道：「我不能讓妳回去！」

羅嬌兒忽然貼近他耳畔說道：「你也是寒依姐姐珍惜的人，我不會讓你死的！」

馮道還想勸說，羅嬌兒忽然高聲大喊：「救命啊！來人啊！快救救我！」

眾人見她故意大聲嚷嚷，吸引劉守光過來，不禁臉色俱變，馮道微微一愣，不得不鬆開她的手，羅嬌兒一得自由，便往外跑。

馮道心知此刻若是追了出去，丟下趙鳳等人，他們勢必走不出森林，會命喪於此，兩者之間，他必須選擇一方，只好忍痛讓羅嬌兒離去。

孫無憂見馮道目光一直追隨著羅嬌兒的身影，一瞬也不瞬，心知他實在不捨，冷聲道：「你想追，便去追，否則等劉守光趕到，就來不及了！」

馮道一咬牙，道：「我們快走吧！」便帶領眾人往避開劉守光的方向，一路彎曲下山。

眾才子年輕敏捷，比起當初馮道帶的數百老小行走的速度要快了許多，走了一日多，已過了山腰，馮道心中掛念羅嬌兒的安危，指了前方一片瀑布，道：「你們只要朝那個方向一路往下，便可安全脫身。」說罷也不等眾人反應，便往原路奔了回去。

孫無憂心中暗罵：「傻子！」又對眾人道：「你們出了山谷，再往前走，到開善寺，便有馬車接應，會載你們到安全的地方暫避風頭。」說罷也不等眾人反應，便去追馮道。

孫無憂的輕功原本不差，但受傷未癒，無法提盡全力，馮道身法又奇特，她只能強忍創傷，在後方苦苦追趕，追了一陣，終於體力不支，一個恍惚，就被腳下長藤狠狠絆倒，整個人摔跌在地。她逞強著想要站起，卻已經耗盡氣力，傷了足踝，又牽動內傷，忍不住嘔出一口血來。

她以雙臂支撐著勉強坐起，睜大眼左右張望，卻尋不見馮道的身影，耳聽盧龍兵的呼喝聲越來越響，不由得著急起來：「那書呆子去哪裡了？我若高聲呼喊，只怕會引來追兵。」又想：「那書呆子武功低淺，就算回來了，也幫不了忙，我只能靠自己！」便盡量縮身在草叢裡，指尖夾著繡花針，萬一敵人靠近，但願能一舉斃之。

她全心都專注在前方漸漸逼近的盧龍兵，不想後方忽然出現一道黑影，張大雙臂，一把將她抱住！

「啊……」她幾乎驚呼出聲，對方卻早一步摀住她的口，她本能地用力扭轉身子，想要掙脫對方懷抱，卻被對方越抱越緊，耳畔傳來男子的溫熱氣息：「別動！」

經過一整日翻山越嶺的折騰，她傷勢越發沉重，只不過是性子要強，才支撐至今，此刻無論她多麼不願意，也只能任由對方將她抱入附近的洞穴裡。

「你放開我！」一進到黑呼呼的洞穴裡，她心中害怕，忍不住就「啪！」一掌打去。馮道才剛將人放下，就結結實實挨了一巴掌，低呼道：「妳……」

孫無憂看清來人，暗呼糟糕：「他是來救我的，我這一掌打錯了，只怕他要發火！」卻見馮道撫著紅腫的臉頰，非但不生氣，反而雙目發亮，眼中波光蕩漾，臉上滿是喜悅之情，孫無憂微微一愣：「這人是傻子還是瘋子，挨了打，竟如此歡喜？」

馮道指著她激動道：「妳打人的樣子……這手勁、這方式、這力道，簡直太像了、太像了……」忍不住俯身湊近，想瞧個仔細。

孫無憂見他俯身貼向自己，眼底燃著熊熊火焰，口中還瘋言瘋語，不禁感到害怕：「他在笑什麼？他恐怕是瘋了！」拼命縮身往後退，後方卻已是結實的洞壁，退無可退，只嚇得大聲喝斥：「你這個無恥之徒！」

馮道興奮到全身微微顫抖：「對對對！當初也是這樣的情景，咱倆一起躲在洞穴裡，妳也是這般罵我！」

孫無憂心中忿忿：「他話中之意，是曾經在洞穴裡輕薄某個女子，簡直與劉仁恭同等下流！」反駁道：「我幾時和你躲在洞穴裡？」此時她無法提功，只能指尖暗暗捏緊銀針，心想只要他有一絲不軌，便一針刺向他死穴，絕不容情！

馮道雙眼迷濛，一心沉浸在往日情懷，渾然不知已深陷險境：「我知道妳不是她，可是妳真不是她麼？或許妳忘了，他們說妳墜入河中，腦子有些糊裡糊塗……」

孫無憂怒斥道：「誰糊裡糊塗了？」

馮道微笑道：「妳就算忘了，也不要緊，不如咱們再試試……」

孫無憂見他眉開眼笑，神情說不出地歡暢，頓覺羞怒難當，嬌斥道：「你……你竟然想和我試試？」

「對！」馮道雖覺得可笑，仍腆著臉道：「我想試試……」一句話未說完，孫無憂再顧不得斯文，衝口罵道：「你這個人面獸心的登徒子！」

馮道愕然道：「我怎麼人面獸心了？」

孫無憂又羞又氣，苦於自己受傷無力反抗，急得快哭出來：「你想欺侮人家，怎麼不是人面獸心了？」

馮道見她又凶悍又委屈的神情，簡直就是褚寒依最迷人可愛的模樣，一顆心都快融化了，柔聲道：「妳想哪兒去了？我怎麼會欺侮妳？」

孫無憂委屈道：「你怎麼不會欺侮我？你明明說以前在山洞裡也欺侮過人！」

馮道不解道：「我幾時在山洞裡欺侮人？」恍然想起和褚寒依曾為了躲避氏叔琮，躲進山洞裡的事，笑道：「那一天，明明是妳趁著我昏迷，脫光我衣衫，對我上下其手，妳毀壞我的名節，我只好答應娶妳為妻了……」

孫無憂認定他故意說輕薄話，羞得雙手遮住雙耳，搖頭道：「你胡說！我不聽！我不聽！」

馮道輕輕一嘆，道：「唉！我是說……我不是說跟妳，我是說跟妹妹從此一掌定情了！」

孫無憂衝口道：「你明明胡說，人家都是一吻……」她原想說「一吻定情」，忽覺得自己說了不該的話，悶哼兩聲，又道：「哪來的一掌定情？」

「什麼是一掌定情啊——」馮道笑道：「妳再打我一巴掌試試，就知道了！」說著閉上了眼，笑咪咪地把臉頰湊到她面前，等著佳人玉掌落下：「妳別打太輕，可也不能打得重了，就像剛才那樣最好！」

孫無憂想不到他有這等怪僻，簡直快氣炸了，見他閉了眼，心想：「你自己找死！」將全身僅餘的力氣都聚到手臂，指尖暗夾銀針，倏然舉起，刺向馮道的太陽穴！

忽然間，馮道睜開眼，一手抓了她手腕，一手摀住她的口，將她整個人拖往自己懷裡，孫無憂此番偷襲，已是用盡最後力量，想不到功虧一簣，還被他環抱住，急怒之下，幾乎昏暈過去：「這登徒子果然耍詐，騙我出手，想試探我還有沒有力氣……」她再後悔害怕，也只能軟軟倒在馮道懷裡，再沒有任何力氣掙扎了。

馮道本能地將她護在懷裡，低聲道：「別出聲！劉守光過來了！」

「原來……」孫無憂對自己的多疑感到幾許羞愧，但想到他不顧禮節地抱住自己，又不禁懊惱起來：「說到底，他就是個登徒子，也不管人家願不願意……」

馮道卻沒那麼多心思，一雙眼只盯著洞口，一對耳朵只豎立傾聽，另一端又傳來一對輕盈的腳步聲，馮道認出那是羅嬌兒，但除此之外，並沒有任何士兵，他不禁陷入萬分掙扎：「劉守光沒帶大隊人馬，正是大好機會……」倘若身邊沒人需要照顧，他會立刻出去，帶走羅嬌兒，盡一切力量與劉守光周旋，可孫無憂受傷沉重，絕不能棄之不顧。

羅嬌兒驚慌地走在森林中，左張右望，似乎永遠也找不到出路，一不小心被橫長的樹藤絆倒，整個人飛撲出去，不由得嬌呼出聲，忽然間，劉守光從草叢中竄了出來，雙臂大展，猛力一撲，緊緊接抱住她，兩人一起滾入草叢裡。

劉守光笑瞇了眼：「好香啊！這個美人是誰呢？怎麼自己投到本將軍的懷抱了？」那口氣就像在軍府中戲弄眾少女。

羅嬌兒想不到劉守光竟躲在草叢裡，以守株待免的方式攫住自己，嚇了一跳，使勁想推開他，卻推不動，嬌嗔道：「你做什麼？快放開我！」

劉守光佯裝吃驚道：「唉呀！原來是小姨娘！妳怎麼一個人在森林裡東奔西走，不害怕嚒？」順勢湊近她的頸間，嗅了幾下，低笑道：「好香！脂粉香！女人香！教本將軍怎麼受得了？」雙手更緊緊抱住她。

羅嬌兒拼命扭動水蛇般柔軟的身子，卻怎麼也掙脫不開，只能舉起一雙粉拳，像雨點般擊打在劉守光寬厚的胸膛，嬌斥道：「你放開我！我是你父親的人，你別胡來！」

劉守光好不容易逮到這個機會，怎肯放手？哈哈笑道：「就是父帥派我來保護妳！放心吧，我肯定會好好疼惜妳！」

羅嬌兒驚慌地快哭出來：「你別這樣，若是讓人瞧見了，你我都活不成了！」

劉守光笑道：「放心吧！我把所有人都支開了！」

羅嬌兒哀求道：「小將軍，求求你放了我……」

劉守光笑得更加開懷：「妳芳華年少，又何必留戀那個老頭子？不如從了我，我定讓妳風流快活，難忘得很……」

羅嬌兒低呼：「你壞死了！想逼死人家嚒？」那聲音軟軟膩膩，酥人心骨，全然不像在喝止劉守光，反而像情人之間的打情罵俏，就連馮道這嚴謹守禮的士子也微微暈眩了一下，更遑論劉守光，此刻正是氣血沖腦，又怎捨得放手？

孫無憂雖看不見外邊的景象，將這不堪入耳的話聽得一清二楚，但覺噁厭，想到自己也被馮道緊緊圈護住，那溫暖的男子氣息陣陣襲來，一時間不禁心慌意亂、羞臊難當：「我此刻全無力氣，若是他觸景生情，也胡亂作為，我該怎麼辦？」她不敢再想下去，又停止不了胡思亂想，卻忘了自己容貌醜陋，連劉仁恭那好色之徒都被嚇得興趣全失，當這危險之際，馮道哪會有半點心思？

馮道耳聽劉守光竟不顧倫理，干犯禽獸惡行，不由得義憤填膺，遂貼近孫無憂耳畔，孫無憂微微一顫，驚慌道：「你……你想做什麼？」

馮道低聲道：「妳先在這兒等著，千萬不要出聲，我去救人。」

孫無憂對自己再度誤會他，甚是尷尬，連忙拉住他的衣袖，低聲道：「別去！」

馮道眼看羅嬌兒為了解救眾人，捨身出去，才遭遇危險，孫無憂竟然阻止自己，肅容道：「孫姑娘，妳與我未婚妻有幾分相似，我才對妳百般容忍，但我的未婚妻心地善良，絕不會見死不救！」

孫無憂抱傷來尋人，就是怕他呆裡呆氣，白白送了性命，想不到他這般輕視自己，不但屢屢將她當成別的女子的替身，還將羅嬌兒那狐媚女人捧在手心，視若珍寶。她一股傲氣沖起，使勁推開馮道，怒道：「本姑娘不是你的未婚妻，也不是什麼嬌滴滴的小姨娘，不需你容忍！你要送死儘管去，帶著羅嬌兒有多遠滾多遠，千萬別連累我！」

馮道感到她這一推，手勁全無，實在受傷不輕，心想：「這姑娘真是倔強，竟然一直苦撐著，也不吭一聲，我若放任不理，她恐怕會有生命危險。」但外邊傳來羅嬌兒的聲聲哀求，他如何置之不理？只得對孫無憂道：「妳在這裡等著，我一定回來！」便起身走向洞外。

孫無憂氣得在心中亂罵一通：「死呆子！臭呆子！你就算被大卸八塊，也不干我的事，我如果再擔心你一點點，我就跟你姓……」忽然想到出嫁才會從夫姓，而馮道又是來參與招親，解析詩謎解得最貼切之人，不禁更加懊惱：「我胡亂發什麼誓？我簡直被那傢伙氣昏頭了！總之我絕不再擔心那個書呆子，從此與他天涯兩路，再不相干！」

馮道疾步往外走去，剛到洞口，卻聽見羅嬌兒的哀求聲已轉成纏綿的情話：「小將軍，你且住手，先聽人家說……我心中早已仰慕你，只不過是害怕節帥，才不敢相從……」

劉守光歡喜道：「此話當真？」

羅嬌兒像隻受驚的小鳥依偎在他懷裡，顫聲道：「人家真的很怕老頭子……」

劉守光安慰道：「妳別怕！今日那幫刺客闖了進來，老頭氣得吐血，功體已經破了，就算僥倖活下來，也是弱不禁風，連普通人都不如！」

羅嬌兒輕嘆道：「就算如此，也還有你大哥和那個討人厭的孫鶴！只有你真正執掌大權，咱倆才有未來，人家才能安心地服侍你。」

劉守光一咬牙，激動道：「妳這害死人不償命的小妖精！為了妳，我也只有賭上一條命，跟他們拼了！」

羅嬌兒嬌嗔道：「人家是真心為你打算，怎麼是小妖精？」

劉守光貼近她耳畔壞笑道：「妳把我們父子迷得團團轉，為妳爭風吃醋、互相殘殺，還不是小妖精？」

羅嬌兒柔聲道：「你不明白人家，我告訴你一個故事……」劉守光正是氣血沖湧，哪有心思聽故事，一邊親吻她，一邊道：「別說什麼故事了！咱們先快活，有什麼話以後慢慢說……」

羅嬌兒撫摸著他的臉頰，微笑道：「你別急，倘若你忍得一時，聽我把故事說完，我便送你一個禮物。」

劉守光驚喜道：「什麼禮物？」

羅嬌兒貼近他耳畔，吐氣如蘭：「日後你想對人家怎麼樣都行！」

劉守光被勾引得興奮難已，卻又硬生生忍住衝動，一張臉脹得紅通通，咬牙道：「我忍著，妳故事說快點！」

羅嬌兒卻是慢悠悠地吐字道：「我十二歲的時候，就被逼著進皇宮打探皇帝的秘密……」

劉守光聞言，直覺得有些蹊蹺，慾念頓時消了幾分，問道：「妳真的曾經入宮打探皇帝的秘密？什麼秘密？」

馮道知道她說的是渭水河畔，褚寒依帶著一批小姑娘準備潛入皇宮，打探皇帝和崔胤合謀誅殺宦官的計劃，當時羅嬌兒最年輕貌美，被選為陪侍皇帝的主要人選，卻因為害怕而不敢執行任務，後來馮道為她求情，褚寒依也不忍心逼迫她，遂以身相代，替她入宮。

馮道因此欣慕褚寒依的善良勇氣，立志非她不娶，此刻忽然聽到這段往事，伊人卻已不在，他不由得唏噓感傷，卻也感到奇怪，羅嬌兒為何要對劉守光說起此事，曝露煙雨樓的秘密？

羅嬌兒並未回答兩人的疑惑，櫻桃般豔紅的小嘴只微微一噘，委屈道：「宮裡面有崔胤、朱全忠的手下，全是豺狼虎豹，一不小心就會丟了小命，人家怎能入宮送死？所以啊，我就想了一個法子……」

「哦？」劉守光笑道：「妳這小妖精，想了什麼害人的法子？」

羅嬌兒哼道：「那個帶我們進宮的姑娘，不過大我一歲，成日裡擺個大姐的樣子，凶巴巴地逼我練功，我早就恨死她了！我在練舞時，故意扭傷腳踝，那個大姑娘自以為聰明，其實傻呼呼，一下子就上了當，自己巴巴地趕入宮去服侍皇帝！」輕輕一嘆，惋惜道：「我以為她會死在皇宮裡，想不到她竟然活著回來……」

馮道心中震驚：「當時她年紀幼小，竟有這麼毒辣的心思，我和妹妹都被騙了……」不由得停了腳步，仔細聽故事。

劉守光哼道：「誰敢欺侮我的女人，告訴我，本將軍派人去殺了她！」

羅嬌兒嬌笑道：「那倒不必，惡人自有惡報，她後來還是死了！」

劉守光笑道：「死得好！賤女人就該死！好啦！故事說完了，妳說任我處置，可不能耍賴……」說罷低頭嘖嘖親吻起來，雙手也不安份地在嬌軀上摸索。

羅嬌兒嬌嗔道：「你真是一點耐心都沒有！」伸指輕輕推開劉守光的嘴，又道：「你可知她是怎麼死的？她原本可以嫁一個好夫君，我們樓裡的姑娘沒有一個像她這麼幸運，竟然不必去服侍外人，而是被少樓主挑中。少樓主不但長得俊美，還文武雙全，是個有志氣的好兒郎……我好生羨慕啊，可是她卻不懂得珍惜！」

劉守光一愕，停了舉動：「妳說什麼？妳們花樓的少東？呸！他又是什麼好兒郎了？不過是個小爆炭，靠女人吃飯的龜兒子，比得上本將軍麼？妳羨慕個鬼！」

馮道不由得渾身寒涼：「她說的少樓主不是花樓的少東，而是徐知誥！想不到她竟然鍾情於他……」

羅嬌兒也不理會劉守光的疑問，只沉浸在自己的情懷裡，夢囈似地道：「我太羨慕了，忍不住一直關注著他們倆，我多麼希望站在他身邊的人是我，可是那個賤人竟想背叛少樓主，跟別的男子私奔！我知道了這個秘密，心中好歡喜，我想等她一走，少樓主或許就會注意到我……可我想來想去，又覺得這樣子實在不夠，掙扎了許久，我決定去告密！我要讓少樓主知道我才是對他最好、最好的人……」

她微微喘了口氣，笑了起來：「終於，那個女人被少樓主殺了，我很歡喜！真的很歡喜！」她歡笑的聲音有如銀鈴般清亮悅耳，但聽在馮道耳裡只覺得比刺劍還銳利，宛如全身被插了數把尖刀，不停地失血，以至寒涼如冰。

那歡笑聲漸漸轉成了幽怨，彷彿是燦爛紅花中流淌著一抹鮮血：「我以為少樓主會明白我的心意，只要他肯看我一眼，我就願意為他付出一切，可他……」她嬌軀不由得寒顫起來：「他竟然說：『沒有一個姐妹願意去幽州，既然妳願意為我做任何事，妳就去那裡吧！』我這麼愛他，他竟讓我去服侍一個變態老頭……可他那麼溫柔，他第一次對我那麼溫柔……他輕輕撫著我的身子，在我耳畔輕聲細語，說得那麼動聽，我又怎能拒絕他？」

劉守光越聽越迷糊，越聽越惱火，一下子打翻醋罈子，嫉妒似狂：「妳究竟在說什麼？那花樓的龜兒子居然敢碰妳，還派妳來這裡攪風弄水，弄得我們父子反目，妳心裡竟還記掛他？瞧我明兒不去把他大卸八塊、剁成肉醬！」

羅嬌兒格格嬌笑：「你吃醋了嘘？小將軍吃醋的樣子真可愛！」

劉守光被她一逗弄，見到那張嫵媚生春、笑如花靨的臉龐，又如何生得起氣來？笑罵道：「妳這個小妖精！」他雖然色令智昏，卻也不是真的傻到家，怒氣稍緩，忍不住生出疑竇：「妳為什麼要告訴我這些？」

羅嬌兒輕聲道：「因為我剛才遇到他了……」

劉守光驚疑道：「妳是說剛才那幫刺客是花樓的人？」

羅嬌兒輕輕搖頭：「不是那個負心漢，是光──我生命裡唯一的一道光！」

劉守光愕然道：「什麼光？」

羅嬌兒彷彿沒聽見他的問話，又陷入夢囈似的自言自語：「這些齷齪事就像一灘黑水般一直爛在我心裡，我以為這輩子早就被黑水淹沒，沒什麼希望了，可是剛才我竟然看到他……」

劉守光急問道：「誰？妳究竟看到誰？花樓的龜兒子？」

羅嬌兒柔聲道：「他是這世上唯一對我好的人，他永遠那麼好，第一次他在渭水河畔替我求情，這一次他不顧眾人反對，堅持要帶我走，可我……」她忍不住輕輕啜泣了起來：「我怎能跟他走？如果有一天，他知道是我害死了那個女人，他會多麼恨我？我寧可永遠當他心中純真的小妹妹，也不能讓他知道真相，我不能讓他恨我……我不能……」她抬起秋水盈盈的雙眸，怔怔凝望著劉守光，彷彿看著遠方的一道光，輕聲道：「你可知道這些事在我心裡埋藏了多久，我從來不敢對人說，我壓抑得好苦，可是剛才我竟然又見到他了！我太歡喜也太傷心了，為什麼……為什麼……那個負心漢不像他那麼好？為什麼他那麼好，卻偏偏也喜歡那個賤人？我忍不住想有個人聽我說說心裡的苦……我只能對你說了……」

劉守光滿腔慾火不得發洩，又交織著妒火沖燒，聽得心煩不已，怒道：「那個光又是誰？是花樓的嫖客？刺客究竟是花樓的少東還是嫖客？他奶奶的，那個花樓還真複雜，明日我便派人去把它剷平了，把所有龜兒子都宰了！」

羅嬌兒拉回了思緒，橫了他一眼，嬌笑道：「傻子，你還問那是什麼光？你不就是光——劉守光啊！」

劉守光一愣：「妳是說我？我就是那個光？我是劉守光不錯，可我……我……」雖隱隱覺得她說的人根本不是自己，但又有什麼要緊？重要的是她願意跟自己歡好，那就夠了，他不想再破壞氣氛，笑道：「妳說得我都迷糊了，原來繞了半天，妳是在誇我啊？」

羅嬌兒雙臂勾住他的頸項，美眸如魅如絲，媚聲道：「不是你又是誰？那個負心漢怎麼比得上你？」微微一笑，又道：「倘若我不來這裡，又怎麼遇見你？」

劉守光一時頭暈目眩，斥道：「妳這個小妖精，整得本將軍七上八下！瞧我怎麼修理妳？」

羅嬌兒貼近他耳畔魅惑道：「人家喜歡粗暴點……」

「難怪老頭那麼迷戀妳……」劉守光聽得欲火焚身，全身都激動起來，狠狠搧了羅嬌兒一巴掌，怒斥道：「過不過癮！」

羅嬌兒嬌喘吁吁，歡笑道：「再來！再來！用力些！」

劉守光被勾引得興奮難當，又狠狠甩了她兩巴掌，一把抓起她衣襟，正要用力撕扯開來，羅嬌兒雙足亂踢，高聲呼喊：「救命啊！救命……」

劉守光更加歡喜：「這婊子還真有情趣，作戲也作得那麼真！」正想咨意享受時，羅嬌兒忽然低聲說道：「我為什麼要告訴你那些事？是因為——」她妖異一笑：「死人是不會洩露秘密的！」

「死人？」劉守光已憋忍太久，好不容易要大肆進攻，忽然聽到這番話，心中一驚：「妳說誰是死人？」

羅嬌兒沒有回答，只用力掙扎，歡笑著高聲呼救，劉守光還弄不清是怎麼回事，忽然間，後腦被一根長棍狠狠揮中，打得他整個人滾倒一邊，暈頭轉向，怎麼也起不了身。羅嬌兒連忙抓緊被撕開的衣襟，坐起身，瑟縮在一旁低泣。

「逆子！」竟是劉仁恭忍著創傷，帶著大批親衛趕了過來，怒喝：「給我打！」

劉守光被重重一擊，還來不及反應，所有衛兵已拿了長槍像擊鼓般重重打在他身上，他只能抱頭縮身，口裡不停怒罵：「賤女人！臭婊子！竟敢陷害我……」到後來口吐鮮血，連話也罵不出，終於昏暈過去。

劉仁恭遲遲等不到羅嬌兒的消息，又急著想知道刺客的身分，在調養半日後，便親自率領親衛出來尋人；另一方面，他也不想讓人知道自己功體已破，免得引起下屬造反，他才出來尋了一陣子，就得到密報，說劉守光已找到羅嬌兒的蹤跡，但不知為何，竟支開所有人，獨自趕了過去。

劉仁恭原本已懷疑刺客身分，因為大安山地形複雜，外人難以進入，練功房一事更是隱秘，只有寥寥幾人知道，知情者中，劉守文、孫鶴遠在滄州，羅嬌兒、王若訥也受到傷害，唯一的嫌疑者只餘劉守光，而抓捕女子一事，向來由他負責，若非他安排刺客假扮女子潛入，怎能如此湊巧？

劉仁恭原本還想或許是自己誤會兒子了，但看到劉守光欺侮羅嬌兒的樣了，立刻怒火沖燒：「這逆子為了搶奪我的女人，竟然派人刺殺我！」

羅嬌兒撫著被搧得紅腫的臉頰，委委屈屈地哭了起來：「恭郎，幸好你及時趕到，人家才得以保全清白，你要再晚來一步，人家就不想活了……你就見不到嬌兒了……」

劉仁恭一見這小美人哭得梨花帶雨，為了抵抗惡霸，臉頰被打得高高腫起，便萬般心疼，蹲下身將她橫抱起來，道：「小寶貝，咱們回去。」又怒喝：「打死這畜生，把他丟出城去，永遠別再讓我見到他！」

羅嬌兒縮身在劉仁恭的懷裡，冷冷地瞥了地上那個不成樣子的血人兒，心中但覺可笑：「老頭既然廢了，就只能乖乖當我的傀儡，難道我還傻得去服侍你？你們父子再沒人可以欺辱我！」自從她來到劉仁恭身邊，已逐步買通劉氏父子身邊許多親衛，當劉守光得到羅嬌兒的消息，遣開所有人，獨自去尋找她，立刻就有密探趕去通報劉仁恭。

羅嬌兒知道劉仁恭得到她被釋放的消息，必會盡快趕來，便說故事拖延時間，而且這故事必須十分動人，才能壓抑住劉守光的衝動，因此一開口便說了自己去打探皇帝的秘密，之後每段情節都與刺客息息相關，勾引得劉守光不得不忍下衝動，耐心聽故事。

另一方面，她忽然遇到馮道，竟是在劉仁恭的床上，自己最不堪的那一面赤裸裸地呈現在他眼前，沉舊的往事一下子被翻攪起來，像濤天巨浪般層層衝擊，令她激動難以自已，忍不住便對一個瀕死的劉守光說出自己心中最沉重的憾事，最傷痛的回憶。

馮道怎麼也想不到事情的真相竟是如此，回想起渭水河畔那個貌似純真的小姑娘，到今日這個將劉氏父子玩弄於股掌的嬌夫人，只覺得一陣天旋地轉，心口痛得似不斷絞出血來，全身虛脫到只能倚著山壁，方能站立得穩，直到劉仁恭的親衛扛著劉守光離去，馮道才拖著蹣跚的腳步回到洞穴裡，頹然坐倒，久久不能言語，更不知該怎麼面對孫無憂。

孫無憂沒有馮道的靈耳，只能聽見劉守光和劉仁恭的吵嚷聲，聽不見羅嬌兒低聲訴說的故事，也不知那些事與馮道有什麼關聯，再加上受傷之故，有些昏昏沉沉，見馮道終於回來，心中稍稍鬆了口氣，但見他獨自一人，臉色蒼白，神情蕭索，似乎受到嚴重的打擊，低聲問道：「劉仁恭趕到，帶走嬌夫人，你來不及救她，是不是？」

馮道頹然地搖搖頭，孫無憂自從與他相遇，第一次見他如此消沉，心中頓覺得有些歉疚，又有些不是滋味，悶聲道：「早知道你那麼在意她，我就不攔著你了。」見馮道仍不吭聲，又道：「好啦！好啦！等我傷好了，就和你一起潛入大安宮，將美人帶出來，行了吧？」

馮道說道：「不必了。」

孫無憂見他為了羅嬌兒，竟和自己賭氣，輕輕一咬朱唇，哼道：「男子漢大丈夫，喜歡人家就去搶回來，幹什麼畏畏縮縮？我都說陪你去冒險了，你還生我的氣？」

「對不起！」馮道忽然致歉，令孫無憂感到錯愕，一時不知該如何應對。馮道歉然道：「她是自願跟劉仁恭走的，劉守光因著這件事，已經被逐出幽州。一直以來，都是我誤會了妳。」

孫無憂心中一暖，歡喜道：「世人總喜歡以貌取人，殊不知長得醜的，心地不一定醜惡，長得美的，也不見得就是美善，你這書呆子終於分得清好壞，也不算笨得太厲害！」

兩人相識以來，她總是冷冷冰冰，對誰都沒好臉色，馮道第一次見她露出笑意，雖然仍以黑巾蒙著臉，只露出一雙眼睛，那眼睛也是短短小小，毫不出色，但她笑時那對小眼微微瞇了起來，就像兩道彎彎月牙那麼可愛，眼中烏黑的瞳仁晶瑩閃爍，煥發著難以言喻的光采，似乎她全身靈氣都集中到瞳仁裡，必須像馮道那樣明鑒的目光，才能在璞石中發覺深藏其內的采玉！

「她笑起來，也像妹妹一樣……」馮道心中鬱悶一下子舒解不少，便拱手深深致意道：「我這書呆子幸得姑娘教訓，才懂得分辨世間美醜善惡。」

孫無憂歡喜道：「你受教便好！」輕輕一嘆，又道：「劉仁恭原本雖不好，還能練兵對抗契丹，可是自從來了這位嬌夫人，他就開始斂財享樂，不理政事，為了讓自己年輕些，好配得上青春美貌的嬌夫人，更向王若訥學習仙術，而王若訥不知從哪裡弄來一本『玉煞轉仙訣』，讓劉仁恭從此走上妖邪之路。」

馮道回到河北後，一直待在景州這鄉下地方，始終無法進入劉仁恭的身邊，因此無法知道這些內情，此刻恍然明白：「煙雨樓一早就派羅嬌兒潛入幽燕興風作浪！一旦掌握劉仁恭，也就能輕易左右朱全忠、李克用兩大巨頭，而且從羅嬌兒的話聽來，這一切都是徐知誥的手段！」

他理了理思緒，又道：「王緘雖然有些固執，但他有些話不無道理，幽州的局勢不像表面上那麼簡單，劉仁恭的一舉一動都牽扯著汴梁與河東的勢力消長，如今他受了重傷，恐怕會引來朱全忠提前攻打幽燕。」

孫無憂臉色一沉，怒道：「我真是看錯你了！想不到你也贊成王緘，支持劉仁恭修練邪功，殘害女子！」

馮道說道：「我怎會支持劉仁恭修練邪功？只是朱全忠太可怕了，我們必須盡快做好打仗的準備。」

孫無憂不以為然道：「幽燕一直是孫叔叔運籌帷幄，就算劉仁恭死了，也沒什麼大礙，自有劉守文接位，他雖不是什麼明君，卻比劉仁恭、劉守光好多了。」

馮道想起孫鶴一直在輔佐劉守文，「哦」了一聲，道：「原來姑娘做了這麼多事，召集河北才子、刺殺劉仁恭、嫁禍劉守光，全是為劉守文鋪路！」

孫無憂哼道：「那你也太小看本姑娘了！你們這些文士，成日裡就愛東算計、西算計，一會兒想著要投靠誰，一會兒又想為哪個主子奪權，我才不在乎那些！誰真心愛護百姓，我便支持誰，倘若劉守文敢胡作非為，我一樣會去刺殺他。」

馮道說道：「妳說我們愛算計，但不知是誰費盡心思陷害河北才子，讓他們走投無路，又讓孫鶴來接應，妳做這些事，難道不是為了讓河北才子死心塌地效忠孫鶴？」

孫無憂哼道：「你又錯了！這幫文士打從心底就想投靠叔叔，既然在刺殺劉仁恭這件事上，他們冒了生命危險，出過幾分力氣，我讓叔叔來接應，也算是回報他們，遂其所願罷了！」微微一笑，得意道：「至於那個王緘，從此一見劉仁恭就害怕，自然會躲得遠遠的，最後也只好投靠叔叔了。」

馮道笑嘆：「河北才子全被妳玩弄於股掌，幽州幾乎被妳鬧翻了天，這麼厲害的手段，馮某自愧弗如！但不知這些是出於孫先生的計謀，還是姑娘自己的主意？」

孫無憂得意道：「跟你說明白也無妨！我那位叔叔人雖聰明，心中卻有一個傻念頭，就是『士為知己者死』！他感念劉仁恭的知遇之恩，向來忠心不貳，才不會使計去刺殺劉仁恭！他輔佐劉守文，也是因為劉仁恭希望這個長子接位，並不是出於他自己的私心。」

馮道苦笑道：「孫鶴是河北第一軍師，卻被姑娘說成傻子？」

孫無憂道：「他明知劉仁恭的惡行，但礙於一個『忠』字，不敢阻攔，成日裡長吁短嘆，這般婆婆媽媽，難道不是愚忠？簡直是愚不可及！我實在瞧不慣，便出手了！這次全是我自己胡作非為，他只是被我拖下水來收拾善後。」她一口氣說了這些話，支撐許久的意志終於潰散，瞬間軟軟倒落。

馮道吃了一驚，呼道：「孫姑娘！」

九〇六・一一　好鳥集珍木・高才列華堂

洞外忽然下起蕭蕭大雨，籠罩著整座山林，雨聲滴滴答答，不停敲打著滿山樹葉，一陣一陣傳得極其幽遠，彷彿天地一片空曠，渺無人煙，所有的紛擾都已寂滅，只剩洞穴裡相伴的兩人了。

「山裡的氣候當真說變就變！」馮道走到洞口探望，只見滿山陰沉，不透半點天光，只得退了回來，坐到孫無憂身邊，查看她的臉色：「孫姑娘受傷沉重，不能等到下山求醫，更何況一般大夫對這傷勢恐怕也無能為力，我還是自己來吧！」真要動手，又不禁猶豫：「君子不欺暗室，她前胸受掌，必須開襟探看，我如果這麼做，只怕她要恨死我了！不如我喚醒她，得她同意……」便輕輕握了孫無憂的手指，喚道：「孫姑娘！孫姑娘！」

朦朧中，孫無憂只感到四周一片漆黑，有人在極遙遠的地方呼喚自己，卻怎麼也醒不過來。

馮道感到她纖指寒冷如冰，始終昏迷不醒，心想：「不能再拖下去了，我必須立刻為她醫治。」便輕輕打開她前襟的繫扣，赫然見到鎖骨處有一道細長黑氣，應是從胸口往上延伸而至，不由得一驚：「這不只是掌力，還是陰毒！」

倘若是一般毒草毒蟲，他或許還能憑著博覽群書的本事，試著在大安山中尋找草藥，但這毒掌乃是匯集數百女子的陰氣煉製而成，與一般毒物不同，他想來想去，實在不知該怎麼解救，唯一的法子，或許只能把毒氣吸出，但吸毒是一件危險至極的事，一不小心就是以命換命，要為一個非親非故之人冒生命危險，已是萬分沉重，就算兩人真活了下來，爾後又該如何相處？他不禁陷入掙扎：「我曾經參加招婚，如果再吸她胸口毒氣，與她發生肌膚之親，如何向妹妹交代？她相貌不雅，談論婚嫁已是困難，若再與我親近，將來又有誰會接受她？難道我能從此避之不理？可是我心中只有妹妹一人……」

孫無憂不停發顫，口中低低呻吟，似乎十分痛苦，他實在不忍，終於下定決心：「救人要緊，將來我再好言解釋，妹妹應能諒解，倘若她真生氣了，我便求到她原諒為止。」遂忐忑不安地解開孫無憂的外衣。

他雖知道女人身子長得如何，卻從未親眼目睹，此刻乍見到內裡的訶子薄如透紗，裹住那窈窕如玉的身子，一雙雪峰聳立於迷濛雲霧間，若隱若現，峰頂粉嫩如春櫻含苞待放，那風景如此美麗誘惑，實令他始料未及，一時為之震憾，忍不住怦然悸動，又不敢直視。他不得不深吸一口氣，凝注精神，拼命告訴自己不能胡思亂想，必須專心一致。

那雪嫩的雙峰間，一只黑沉沉的五指大掌印清晰可見，絲絲烏氣向四周漫開，就像絕美的雪地裡開了一朵妖異的黑花，正蠶食鯨吞地向外擴張，企圖吞噬那片美麗。

「想不到劉仁恭的玉煞轉仙訣這麼可怕，不只掌力雄渾，還陰毒至極，難為她還支撐這麼久。」他不敢真的解開訶子，只拿出匕首在孫無憂的胸口上方、訶子的邊緣處割開一道「十」字傷口，烏血立刻滲了出來，他再次凝定心神，想俯首吸出烏血，這一低頭，卻發現孫無憂胸頸的肌膚雪白如玉，瑩瑩剔透，與她粗糙的臉皮實在不符！

他恍然明白孫無憂竟是戴了面具：「這姑娘真愛裝神弄鬼！」

面具之下，究竟是怎樣的一張容顏？他萬般絕望的心不禁又升起一絲希望：「她戴著面具，必有苦衷，我未經同意，就擅自拆開，實在不是君子所為，但萬一她真是妹妹，我卻錯過，我倆豈不是太可憐了？」

「你是誰？」孫無憂迷迷糊糊中，再度夢見那道熟悉的人影與自己乘舟賞荷，不由得輕聲夢囈。

馮道聽這聲音滿懷柔情，十分熟悉，不由得神魂搖蕩，全身沸騰，萬般滋味沖湧上心頭，長年的相思苦痛宛如巨大洪水般，瞬間沖垮了禮教的束縛，忍不住伸指到面具的接合處，小心翼翼地掀開。

隨著面具一分分掀起，馮道心口怦然，全身都微微顫抖，那個朝思暮想、生死茫茫的心上人果然近在咫尺，芳顏依舊嬌麗絕俗，非但沒有刀疤，就連一丁點瑕疵也沒有。

洞外風雨交加，他心中激動也衝到了極點，再忍不住緊緊抱住她，熱淚盈眶地親吻著她的眉眼、玉頰和冰冷的雙唇，又哭又笑：「真是妳！妹妹，真是妳！妳終於回到我身邊，妳可知我有多想妳！我拼命找臉上有刀疤的姑娘，誰知妳的臉早就好了！我好不容易來到三笑齋，卻胡裡胡塗地差點錯過妳，幸好妳捨不得我，又來尋找，我們才能重聚……」他有一窩子相思情意想訴說，奈何佳人昏迷不醒，一句也聽不見。

褚寒依感到這次的夢境並不一樣，那個人居然解開自己的衣襟，抱著她熱烈親吻，激蕩的情意如潮水奔湧，漸漸將她淹沒……她感到十分羞臊，卻又甜蜜如夢，昏昏沉沉中，她想看清那個人是誰，却連睜開眼皮的力氣也沒有，只斷斷續續低呼：「你……是誰？」

「是我！老公在這裡，在妳身邊！」馮道見她臉色潮紅，口中微微低喘，似乎很痛苦，心中說不盡的愛憐，再顧不得拘禮，一咬牙，下定決心：「自己的老婆自己救，老天既然待我不薄，我可不客氣了！」說罷便俯首在她的胸口輕輕吸取毒液，又吐在一旁。

即使只有少許毒液殘留在口唇，那毒性仍十分厲害，一下子就竄入他體內造成刺痛，重逢的喜悅不到片刻，他就發現兩人再度陷入危局裡：「倘若我吸毒之後，仍不能救她，或是換我中毒身亡，那我倆好不容易才重逢，豈不是又要生離死別了？」

七彩神仙鳥雖然曾戰勝血菟絲的劇毒，但與玉煞轉仙訣的陰毒相比，究竟會如何？他實在沒有把握，看著懷中人兒虛軟無力，蛾眉緊蹙，正苦苦忍受著折磨，他不禁輕撫著那蒼白的小臉，憐惜道：「妹妹，不怕！無論如何，我一定會救活妳，就算妳忘了我，就算我倆只能活一個，我也會救妳……」一咬牙，再度俯首吸出毒液。

每一次吸吐之間，絲絲毒液滑流過他的身子，就像被閃電一次次劃過般劇痛，他背上的七彩神仙鳥一遇見毒氣，更是鬥志昂揚地廝殺起來，不過吸吐幾回，他的後背已像火燒戰場般劇痛難當。

苦澀的相思、重逢的歡喜、毒侵的劇痛、死別的恐懼交織成百般滋味，不斷衝擊著他的心神意志，到最後只餘一個信念：就算拼盡性命也要救治她，絕不讓她再受到半點傷害！

昏昏朦朦間，褚寒依隱約感到那人越來越大膽，竟卸下她的衣衫，肆意地親吻她的胸口，那感覺如此真實，已不似夢幻，她不由得驚慌起來：「這真是夢嚒？這個人……並不像他！」她只盼這是一場惡夢，但隨著毒性一分分去除，意識漸漸回復，更確定有人正非禮自己，不由得雙手亂揮亂舞，拼命想抵抗。

「糟了！」馮道想不到她昏迷之際，還奮力掙扎，眼看餘毒尚未清除乾淨，自己又承受著陰毒和神仙鳥決戰的痛苦，無奈之下，他不得不跨坐到她雙腿上，雙手各自抓住她的左右手，免得她的手來攪擾，才又繼續俯首吸取毒氣。

褚寒依毒性越少，感受越強，但覺這男子已不只是輕薄自己，還跨坐到身上，想到可能是盧龍士兵甚至是劉守光或劉仁恭，卻掙脫不開對方強而有力的控制，不禁驚恐萬分，激動地低呼：「你是誰？別碰我……」自衛的本能令她將全部力氣聚到右手，在馮道受到劇毒熾烈侵襲，正分神去抵抗的剎那，忽然脫出了他的掌握，隨手抓了髮上的銀簪用力刺向馮道頸側的死穴「頸動脈竇」！

這是煙雨樓的刺殺絕技之一，在受到武力高強的男子壓制時，教對方一招斃命的必殺技，她從小練過千百回，已經嫻熟得有如吃飯喝水一般，後來雖失去記憶，卻沒有忘記這本能的絕技，在去刺殺劉仁恭之前，她還刻意練習過無數次，此時雖是神思迷茫，仍自然而然地使了出來！

馮道正處在體內有劇毒交戰、心中情意激蕩卻又煎熬難過，還要小心翼翼地為她吸毒，怎麼也沒想到她在昏迷之中，竟會下此狠手，直到那銀簪刺破他頸邊肌膚，他大駭之下，連忙運起「交結」之氣護住頸側，身子用力向外滾去，「嗤！」生死瞬間，那銀簪在他頸邊劃破一道長口子，噴出一絲血柱，幸而褚寒依半昏半醒，沒有力氣又失去準頭，再加上他反應奇快，否則這一刺，已經先了結他的命！

褚寒依出手的剎那，終於睜開一絲眼縫，迷濛之間，她看到那個人影並不是劉氏父子，而是那個書呆子，更想不到他也是人面獸心的混蛋，趁著自己昏軟無力，就來欺辱人，偏偏這一刺殺，已是拼盡全力，卻功虧一簣，一時間急怒攻心，又昏暈過去！

馮道跌坐在地上，以手按住頸邊傷口用力止血，這一擊不只是外在的刺傷，更彷如晴天轟雷般，直接刺破他的一廂情願，震得他清醒過來：「她什麼都忘了！在她心中，我就是個陌生男子，卻趁著她昏迷之際胡作非為，簡直就像她痛恨的劉仁恭！這誤會不解，只怕她會追殺我到天涯海角！」想到兩人曾海誓山盟，如今卻結下生死之仇，不禁感嘆人生何故多風波？

「就算她恨死我，這毒還是得盡快清除乾淨。」他強忍著身上的劇痛，小心翼翼地過去，先將她手中、髮上的銀針都取下，再繼續吸毒。

過了片晌，終於清完餘毒，他心中鬆了口氣，輕輕為褚寒依穿好衣衫，只見那瑩白如玉的臉上，柳眉輕蹙，似乎在昏迷中也感到憤怒痛苦，他忍不住輕撫她的臉，心底泛起一縷痛楚：「她已經不認得我了……」膩滑的觸感還殘留在唇間，熟悉的馨香也縈繞不去，可兩人刻骨銘心的情感，竟然說消逝就消逝了，他心中不勝傷感，但另一方面，又不禁慶幸兩人能重逢，自己能救回她一命。

這一放鬆下來，他忽然覺得十分疲累，體內的毒性也交戰到最激烈的時候，他只能蜷縮在一旁歇息，漸漸地，他感到眼皮沉重，神志恍惚，實在支撐不下去：「萬一我昏迷了，她醒來後，還來不及聽解釋，就對我狠下殺手，豈不是太冤枉了？我還是離她遠一些才好。」

他想離開，望著愛妻的面容，又萬分不捨，看著看著，忽然明白她戴面具的用意：「妹妹容貌太過美麗，容易招來惡徒覬覦，其他人也就罷了，萬一被劉仁恭父子看上，恐怕連孫鶴也保不住她，因此她才會想出這方法保護自己。也幸好她戴著面具，才沒被羅嬌兒認出來，徹底擺脫了煙雨樓的控制，我還是為她戴上吧，將來再慢慢跟她解釋清楚，重新贏得她的芳心。」

他為褚寒依戴回面具後，咬牙起身，顫巍巍地走出洞外，心想：「我不能走得太遠，得守護著她。」便躲在附近的草叢裡，心中暗暗祈禱：「神仙鳥，你連血菟絲都能戰勝，這回可得爭氣些，我和妹妹能不能解釋誤會、重修舊好，我倆一生的幸福、馮家能不能開枝散葉，都指望你大發神威了！」才說完話，便體力不支地昏暈過去。

經過大半日的歇息，馮道終於清醒過來，剛回復一點力氣，就苦撐著起身，踉踉蹌蹌地奔回山洞裡，想把吸毒之事解釋清楚，豈料洞穴內並沒有半個人影，佳人已消失無蹤！

「她去哪兒了？」馮道心中著急，連忙四處勘察線索，見石洞外的地面有一對纖細足印，一路往山下而去：「她身子虛弱，不會走太遠，我趕緊追上！」一邊循跡追去，一邊將內力聚到雙耳，以「聞達」玄功聆聽山林四周的動靜，可他自己的體力還未完全恢復，又要追趕又要聚氣聆聽，實在難以兼顧，不只腳程緩慢，能聽到的範圍更是有限，而地下那對足印也漸漸淹沒在樹葉泥濘之中，不過走了半里路，他就知道自己再度失去她了！

他深吸一口氣，逼自己鎮靜下來：「妹妹毒雖解了，但身上還有傷，最好的法子是……回家！對了！她一定回家去了！」想到這裡，他歡喜得幾乎要跳起來，不顧身子虛弱，一路又跑又跳，急奔下山去。

他剛抵達山腳，遠遠便見到一位纖纖佳人坐在水瀑邊低首撫弄衣裙，當真是喜出望外：「妹妹終究捨不得我，還是停下來等我了……」這念頭剛轉完，只見佳人整好衣裙，抬起頭來左張右望，卻不是褚寒依，而是她的女婢千荷！

馮道心中浮起不祥的預感，連忙奔了過去，急問道：「千荷姐姐，妳為什麼在這裡？孫姑娘呢？」

千荷道：「馮郎君，我是奉了姑娘的命令，特意在這裡等你的。」

馮道喜道：「姑娘讓妳在這裡等我？」千荷用力點點頭，馮道見她神色有些古怪，心想：「難道妹妹出事了？」連忙問道：「姑娘人在哪兒？她身子好些了嚒？她在哪裡休養？妳快帶我去見她！」

千荷沒有回答他一連串的問題，反而問道：「我先前擔心你們出事，一直在山下的開善寺等候著，好不容易等到姑娘來了，我從來沒見過她臉色這麼悽慘，我問她話，她也不說，只交代我一些事情，讓我轉告你。你們究竟發生什麼事了？」

馮道說道：「她刺殺劉仁恭時受了重傷，臉色自然不好，但不要緊，我已經為她治傷了，休養一些時日，便能恢復。」

千荷道：「她不只臉色蒼白，還哭得兩眼都紅腫了！」

馮道關心道：「她毒解了，應該歡喜才是，怎麼哭了？」

千荷道：「姑娘讓我告訴你，她知道是你救了她的性命……」

馮道聞言，鬆了口氣，笑道：「妹妹真是太聰明了！我還未解釋，她就已經明白一切，她是不是要謝謝我，妳快帶我去見她吧！」

千荷道：「她說為了回報你的救命之恩，你可以去這個地方。」她從懷裡拿出一張紙條，又道：「你去了便知道。」

馮道連忙取過，見紙條上寫著「滄州判官呂府」，下方蓋了一個「孫」字的印信，問道：「這是滄州節度判官呂兗的府邸？原來妹妹先一步去了滄州，她可是要在那裡見我？我這就快快過去，莫讓她等得著急了！」他急著轉身離去，千荷卻道：「慢著！姑娘還有一句話留給你！」

馮道笑道：「有什麼話我和她當面說，我不只有一句話，更有一肚子的話要對她說，她有什麼話，我都會仔細聽，不只一句，我讓她說一輩子都行！」

千荷瞪大雙眼，以一種奇怪的眼神看著他，彷彿看著一個怪人，輕聲道：「馮郎君，你是不是有什麼誤會？你還是把這句話聽清楚了，再離開不遲。」

馮道簡直是等不及了，催促道：「好姐姐，那妳快快說，莫吊著我的胃口了！」

「那你聽好了，」千荷深吸一口氣，道：「姑娘說她不想再見到你！」

馮道驚詫地不知如何反應，只覺得自己是不是聽錯了：「妹妹她……說什麼？」

「她說不想見到你！」千荷用力地重覆一遍，又糾正道：「姑娘不是你的妹妹，你別亂認了！」

馮道拼命教自己冷靜，卻感到一股疼痛從心底不斷冒出，只能強顏笑道：「妹妹……我是說孫姑娘何必如此絕情？相逢自是有緣，說不定我們不小心就有緣再見呢？」

千荷見他不死心，跺足道：「我便全部對你說了！姑娘說以後道上相逢，她遠遠見到你，會自行繞開，你若是遇見她，也不必打招呼，你若敢靠近她十步之內，她一定殺了你！她與你此生永不相見！」

馮道聽到「此生永不相見」，再按捺不住，激動道：「為什麼？她為什麼不見我？我……我一定要親口問問她！」

千荷道：「她已經走了！」

「走了？」馮道一愣，像當頭被潑了一桶冷水，全身倏然凝結成冰，顫聲道：「她去哪裡了？」

千荷氣惱道：「為免劉仁恭追查到孫家，連累明公，她原本就打算事情過後，先離開一陣子，如今為了躲避你，她更決定出門遠遊，不知幾時才肯回來，你就算賴在這裡一輩子，也見不到她的！」

短短半日間，馮道在重逢的喜悅、生離死別中一次次起落，此刻彷彿最後一擊，將他所有希望徹底打碎，腦中只一片天旋地轉，不斷地問自己：「她身上還有傷，怎麼可以遠遊？她為了避開我，寧可浪跡天涯……為什麼？她真的這麼恨我嘛？」

千荷道：「姑娘喜歡的是英俊瀟灑的銀面公子，不是鄉下佬、書呆子，你莫再癡心妄想了！」

馮道搖搖頭，悵然道：「不！妳不瞭解她，妹妹不是嫌貧愛富的人，她曾說願與我同甘共苦……」

千荷不耐煩地插口道：「姑娘已經有心上人了！你這麼癡癡傻傻的，誰會喜歡你？」

馮道心中一震，喃喃道：「原來她已經有心上人了……」連最後一絲希望都徹底破滅，他心中一片空茫茫的，不知還能想些什麼、做些什麼，似乎連哭都哭不出來，只喃喃道：「我尋找她這麼久，原來她已經有心上人了……不要緊！不要緊！只要她好好活著，這就夠了……既然如此，她又何必開招親大會，犧牲自己的名節，難道只為欺騙河北才子前來？」

千荷哼道：「姑娘才不是欺騙人，她就是為了尋找銀面公子，才設了招親大會。」

傷心到了極處，馮道反而漸漸冷靜下來，道：「那個銀面公子究竟是何許人物，能贏得孫姑娘的芳心？那個人待她可好？怎能拋下她，讓她尋尋覓覓？」

千荷見他失魂落魄的模樣，心中有些不忍：「姑娘戴著醜面具，是為了避開貪圖她美貌的登徒子，馮郎君卻不計她的美醜，捨命相救，還一往情深，總好過夢裡那個虛無縹緲的銀面公子，那個人也不知還在不在世上……」便說道：「姑娘從前有個相戀的情郎，常與她乘船賞荷、吟詩作畫，可是不知怎麼的，兩人被惡兵追得失散了，姑娘墜崖後失去記憶，卻常常夢見那個人的身影，只知道他是英俊瀟灑的文人公子，每次出現都戴著銀色面具，姑娘看不清他的面貌，為了尋找他，這才設了招親大會，希望有人能解開謎題。」

馮道微一思索，恍然大悟：「與她賞荷乘船的是我，英俊瀟灑的公子是徐知誥，銀面人卻是徐溫……當時妹妹受了太大刺激，又墜下懸崖，腦子受到衝擊，記憶全混亂了，把她心裡最愛的、最害怕的、最敬重的三人混成一個銀面公子！」這麼一想，忽然覺得重新看到一絲曙光：「她喜歡英俊瀟灑的銀面公子，這還不簡單，我送她一個便是！但首先必須尋回她。」

千荷又道：「我勸你還是不要辜負姑娘的美意，去一趟滄州呂府，有孫家的印信推薦，他們會讓你進去，你好好努力前程，這輩子或許還有指望，能娶個好媳婦！至於姑娘，她是個絕品人才，不是你高攀得上的，你還是忘了吧！」

馮道微笑道：「男兒當有大志，種田的朱溫都能娶女諸葛張惠呢，我為什麼不能高攀孫姑娘？」

千荷見他還不死心，氣得跺足道：「你這人怎麼說不通呢？」

馮道拱手致謝：「多謝姐姐指點明路！在下絕不會辜負孫姑娘的美意，這就日夜兼程趕去滄州，拜見孫先生！」

千荷嘆了口氣，道：「這就好！我還怕你執拗不聽勸呢！姑娘雖然不在，我仍會把三笑齋的難民安頓好，你不必擔心，只管好好待在滄州。」清秀的小臉忽然一紅，囁嚅道：「你去了滄州，若是見到他……我是說劉昫劉公子……我聽說他在這次行動裡，也受了傷，請代我向他問安，看看他有什麼需要……我是說你們若有需要，我會盡力幫忙。」

馮道微笑道：「在下一定把姐姐的關心帶到，也會好好照顧劉公子，姐姐大可放心。」便告辭離去。

千荷見他明白自己的意思，芳心暗喜，望著他離去的背景，不禁嘆道：「他正常的時候，也不是那麼傻！」忽然又想到：「他方才好似說要去拜見孫先生……我明明給的是『呂判官府邸』，他怎麼知道其實是去見孫先生呢？看來他不只不傻，還挺聰明的！」

馮道有了推薦信，立刻馬不停蹄地直奔滄州，一踏入這與汴梁接壤的地界，便感受到一股風聲鶴唳的氣氛，與幽州劉仁恭、劉守光父子極盡享樂的風光全然不同，街巷之間，時有軍兵結隊來往，嚴密巡視。

馮道沿途打聽，終於找到節度判官呂兗的府邸，連忙上前拜會。門口守衛見他拿著孫家的推薦函，立刻進去通報，過不久，卻出來一位青衫故友，一見馮道便歡喜地快步走來，笑道：「可道，你終於來了，真想煞我了！」

「藏明！」馮道見到韓延徽，也自驚喜：「你在這裡等著我？」

「那是當然！」韓延徽熱絡地拉著他的手臂，一邊走進大門，一邊說道：「我去開善寺接應趙鳳幾人，他們說起你的事蹟，都是讚譽有加，大夥兒擔心你的安危，都盼著你來。」

馮道恍然大悟：「原來孫鶴派去開善寺接應的人是你！」

韓延徽領路直接穿過長廊、內廳，往後室小院，進入一間小房，道：「這段時間很不平靜，我將他們先安置在呂判官府內的小室，須委屈你住在這裡，暫時不要外出，免得多生事端，等風聲過去，大家就自由了。」

馮道微笑道：「藏明考慮得好周到。」但想刺殺一事至關重大，越少人知道越好，這呂兗能收留眾才子，究竟知不知道內情？問道：「我初來乍到，是不是應該先拜會呂判官，謝謝他的收留之情。」

韓延徽知道他心中顧慮，道：「呂判官忙著與先生研議軍情，並不在府內，府裡只有一位小公子呂琦。呂兗為人義氣，並不知道發生何事，我只說先生有幾個學生要暫宿他府邸，他便答應了，連多問一句也沒有。咱倆許久不見，先敘敘舊，明日再與人家見面。」

馮道看出他有話要與自己私下談，微笑道：「自然要與老友先敘敘舊。」

韓延徽連忙喚僕人備上茶水、點心，又點上燭火，關上房門，與馮道一起同桌而坐，舉了茶相敬道：「滄州只有粗茶淡食，還盼不棄。」

馮道笑道：「總算能安安穩穩坐下來喝一杯茶、吃幾口米飯，這已是天大幸運，我怎敢嫌棄？」

韓延徽聽他語氣，似乎回到河北後，過得極其艱辛，道：「你既已回到河北，怎不來找我？」

馮道說道：「我一回幽州便去尋你，誰知你出遠門去了，後來我爺娘為我謀了一份差事，在劉守光手下當掾屬。」

韓延徽愕然道：「你在那二楞子手下？實在是太埋沒了！」

馮道笑道：「可不是嚒？我位子都還沒坐上，就被坑殺了！確實被埋得差點沒了，幸好我自己想法設法地爬出來了！」他將劉仁恭坑殺工匠之事大略說了，苦笑道：「按理說，我現在是個活埋鬼，不該坐在這裡吃吃喝喝！」

韓延徽聽他把一段驚心動魄的經歷說得如此奇趣，不禁搖頭笑嘆：「你總有逢凶化吉的本事！」兩人同時哈哈一笑，喝了口茶，馮道又問：「刺殺一事非同小可，孫師禮家族會受牽連麼？」

韓延徽苦笑道：「他完全被蒙在鼓裏，倘若知道愛女闖下這等大禍，只怕會嚇破膽。」

馮道問道：「孫姑娘常這麼胡鬧麼？」

韓延徽道：「她仗著有先生撐腰，雖然有些任性處事，但多是在鄉野間行俠仗義，動到節帥頭上，還是頭一遭！先生得到消息，也是大吃一驚，但戎馬倥傯，實在無法分身，只好派我前來處理，你們先在這裡待著，事情很快就會過去。」

馮道不解道：「劉仁恭不找到凶手，絕不會罷休，為何藏明說此事很快就會結束？難道……」

韓延徽臉色一沉，道：「是有更大的事情發生了！」

馮道蹙眉道：「汴梁大軍來了？」

「可道真是料事如神，我滄州已面臨生死存亡的關鍵！」韓延徽語氣肅然，眼底透著深深憂慮：「從前節帥想併吞魏州，常與羅紹威起衝突。羅紹威統領的魏博牙兵一向是最驕橫的，常常動不動就殺掉節帥，羅紹威長年面臨內憂外患，心驚膽顫之下，索性讓兒子羅廷規迎娶朱全忠的女兒，希望透過兩家聯姻，讓朱全忠來保護自己。」

馮道曾聽張惠提過這件事，知道河北幾大藩鎮：魏博羅紹威、義武王處直、成德王鎔都先後與朱全忠聯姻，背叛了李克用，只剩劉仁恭還搖擺不定，一直游移在梁、晉之間。

韓延徽道：「朱全忠這大魔頭果然不負羅紹威的期望，趁著為女兒發喪的機會，使出雷霆手段，一併清內攘外！」

馮道問道：「你說的可是今年正月那一次戰役？」

韓延徽道：「不錯！今年正月，羅廷規的妻子忽然去世了，朱全忠立刻抓住機會，一方面打著要替魏博解除外患的藉口，召集隨羅紹威投誠的二萬魏博軍，連同王鎔的成德軍，他自己的汴梁軍，準備大舉征討我滄州；另一方面，借著祭悼女兒的名義，派馬嗣勛擔任禮賓官，率領一千名長直兵，假扮成挑擔民伕，敲鑼打鼓地帶著喪事祭品進入魏州，其實行李中都暗藏著鎧甲武器。

魏博大軍出發後，魏州城內已空虛，只餘八千牙兵駐守，正月十六日寅夜，羅紹威趁著眾人都在睡夢中，帶著自己幾百親兵，聯合馬嗣勛帶來的千名梁軍突然發難，襲殺魏博牙兵。

魏博牙兵在睡夢中被驚醒，拼命反擊，好不容易衝到軍械庫，卻發現弓弦已斷，鎧甲上的扣門全破，原來羅紹威一早就派人毀去武器！頃刻間，八千牙兵被屠殺殆盡，連同他們的家眷那些老弱婦孺一個都沒放過！」

馮道彷彿親眼目睹一場驚心動魄卻悄無聲息的屠殺，不由得毛骨悚然，道：「這大魔頭當真好狠！不只利用女兒的祭日，還趁著部屬為自己拼命，殺盡他們的妻兒！這是要多狠絕的心，才幹得出來？真是狡猾至極的老狐狸、殺人不眨眼的大魔頭！」

韓延徽喝了口茶，又道：「朱全忠為能真正鎮壓住魏州，早就把征討滄州的十萬大軍悄悄調回來，等在城外，天一亮，見羅紹威大功告成，就率軍進入，親駐魏州，因此當時我滄州只是虛驚一場，並未真正開啟大戰。

二萬魏博大軍內心都已經準備好要為朱全忠賣命，攻打我滄州，忽然被調回城中，見到牙兵的下場，幾乎炸開了鍋，想到被自己的主子背後捅了一大刀，連老婆小孩都慘死，群情驚懼激憤之下，盡皆背叛，即使羅紹威不斷安撫他們，也於事無補，最嚴重的叛變是天雄牙將史仁遇糾結數萬兵眾佔據『高唐』，後來朱全忠派出符道昭與李周彝率大軍平叛，不只屠盡城中老小，還把史仁遇活活鋸死！」

聽聞至此，馮道但覺有陣陣寒意從心底升起：「朱全忠已不是從前的朱全忠了！失去張惠的壓制，他的狂魔心性已經漸漸放肆……」

韓延徽續道：「羅紹威為了感謝朱全忠，盛情款待梁軍，朱全忠因此率大軍在魏州放肆吃喝、極盡享樂，停留半年多，幾乎將魏博府庫消耗一空，魏兵從此更加衰弱。請神容易送神難，羅紹威送不走這位大魔頭，簡直是欲哭無淚，後悔莫及，曾對人說：『就算合六州四十三縣之鐵，也不能鑄此錯也！』」❶

他想方設法地希望朱全忠早日離開，一打探到節帥受傷的消息，立刻提醒朱全忠要記得攻打滄州，並承諾會在魏州建造元帥府舍，繼續供給軍需，自魏州到長蘆的五百里路程，數十萬軍兵沿途所經過的驛站，一律以酒饌款待，帷幕床鋪，無一不備，各式器具用品，饋運不絕，也就是說這一次梁軍是做足準備，打算一舉攻滅我們，如今節帥受了傷，有誰能擋得住這大魔頭？」

馮道聽他語氣中，頗有怨怪褚寒依之意，說道：「魏州享樂只是一時，登基稱帝、統一天下，始終是朱全忠的心頭大願，上次他攻打淮南不成，士兵還盡數逃亡，使得他聲望嚴重下挫，他急想重建軍威，便把目標轉向河北。

河北眾藩，王鎔、王處直早就臣服，羅紹威為了鎮壓魏博牙兵，也自斷羽翼地歸順，只剩下節帥一直左右逢源，依違不定，朱全忠又怎能容忍？這一日早晚都會來的，實在怪不得孫姑娘。」

韓延徽瞄了他一眼，取笑道：「可道很關心孫姑娘？你另一位紅顏知己褚姑娘又如何了？就不怕她打翻醋罈子？」

馮道說道：「藏明，我視你為知己，這件事也不瞞你，其實孫姑娘就是褚姑娘！」

韓延徽愕然道：「她二人竟是同一人？」

馮道嘆道：「此事說來話長，我和她在淮南發生變故，因而分散了，後來我到三笑齋尋到了她，她卻失去記憶，不認得我了。」

韓延徽「啊」了一聲，道：「這該如何是好？或許我可以向她解釋你二人的關係。」

馮道搖頭道：「她離開了，我不知她去了哪裡。」

韓延徽安慰道：「放心吧！只要她還待在河北，我下個指令讓士兵尋人，相信很快就能找到她，一有消息，我立刻通知你。」

馮道原本便想託韓延徽尋人，敬了他一杯茶，道：「多謝了！找到她之後，只需悄悄通知我，莫強行帶她回來，她性子剛烈，我不想逼得她太緊。」

韓延徽笑道：「明白了！可道對褚姑娘真是用心良苦。」

馮道說道：「她對我也是情深義重，只是蒼天捉弄人，讓我們橫生許多風波。」嘆了口氣，道：「罷了！不提傷心事，咱們還是言歸正傳吧！」

「好！說正事！」韓延徽微微喝了口茶，又道：「朱全忠自從淮南失利，就心性大變，憤怒異常，回到洛陽後，居然下令將唐室大臣全數處死！」

馮道想不到朱全忠僅僅因為一場敗戰，就屠盡唐臣，憤慨道：「此廝簡直是瘋了！」

韓延徽道：「你也看出來了，朱全忠行事更凶殘，手段更狠絕了！聽說這一回，他會親自領軍征伐幽燕，我真擔心一旦滄州守不住，後果不堪設想。」

馮道英眉微微一蹙，也感到事態嚴重：「此戰關係到朱全忠的聲望，只能勝、不能敗，他必是傾全力攻之！這樣狡猾、勇猛又瘋狂的人，已不能以常理度之！但不知節帥和孫先生如何打算？」

韓延徽道：「節帥受了重傷，又聽見這壞消息，驚得連連吐血，下令士兵大舉抓人，男子十五至七十歲，只要拿得動武器，都必須自備糧食武器，前往滄州軍營報到，之後就送去守衛『瓦橋關』，若有人膽敢留在家鄉，一律就地誅殺！」

馮道憤慨道：「百姓已經夠困苦了，他要召兵，卻不發糧餉，還要大家自備糧食武器參戰？未免太欺侮人了！百姓心中不服，怎肯拼命打仗？我們與梁軍兵力懸殊，形勢已十分艱難，如果沒有糧餉，士氣低落，這一仗簡直連半點勝算都沒有！」

韓延徽長長嘆了口氣，道：「節帥也想到這一點，為避免有人逃跑，便下令在所有士兵臉頰刺上『定霸都』三個字，以示效忠，這徵兵令一下，應能湊到十萬之眾，但全是老弱殘兵，如何與汴梁大軍相抗衡？」

馮道想不到短短幾日，外界已起了翻天覆地的變化，不由得伸手摸了摸臉頰，道：「所有男子臉上都得刺字？豈不是一輩子都見不得人了？」

韓延徽嘆道：「這幫老弱殘兵一上場就被汴梁大軍痛宰，哪來的一輩子？這一輩子也不過須臾時間罷了。」

馮道雖不是在意相貌之人，但想到臉上要被刺字，誓死效忠劉仁恭，心中仍是不快：「我從前在朱友珪臉上畫烏龜，不過是嚇唬嚇唬他，想不到今日卻輪到我要被黥面！」忽然發現韓延徽臉上光溜溜的，問道：「你臉上怎麼沒刺字？」

韓延徽道：「士子都以黥面為恥辱，認為那是罪犯、奴隸的印記，先生門下許多文士群起反對，先生只好出面勸說節帥，說只要在臂上刺『一心事主』四字，不必刺在臉上，我們才躲過一劫。」微微一笑，又道：「所以可道還是好好待在先生帳下，莫再亂跑，若是你無官無職，遊蕩在外，只怕非但要黥面，還會被抓去瓦橋關打梁軍！」

馮道慘然一笑，道：「如今我走投無路，不投靠孫先生，還能去哪裡？倒是藏明在孫先生手下多時，熟悉他的脾性，將來要請你多提點了。」

韓延徽用力握了他的手，道：「我卻說你來得正好！汴梁大軍雖然來勢洶洶，但你本事大，有你輔佐先生，河北百姓有救了！」

馮道聽他說得極為真摯，心中也激起熱情，緊握了他的手，道：「我應該早點回來與你並肩作戰，梁軍再強大，只要我們一條心，定能打退敵人，保衛我們的鄉親。」

兩人一直聊到深夜中宵，韓延徽回去歇息，對這一仗該如何應付，始終沒有結論。馮道望著窗外深幽幽的夜色，韓延徽疲憊離去的背影，彷彿已經看見幽燕黑暗的未來：「藏明對這一戰乃至幽燕的前途都悲觀至極，他今夜與我深談，其實是想告訴我，我們與梁軍差距太大，再加上劉仁恭的胡作非為，使軍心渙散，情況簡直是糟到不能再糟！他對孫鶴已不存冀望了，他不相信孫鶴這一次還能力挽狂瀾。後來他聽到我回鄉，就把希望寄託在我身上，可我又能怎麼辦？」但想：「如果連我們都放棄了，百姓豈不是更加悽慘？」

他雖然厭惡劉氏父子，卻實在心疼那些純樸的鄉親，於是又拿出地圖徹夜不眠地研究，直到天色濛濛亮，才上床歇息，剛閉了眼，就有僕人來報，請他梳洗過後，到內廳用膳，與眾才子相聚。

想到汴梁大軍快來，趙鳳、劉昫等人應有不少高見，大家或許能商量出對策，他連忙起身梳洗，然後在僕人領路下，來到內廳門口，遠遠瞧見趙鳳等人都已到齊，分坐成兩排，他仍是最後一個到場，只能挨坐在門口的角落裡。眾才子見到他，都微笑示意，韓延徽站在最前方，也向他微微一笑，又低聲吩咐僕人：「嘉賓齊到，可以請先生出來了。」

那僕人進去後不久，但聽得靴聲橐橐，一名錦袍老者從內堂出來，清風飄逸地往主座坐下。這錦袍貴人自然是盧龍首席軍師、劉仁恭的心腹——孫鶴，也是八年前曾與馮道在河東船上辯論天地易象之人，眾才子一時抬頭挺胸、凝氣屏息，臉色肅然。

馮道見孫鶴與八年前相比，雖然兩鬢花白了些，但形貌非但不顯蒼老，反而更意興風發，暗想：「這幾年孫鶴混得好極了，倘若我能得他重用，便有機會探出《天相・星象篇》的祕密，這一次定要好好表現，不能再弄砸了，但我究竟該如何做，才能取得他的信任？」

孫鶴也微微瞇了雙眼，打量著門口那個人，但覺有些熟悉，又不那麼確定。馮道見孫鶴一直望著自己，便沖著他微微一笑，孫鶴見到那笑容，心中陡地一刺：「真的是他！這傢伙……竟也來了！」八年前的震駭再度臨到，這個能識透自己想法的傢伙，竟又出現在眼前：「他來做什麼？」

韓延徽朗聲道：「先生軍事繁忙，今日難得撥冗前來，讓我們這些後生晚學恭敬一杯，請他不憚告教。」說著舉起桌上酒杯向孫鶴致意。

眾才子連忙跟著舉杯遙敬孫鶴：「先生指教，我輩定謙沖學習，不敢徒長虛誕。」

孫鶴微笑地回了酒，目光一掃眾人，道：「自古幽燕多文士，但朝廷因為安史之亂，心存芥蒂，刻意棄用河北賢才，你們因而仕途受阻，想必心中都有懷才不遇之慨，但這反而是幸事，倘若當時你們入朝為官，朝廷衰亡之下，恐怕你們也要陪上性命，既然已經留下來了，就好好為故鄉效力吧！」

眾才子齊聲道：「能留在河北，輔佐先生保鄉衛民，是我們的福氣。」

孫鶴點點頭道：「你們應該已經聽說了，汴梁大軍已朝滄州來了，強敵壓境，你們有什麼對策？」

這幾日眾才子都苦苦思索這個問題，但形勢比人強，又能怎麼辦？見孫鶴提問，不由得左顧右望，想讓別人先回答，好從中得到靈感。

孫鶴自也看出眾人心思，嘆道：「難道你們就這麼點志氣，有機會一展才學，還畏畏縮縮，不敢直抒己見，只等著見風轉舵、附和人言嚒？」

趙鳳目睹劉仁恭的暴行，早已鱉了一肚子憤慨，等了幾日，好不容易見到孫鶴，便搶先站起，拱手道：「晚生趙鳳，對幽燕有些看法，還請先生指教。」

孫鶴點點頭，道：「說吧。」

趙鳳道：「我幽州雖有古北口、居庸關、渝關等關隘作為屏障，但關隘再堅固，若是百姓不能安居樂業，軍需補給便會出問題，此刻戰事緊張，最該啓用大批賢才，好好治理地方，使財富民安，如此一來，我幽燕將民心歸附、穩如泰山。」

馮道心想：「劉仁恭貪饜無足，總是苛薄百姓，趙鳳在求孫鶴保命的情況下，仍堅持說出心中理想，這一句『財富民安』是直指其弊，此人是真俠士，只可惜汴梁已大軍壓境，這法子緩不濟急。」

孫鶴也聽出趙鳳意有所指，心中頗是不悅，沉聲道：「老夫今日接見你們，正是要啟用賢才，但你們這幫賢才，可有本事提出制敵良策？治理地方固然重要，但強敵壓境，守不住疆土，就保不住百姓，說什麼財富民安，皆是枉然，你先想想如何退敵吧！」

趙鳳原本對孫鶴寄予厚望，想不到他不聽勸言，對劉仁恭的暴行視而不見，心中挹鬱悲憤：「劉仁恭貪奢殘暴，孫鶴雖有謀略，卻無大智慧，我留在這裡，胸中抱負無法施展，只能眼睜睜看著蒼生受苦，若是就此離去，不只臉上要被黥字，更只能化為戰場上的灰燼，就算苟活下來，也是一生恥辱，天地如此不仁，我讀這麼多聖賢書，究竟有什麼意思？不如落髮為僧，歸隱去吧！」心灰意冷之下，便萌生悄悄離去，遁入空門的念頭。

孫鶴道：「還有誰來說說？」

劉昫道：「晚生劉昫，對局勢也有點淺見，要請先生指教。」

孫鶴打量了他一眼，微笑道：「你就是劉因劉巡官的二郎，人稱『三美公子』之一的劉昫？」

「是！」劉昫謙遜道：「家父總是在我們三兄弟面前稱許先生是我幽燕的棟樑砥柱，至於『三美公子』的稱號，實在是大家過譽了。」

孫鶴點點頭，微笑道：「劉因也是個人才，把你們三兄弟教得極好，來！說說你的看法。」

王緘見劉昫甚得孫鶴的歡心，暗哼：「這小白臉憑著一點家世，就會拍馬逢迎！」龍敏心中好生羨慕：「這劉公子不僅家世好，人也長得好，連說話都十分得體。」趙鳳更覺得自己無家無世，只怕永無出頭之日，不如歸去。

劉昫道：「我幽燕因與北方外族接壤，胡風甚熾，軍兵剽悍，從前亂無法紀，這幾年漸漸嚴謹有度，成為能與汴梁、河東抗衡的軍隊，全賴先生運籌帷幄、安定四方，先生是我等心中榜樣，晚生願效犬馬之勞，但憑驅策。」

馮道心想：「這劉昫並非拍馬逢迎的小人，反而是才學兼備之士，他話中之意，是提點如今大軍集結、大戰在即，孫鶴須多加約束盧龍軍的行為，莫放縱他們擾民，只不過他生在官宦之家，比趙鳳懂得進退，說話更委婉些，但這些終究都不是退敵之策。」

孫鶴也聽出劉昫的言外之意，點點頭，喝了一杯茶，卻不做評論，只淡淡道：「說得不錯！」又望向其他人，道：「下一個是誰？」

李崧起身拱手道：「晚生李崧。自古以來，我幽燕就是兵家必爭之地，不只汴梁、河東雙雄虎視眈眈，北方契丹也屢屢侵擾，今日我們能保得芻狗之命，乃是蒼天垂憐，賜我們一位神人般的軍師，能洞析各方形勢，左右迂迴，才使我們今日能與河東平起平坐，相信假以時日，先生必能帶領我們與汴梁一爭雄長。」

孫鶴一直以來，就是採用左右迂迴之術，周旋在汴梁與河東之間，見李崧所言，甚合心意，終於露了一抹笑意：「很好！很好！」

王緘見劉昫和李崧兩人，一個風度翩翩、一個切中要點；一個說孫鶴治軍有功，一個贊他謀略過人，將孫鶴樂開了花，心中暗暗嫉妒：「我得吹捧得更厲害才行。」便道：「李兄、劉兄雖然說得不錯，但實在太過消極，目光太淺薄了，居然如此輕視先生！」

眾人都不禁一愣：「這樣吹捧，還輕視了先生？」

孫鶴微笑道：「他們如何輕視我，你倒是說說看。」

王緘道：「我在節帥帳中許久，知道先生實乃冠絕古今之神人，足可開創不朽盛世！此刻我軍雖然還無法對抗汴梁，但以先生之能為，對付其他勢力卻是綽綽有餘，只要一步步蠶食鯨吞，將周遭藩鎮逐個吸收入腹，待勢力壯大後，要取下汴梁，也不是什麼難事。」

孫鶴道：「如何蠶食鯨吞？你說說看。」

王緘在劉仁恭帳下當參軍，較其他人知道更多內情，此刻便滔滔大論：「前些時候，晚生得到一個消息，今年正月那一戰，朱全忠表面是攻打滄州，其實是清理門戶，拔除驕悍的魏博牙兵，殘存的魏州軍都恨透了朱全忠，如今朱全忠率領大軍前來，魏州城空虛，晚生以為我們應該趁這大好良機，繞道過去，取下魏州！」

馮道正拿了茶杯喝茶，聽到王緘所言，不由得頭皮發麻，一口茶險些噴了出來，為免失禮，硬是把茶水吞了回去，卻忍不住咳嗽起來。

孫鶴微微蹙了眉，道：「你說的蠶食鯨吞就是這法子麼？」

王緘昂首道：「不錯！前人有『圍魏救趙』之策，我們便來個『圍魏救滄』，不只可化解我們的危機，還可擴張勢力！」

龍敏忍不住道：「晚生以為萬萬不可！」

王緘不悅道：「有何不可？」

孫鶴見龍敏氣質粗簡，「哦」了一聲，道：「你就是人稱儒丐的龍敏？」

龍敏微微紅了臉，道：「晚生正是龍敏，如今朱全忠已獨霸天下，東迄山東，西接關中，北與燕南、晉南接壤，中原肥沃之地幾乎都收入他囊中，而我方不只地處偏壤，軍力懸殊，更得防備北方契丹的騷擾，如果還分兵去奪取一座府庫盡空的魏州，在眼下這危急時刻，實在沒有多大益處，應該集中兵力守住滄州，護衛我們的鄉親。」

孫鶴蹙眉道：「這意思是我方就該坐以待斃，或豎旗投降？」

「非也！」龍敏道：「先生曾憑著合縱連橫之術，使我們依違在兩強之間，求取生存、漸漸壯大，從前是聯合朱全忠，對抗李克用，如今為何不聯李抗朱？」

孫鶴「嘿」了一聲，道：「你這儒丐也算有點見識，但李克用並不會出兵！」

王緘原本就瞧不起龍敏，聽對方竟敢反駁自己，忍不住哼道：「這麼簡單的法子你以為先生想不到麼？每次遇到難關，節帥第一個想到的就是李克用，可幾次之後，李克用已不願再當傻子了！上次汴梁軍來攻，節帥向他求援，他竟回了一封信說：『今天你手握重兵，就不顧我當年恩情，時常恩將仇報，這也罷了，如今你自己是一方豪強，擢升文人時，希望他能回報你的恩德，選拔了武將，又希望對方能酬謝你的恩情，但是你自己都做不到，又怎麼相信別人會做到？我今日在此斷言，你劉仁恭日後一定會遭受背叛，而且會禍起蕭牆、骨肉相殘！就算你拿著槍桿也不敢授人，捧著盟約的誓盤，也說不出誓言！』」❷

馮道想到劉守光暗中謀劃大安山駐兵圖，心中不由得一陣發寒：「李克用看似粗魯，其實極有見識，他一直以誠義待子弟兵，才能讓周德威乃至十三太保死命相隨，就算他受了重傷，仍受到眾將愛戴，沒有人叛變。相反的，劉仁恭自以為聰明，始終兩面三刀、無信無義，不知不覺中，已給兒子、部屬立下最壞的榜樣。」

龍敏聽到李克用將劉仁恭罵得如此不堪，心中一凉，喃喃道：「如果李克用不肯出兵，我幽燕便沒救了！」這意思無疑是懷疑孫鶴的能力。

孫鶴對這儒丐也不看重了，轉問馮道：「門口那位，你方才嗆了咳，似乎是對王緘所言很不以為然？」

馮道心想：「當年我破壞了他的計劃，這老頭還懷恨在心，故意挑起我和王緘的誤會。」連忙起身，拱手道：「晚生馮道，見過先生。」又對王緘微笑道：「在下以為王兄圍魏救滄的計策高明至極。」

王緘見馮道也贊同自己，對著龍敏哼了一聲：「馮兄果然還是更有見識些。」

龍敏不善與人爭辯，只脹紅了臉，不吭一聲。

馮道微笑道：「只要小小改一個字，就有希望拯救幽燕。」

孫鶴哦了一聲，冷笑道：「改什麼字？」

馮道說道：「把『魏』字改成『潞』！」

「圍潞救滄？」孫鶴沉思半晌，望向馮道，微笑道：「是有些道理！」

王緘不服氣道：「為何是潞州，卻不是魏州？」

馮道解釋道：「潞州位於太行之脊，據高設險，同時控扼著關中與河東的咽喉，自古就是兵家必爭之地。」

龍敏道：「這意思就是說，汴梁與河東誰掌握住潞州，誰就捏住對方的咽喉！」

王緘不服氣道：「這誰不知道呢？但潞州守將昭義節度使丁會與朱全忠是竹馬之交，從小一起出來混的兄弟，若沒有穩固的交情，強大的能力，朱全忠絕不會將這麼重要的地方交給他！」

孫鶴深深望著馮道：「這話倒是不錯！我幽燕兵力守城已經不足，誰有能力去搶奪潞州？」

馮道望了龍敏一眼，微笑道：「自然是龍兄說的李克用了！」

王緘哼道：「我方才已說了，李克用絕不會出兵的！」

馮道微笑道：「李克用自然不願意再當傻子，他有興趣的是當王者，只要送去七個字，河東必會出兵。」

眾人齊問：「哪七個字？」

馮道微微一笑，道：「得潞州者得天下！」

（註❶：「錯」指錯刀，古代的一種錢幣。此典故即是成語「鑄此大錯」的由來。）

（註❷：此書信原文是：「今公仗鉞控兵，理民立法，擢士則欲其報德，選將則望彼酬恩。己尚不然，人何足信！僕料猜防出於骨肉，嫌忌生於屏帷。持幹將而不敢授人，捧盟盤而何詞著誓！」）

九〇六・一二

幽燕沙雪地・萬里盡黃雲

昭宗凶訃至潞州，詔義節度使丁會帥將士縞素流涕久之。及李嗣昭攻潞州，會舉軍降於河東。李克用嗣昭為昭義留後。會見克用，泣曰：「會非力不能守也。梁王陵虐唐室，會雖受其舉拔之恩，誠不忍其所為，故來歸命耳。」克用厚待之，位於諸將之上。

己巳，朱全忠命諸軍治攻具，將攻滄州。壬申，聞潞州不守；甲戌，引兵還。先是，調河南北芻糧，水陸輸軍前，諸營山積，全忠將還，悉命焚之，煙炎數里，在舟中者鑿而沈之。劉守文使遺全忠書曰：「王以百姓之故，赦僕之罪，解圍而去，王之惠也。城中數萬口，不食數月矣，與其焚之為煙，沈之為泥，願乞其餘以救之。」全忠為之留數囷以遺之。《資治通鑑·卷二百六十五》

馮道原本想毛遂自薦去河東說服李克用，但孫鶴想把他留在身邊，便推薦了劉仁恭的參軍王緘。

即使李克用曾嚴厲譴責劉仁恭忘恩負義，劉仁恭也絲毫不以為恥，一收到孫鶴「圍潞救滄」的計策，立刻下令王緘率領一百多人帶著厚禮，組成浩浩蕩蕩的使節團前往河東，之後再轉往鳳翔，向李茂貞求救。

王緘原本就不贊成向河東求援，想不到出使的命令竟落到自己頭上，想起坊間種種傳言，說李克用形貌似虎，凶暴殘忍，生吃人肉，刮骨剖心等等恐怖行逕，不由得憂心忡忡，一邊指揮士兵整備物品，一邊怒氣沖沖。

馮道見王緘鬱鬱寡歡，便私下去找他，道：「王兄，可閒聊幾句嚒？」

王緘忿忿道：「我們就快出發了，你想說什麼就快說吧，說不定這是你我最後一面了！」

「還請移駕兩步。」馮道將他拉到一旁無人之處，道：「從李克用上次的回信看來，他心中十分痛恨節帥，如果你先去見他，只怕還未開口，就先被關押了。」

王緘恨聲道：「我就說不該找李克用，如今節帥指派我去，我真是被你害死了！」

馮道安慰道：「王兄莫擔心，我曾去過太原，對李克用、十三太保有些認識……」

「你見過李克用？」王緘連忙問道：「他是不是銅皮鐵骨，刀劍不穿，口大如血盆，滿嘴尖牙，一看到人，就飛撲過來吃咬，吞得連骨頭渣子都不剩？」

馮道笑道：「你說的是老虎吧！倘若李克用真是那樣，我怎麼還活著？他雖然勇猛，卻是個至情至性之人，只不過性子急躁了點，王兄見到他時，言辭務必懇切，切莫惹火他。」

王緘嘆道：「我怎敢惹惱一頭大老虎？」

馮道見他唉聲嘆氣，從懷裡拿出一封信柬，道：「我寫了一封書信，你貼身收好，莫要開啟，到了太原，先聯繫承業公公，請他閱信之後去找李存勖，只要挑起李存勖的爭王之心，兩人聯合勸說李克用，事情就不難辦了。」

王緘見馮道送來救命信，這才露出一抹笑意：「可道真是想得太周到了！信裡究竟寫了什麼，能打動李克用出兵？」

馮道微笑道：「也沒什麼！只不過滄州情況危急，等不了太長時間，所以我想了個法子，讓李克用不費一兵一卒，在最短的時間內拿下潞州！」

「不費一兵一卒？」王緘難以置信，道：「怎麼可能？潞州丁會可是與朱全忠一起在黃巢混大的老兄弟、老戰友，論武功、論交情，都是堅不可摧的！」

馮道說道：「我也沒有十足把握，只不過兵禍一起，受苦的總是百姓！曾經我為了救人，讓鳳翔陷入絕境，如今又要以潞州戰禍去換取滄州百姓的生存，我心中委實不願意，畢竟滄州百姓是人命，潞州百姓也是人命，我只盼這法子真的有用，李克用能輕易拿下潞州，將傷害減到最低。」

王緘實在好奇，道：「既有這麼好的法子，你為何不交給節帥，卻要便宜李克用？」

馮道說道：「這個法子或有機會輕取潞州，但接下來卻必須面對朱全忠的全力反撲，無止盡的攻擊，除了河東，誰禁受得起？」

王緘道：「你說得是！朱全忠絕不會輕易放棄潞州，如果他真從滄州退兵，就是把戰力全集中到潞州去了。」

馮道又道：「劉昫家中突生變故，兄長被仇家所殺，他正趕去瞭解狀況；趙鳳對節帥心灰意冷，已決定前往開善寺出家為僧，我方才去送行，即使萬般挽留，他也不改心意；而李崧覺得幽燕處境危險，決定另謀前途，也悄悄離開了；至於龍敏，他雖有心留下，先生卻不重視，只讓他擔任雜役，當初一同前來的幾位士子，只剩下你我二人，王兄務必保重自身，平安歸來，幽燕的安危全仰賴你了。」

王緘唉嘆道：「我這一趟道途艱險，恐怕也是九死一生！」

馮道安慰道：「王兄不必太過擔心，只要先找到承業公公，他定能為你周全一切。」

兩人互相告別後，王緘即率使節團上路，途中實在忍不住好奇，就悄悄打開馮道的信柬，見信裡除了問候張承業外，只寫了一行字：「全軍縞素舉唐旗，得潞州者得天下」。

王緘見到「全軍縞素舉唐旗」一句，心中「咯噔」一下，嚇得雙腿幾乎軟了：「那傢伙居然教人家全軍縞素，還高舉唐旗？這……簡直是觸河東軍和大唐的霉頭！李克用那麼擁唐，我若是把這封信交到他手裡，他肯定立刻把我大卸八塊！那鄉巴佬嫉妒我的才學，盡出些餿主意，害我一次又一次！幸好我事先把信打開，否則怎麼冤死都不知道！不行，我絕對不能將這封信交出去！」又想既然沒有說服李克用的方法：「我還是不要輕易去碰那隻飛老虎，先去找李茂貞吧！」便依自己的計劃，率著團隊改道鳳翔。

使節團出發後不久，孫鶴就得到探子回報，說朱全忠已率領大軍從「白馬」渡過黃河北上，十七日抵達「長蘆」，下令大軍紮營，準備一舉攻下滄州。

一開始馮道還信心滿滿，認為只要張承業收到信函，便會立刻聯合李存勖說服李克用拿下潞州，而劉守文守滄州、劉仁恭守幽州，兩地互相呼應，應能支撐至援軍抵達，苦熬的日子不會太久，豈料正面交戰時，劉仁恭見梁軍太過強大，幾次發兵援救滄州都告失敗，竟嚇得不敢再出兵，只命大軍嚴守在「瓦橋關」，不做任何支援，任由梁軍猛攻滄州。劉守文苦等不到援兵，手下的義昌軍也不敢迎敵，只能緊閉城門，死守不戰。

河北原本苦寒貧瘠，這麼閉城死守，糧食很快耗盡，更可怕的是，一入冬天，風雪如鵝毛般漫天飄灑，這美麗的景象卻有如惡魔降臨，青綠的草場瞬間成了一大片一大片荒原，百姓原本還可挖草根來吃，現在卻連一根青草、一隻螞蟻都找不到，除了等著身邊的人死去，搶屍體來吃，或是等著自己死去，好解脫苦難，已不知還能做什麼。成群成群的老人、幼童、殘疾者凍死在路邊，連掩埋的機會都沒有，就進了其他人的肚腹。

馮道為了怕軍兵搶掠百姓，一開始還帶著瘦弱的士兵去冰河裡鑿冰抓魚，以填軍糧，到後來風雪越大，河面結成厚冰，魚都凍死了，也抓盡了，仍不見半個援軍。

義昌軍不敢出去打仗，卻很會欺侮百姓，一開始躲在城中享用軍糧，糧食吃盡了，不得已殺馬，馬吃盡了，吃蟲鼠，接著吃路邊死屍，到後來，一到晚上便結夥出去殘殺百姓，以裹肚腹，一開始，孫鶴還以軍法嚴懲，企圖約束士兵，劉守文卻暗示他睜一隻眼、閉一隻眼，免得士兵造反。

劉昫的預言應驗了，軍兵結夥掠民，孫鶴卻無力管束，馮道眼睜睜看著鳳翔慘事在自己故鄉重演，看著弱小的鄉親成了士兵的獵物，卻無能為力，心中悲痛至極。他徹夜難眠，夜夜苦思如何解決問題，又凝聚「明鑒」雙眼觀看星象，記錄星圖，希望從中尋出困境的答案，可滿天夜幕漆黑，就像河北黯無天日、悲涼淒慘的景象，滿天星燿閃爍，也只是亂象一通，就像茫然的人心，全然不知所謂，他仰天問飛虹子：「師父，我究竟推算錯什麼？這星象究竟藏了什麼秘密？倘若真有安天下的玄機，為何要蒼生受這麼多苦？究竟什麼時候才有一個太平之世？」

這段時間，陸續傳來外方消息，李茂貞收下求援信後，曾派靜難節度使楊崇本攻打「夏州」，那楊崇本與朱全忠有殺妻大仇，因此對打擊梁軍特別奮勇。朱全忠見夏州危急，調派同州匡國節度使劉知俊和他的下屬康懷貞前往營救，大破楊崇本的軍隊，斬首三千餘，楊崇本不得不退回邠州。劉知俊、康懷貞卻乘勝攻拔鄜、延、坊、丹、翟等五州。經此一役，李茂貞再度受了重創，岐軍從此不振，只能退出救援行動。朱全忠歡喜之餘，遂加封劉知俊為使相，並提拔康懷貞為保義節度使。

孫鶴收到消息，為免影響軍心，不敢讓其他人知道，只找來韓延徽和馮道秘密研議軍情：「方才探子來報，說李茂貞已退出救援，朱全忠為免再生枝節，加派倪可福率大軍駐紮在荊南，以防備西川及淮南的軍隊趁虛而入，我們已經被全面圍堵，城中糧食也快要耗盡，如果李克用再不出兵，我們就真的完了！」

馮道見他愁眉深鎖，安慰道：「先生，事情還不到絕望時候，既然朱全忠全面圍堵，就表示他的兵力分得太散，只要有一處被攻破，他就必須回援，尤其是潞州，只要李克用拿下潞州，朱全忠必會立刻退兵。」

韓延徽蹙眉道：「兩個月過去了，鳳翔路途較遠，都已經發兵打完仗了，太原較近，為何遲遲沒有消息，或許李克用寧為玉碎，也不願瓦全？」

馮道問道：「王緘人究竟在哪裡？」

孫鶴道：「據探子回報，王緘並沒有依從指示先去河東，反而先向李茂貞求援，他一直待在鳳翔，直到劉知俊大破五州，才趕緊起身前往河東求救，可是一入太原之後，就音訊全無！」

馮道心想：「難道我的方法不靈？王緘真的出事了？」

韓延徽悻悻然道：「如今我們只能自救，最好請節帥盡快發兵過來！」

孫鶴臉色一沉，欲言又止，嘆了口氣道：「我幾次去見節帥，他總說保守為先。」

韓延徽一腔怒火再也忍不住，道：「保守？這是要置滄州於死地，完全不管不顧了？」

馮道想不到劉仁恭竟如此膽小怕事，也激動道：「他就算不顧惜百姓，難道連世子的死活也不管了嚒？滄州若是不保，幽州如何保得住？幽燕若是毀了，朱全忠會放過他嚒？節帥怎有如此想法，以為滄州破了，還可以保全自身？」

韓延徽冷哼一聲，道：「可道，你近日才過來，還不瞭解節帥的脾性，他心中想的是就算滄州破了，自己手裡還握有十萬軍兵，再加上大安山銅牆鐵壁的保護，足以讓他在大安山宮殿中修道祈福，祈求梁軍早早退去！」

馮道回想大安山的景況，除了密密麻麻的山林形成迷宮，還有取之不盡的野果，確實可以支撐數年，敵軍要上山，也只有一條盤山迴廊，根本難以攻入，嘆道：「大安山雖是易守難攻，難道節帥打算一輩子躲在裡面，不出來了？」

韓延徽怒道：「先生勞心勞力，他卻長年躲在大安山享樂，早就不管百姓死活了！」

孫鶴肅容道：「延徽，為人臣子，既食君之祿，便該分君之憂，節帥受了傷，功體不再，行事難免謹慎，他既不肯出兵，咱們做臣屬者，就該盡一切所能保護他，否則何以為忠？何以為義？你今日這些話，我當做沒聽見，以後莫再說了，免得你自己性命不保，還動搖軍心！」

韓延徽知道孫鶴一心維護劉仁恭，也不好再說，悻悻然道：「先生以為接下來該怎麼辦？為了滄州百姓，我都會盡力而為。」

這句話卻問倒了孫鶴，河北最優秀的三名謀士齊聚一堂，對眼下情況竟是一籌莫展，只能面面相覷。

臘月時分，滄州堆雪如山、餓屍遍野，義昌軍在龐大的壓力下，已瀕臨崩潰，個個都狂亂暴躁，但覺吃了百姓還不夠，動不動就拿刀互砍，一遇有人倒地，立刻就有幾個士兵撲上來，把受傷的士兵亂刀砍死，免得他浪費糧食，滄州城已徹底淪為人吃人的煉獄。

朱全忠見時機成熟，便親自率領數百匹鐵甲戰馬拖拽著撞車、雲梯車，氣勢壯盛地逼近滄州城下。他昂立於撞車上，以雄渾的內力傳音道：「城中食盡，援軍已絕，劉仁恭不顧親兒死活，不憐臣屬百姓，爾等又何必為他效命，死守不降？本王惋惜賢侄是人才，憐愛城中無辜百姓，只要爾等歸順，必厚待之，我梁營有充足的糧草，必餵飽滄州百姓！」

這段時間，滄州宛如煉獄，人倫相殘、骨肉相噬、士兵相殺，每個人都被逼到崩潰邊緣。朱全忠原本是逼人的魔頭，此刻他的聲音迴盪在滄州城上空，卻搖身一變，化成拯救蒼生的天神，為苦難的人們帶來獲救重生的希望。

義昌軍原本已經脆弱不堪，聽到最後兩句話，意志幾乎全面崩垮，就連馮道也不禁心意動搖：「再抵擋下去，大家不是餓死，就是互相殘殺至死，就算最後梁軍真的退兵，百姓也死絕了！朱全忠雖然凶狠，劉仁恭卻更加殘暴，兩相比較，朱全忠的治下竟然還好些！如果投降，他會殺劉氏父子，卻不一定會屠城，百姓或許還有一條生路……」

每場戰役到了最後，降與不降，都是雙方一場又一場的心理角力戰，馮道不禁望了孫鶴和劉守文一眼，又想：「倘若我都想放棄，還有誰會奮力守城？」

孫鶴神色嚴肅，看不出喜怒，劉守文卻已臉色蒼白，微微顫抖，想道：「朱全忠好毒的心思！這一喊，只怕所有士兵都要造反，棄城投降了！」一旦軍心盡反，他父子就是死路一條，朱全忠不見得會殺降兵，卻留不得他們父子，急問孫鶴：「先生，該怎麼辦？」

孫鶴不愧河北第一軍師，不疾不徐地道：「你便這般回他，我說一句，你說一句。」

劉守文聽從孫鶴之言，一句一句大聲回應：「梁王以大義立身，才能贏得天下人敬佩歸順。我與盧龍節度使乃是父子，若是背叛父親歸順於你，就是不孝；我與他還是主臣，若是背叛主上投降於你，就是不義，一個不孝不義之人投靠你，你真的敢重用麼？我又真有立足之地麼？」

此言一出，原本蠢蠢欲動的士兵心中都涼了，暗想自己若是投靠梁軍，也是不義之人，就算一時僥倖不死，將來也無立足之地。

朱全忠見他說得大義凜然，鏗鏘有力，一時竟無言以對。劉守文聽從孫鶴指示，緊接著又道：「梁王既憐惜無辜百姓，還請高抬貴手，放滄州一條生路，我全城軍民都會感佩你的大仁大義。」

朱全忠想不到劉守文言辭如此犀利，心想：「我稱帝在即，若是再強攻下去，豈非授人以柄，說我不仁不義？」便下令暫停攻擊，此後真的休兵數日，滄州終得喘息。

朱全忠原本想擊垮義昌軍心，孫鶴只用了幾句話，不但化解一場可怕危機，還拖延了時間，馮道心中甚是佩服，到了夜晚，趁著難得的空閒，便主動去拜會他。

孫鶴獨自站在軍營外結成厚雪的空曠野地裡，昂首遙望夜空，蒼蒼不絕的細雪渺渺無盡地灑在這片苦難的大地上，也灑在他的髮衣上，那身影如此孤絕，彷彿這世間只剩一根擎天支柱，顫巍巍地支撐著即將崩垮的天地，明知事已不可為，仍堅持以螳臂之力抵擋百萬雄車，直到死而後已。

馮道走近他身邊，脫下自己的外袍為他披上，道：「天寒了，先生還待在這裡，不怕著涼嚒？」

孫鶴回過頭來，見是馮道，微微一愣，才淡笑道：「多謝你了。」

馮道見他兩鬢蒼蒼，臉頰凹陷，為了這一戰，幾乎是耗盡心力，似乎瞬間老了好幾歲，不禁心生惻然：「外人只看到他風光無兩，誰知他雙肩重擔？」往前一步，與孫鶴並肩而立，也仰首望天，道：「先生是在觀察星象嚒？」

孫鶴感慨道：「天雪蒼蒼，哪有星象可看？我不過想問問老天，祂可曾看見我河北的苦難？」

馮道說道：「天地不仁，以萬物為芻狗；聖人不仁，以百姓為芻狗。老天爺看見了苦難，卻不想干涉，或許，人們總該學著自己承擔後果。」

孫鶴聽他意有所指，望了他一眼，問道：「這段日子，大家都累垮了，難得有一日空閒，你為何不歇息？」

馮道微笑道：「晚生睡不著，便想到可以與先生聊聊。」

孫鶴道：「你來，是想問這一戰究竟會如何？還是來責問我，為什麼縱容士兵殺掠百姓？」

馮道恭敬道：「晚生過來，是想說幽燕百姓全仰賴先生拯救，請務必保重身子，不要太過勞累。晚生還想說，先生並不孤獨，我一定會與你並肩作戰，直到粱軍退去。」

這種話孫鶴聽得多了，大多是阿諛奉承或禮貌問答，此刻卻可感受到馮道是由衷肺腑，他從來沒想到有人是真心關懷自己，而這人還是他一直心懷芥蒂的小子，心頭一時暖熱起來，眼眶不由得微微濕潤，就連寒雪灑在身上，似乎也不怎麼寒冷了。

他微微一笑，問道：「你方才說『直到粱軍退去』，你對這一戰似乎很有信心？」

馮道說道：「只要李克用拿下潞州，朱全忠一定得退兵。」

孫鶴雙眉微蹙，道：「王緘音訊全無，你仍相信李克用會出兵？」

馮道把攻取潞州之計說了，又道：「我給了李克用最快速的法子，他捨不得不用！」

孫鶴愕然道：「你居然叫河東全軍縞素？真是太大膽了！這……」不禁輕輕一嘆：「實在是一大賭注！」

馮道說道：「兵行險著，才可能出奇制勝，我相信三太保會懂得！」

孫鶴沉吟道：「話是不錯，但就算河東真的出兵，以如今的形勢來看，也可能來不及了！」

馮道說道：「王緘確實拖延了太多時間，但晚生懂一點玄機，曾為此戰卜過吉凶，滄州雖苦，仍有一線生機。」

孫鶴聽他說卜算了吉凶，不由得一笑：「原來如此！」

馮道微微一笑，道：「先生堅持閉城不戰，不也是在等這個契機？」

孫鶴頷首道：「不錯！」

馮道嘆道：「所以先生不惜放縱軍兵擾民，也堅持不降，否則一旦城破，朱全忠必會屠城，到那時，滄州只會死傷得更慘重。」

「可是許多人都不理解！」孫鶴輕輕一嘆，又望了馮道一眼，道：「只有你！你總能看穿我的心思！」

兩人曾在八年前交手，這次重逢，雖各懷心思，但礙於兵馬倥傯，一直沒有機會好好交談，這段時間相處下來，馮道心中佩服孫鶴的耿直忠義，思來想去，認為得到《星象篇》最好的方法，就是坦誠以對，真正贏得孫鶴的信任。事實上，在一個高深謀士面前，太多的偽裝並無用處，只會加深猜忌，因此他決定坦言說出實情：「從前我與先生有過一面之緣，在李嗣源的船上，當時他救了我性命，我不忍心他遭受欺騙，這才出言頂撞先生，其實那時候我對天象一無所知，只不過是剛好得知梁軍的詭計而已。」

他把當時的來龍去脈解釋一番，孫鶴想不到這困擾多年的事，竟然只是一樁謊言，驚愕之餘，不由得露出一抹苦笑：「我自認老謀深算，卻被你一個小伙子騙得團團轉。」

馮道拱手道：「晚生當時年少，先生不特意提防一個小子，才會疏忽著了道，今日我是特地來向先生請罪的。」

孫鶴道：「各憑本事，你何罪之有？過去的事便過去了！但你方才說已懂得玄機，又說夜觀星象，卻是為何？」

馮道答道：「晚生曾蒙先帝恩澤，有幸讀到一些書籍，學得古人的智慧，知道夜觀星象，可以探求天下大運。」

孫鶴明白他所說乃是大唐皇室流傳的「安天下」之秘，但並不打算戳破，只深深地望了他一眼，道：「當年你的本事是假的，我已經被你騙得團團轉，如今你的本事是真的，想必又更勝我許多了！」

馮道說道：「晚生的本事怎及得上先生？先生能獨立支撐幽燕大局，也是因為有夜觀星象的本事，今夜在此觀星，正是為了對付接下來的危局，不是麼？」

孫鶴聽他說來繞去，始終不離星象，已明白他的意圖，冷冷道：「你是為了打探我身上的秘密，才回幽燕的？」

馮道說道：「我敬重先生的為人，不想巧取豪奪，還盼先生明白告知。」

孫鶴道：「在所有才子當中，我最看重你，倘若你願意留下，盡力為幽燕百姓做些事，全心扶持劉氏政權，或許有朝一日，我會盡我所能地告訴你真相。」

馮道說道：「先生為何認為身懷才能，只可幫助幽燕，卻不是幫助天下？」

孫鶴道：「因為你是幽燕人，而天下已經四分五裂，你若去幫助其他勢力，豈不等於殘害自己的鄉親，背叛自己的主上？」

馮道問道：「以先生的才能，不愁在其他霸主面前得到一席之地，為何對劉氏父子如此執著？」

孫鶴道：「士為知己者死，這裡也是我的故鄉，有我熱愛的鄉親百姓，我不能丟下他們不管，也不能背叛提拔我的人。」

馮道說道：「這意思是假如我不願扶持劉氏，你便不會告訴我答案？」

「不錯。」孫鶴口氣平淡，卻透著一股鐵打不破的堅定。

馮道想了想，道：「晚生有兩個問題想請教。」

孫鶴道：「你問吧。」

「第一個問題，」馮道問道：「倘若先生所愛的鄉親與所敬的主上起了衝突，你會選擇哪一邊？」

孫鶴知道他所指的乃是劉氏父子的暴行，雙目一閉，沉痛道：「我會盡力周全，讓幽燕百姓減少傷害。」

馮道說道：「像設立三笑齋，是嚒？」

孫鶴道：「三笑齋是無憂的意思，我知道她有心為百姓做些事，便在背後支持。」嘆了口氣道：「我知道那只是一點彌補，但我也只是個凡人，人力有時盡，有些事只能那樣了！我知道你會為了百姓推翻劉氏，對吧？」

馮道說道：「我只能答應你，我不主動策劃推翻劉氏，但如果天要收他，那便聽天由命！」

孫鶴對這個答案不置可否，道：「第二個問題呢？」

馮道說道：「倘若先生所愛的鄉親與天下百姓起了衝突，你會選擇哪一邊？」

孫鶴道：「這沒什麼猶豫，自是以幽燕百姓為重，難道你有別的答案？」

馮道說道：「我的答案是幽燕百姓也是天下百姓之一，我會盡我所能，救助所有百姓。只不過我也只是個凡人，倘若真遇到力有未逮之時，也只能盡人事、聽天命。而這天命的答案，或許就藏在你的星象書中。」

孫鶴嘆道：「倘若那秘笈真如此厲害，或許這世間苦難便有了解方，可是我鑽研了大半輩子，仍看不出其中奧妙，我連幽燕的苦難都解決不了！」

馮道誠懇道：「所以晚生真心盼望你能拿出秘笈，或許合我二人之力，一起參研，真能救萬民於水火。」

孫鶴思索許久、掙扎許久，最後仍是搖了搖頭：「還是等到你願意全心輔佐劉氏父子再說吧！」

馮道想不到他如此固執，微微激動道：「先生參不透其中玄機，是因為心中有執念，想在維護劉氏父子和天理昭彰之間尋找一個解法，但那是不可能的！先生不肯順天而行，才會陷在迷局裡，為了那樣的人不惜賠上自己的一切，甚至是幽燕百姓，值得嚒？」

面對馮道的逼問，孫鶴幾乎是無力招架，每個深夜，仰望星空，他都不斷地問自己，背叛恩主是不義，縱容惡主欺凌百姓是不仁，究竟要怎樣做，才能仁義兩全？一再逆天的結果，又會招來什麼樣的下場？他蒼白的臉不由得脹紅了，瘦弱的身子也微微顫抖，卻始終答不出一句話，怔然許久，不由得長嘆一口氣：「孫某生於斯、長於斯，這一生是要埋骨幽燕了！至於你，無論你將來飛得多高，走得多遠，都不要忘了這裡才是你的根，他們需要你的保護。」

馮道說道：「先生教訓，晚生會謹記在心，但……」他正想再勸，遠方奔來一個探子，大喊：「報！」打斷兩人的談話，孫鶴不禁暗暗鬆了口氣。

那探子奔近前稟報道：「卑職費了好大功夫，終於打聽到王參軍進入太原的情形。」

孫鶴沉聲道：「那王緘究竟怎麼回事？快說！」

那探子道：「王參軍進入太原之後，因為帶著厚禮，直接就見到了晉王。」

馮道忍不住插口問道：「王緘沒有先拜見承業公公，才一起去見晉王嚒？」

探子搖頭道：「沒有，他直接帶著厚禮去獻給晉王。」

馮道急問：「那書信呢？他有沒有交一封書信給晉王？」

探子又搖頭：「沒有！王參軍拜見晉王時，態度恭謹，侃侃而談，博得了晉王的好感，待說出想請求援兵，晉王卻把節帥痛斥一頓，說：『幽燕沒希望了，我瞧你也是個人才，不如就留在這裡為我效命，總好過跟著……』」他微微一頓，不知該不該說出口。

孫鶴沉聲道：「河東究竟說了什麼，不必顧忌，全一五一十地說出來！」

「是！」那探子得到允許，便放膽侃侃而談：「晉王說：『總好過跟著劉仁恭那龜孫子！』但王參軍忠心耿耿，當場便拒絕了，說一定要回幽燕覆命，誰知竟因此惹怒晉王，把他押入地牢裡。」

孫鶴和馮道心中一涼，暗呼：「完了！」

那探子口舌伶俐，說起故事活靈活現，如眼親見，又道：「王參軍待在獄中幾日，熬不住了，就告訴牢頭說他願意效忠晉王，並且有法子可以不費一兵一卒就取下潞州，又說『得潞州者得天下』。那牢頭聽了，不敢直接去找晉王，就去稟告張承業。」

馮道鬆了口氣：「謝天謝地，他終於把消息帶給公公了！」又想：「王緘定是偷偷看了那封信，卻不相信我所說，因此沒有照著做，後來被關在牢中，實在沒辦法了，便姑且一試。唉！他這麼任性，卻讓滄州百姓吃了許多苦頭。」

那探子又道：「張承業聽了王緘的法子，十分歡喜，立刻去找三太保商量，李存勖一聽到『得潞州者得天下』，眼睛都發亮了，飛奔去找晉王，說：『環顧天下形勢，朱全忠已掌控十之七八，河北幾個雄強藩鎮如魏博羅紹威、義武王處直、成德王鎔都已經投靠朱賊。黃河以北能與梁軍抗衡者，除了我們，只餘幽燕，倘若連劉仁恭都被收服，我們會很危險！』

晉王仍是怒氣沖沖，痛罵節帥就是白眼狼！三太保又說：『我們搶下潞州，不但可阻止梁軍擴張河北，又可以屏蔽河東，拒朱賊於門戶之外，一旦時機成熟，還可據潞州直下洛陽、開封！』晉王聽到據潞州可直搗朱賊的老巢，終於心動了，但還是不解氣。三太保又勸說：『父王，心懷大志者，不在乎小節；爭天下者，更是胸襟廣闊，不會計較小仇小怨。劉仁恭雖屢屢背叛，但我們以德報怨，不只可展現父王的仁義，又可擴充領地，正是一舉兩得！良機稍縱即逝，切莫錯失！如果父王不想便宜那個老窟頭，孩兒有一妙法，既可搶下潞州，又可讓父王消氣。』李克用雖然負氣倔拗，也知道兒子說得有理，氣沖沖地問：『你要如何幫我出氣？』」

馮道心中暗呼：「想不到李存勖另外出招了！」急問：「三太保提了什麼條件？」

探子續道：「三太保說：『我們不要像從前一樣白白出兵，給他們一個條件：劉仁恭必須派出三萬軍兵一起攻打潞州，我們才出兵。』」

馮道暗罵：「這黑心小李子，真會趁人之危！明明得到不費一兵一卒就攻下潞州的法子，竟還要調走我三萬士兵！」連忙對孫鶴道：「李存勖明擺著就想連本帶利地討回以前的損失，這三萬士兵肯定有去無回！」

孫鶴微微蹙眉，嘆了口氣道：「不答應，滄州就真的沒救了！」

探子道：「晉王覺得三太保這主意好得很，十分高興，立刻調遣周德威、二太保李嗣昭、九太保李存審整備軍伍，只等咱們的三萬軍兵一到，就要出發。」

馮道嘆道：「他看準我們一定會答應，早就備軍等候了！」

孫鶴卻是微微一笑，道：「節帥手中看似有十萬軍兵，其實很多都是臨時徵召的，李存勖既然喜歡，那咱們也不用客氣，就挑些老弱殘兵湊個三萬，送去耗費他們的糧食吧！」

馮道聽孫鶴打這如意算盤，不由得啼笑皆非：「這麼說來，倒是好事一樁！至少那三萬民丁有糧吃了！」又問探子：「那王緘呢？」

探子道：「晉王隨即放了王參軍，還讓他擔任推官，王參軍得到這位子，高興得不得了，立刻謝罪聽命。」

馮道聽完事情經過，心中苦笑：「王緘不聽建言，害苦了滄州百姓，自己卻博得了官位，所幸到了最後，滄州總算有一線生機！」

朱全忠在休兵數日後，已經重新整軍，打算發動最後攻擊，梁軍個個戰意高昂，磨槍擦戟，躍躍欲試，準備全力衝殺！

另一方面，劉仁恭也下了急令，派監軍張居翰、掌書記馬鬱、都指揮使李溥率領三萬士兵奔赴晉陽，準備與河東軍合力取下潞州。

此時雙方已到了一決生死的關頭，不是河東及時拿下潞州，逼退梁軍，就是滄州被屠滅，幽燕徹底淪陷。

滄州城樓上，劉守文見城下梁軍像螞蟻雄兵般，密密麻麻，綿延遙遠，幾乎看不到盡頭，早已驚得臉色蒼白：「我滄州今日是死路一條了！先生，你一定要救我！」

孫鶴卻是臉色深沉，低聲道：「世子，你不能自亂陣腳，必須鼓舞士氣，只要再堅持一會兒，這一戰，定有轉機。」

劉守文慘然道：「先生，真有轉機嚒？你瞧瞧城下，梁軍衣甲堅硬，軍容壯盛，我軍卻是傷痕累累，餓到不成人形，哪來的士氣可鼓舞？」

孫鶴道：「我們已撐持許久，甚至不惜縱容士兵掠民，也不投降，現在已到了最後關頭，只要堅守城門，不讓士兵倒戈，援軍一定會到。」

劉守文向來依賴孫鶴，聽他這麼說，雖然不相信有什麼援軍，仍對著城內殘兵喊話：「眾軍聽令，援軍就快到了，為了滄州的鄉親父老，大家一定要堅守到最後一刻！」

眾士兵面面相覷，都想：「真有援軍麼？」

韓延徽極目眺望，見遠方煙塵飛揚，滿山遍野都充滿了梁軍，將援軍可能進來的道路都封死了，對馮道嘆道：「根本沒有援軍！朱全忠早就將所有可能的路都封死了。先生這麼說，只是想安撫軍心，拖延時間，萬一滄州城破了，大家都死了，有沒有援軍，也不重要了！」

馮道卻道：「雖然沒有援軍，但只要李克用來得及取下潞州，就有希望！」

朱全忠氣勢雄偉地站在營寨高台上，宏聲喊道：「這是你們最後機會，快快開城投降。」一等了半刻，見劉守文仍不答應，便下令擊鼓激動士氣：「全力攻破城門！」

剎那間，梁軍宛如餓虎撲羊般衝了過來，義昌軍見到敵軍遍野，望不到盡頭，雙方人數懸殊，已先氣餒，再見到對方的氣勢，更是嚇傻了，絲毫提不起鬥志，有些士兵竟奔向城門口，想開城投降，劉守文心中一急，喊道：「不能開城門，誰開城門，殺無赦！」守城門的士兵都是他的心腹，雙方立刻大打出手，劉守文見情況陷入混亂，又下令身邊的弓箭手，射殺想叛降的士兵，一時箭如雨下，卻是先殺向自己人！

梁軍沿著十數架雲梯攀爬而上，義昌軍守在城頭，以飛箭往下射，奈何敵軍太多，殺不勝殺。

雙方如此激戰了七日七夜，梁軍人多勢眾，糧餉充裕，還可以輪番上陣，人人力氣飽足，兵甲堅固，都悍不畏死地勇往直前。

反觀義昌軍，雖憑著城高牆厚，勉強堅守，卻是人人浴血奮戰，傷痕累累，莫說吃頓飽飯，連闔眼的機會都沒有，漸漸地支撐不住，許多人幾乎是閉著眼亂殺一通，有越來越多士兵衝向城門，想要開城投降或逃亡，劉守文的心腹軍既要抗敵，又要警戒自己人開城門，實在忙不過來，那城門有幾次險些被推開，幸得守城門的士兵奮死擋了回去，但幾次之後，衝向城門的士兵已漸漸超過守門的士兵，情況已危如累卵，到了隨時會崩垮的地步。

無論情況多危險，有多少飛箭從頭頂飛過，從耳畔擦過，孫鶴始終隨侍在劉守文左右，而韓延徽和馮道也一直待在城樓上觀看戰情，協助指揮。

韓延徽眼看滄州城破已在頃刻，劉仁恭卻怎麼也不肯發兵援救，心中悲憤至極，對馮道悵然道：「今日你我要一同死在這裡了，我只嘆心中抱負未能實現！如果可以重新選擇，我絕不會留在幽燕，不會為劉仁恭那樣的人賠上性命，我會重新選擇明主，當初我勸你回鄉，把你拖下水，實在是錯了！可道，你有什麼遺憾？」

馮道想起未與褚寒依再見一面，也未能與她相認，又想起爺娘還在等他衣錦還鄉，一咬牙，道：「不！我們不會死的！李克用一定會拿下潞州，不到最後一刻，我們絕不能放棄希望……」

朱全忠心知滄州破城在即，特意召喚羅紹威隨自己前往附近的高坡，他要在第一時間目睹攻破城池的情景，享受勝利的快感。

兩人策馬停駐在高坡上，俯瞰下方激烈的戰況，羅紹威身為河北戰役的東道主，一直小心翼翼地隨侍在朱全忠身側，見梁軍幾乎是輾壓義昌軍，撞車就快要撞破城門，立刻送上諂媚的笑容：「如今黃河以北，除了幽燕之外，各部都已歸服大王，以李克用那傲拗的性子，絕不會援助屢屢背叛的劉仁恭，今日這一戰之後，河北便全歸大王旗下了！此後再進取河東、淮南，天下便全歸大王所有了！」

朱全忠自從淮南失利後，就想憑藉收服河北重建威望，哈哈大笑道：「今日你提供軍糧，也是大功一件，回頭我給你加個封賞！」

羅紹威歡喜道：「謝主隆恩！」

朱全忠聽羅紹威話中之意，是把自己當皇帝稱謝，心中很是歡喜，已迫不及待想回去登基稱帝了，見一名探子從遠處策馬疾馳而來，笑道：「還沒撞破城門，就派人來報好消息？李思安也太心急了！」

那探子奔得飛快，人未至，聲先到：「啟稟大王，潞州失守了！」

「什麼？」朱全忠幾乎是驚跳而起，飛撲向那探子，一手抓了他的胸口，將他高舉而起，同時雙腿一劈，跨坐上他的馬兒，另一手拉著韁繩掉轉馬頭，疾馳回軍營，喝斥：

「潞州守將是丁會，怎麼可能失守？」羅紹威也趕緊策馬跟隨在後。

那探子被他高舉在空中，幾乎嚇暈了，顫聲道：「是……是李克用！」

朱全忠一邊催馬快奔，一邊怒道：「李克用怎會出兵？」

那探子感到一股怒氣直貫全身，嚇得直打哆嗦：「據……據說李克用得到一句讖語……『得潞州者得天下』，就派了周德威、李嗣昭……率領大軍前去潞州……」

「得潞州者得天下？」朱全忠一愣，停了馬，將探子甩在地下，剛好到了軍營門口，問道：「這讖語哪來的？」

探子嚇出一聲冷汗，連忙跪伏在地，道：「不知從哪裡傳出的？但現在整個潞州城都在流傳這句話。」

朱全忠怒喝：「就算河東出兵，丁會武功高強，久經沙場，再怎麼樣，也不可能兩日都撐不下去！」

那探子道：「不是兩日，是河東軍一到，丁會……就開城門投降了！」

朱全忠萬萬想不到李克用會出兵相助劉仁恭，更想不到從小一起混大的兄弟會忽然倒戈，但覺被自己人狠狠打了一記悶棍，氣吼道：「找敬翔來！」

自從上次敬翔反對征伐淮南，朱全忠不聽勸阻，卻慘遭挫敗後，便疑心更重，不再相信任何人，只信任敬翔和李振兩位軍師，此刻李振遠赴平盧接收降將王師範的領地，並不在身邊，因此朱全忠對敬翔更加倚賴，幾乎到了言聽計從的地步，而敬翔也是鞠躬盡瘁、日夜不寐地籌謀汴梁大業，他曾自言：「只有騎在馬上，才是休息的時間。」

敬翔也已經得到消息，聽到召喚，連忙趕到。朱全忠一口怒氣沖了出來，連聲怒吼：「你說說，這究竟是怎麼回事？丁會為什麼會投降？李克用為何會出兵？」

此時羅紹威也已經抵達，朱全忠又罵：「李克用那個大老粗，為什麼會說出讖言？」

敬翔微微抬眼望了朱全忠，又垂首恭敬道：「臣思索許久，以為說出『得潞州者得天下』這一句話的人，不是李克用，而是『他』！」輕輕一嘆：「那個人出手了！」

「你是說……」朱全忠的激動瞬間凝住，取而代之的是臉上沉沉籠罩了一層烏雲，聲音從齒間迸出極大的恨意：「那個小子怎麼還不死？我攻打到哪裡，他就跟到哪裡！」

羅紹威不解道：「那個人究竟是誰？」

敬翔答道：「一個無官無職的讀書人。」

羅紹威連忙道：「一個無官無職的小子怎敵得過大王智勇雙全？小子就是小子！再有本事，也是少不更事，否則何以稱『小子』？他或許運氣不錯，僥倖小勝一場，那又怎麼樣？天下仍是掌握在大王手裡，他半點也撼動不了大王的基業！」

朱全忠聽羅紹威勸慰有理，怒氣稍平，又問敬翔：「我聽說他曾經去了淮南，人就消失了，甚至有傳言說他死了，你怎會認定是他？」

敬翔道：「李克用萬分痛惡劉仁恭，我們認定他絕不會出兵，這才決定先取下幽燕，再圖其他。情況卻忽然生變，必是有人說服了李克用，能勸動他者，只有李存勖和張承業，但這兩人若想勸李克用拿下潞州，早就勸了，不會等到這時候，可見說服之人是忽然去到河東。他出手只有一個目的，是為了解救滄州！」

朱全忠點點頭，敬翔續道：「能說動李存勖或張承業的外人，應該與河東是舊識，那句『得潞州者得天下』是寫給李存勖看的，如果那人與李存勖關係深厚，就不需透過這種迂迴的方式激動李存勖，因此臣推斷那人是與張承業關係良好，能想出這環環相扣的計策，又與張承業深交，除了那小子，臣實在想不出第二人。」

朱全忠眼看稱帝在即，卻橫殺出變數，越想越心煩，羅紹威見情況不妙，連忙道：「那傢伙只不過小勝一場，怎能算環環相扣？」

敬翔道：「他先請張承業用一句『得潞州者得天下』去激動李存勖，接著說服李克用，再讓河東全軍縞素感動丁會，以最快的速度取得潞州，最後再大肆散播謠言說『得潞州者得天下』……」

朱全忠未等他說完，已斥道：「不收兵！本王偏不讓那小子稱心如意，先打下滄州再說！」

敬翔垂首道：「大王息怒，如今滄州鬧饑荒，劉氏父子又自私膽小，只要大王下令眾藩不可供應糧草給他們，再過一陣子，他們就撐不下去，會自己前來投降。但潞州地處梁晉交界，絕不可失，尤其不可落在河東手裡。『得潞州者得天下』並不是一句空話，此地實是萬分之重，一旦李克用奪下潞州，必會以最快的速度直下洛陽！」

朱全忠不是不明白潞州的重要性，只是眼看滄州快要到手，實在捨不得，蹙眉道：「非退兵不可？」

敬翔無奈道：「不但得退兵，還得以最快的速度退兵！我們為了阻斷滄州的援軍，分出太多兵力去圍堵各方勢力，若是不從滄州撤退，實在沒有足夠的兵力去奪回潞州。一旦河東軍站穩了潞州，再要奪回，便難如登天了！」

朱全忠恨聲道：「一旦退兵，就中了小子的詭計！人人會說本王無能，非但拿不下准南，連滄州也失利！」

敬翔垂首道：「一旦李克用奪下潞州，他必會廣傳那句讖言，影響大王的威信，使那些些昏瞶不明的藩鎮動搖心意，萬一有人倒戈，這形勢就會像野火般傳燒各地，到最後，甚至會影響了大王的基業！」

朱全忠簡直快氣炸了，怒吼道：「你的意思是不管本王怎麼做，都落入圈套了！只這麼一句話！那小子只用了這麼一句話，竟然就可以影響本王的基業！」

敬翔嘆道：「臣方才已說那人使的是連環計……」

朱全忠急得大吼：「不行！絕不能讓謠言傳散出去，得快刀剪斬亂麻！」想到丁會的背叛，又恨聲道：「現在不知有多少藩鎮暗藏鬼胎？你快想想有什麼法子可以遏止謠言，此時最要緊的是穩住眾藩，絕不能讓他們倒向李克用！」

羅紹威在一旁聽了許久，已大致瞭解狀況，便投其所好，搶在敬翔之前說道：「大王不必生氣，臣有個法子可以直接破解李克用的謠言。」

朱全忠「哦」了一聲，道：「你有什麼法子？」

羅紹威道：「對於那些打著擁唐旗號的藩鎮，最好的法子就是大王盡快稱帝！」頓了頓，又低聲補了一刀：「只要除滅唐室那個小兒，就能斷絕那些人的痴心妄想！」

弒君這種事，沒有多少人敢直接講出來，羅紹威的體貼令朱全忠心懷大暢，臉上陰霾漸漸消散，羅紹威又道：「只要大王稱帝，便可以破解謠言，讓世人知道就算李克用得到潞州，也得不到天下，只有大王才是真正的民心所望、天命所歸。」

朱全忠終於露了一抹笑容，道：「你說得不錯！」便轉問敬翔：「你總是勸我不要太快稱帝，如今這形勢，是不能再拖了！相信就算是惠娘在世，也會贊同的！」

敬翔知道自己攔不住朱全忠稱帝的野心了，嘆道：「只能如此了！」

朱全忠歡喜道：「好！你快快籌備了！」

羅紹威對自己的法子被採納，很是高興，又加把勁說道：「大王稱帝之後，可以教四方朝貢，不肯朝貢尊大王為皇帝者，就不是真心歸附，到那時候，誰是真心，誰是假意，一目瞭然！」

丁會的倒戈確實令朱全忠覺得疑雲重重，無法分辨忠奸，聽羅紹威這麼建議，忽然覺得撥雲見日，哈哈一笑，道：「確實是好法子！」精光一湛，又沉聲道：「我還要殺雞儆猴，讓那些牆頭草不敢再作怪！」

羅紹威心中一跳，慶幸自己貢奉百萬銀兩，表現了十足忠誠，這砍腦袋之事應不會落到自己身上。

敬翔問道：「大王想殺誰？」

朱全忠冷笑一聲，道：「前兩日，有個婦人跑來向本王哭訴！」

那婦人是朱友寧的妻子，她想為亡夫報仇，又知道朱全忠有意稱帝，便進言說：「大王即將開創盛世，人人皆得封賞。唯有妾夫，早年盡心盡力的效忠大王，率兵征討王師範的逆反，卻不幸橫屍疆場。妾夫究竟犯了什麼罪？非但大仇不得報，還要眼睜睜看著仇人站在朝廷之上，享受大王的恩澤？」

朱全忠道：「你知道該怎麼做了？」

敬翔道：「王師範原本已投效大王，卻屢屢反叛，若是聽到那讖言，說不定又起貳心，確實是警告眾藩的好人選，臣會遣人將王師範全族二百餘口抓起，一起斬首，不留一人。」

朱全忠微笑點頭，很是滿意，敬翔又道：「但這麼做，只怕會傷降將的心，還請大王登基後，施一項仁政，好安撫忠心歸順的降將。」

朱全忠道：「若是忠心歸順，自要厚待，你想施什麼仁政，說來聽聽。」

敬翔道：「大王從前是將帥，亂世之中，治軍嚴厲本是應該，卻有許多士兵因此逃亡，後來聚成流寇，幾年下來，已成不小的禍患，為免事態擴大，擾亂了內部的安寧，大王不妨隨著登基之喜，大赦天下，只要他們肯歸順，便賜眾寇無罪。如此一來，不只再添精兵，更添了帝王的仁德。」

從前朱全忠規定將校如有戰死，所部士卒一律斬首，稱為「跋隊斬」，因此一旦主將去世，士卒便會逃亡。朱全忠為防逃兵，就在士卒臉上烙印軍號，就算他們想逃回鄉里，也會在中途被關卡發現，遞解回原部處死，就算返鄉，鄰里也不敢收留。逃亡士卒無處可去，乾脆盤據山澤，集結為盜，漸漸形成州縣之患。

朱全忠原也為這些流寇頭疼，聽敬翔如此建議，讚道：「好極了！如此一來，便能警告那些心懷鬼胎的藩鎮，只要他們忠心歸順，本王自會赦免其罪，若是反覆不定，只有死路一條！」

他滿腹怒火終於平熄下來，便召來副將李思安，道：「傳令下去，以最快速度收兵，全軍整備，轉往潞州！」

李思安道：「最快的速度？我們的糧草、輜重堆積如山，如果全數都要搬完……」

朱全忠不耐煩道：「全燒了！」

李思安一愣，不敢再問，敬翔接口道：「請將軍傳令，將所有營房、芻糧全燒了，載糧秣的船也一律鑿破，讓糧草沉入江水裡。」

當初朱全忠為了打必勝的一戰，從各地徵調大量的軍備輜重、糧食草料，水陸並進地運送到前線軍營，堆積如山，其中魏州供應最多，羅紹威想到那些全是耗盡心力搜刮來的膏脂，不由得心痛如絞，卻也無可奈何。

滄州城樓上，韓延徽心如死灰，悵然道：「最多再一日，城就守不住了！到現在你還相信李克用能及時拿下潞州？」

馮道用力點點頭，韓延徽對他的盲目樂觀感到不耐，道：「就算朱全忠真退兵了，還有饑荒之禍！如今滿城荒涼，我這個度支使到哪裡找糧食給百姓吃？」

馮道說道：「只要梁軍一退，就有糧食！」

韓延徽愕然道：「哪來的糧食？」

馮道揚臂指向梁營，道：「那裡不是有一堆吃都吃不完的糧食嚒？」

韓延徽忿然道：「我們連人都出不去，怎麼去偷他的糧草？倘若節帥肯趁著兩軍交戰，率軍繞到後方去偷對方的糧草，我們也不至於落到人吃人的地步了！」也揚臂遙指遠方飛揚的煙塵，道：「你瞧，梁軍奔騰得更厲害了，可見朱全忠又源源不絕地調來大軍，要將滄州圍成鐵桶！就算李克用搶下潞州，想好心送糧，也進不來！」

馮道順著韓延徽手指的方向，見遠方果然煙塵蓬蓬，心中不禁一沉：「難道滄州真的要失守了……」隨即又覺得不對：「朱全忠已勝券在握，何必再浪費力氣，調大軍過來？」連忙以「明鑒」雙眼凝功望去：「如果朱全忠是調來軍隊，煙灰應該由小而大，漸漸逼近，但這煙灰卻是由大而小，漸漸散向遠方……」忽然驚得連聲大叫：「梁軍退了！梁軍退了！」

韓延徽不敢置信，回過頭來望向他，馮道卻來不及解釋，將懷裡早已準備好的書信塞給他，道：「快交給世子！讓他快派人送給朱全忠！」便衝奔向鼓角手所在處，搶了對方的鼓槌，「咚咚咚——」大力敲起敵軍退散的信號，傳遍整個城樓。

「梁軍退了？」義昌軍一聽到信號，驚喜之餘，都振奮起精神，團結一致地抵禦外侮。梁軍見他們忽然勇猛起來，心中驚詫，撤退地更快了！

李思安正忙著指揮梁軍撤退，忽然得到義昌軍使者送來的書信，連忙趕去向朱全忠稟報：「啟稟大王，劉守文派人送急信過來！」

眾臣屬都是一愣：「這時候他居然敢送信過來？」

朱全忠見了書信，又是一陣暴怒狂吼：「我要殺了他！我定要殺了他！」

眾人嚇得噤聲，敬翔忐忑問道：「敢問大王，劉守文究竟寫了什麼？」

朱全忠將信柬丟了過去，怒道：「你自己看吧！」

敬翔低首望去，只見信中寫道：「王以百姓之姑，赦僕之罪，解圍而去，王之惠也。城中數萬口，不食數月矣，與其焚之為煙，沉之為泥，願乞其餘以救之。」

這意思是：「梁王因為憐憫滄州百姓，赦免我這奴僕的罪過，解除包圍，還軍歸去，這是梁王的大恩大德，我等感激不盡。但滄州城中數萬百姓，已經幾個月沒吃東西了，梁王與其把糧食燒化成灰、沉為泥水，我乞求能用它們來解救百姓。」

敬翔這才明白朱全忠呼喊要殺的人並不是劉守文，而是馮道，不禁深吸一口氣，嘆道：「那小子知道我們糧草太多，若要以最快的速度撤軍，只能燒糧，一見我們開始撤退，便來索要糧食，這麼一來，不只解了滄州兵禍，連饑荒也解決了。」

朱全忠怒道：「本王就讓他們餓死！寧可燒淨了，也不給他們一粒穀子！」

敬翔拱手恭敬道：「還請大王給糧。」

朱全忠怒道：「你先前說他們挨不過饑荒，會自請投降，如今又要我給糧，你是存心氣死我！」

敬翔跪了下來，叩首道：「臣萬萬不敢，只是大王若不想稱帝，自可坐等他們投降，若要稱帝，便需以仁德服人，天下百姓都是你的子民，不可分別彼此，否則會落人口實，登不登基、給不給糧，兩相權衡，還請大王定奪。」

朱全忠一再被掣肘，恨之極矣：「我要殺了他！教劉守文快快送上小子的人頭，我便給糧！」

敬翔好言道：「這些計策究竟是出於孫鶴還是那小子，並無任何憑證，只是臣的猜測，又如何教劉守文交人？再說，那小子很可能並不在滄州，而是待在河東，他只是傳送計策給孫鶴。倘若再僵持下去，只怕會延誤潞州軍機。」

朱全忠咬牙道：「這麼說，明知是小子下的套，本王還得乖乖吊索了？」

敬翔道：「劉守文信中措辭卑微，大王留給他們糧食，並無損半點威嚴，反而可以藉此機會，給世人留下一個帝王仁德寬大的印象。」

羅紹威眼看戰情生變，朱全忠怒火沖燒，擔心這把火會燒到自己身上，暗想：「這一戰下來，我魏州府庫已空，再也擠不出半滴油水來，萬一梁軍賴在魏州不走，我可沒半點東西再供他們揮霍，我得想辦法送走這瘟神！」連忙附和道：「劉仁恭已廢，劉守文成不了大氣候，且容他們苟延殘喘一會兒，等大王稱帝之後，分辨出有貳心的藩鎮，加以防備，便可集中兵力專心對付潞、滄兩地，到那時，無論是劉氏父子還是那小子，都逃不過大王的手掌心！」

朱全忠雙眼一閉，咬牙道：「傳令下去，給糧！」

梁軍燒糧的火焰濃煙沖上雲霄，延燒數里，滄州軍民都痛哭失聲：「我滄州百姓餓到人吃人，朱全忠竟如此浪費糧食！」正當眾人饑渴難耐時，想不到梁軍竟然送來糧食，一時歡聲雷動。

滄州危機暫時解除，全城軍民終於鬆了口氣，馮道與韓延徽白日忙完安頓難民的工作，直到深夜時分，兩人才坐在屋簷下，燒了一盆小火爐取暖，各自握了一杯暖熱的茶水，一起欣賞著飄飄細雪，前幾日還萬分可怖的寒雪，到了今夜，竟份外美麗。

韓延徽微笑道：「這一次滄州得救，全憑你一句『得潞州者得天下』！」

馮道說道：「我不過說了一句話，催促李克用下決心而已，是先生運籌帷幄，拖延時間，還有你這位掌管財政的度支使張羅用度，量入為出，才能挨至潞州兵變。」

韓延徽搖頭嘆道：「我這個度支使真是失職，竟讓滄州餓死那麼多人！」

馮道安慰道：「巧婦難為無米之炊！藏明莫太自責了，若不是你分配得宜，情況只會更糟，這段時間我跟著你，學習許多後勤補給的本事，真要多謝你了！」

韓延徽聽他安慰，心中稍寬，又道：「滄州得救，還有一人有大功勞，就是不費一兵一卒讓丁會投降的王緘，可惜他投靠李克用，不回來了，否則倒可問問他究竟用了什麼妙法。」

馮道微笑道：「那也不用猜，是我寫了一封信，請王緘帶給承業公公，教河東軍前往潞州時，必須全軍縞素，高舉大唐旗幟。」

韓延徽愕然道：「全軍為大唐服喪？丁會年少時，曾與朱全忠一起參加黃巢軍造反，肯定是反唐的，這麼大張旗鼓地擁護唐室，不會激怒他嚒？」

馮道撥了撥炭火，道：「人心最是難測！丁會或許在某種機緣下參與黃巢，卻未必堅決反唐。他最早與朱全忠四處征戰，但朱全忠飛黃騰達之後，並沒有特別關照這個老兄弟，直到前幾年，丁會才得到潞州一塊地盤，心裡肯定不舒坦，後來又見朱賊淩虐唐室，殺盡唐臣，越來越專斷獨行，他已經積累許多不滿，先帝去世時，大家都知道是朱賊下的毒手，沒有一人敢吭聲，只有丁會命全城軍民披麻戴孝，哭泣不止，還為先帝大肆舉辦喪事，長達數月之久，這不明擺著給朱全忠難堪？更說明他是個至情至性的漢子，敢挺身反對朱全忠，只不過他孤掌難鳴，正等待一個契機！」

韓延徽恍然大悟，笑道：「原來如此！可道真是心細如髮，竟從不可能的情況中看出了一絲破綻！」

馮道說道：「情況如此艱難，只要有一點可能，都得盡力試試。」喝了口暖茶，又道：「昨日，承業公公傳來消息，說丁會一見到河東全軍縞素，便觸景傷情，立刻打開城門，率領全城軍民投降。他拜見李克用時，還哭泣說：『我不是沒有能力守城，而是朱全忠蹂躪皇家，我雖受他提拔大恩，也不能容忍他的行逕，所以投靠大王。』而李克用也十分感動，厚待他一個高位，在眾將領之上。」

韓延徽點點頭，道：「看來你說得不錯，他確實是條忠義漢子！」又問：「那一封求糧信，也是你早就準備好了？」

馮道說道：「我雖有把握李克用能拿下潞州，但就算戰禍解除，還有饑荒問題，這段時間，我一直想著該如何籌措糧食，思來想去，最多糧食的就是朱全忠，不跟他拿又跟誰拿？」笑了笑，道：「這種事我以前就幹過，當時鳳翔圍城至人吃人，我也是跟老朱借的糧，只不過總是有借無還罷了！」

韓延徽哈哈一笑，道：「也只有你想得出這主意，敢在老虎頭上拔毛！」

馮道說道：「我在信中告訴承業公公，只要李克用一拿下潞州，就大肆宣揚『得潞州者得天下』，這句話不只是給李存勖，也是傳給朱全忠聽的，只要他聽到潞州失陷，再加上這句讖言，一定會以最快的速度趕去潞州，而最快的方法就是丟棄糧食。」

韓延徽道：「但朱賊心狠手辣，他攻不下滄州，急怒之下，很可能寧願毀糧，也不給咱們。」

馮道說道：「他當初攻打滄州，是為了重建威望，做稱帝的準備，此刻既無法以勝戰立威，就只好以仁德孚眾望，只要世子願意卑屈乞求，敬翔必會勸朱全忠賜糧！」

韓延徽笑道：「可道心思細密，能洞見別人所不見，幸好你回來了，我幽燕百姓有福了！」

「我仍是百密一疏！我想不到李存勖竟要我們出兵三萬，還把張監軍、馬書記、王緘全扣留下來，讓幽燕痛失人才。」監軍張居翰廣受軍兵愛戴，馬鬱和王緘都是幽燕有名的才子，因滄、潞之戰，全被留在晉陽，馮道忍不住嘆道：「這一次，咱們雖換得朱全忠退兵的喘息機會，卻是賠了秀才又折兵！」

九〇七・一

鯨鯢未剪滅・豺狼屢翻覆

梁祖逼禪，循為冊禮副使。梁祖既受命，宴於元德殿，舉酒曰：「朕夾輔日淺，代德未隆，置朕及此者，群公推崇之意也。」楊涉、張文蔚慚懼失對，致謝而已。循與張禕、薛貽矩因盛陳梁祖之德業，應天順人之美。循自以奉冊之勞，旦夕望居宰輔，而敬翔惡其為人，謂梁祖曰：「聖祚維新，宜選端士，以鎮風俗。如循等輩，俱無士行，實唐家之鴟梟，當今之狐魅，彼專賣國以取利，不可立維新之朝。」《舊五代史．卷六十》

滄州百廢待舉，馮道和韓延徽率領眾士兵救災、放糧，日日忙到深夜才得歇息，如此過了三個多月，滄州終於漸漸穩定下來，也到了春暖花開的季節。

兩人時常在就寢前，一起坐在營帳外，一邊欣賞滿山桃杏爭妍，一邊燃著小火爐，煮幾杯淡茶，閒談家國兩三事。

這一夜，馮道先回到營房，便著手點燃小火爐，又用大肚壺盛水，準備煮茶，心想：「妹妹最會煮茶，我亂煮一通，肯定要被她奚落一番，說我茶味太淡、茶湯太濁……」仰望天邊明月，又想：「滄州大亂，也不知她身在何處，是否平安？」雖知道褚寒依的身手足以應付一般士兵，心中仍是擔憂掛念。

卻見韓延徽匆匆奔來，歡喜喊道：「可道！好消息！找到褚姑娘了！」

馮道驚得豁地站起，丟下手中裝了一半水的茶壺，連忙奔去抓住韓延徽的雙肩，急問：「她在哪裡？平安麼？」

韓延徽哈哈笑道：「梁軍來時，都沒見你這麼慌亂，可見這位褚小娘子比朱全忠那大魔頭還厲害！將來若是請喝喜酒，可別忘了我這個大媒人！」

馮道臉色一赧，道：「藏明莫再笑話我了！」

韓延徽見他急得滿臉通紅，微笑道：「方才有士兵來報，說她人在『德州』附近，似乎想乘船去南方，但因天色太晚，便暫時待在『太平酒肆』裡。」

馮道愕然道：「她為何想去南方？」想到煙雨樓就在南方，褚寒依很可能是想起什麼，才要回去探索，急得連聲道：「她不能去南方！太危險了！我得趕緊去阻止她！」

韓延徽拉住他，道：「你莫著急，這世道混亂，不是時時都有船班馳往南方，她可能會在渡口待上幾天。」

「對！你說得對！」馮道著急道：「但我還是連夜趕去，免得節外生枝，德州就在邊境，一旦她越過邊界進入梁境，再要尋找，就不容易了！你跟先生說，我去去就回。」說罷衝入內室，抓了桌上的包袱，便急奔而去。

滄州遭遇大禍，連馬兒都被吃盡，馮道只能氣運雙腿，連夜奔行，幸而德州並不遠，經過大半日，終於抵達德州黃河水畔的太平酒肆。

清晨時分，酒肆的旅客都還在睡夢中，除了店東勤奮地打掃桌椅之外，只有褚寒依一人坐在外邊臨著江畔的座位，纖手支頤，似乎在沉思什麼，又似憑窗眺望江水春色。

曦光映著江水薄霧，氤氳迷離，佳人倩影裹在春嵐朦朧裡，更顯仙姿綽約，只不過她仍戴著帷帽薄紗，不讓人瞧見她的仙容。

馮道心中歡喜難言，幾乎要箭步衝上，隨即想到褚寒依曾揚言只要他靠近十步之內，就要取其性命，不由得止住腳步：「倘若我站在十步之外和她說話，她雖不會殺我，卻會掉頭就走，我還是先把銀面具戴上吧！」

他一邊想著要怎麼和褚寒依攀談，才不會唐突，一邊從包袱裡取出事先準備好的銀面具，正準備戴上，卻發現對方的桌上竟擺了一壺小酒、兩副杯筷：「難道她是在等人？」這念頭才剛轉完，前方赫然出現一道翩翩身影，教馮道全身打了個冷顫，幾乎掉了手中的面具！

此人竟是新任的煙雨樓主——徐知誥！

他手神颯爽地走近，來到褚寒依對面，微笑道：「姑娘久等了！」

聽到這一聲「姑娘」，馮道可確定徐知誥並沒有認出褚寒依的身分，稍稍鬆了口氣，但仍是屏息戒備，腦中急轉該如何不觸犯「十步之殺」的戒令，又能帶走褚寒依：「徐知誥已得到楊行密的絕學『落霞飛鶩』，以他的性子必會勤修苦練，加倍奮發。當年我與妹妹聯手，尚且逃不出他的手掌心，如今他的武功已臻絕頂，我若輕舉妄動，我倆都難逃一死！」形勢比人強，一時之間，竟無法可想。

褚寒依微微抬頭，一雙晶眸從薄紗裡望向徐知誥，輕聲道：「徐郎君請坐。」

馮道聽兩人對話輕聲細語，又想到褚寒依先前對誰都冷冰冰，心中直如針扎：「他二人怎會認識？」又覺得褚寒依聲音空虛，不知是傷勢未癒，以致中氣不足，還是心中苦鬱、意興闌珊，不復從前的堅強自信。

徐知誥先招呼店老闆換上溫熱的酒，又加點兩盤小菜，一副慷慨大器的東道主風範，等一切齊備，又為兩人分別斟了小酒，舉了酒杯相敬道：「在下先敬妳一杯。」

褚寒依勉強一笑，舉起酒杯回禮：「郎君請了。」便逕自把酒給一口喝盡。

馮道心中暗呼：「喝慢點！喝慢點！妳若是醉了，豈不是羊入虎口了？」又想：「妹妹心中不痛快，才喝得那麼急，我得想個法子開解開解她，可為什麼要找『他』陪酒呢？」實在好奇兩人究竟為什麼聚首，只好按兵不動。

褚寒依這麼大口喝酒，卻是藉酒壯膽，趁著火燒嗆鼻的衝動，一口氣道：「昨日徐郎君讓店老闆傳話給我，說你知道那個人，真的嚒？」這一句「真的嚒」聲音竟微微顫抖，在不經意間已流露出隱藏的渴望。

徐知誥明知對方亟盼著答案，卻不直接回答，只悠然地細說從頭：「前幾日在下才剛從南方過來，想多瞭解一下德州景況，便四處繞轉，無意間瞧見姑娘手中拿了一張畫像，但覺那畫像好似……」頓了一頓，試圖勾起褚寒依的興趣，果然褚寒依迫不及待地問道：「像誰？他究竟是誰？」

徐知誥微笑道：「我看得不是很真切，怕有所誤會，才請店老闆替我邀約姑娘相聚，好一探究竟。」

褚寒依拿出懷裡的畫軸，將它攤開在桌面上，道：「請徐郎君看得仔細些，你真認識這個人？」

徐知誥精光一亮，露出一抹迷人微笑，還是不肯說出答案，反而道：「姑娘可否先告訴我，為何要尋找這個人？」

馮道用「明鑒」雙眼瞧去，果然是銀面公子的畫像，心知那就是褚寒依的夢中情郎，暗呼：「糟了！」眼看褚寒依一步步落入危險，再顧不得一切，連忙從懷裡拿出易容的黃泥在臉上塗塗抹抹，又貼上小鬍，改扮成別的男子，低頭望了望自己，又想：「我這一身破衣，怎麼也不像英俊瀟灑的銀面公子，妹妹若發現我欺騙她，只怕會更生氣。」

褚寒依心想自己怎能把夢中情郎這種虛無縹紗的事，對一個陌生男子說出？一時羞赧，躊躇不答。

徐知誥長年生活在算計裡，此刻看不見對方的神情，壓根就沒想到這是女兒家的羞臊，以為她別有企圖，沉聲道：「此人身分特殊，倘若姑娘不能坦誠回答，那我也無可奉告。」

褚寒依支吾道：「畫中公子是家父的恩人，我……是替父親尋人。」

馮道心想：「徐知誥今日會邀約妹妹，除了看見畫作，只怕也是覺得妹妹的身形、聲音都十分熟悉，這蹩腳的理由肯定騙不過他！」

果然徐知誥淡淡一笑，道：「姑娘不肯吐實，在下真是愛莫能助了！」便作勢要起身。

馮道心中暗喜，卻聽褚寒依急呼：「慢著！徐郎君，請稍等！我……他是我……」

馮道知道徐知誥不過是假意作勢，心中焦急：「我不能讓妹妹說出原由！不管了！我先出去攪局一番再說！」他正準備戴上銀色面具，以銀面公子的身分出去，卻看見另一張銀面具先出現了！

徐知誥忽然拿出懷裡的銀色面具，覆住自己的臉，微微一笑道：「姑娘尋的人，可是在下？」

「你……」褚寒依驚詫得說不出話來，只呆愣在當下，一雙晶眸怔怔地望著他，魂牽夢繫許久的人忽然出現，此時此刻的她已感受不到周邊一切，只聽見自己心口怦怦狂跳，眼前人器宇軒昂、俊美非常，一望便知是人中龍鳳，就像她幻想的那樣，原本應該欣喜萬分，可不知為何，竟有一絲顫慄從內心深處竄了出來。

徐知誥一雙深邃精明的眼瞳直盯著她，似乎想穿透薄紗看清她的真面目，微笑問道：「妳尋我做什麼？」

褚寒依在他的目光逼視下，芳心更加慌亂，只感到一陣頭暈目眩，更似有一道聲音在心中迴蕩：「不是這樣的……不該是這樣的……」

「姑娘是尋我嚒？」明知萬分危險，馮道再也按捺不住，戴著銀面具悠然走了出來。

徐知誥和褚寒依同時抬眼望去，都吃了一驚，褚寒依愕然道：「這又是誰？」

徐知誥的驚詫不在褚寒依之下，精光如冷劍般倏然射向馮道：「你是誰？怎有那張面具？」

這面具是煙雨樓主的象徵，當徐溫把煙雨樓交給徐知誥打理後，也將面具傳承給他。煙雨樓一向行動神祕，少有人知道這面具的意義和細微樣貌，眼前這人卻拿出一張幾乎一模一樣的面具，教徐知誥怎能不吃驚？

馮道此時已用「謗言」玄功改了聲音，他拿下面具，露出黃泥改過的面容，以一根手指頂著面具團團飛轉，把煙雨樓主的象徵當成小孩玩物，笑道：「這面具很了不起嚒？前些日子，街口幾個小販屯了貨，卻賣不出去，因此在路邊喊著半賣半送，我瞧著有趣，便隨手撿了一個，戴來玩玩！」

褚寒依怎麼也想不到自己心心念念的夢中證物，竟然只是一個到處可買的童玩，愕然道：「此話當真？」

馮道說道：「姑娘不信，隨我去瞧瞧，不就知道了！」

徐知誥豁地站起，沉聲道：「你究竟是誰？」

馮道感受到他身上滿佈隱隱殺氣，心中雖害怕，但想他還沒確認褚寒依的身分，應不會貿然動手，微笑道：「我只是一個路見不平的人罷了！這玩意明明滿街都是，你卻拿著它欺騙小姑娘，究竟有什麼企圖？難道是見色心起？我實在看不慣，便出來戳破你的謊言！」

徐知誥功聚雙眼，精光湛射，想看清此人究竟是誰，馮道也回望著他，只不過臉上沒有半點殺氣，只有嘻嘻笑意。

正當兩人無聲勝有聲地對峙時，褚寒依望望馮道，又望望徐知誥，原本迷惘的心更加煩亂：「他們究竟是誰？有沒有一個人是他？可我就算真的找到他又如何？」想到數月之前，在洞穴中傷重昏迷，馮道趁著療傷機會羞辱自己，便傷心欲絕：「我又尋他做什麼？

就算真的重逢，難道還能恩愛如初……」

她雖曾在煙雨樓學過一些勾引手段，卻從未與男子真正親密，失憶之後，孫家更把她當大家閨秀教養，也不曾明言男女之事，認為這些要等新婚前夜，再由孫夫人教導，因此她始終懵懵懂懂，以為那一日在山洞裡已然失身，她雖曾極力抵抗，最後卻昏死過去，她一意認定那登徒子肯定不會放過這大好機會。

那天她清醒之後，強撐著傷體蹣跚走出洞外，突然發現馮道就昏睡在附近，她心中恨極，拿出銀針就想刺死他，可不知為何，望著他沉睡的面容，竟然怎麼也下不了手，淚水卻忽然墜落，掙扎許久，她終於找到放過他的理由，儘管這人卑劣至極，卻實實在在救了自己兩次，一次是帶著大家走出大安山迷林，一次是去除玉煞轉仙訣的陰毒，且饒過他一回吧！

最後她心如死灰地下山而去，對千荷交待了許多事情，便出門散心，她以為遊山玩水可以忘卻煩憂，可無論她走到哪裡，兩人相處的情景總是糾纏不去，她也曾想過乾脆殺了馮道，好了卻這段孽緣，卻遇上滄州大亂，她聽說馮道隨著孫鶴、韓延徽等人一起抵擋梁軍，日夜不眠地救助百姓，滄州軍民都很感謝他，她只好告訴自己，不能在這個時候為了私仇，斷去孫鶴的臂助，使百姓無所依靠。

滄州禍亂稍得喘息，她又想起該殺了馮道，可是思想千百回，卻沒有一次付諸行動，終於她發現自己根本不敢面對他，甚至也不恨他，這樣的發現卻讓她開始痛恨自己！

後來她聽說酒醉可以忘了一切，就流連在酒肆間，偏偏她在煙雨樓訓練出來的酒量和警覺心，讓她難以喝醉，尤其遇到不肖之徒覬覦酒醉後的她，她更立刻警醒過來，狠狠教訓對方一頓，把對馮道的怒氣都發洩在倒楣的色鬼身上。

兩人相處的情景在反覆回憶間，越來越深刻，她感到自己快被逼瘋了，無論怎麼掙扎，都像快被巨大的回憶洪流給溺斃，她必須找到一個出口，便用力回想夢中的銀面公子，甚至瘋狂地作畫，畫下無數銀面公子的畫像，試圖以他的身影抹去對馮道的記憶，漸漸地，她從夢中的線索發現兩人一起乘船賞荷的地方，似乎只有江南才有那樣的景致，於是她下定決心去南方，去尋找那個可能拯救自己的一絲希望，卻因為船班耽擱，待在酒肆裡畫著銀面公子的畫像，引起了剛從南方乘船而來，也下榻在酒肆裡的徐知誥的注意！

望著眼前兩個戴著同樣銀面具的人，她實在有種荒謬的感覺，自己尋尋覓覓的人，竟是以這樣可笑的方式出現，一時間，只覺得萬念俱灰，她豁地站起，冷聲道：「你們都不是我要找的人！後會無期！」便逕自轉身出門，頭也不回地走了。

徐知誥想追上前去，馮道身影一閃，以「結義」步伐擋在門口，不讓他追上褚寒依，兩人在狹窄的門道上過了數招，徐知誥幾次想突破，都被馮道利用狹窄地形攔阻，只能眼睜睜看著神祕女子飄然遠去。

徐知誥此次來到河北，有所圖謀，只想悄悄而來、悄悄離去，並不想鬧出大動靜，因此一開始並沒有全力出手，見此人身法太過奇妙，這才決定下狠招，倏然間，發掌探去，直抓向他臉面！

馮道好不容易尋到褚寒依，又失去她的蹤影，內心焦急，但權衡之下，保護她的安全卻更重要，只好強行阻擋徐知誥，這麼做雖極易曝露身分，但此刻他已沒有別的辦法。乍見徐知誥厲掌抓來，他吃了一驚，連忙仰身倒向後方，堪堪躲過一擊！

徐知誥指尖厲勁橫掃過馮道面門，傳出「窸窸窣窣」輕微聲響，在馮道聽來，卻如晴天霹靂，原來他雖躲過破腦之禍，但臉上隨意塗抹的黃泥受不住徐知誥的指勁，瞬間粉碎，馮道眼看就要露出真面目，連忙以手中的銀面具往臉上一蓋，轉身想往門外逃跑，門口卻忽然出現一隊軍兵，擋住他的去路！

馮道暗呼：「死了！」卻見徐知誥瞬間收住殺勢，對著軍兵拱手道：「軍爺，有何貴幹？」

領頭的牙校大聲道：「店老闆稟報說有人在這裡鬧事。」

徐知誥微笑道：「這傢伙對我糾纏不清，我才驅趕他，想不到驚動了軍爺。」

馮道心中暗罵：「這傢伙永遠惡人先告狀！」

牙校轉問馮道：「你鬼鬼祟祟地戴著面具做什麼？」

馮道心想若拿下面具，徐知誥肯定會殺盡在場所有人，急中生智，忽然揚手狠狠打了牙校一巴掌，他出手極快，牙校竟無法躲開，想到在部屬面前丟臉，幾乎氣炸，怒喝道：「來人！把這刁民抓起來，痛打一頓，再丟到黃河裡餵魚！」

徐知誥雖覺得馮道有些古怪，但「結義」步伐太過奇妙，在短短交手間，他還沒有認出這身法似曾相識，見那些士兵輕易抓住他，也不想再糾纏：「這人瘋瘋顛顛，還是由他去吧！我且辦正事要緊。」待那些士兵拖走馮道，便也結帳出去。

卻說幾個德州士兵包圍住馮道，將他痛揍一頓，一開始馮道將「交結」之氣佈滿雙臂，護住頭頸，苦捱士兵的拳頭，聽見徐知誥終於離開，他急著想去找褚寒依，連忙雙拳運勁，將士兵們用力揮開。

士兵們不敵，跌了一地，那牙校怒斥道：「你這刁民竟敢……」話才吐出口，見馮道面具掉下，驚呼道：「馮參軍，怎麼是你？」想到他是孫鶴眼前的紅人，連忙對自己下屬痛揮幾拳，怒斥：「你們眼睛怎麼不睜亮一點，竟敢得罪馮參軍？瞧我回去不好好修理你們！」

馮道想不到這牙校竟認得自己，還禮敬有加，連忙道：「沒事！沒事！怪不得他們，是我魯莽在先。」

牙校堆了滿臉笑意，道：「馮參軍說哪兒的話？真是折煞小人了！你安頓百姓，又體恤士兵，大家都很感激你。」

馮道說道：「幽燕遭難，本該互相扶持，你們奮勇抗敵，才是萬分辛苦。」又叮囑道：「我來德州，是有密令要辦，你們自行去吧，千萬別對旁人吐露我的行蹤，回頭我會跟先生提起，說這次德州之行，全憑你們的幫忙，才能順利完成任務。」

眾士兵聞言，很是興奮，齊聲道：「是！謹遵馮參軍之令！」又向他行了禮，這才結隊離開。

馮道急趕往渡頭，只見人煙稀少，打聽之下，才知前幾日因河岸積了許多死屍，造成河道淤塞，船班全面停駛，直到清完河道，岸邊已累積太多旅客，今日一人早，船家為了疏散人群，連開數班船，已將所有乘客都載走，今日是不會再開船了，要等到明日清晨，才有船班。

「妹妹該是坐船走了……」馮道舉目望去，只見天色蒼蒼、江水茫茫，佳人不知又流浪何方，心中萬分失落，他頹然坐在岸邊欄杆，望著一去不復返的幽幽江浪，微弱地盼望睹寒依能忽然出現，但隨著時光一分一分過去，直到日落西山，那希望終是破滅了，他感到自己已無力起身，彷彿江水將他所有的心思靈魂都一併漂遠了。

他就這麼坐在岸邊，怔怔地眺望江水，直到月影斜勾、繁星閃爍，遠方傳來一道熟悉的嬌媚聲音：「郎君這就走了麼？」他才驚醒過來，幾乎是跳身而起，匆匆躲到後方一座破廢的船塢裡，不敢稍動。

「為何不多待一會兒？」那聲音正是羅嬌兒，語氣裡少了平時的狐媚，卻多了幾分溫柔，還有滿滿的依戀不捨。

「今早在太平酒肆鬧了一點事，實不宜久留。」卻是徐知誥！

馮道從破廢船塢的木板縫隙瞧出去，心道：「原來小徐子來這裡，是與羅姑娘碰面。」

羅嬌兒柔聲問道：「劉仁恭父子已經翻臉了，我幾時可以回去？」那委屈的語氣就像小女孩在乞求糖果，大人卻遲遲不給。

只見徐知誥對羅嬌兒一笑，溫言道：「幽燕是個險地，妳留在這裡，確實辛苦了！」

羅嬌兒平時誘惑劉氏父子如遊戲，與徐知誥眼神一觸，卻靦覥地垂了玉首，不敢與之相對，她膚色白膩，秋水含波，此時粉頰飛上一抹紅暈，猶如彤雲彩霧，更顯豔媚動人。徐知誥城府極深，觀人入微，見她如少女含羞，知道她即使身在幽州，受盡劉仁恭的折磨，仍未忘情自己，伸手輕輕按在她肩上，柔聲道：「妳表現得好極了，險些要了劉守光的命。」

羅嬌兒輕聲埋怨道：「人家費盡心思才弄得他們父子翻臉，你卻輕易救了他！」馮道暗吃一驚：「徐知誥救了劉守光，這是什麼意思？難道劉守光沒死？」徐知誥微笑道：「劉仁恭已經廢了，只有留著劉守光，才能抵擋朱全忠，下回他若是再不識相，惹得妳心煩，就小小教訓他一下，莫真要了他的性命。」見羅嬌兒不答話，似乎還不解氣，又拱手微笑道：「我跟妳賠個不是，小生這廂有禮了！」

羅嬌兒玉首更低了，輕輕說道：「我只是煙雨樓的小女子，你是樓主，你想怎麼樣，我都隨你，又豈敢有半分抗拒？」

最後幾句乃是一語雙關，馮道或許不懂箇中曖昧，徐知誥卻是心眼明亮，他也不客氣地伸臂用力一攬羅嬌兒的纖腰，讓那嬌軀緊緊地貼著自己，羅嬌兒玉首抵在他寬厚的胸膛裡，感受到他男子強大的力量與氣息，全身幾乎要酥軟了。徐知誥俯首貼近她的臉頰，羅嬌兒芳心一陣狂亂，只感到多年的渴望終於要得償，又覺得自己在幽燕的犧牲總算有了回報，不由得雙眸一閉，整個人幾乎軟倒在徐知誥懷裡，輕輕嬌喘，滿心期盼他的憐愛，卻聽他在耳畔低聲道：「劉仁恭已經廢了，妳別再留戀他，改去服侍劉守光！明白了麼？」

羅嬌兒「啊」地一聲驚呼，原本羞紅的雙頰瞬間變得有如死人慘白，接著便暈了過去，若不是徐知誥抱著她，此刻的她已癱軟在地。

馮道怎麼也無法相信，竟有人可以把如此殘忍的事說得萬分溫柔！他曾因褚寒依遇害而埋怨過羅嬌兒，此刻卻不禁心生同情，又想劉仁恭要殺害眾才子時，是羅嬌兒挺身而出解救大家，頓覺有些後悔：「當初我實在應該帶她走，不該讓她重回魔窟。」

徐知誥面無任何表情，只用力捏了羅嬌兒的人中，逼她甦醒過來，另一手依然強而有力地支撐著她。羅嬌兒睜眼醒來，見自己還在徐知誥的懷裡，他並沒有把自己拋在地上，心中不禁湧上一股酸楚的歡喜，強顏一笑道：「我竟是暈了嚒？看來我還是不夠堅強……」淚水卻再也忍不住浮滿雙眸。

徐知誥溫言道：「這段日子妳累了，先歇歇。」他伸出雙臂將羅嬌兒橫抱起來，走到河邊，飛身上一艘小船，坐了下來，一手解開船繩，讓小船微微盪了出去，另一手始終抱著羅嬌兒，羅嬌兒也依偎在他懷裡，享受僅有的片刻溫柔，明知是虛假，她也捨不得放棄。

此時兩人距離遙遠，馮道連忙運起「聞達」玄功聆聽，徐知誥低聲道：「我從小孤苦無依，人人都來欺侮我，我只能拼了命地活下來。」

羅嬌兒溫柔地安慰：「我明白，所以我會盡力助你，只盼將來有一天，你成就大業，我能在你身邊，現在受一點委屈，都算不得什麼……」她的語氣就像含莘茹苦扛起一切，只盼丈夫功成名就的賢慧妻子，可徐知誥卻透出了不耐：「妳聽好了！我徐知誥要娶的是名門淑女，不是妳這樣的女人！」

羅嬌兒臉色倏然蒼白，身子止不住微微顫抖，以一種愛恨交織的眼神凝望著他，許久許久，才艱難地吐出了字：「你……嫌棄我？」那聲音幾近絕望地悲鳴。

徐知誥深吸一口氣，輕輕一嘆：「有些話又何必問？」

羅嬌兒話一出口，便後悔了，她感到自己一再地自取其辱，那壓抑的情感、委屈瞬間爆發開來，她舉起粉拳狠狠地擊向徐知誥的胸膛，放聲哭道：「誰都可以瞧不起我，你怎麼可以……我恨你！我恨你！」

徐知誥不閃不避，任她捶了三拳發洩，到了第四拳，卻一把抓住羅嬌兒纖細的手腕，冷聲道：「夠了！」另一手以指尖捏住她尖細的下頷，抬了起來，道：「看著我！」

羅嬌兒震懾於他的威嚴，一時怔愣住，連淚水也懸垂在睫梢上，泫然欲滴，卻始終沒有再落下。

徐知誥一雙銳利的眼深深凝望著眼前這令多少男子心魂迷醉的嬌顏，道：「妳知道，我有遠大的理想……」見羅嬌兒不答，又緊緊逼問：「妳懂得，對不對？這世上只有妳懂，妳若是不懂，就沒人理解我了！」

羅嬌兒緊抿著朱唇，雙眸一閉，微微點頭，淚水再忍不住滾滾而下，徐知誥終於抱緊了她，將她全然摟入懷裡，又貼近她耳畔，輕聲道：「天下芸芸眾生，只有妳一人是我的知己，將來不管我登上多高的位子，娶了誰，只有妳，才是我永遠放在心裡的那個人，我和誰成親，又有什麼關係？不過是逢場作戲而已！妳恨我，又有什麼要緊？只要我心裡念著妳，那就夠了！」

羅嬌兒聽了這話，絕望如死的臉上終於綻放出希望的光芒，顫聲道：「你說的可是真心話？」

徐知誥道：「我幾時騙過妳？」

羅嬌兒輕輕一嘆：「這倒是！你連殘忍的真話都說得那麼溫柔，說得讓我死心塌地，又哪裡需要假話來騙我？」

徐知誥柔聲道：「所以妳莫再與我鬧彆扭了！嗯？」

羅嬌兒知道自己這一答應，就是重回地獄，一抿唇，淚水幾乎又滾了下來，好半晌才強忍住淚，哽咽道：「可是我害得劉守光差點沒命，他一定恨死我了，我怎麼回去他身邊？」

徐知誥道：「他對妳很著迷，只要妳略施手段，一定可以。」

羅嬌兒忽然伸出雙臂，緊緊勾抱住徐知誥的頸子，囁嚅道：「你親親我！只要今夜你和我好，我便回去，一次就好……」她的聲音幾近乞求，徐知誥卻仍是面冷如霜：「我派了一個人幫妳。」

羅嬌兒心知幽燕這鬼地方，根本沒有任何姐妹願意來，聞言不由得一愣：「誰？」

徐知誥道：「此刻他就在船艙裡。」

羅嬌兒想不到這小船上竟有另一人，自始至終她都沒查覺，不由得心中一涼：「他帶了人來，無論如何，是不會與我親近了……他從來都是這樣……從來都不曾真正地愛憐過我，他……始終是嫌棄我的！」就算明白眼前人是如何負心薄倖，她怎麼也割捨不下，想到方才卑微的醜態全落入旁人眼裡，全身熱火瞬間冷卻，淚水再度不爭氣地滾了下來。

不只羅嬌兒感到驚愕，就連馮道也意想不到：「我半點也感受不到他的聲息，那人若不是絕頂高手，就是身懷異功，能屏住氣息不讓人發覺，煙雨樓竟還有這樣的奇女子？究竟是誰？」

徐知誥道：「我要走了，妳今夜與他見過之後，便算熟悉了，日後有什麼難處，可以與他商量。」

羅嬌兒身子一顫，悲聲道：「你……你要走了？」

徐知誥嘆道：「淮南前陣子出大事了！節帥自從承襲王位之後，便驕奢淫逸、揮霍無度，還設立了『東院馬軍』作威作福，企圖扳倒舊勛功臣，義父屢勸他不聽，還欲加害義父。今年初，義父和張顥不得已發難，以兵諫的名義率牙兵闖進節帥府，張顥以鐵檛擊殺節帥身邊數十名親信佞臣，造成極大的衝突，雖然義父已控制住場面，但終究還是不穩定，我得多費些心力安撫各方人馬。」他說的節帥是楊行密長子楊渥，自從楊行密去世後，楊渥便繼承了淮南節度使、弘農王的爵位。

馮道心想：「徐溫一直野心勃勃，終於發難了！」

羅嬌兒有氣無力地問道：「我幾時能再見到你？」那聲音已虛弱得好像整個人都要化成煙沫般消失。

徐知誥微笑道：「只要妳辦好了事，我很快會再來！到時候，我彈琴、妳唱曲，我們一起同遊長堤春柳，共賞三月煙花，就像我們初次見面那樣。」

羅嬌兒遙想著未來的美夢，終於有了生氣，柔聲道：「嬌兒一定辦好你的大事。」

徐知誥伸指輕輕拭去她臉頰上殘留的淚珠，溫柔一笑：「這才是我的好姑娘！我這便走了！」說罷身影輕輕往後一飄，落到了另一艘前來接應的船上。

「煙花三月下揚州，我做夢也想回去……」羅嬌兒怔怔望著那越來越小的人影，直到成了點，湮沒在漆黑夜幕裡，她仍捨不得眨一下眼，可那個人就這麼走了，一次也沒有回頭。

馮道原本還想著如何勸服羅嬌兒，讓她離開幽燕，可聽了兩人對話，已知道羅嬌兒就像飛蛾撲火般，對徐知誥癡迷至幾乎著了魔，可徐知誥卻不屑一顧，他不禁聯想到褚寒依也曾說「此生永不相見」，自己滿懷深情竟付諸流水，不禁生出同是天涯淪落人之慨。又想褚寒依只是失去記憶，還有慢慢追回她的可能，羅嬌兒卻是癡心錯付，還萬死無悔，恐怕只有真的身死，才得解脫，一想到此，更為她感到淒然。

歷經連夜奔波，心情起伏，馮道實在覺得有些疲累，但面對著幽燕暗藏的危機，他只能強打起精神守株待兔，耐心等候煙雨樓的細作從船艙出來，好知道那人究竟是誰，又有什麼圖謀？

可是整整一夜，羅嬌兒似乎全然忘了一切，只幽幽地坐在搖船上，怔怔地望著徐知誥離去的方向，一動也不動，就像石化了般，秋水瑩然的美眸裡，偶爾有淚光閃動，才讓人感受到她還活著，自始至終，她都沒有與船艙裡的人交談，而那個神祕人也十分耐心，並沒有吭一聲。

直等到東方漸白，渡頭開始有零零落落的旅客出現，徘徊在岸邊，羅嬌兒才似醒覺過來，輕輕說了聲：「我要走了！」

「來了！」馮道心想那人總要回答，連忙運功聆聽，豈料直到羅嬌兒遠去，那人仍是無聲無息。馮道不禁懷疑船艙裡真有人嚒？還是那只是徐知誥用來推開羅嬌兒的藉口？就在他耐心快要耗盡，渡頭的旅客越來越多時，那船艙忽然微微震動一下！

只有馮道的「明鑒」雙眼才能查覺那不尋常的震動，他決定主動出擊，再危險，也一定要探看那人的真面目！

他從廢船塢快步出來，正準備飛奔向小船一探究竟，後方卻傳來一聲呼喊：「馮參軍！」

馮道一愣，回身看去，卻是先前揍他的德州牙校，一邊急匆匆地奔過來，一邊大喊道：「好不容易找到你了！急報！」

馮道又回頭望向小船，只見船身微微搖晃，四周的江水漾起陣陣漣漪，顯然神祕人已遁水離去，馮道想不到目光只離開一忽兒，就失去線索，不由得扼腕慨嘆。

那牙校奔進他身邊，急道：「大梁有變，孫先生請你趕快回營！」

馮道微微蹙眉，問道：「大梁怎麼了？」見牙校說不出所以然，心想此刻若是乘船趕往南方，說不定有機會追上褚寒依，但眼下卻有更重要的事，孫鶴會派人來傳訊，定是有重大消息，他必須留下來幫助幽燕面對新的危局，望著一去不復返的滄浪江水，他心中痛極，卻也只能捨棄所愛，盡快趕回滄州軍營。

孫鶴與韓延徽等文臣已聚在一堂，見馮道回來，開口便道：「朱全忠稱帝了！」眾人雖知道這事遲早會來臨，但得到消息，仍是十分震撼，馮道不由得握緊了拳，道：「淮南失利、滄州未下，朱全忠接連戰敗，怕眾藩不服，就想藉稱帝重振威望，發洩心中的不如意！」

「你說得不錯！」孫鶴道：「據說朱全忠脾氣變得十分暴躁，動不動就人發雷霆，小皇帝得知消息，心中很害怕，就派遣御史大夫薛貽矩前去開封慰問。

薛貽矩面對這個大魔頭，也是忐忑不安，心裡早就打算要歸附，一見到朱全忠，不只主動行君臣之禮，還獻上奪取帝位的整套計劃，那薛貽矩是小皇帝身邊最親近的臣子，朱全忠見他都背叛了，也不再客氣，立刻讓薛貽矩返回洛陽，通知宰相張文蔚率領百官逼迫小皇帝禪位。」

當年朱全忠殺死李曄及九位皇子，將他們盡數投入九曲池裡，只留下李柷一個小孩當傀儡皇帝，軟禁在洛陽宮，如今李柷也只有十五歲，孤弱無依，天天活在朝不保夕的恐懼裡。

馮道難得動了怒氣，咬牙恨聲道：「這幫鴟梟逆臣，不念大唐之恩，不思竭力保護幼主，還要利用他來當升官的踏腳石，當真連一個孩子也不放過！」

孫鶴緩緩道：「小皇帝無力抵抗，只好親自前往開封，讓宰相張文蔚、蘇循分別擔任正副冊禮使，楊涉、張策擔任正副押傳國寶使，薛貽矩、趙光逢為押金寶使，率領百官舉行禪位大典。

朱全忠登基之後，將大唐的樞密院改為崇政院，指派敬翔擔任崇政院使、金鑾殿大學士、平陽郡侯，帶領群臣以唐律為基礎，重新修訂《大梁新定格式律令》，要求眾官員要依法治國，使新朝新法傳之無窮、守而勿失。」

馮道哼道：「那幫唐臣極力奉承朱賊，又爭相逼迫小皇帝讓位，立下大功，如今新朝開立，想必個個都加封晉爵了！」

「這倒沒有！」孫鶴微微一笑，道：「敬翔為人忠貞，厭惡奸佞，新朝一開，首先便向朱全忠進言，說：『聖祚維新，宜選端士，以鎮風俗。如蘇循這些逢迎之輩，俱無士行，實是唐家之鴟梟，當今之狐魅，他們以賣國而取私利，不可讓他們站在新朝之上，免得敗壞風俗。』

朱全忠原本就多疑，當然想任用自己人，聽敬翔這麼說，更是討厭這些背主之臣，於是下令讓唐臣都解甲歸田。」

馮道但覺總算小小舒了一口惡氣，道：「那些逆臣可萬萬想不到會被敬翔擺了一道！」

孫鶴道：「所以說，無論時局如何，唯有心存忠義，方能得到世人敬重、主上器重！」

馮道連忙問道：「那小皇帝呢？朱賊如何處置他？」

孫鶴悵然道：「小皇帝被降為濟陰王，囚禁在曹州濟陰，還有重重衛兵看守著。」❶

韓延徽冷哼道：「朱賊登基後，追封張惠為賢妃，不只定國號為『大梁』，改元『開平』，廢唐京長安，改設開封為東都，洛陽為西都，連自己的名字都捨棄了，又如何會留著小皇帝？」❷

馮道也知道這小皇帝命不久矣，卻實在無力相救，心中甚是悲痛，想到復唐之路更遙遠了，一時之間，神思迷惘，悵然無已，不知還能說什麼。

韓延徽續道：「那『全忠』之名乃是先帝僖宗所賜，原本期許他能全心盡忠大唐，如今他卻是終結大唐的劊子手，這名字聽來格外諷刺，每提一次，就彷彿在提醒天下人他是如何不忠不義，這奸賊如何敢再用？更何況，他已經不需要再對誰盡忠了，反而是人人都要向他盡忠，他當然要為自己取個霸氣逼人、寓意祥瑞的新名字，好展現一下新朝新氣象！」

馮道輕輕一嘆：「他又取了什麼好名字？」

「朱晃！」韓延徽以手指將「晃」字寫給馮道看，譏諷道：「這意思就是『長日光耀天下、朱晃普照大地』！他是把自己等同不朽日陽，光芒萬丈了！」

馮道哼道：「我偏不稱他的心意！就要喚他朱全忠，要讓天下人都記得他的不忠不義，氣也氣死他！」

韓延徽忍不住笑道：「你倒是跟他較上勁了！」

馮道苦中作樂道：「咱們勢力薄弱，既然打不過他，就只能佔佔口頭便宜，也算是盡力替大唐討一點公道了！」

眾人都笑讚道：「說得有理！咱們仍喚他朱全忠，讓這名號響遍天下！讓後世都記住他的不忠不義！讓他遺臭萬年！」

孫鶴待眾人安靜下來，又道：「據說這《大梁新定格式律令》特別加重了州縣的權力，將刺史、縣令之位提到藩鎮之上，不許節度使再手握大權，以免重蹈藩鎮割據的局面。」

馮道沉吟道：「朱賊登基稱帝，投誠的藩鎮不只要上貢獻禮，還要被削減權力？他這是要強逼各藩徹底表態，不能再虛與委蛇，兩面討好了！」

韓延徽道：「他雖說要削減藩鎮權力，但一開始也不敢做得太過份，只針對宣武、宣義……等大梁直屬轄地實施。對外邊的藩鎮非但沒有下手，還大肆封賞那些稱臣朝貢的藩鎮。」

馮道問道：「有誰受到封賞了？」

韓延徽道：「荊南留後高季昌被提拔為節度使，湖南馬殷被封為楚王、福建王審知被封為閩王，還有嶺南劉隱為大彭郡王。朱全忠為了牽制楊吳勢力，還故意加封兩浙的錢鏐為吳越王，兼淮南節度使。」

馮道說道：「大唐正式冊封的淮南節度使是楊行密，如今是長子楊渥繼承，徐溫掌權。朱全忠故意封一個淮南節度使，是擺明要讓海龍王錢鏐去對付徐溫！」又問孫鶴：

「咱們幽燕也躲不過，始終要表態的，上貢臣服或拼死對抗，先生打算如何選擇？」

韓延徽道：「倘若要輕易臣服，先前又何必拼死抵抗？」

孫鶴嘆了口氣，道：「這事急不得，容我再好好想想！倘若朱全忠來逼咱們表態，就先想辦法拖延。滄州是抗梁的第一道防線，我們首要之務，是要把破廢的城牆修補好，以防梁軍來攻，也要幫助百姓穩定生活，重新投入耕種，儲存軍糧。這些事都準備好了，才由得我們選擇降或不降！」

馮道、韓延徽聞言，已明白孫鶴內心仍是想對抗大梁，與兩人的理想不謀而合，遂齊聲答應，此後便同心協力地協助孫鶴，希望幽燕能真正壯大興盛起來。

可惜好景不常，三人空有壯志，卻時不我予，朱全忠登基大典才剛結束，就立刻下令兵分兩路，一路由陝州節度使康懷貞領兵八萬，聯合二萬魏博兵，再次進攻潞州；另一路，則由宣武軍先鋒將領李思安率隊，直搗劉仁恭的老巢——幽州！

孫鶴領著馮道、韓延徽正努力建設破碎的滄州，希望能阻擋梁軍下一次進攻，怎麼也想不到大梁竟出奇招，讓李思安率軍繞過滄州，直接兵臨幽州城下。

此時的劉仁恭經過滄州一役，但覺人生苦短，危機四伏，與其爭戰天下，不如躲在大安山裡修仙享福來得快活，因此城中毫無防備，直到梁軍陳兵山下，才驚覺大事不妙，他一方面趕緊派人通知遠在滄州的孫鶴盡快率兵來救，另一方面，下令封閉大安山的盤山迴廊，打算躲在裡面，直到援軍抵達。

孫鶴緊急召來馮道和韓延徽，道：「剛剛得到節帥傳來的消息，前兩日李思安忽然率大軍直取幽州！」

馮、韓二人聞言，都吃了一驚。馮道連忙問道：「李思安就是梁軍五天王之一，號稱『踏白飛槊』？」

韓延徽道：「不錯，正是他！此人相貌雄奇，善使飛槊，是朱全忠的貼身侍衛，先鋒中的先鋒！」

孫鶴道：「李思安不只武藝高強，還擅長搜索探路，能識破敵人的埋伏，常為梁軍掃蕩隱藏的障礙。朱全忠這次派他領軍攻打幽州，想必是針對大安山做過研究，要借重李思安突破埋伏的才能，深入盤山迴廊，直取山頂宮殿，因此節帥才會這麼緊張。」

馮道嘆道：「想不到死了一個氏叔琮，又來一個李思安，朱全忠手下勇將真是多不勝數，打也打不完！」

孫鶴蹙眉道：「如今節帥受困，正等著我們發兵去救。」

韓延徽心中有怨，一口氣便吐了出來：「當初滄州遭難，節帥不肯發兵救援，致使義昌軍死傷慘重，所剩無幾。就算活下來的，不是殘廢傷病，就是瘦至皮包骨，哪有力氣去救幽州？再說，節帥手上不是還有七萬大軍麼？再加上大安山的地勢，準能保護他得道升天！」

孫鶴臉色沉了下來，道：「主上有難，為人臣子自當奮力營救，哪來這麼多埋怨？更何況那七萬士兵有一半是緊急徵召的老弱殘兵，根本不管用，比不上咱們義昌軍長年鎮守邊關來得訓練有素。」

馮道見韓延徽又敲打了孫鶴的痛處，怕兩人起衝突，連忙打圓場道：「先生你也看到了，如今滄州滿目瘡痍，百廢待興，人手都不夠了，怎能再撥過去對付強大的梁軍？這樣做，只是讓他們白白送死而已！不是我們不肯救，實在是太困難了！」

孫鶴嘆道：「滄州情況艱難，我也知道，但梁軍暫時攻不進大安山，便在幽州燒殺擄掠，所過之處焚蕩無存，難道你們忍心為了一時意氣，眼睜睜看著幽州百姓受苦麼？」

韓延徽原是幽州人，方才不過一時意氣，聽到鄉親受苦，心中難受，也不再倔強：「如何行事，還請先生吩咐。」

孫鶴指著攤開在桌上的地圖，道：「如今形勢已經一清二楚，奉梁為正朔者，都已經上貢受封，其他未臣服者，便是我們可爭取的力量，你們不妨研究看看，哪裡可找得到救兵？」

韓延徽指了河東，道：「李克用與朱全忠結下生死大仇，絕對誓不兩立。」

孫鶴道：「但朱全忠派康懷貞率十萬大軍晝夜進攻，全力搶回潞州，二太保李嗣昭帶到潞州的兵馬不過五千，只能緊閉城門，康懷貞於是命士兵築起一道蜿蜒的長城，將潞州城圍繞起來，打算將李嗣昭圍困至死。據說李克用已準備再派老將周德威和先鋒小將史建瑭馳援，但也只能調出二萬兵馬，可見河東已經十分吃緊，實在抽不出兵力相助我們！」

韓延徽指了西邊的鳳翔道：「李茂貞為人靈活通變，目前還未臣服朱全忠，就不知會不會改變心意？」

馮道說道：「李茂貞絕不會臣服朱全忠！朱全忠害死楊崇本的妻子，楊崇本也殺害朱全忠長子朱友裕做為報復，並藉此重回李茂貞手下，雙方的殺妻、殺子之仇不共戴天，至死方休。而李茂貞心知朱全忠會把這筆帳算到自己頭上，再看到王師範曾殺了朱友寧，投降後，全族仍難逃被誅殺的下場，李茂貞無論如何是不敢也不會投降朱全忠。」

孫鶴道：「據探子回報，李茂貞上回為了支援我們，派楊崇本攻打夏州，卻被康懷貞連下五州，損傷慘重，他為了保住鳳翔，不得已將兒子李繼偘送去西川當人質，以鞏固雙方關係，由此可見，李茂貞寧可放下王建的奪城之恨，也不敢投降朱全忠。」

馮道回想起當年王建求著與李茂貞的兒子聯姻，李茂貞不屑一顧，如今卻得把兒子押在王建那裡，世事真是風雲幻變、難測難料，嘆道：「想不到王建躲在西川險地，居然成了梁、岐相爭的得利者！」

孫鶴點頭道：「王建憑著地利屏障，趁朱全忠掃蕩群雄時，一直悄悄擴大，自先帝遷去洛陽，他便以制命不通為理由，自行其事。如今見朱全忠稱帝，他心中不服，便傳檄天下，要聯合各藩鎮討伐朱全忠。但大家心知肚明，他是想自己稱帝，因此無人響應，於是他又寫信給李克用，主張兩人『各帝一方』，李克用還是沒有答應，王建仍不死心，又教人不斷放出『西川現祥瑞、真龍出西川』的謠言，為了保存稱帝的實力，他是不會出兵救援的。」

韓延徽問道：「淮南呢？」

馮道剛從徐知誥口中得知淮南發生政變，便講述了一番，又道：「楊渥成了傀儡，如今淮南軍政大權掌握在徐溫手裡。另外，還有一件重要的事，淮南探子潛入我幽燕，不知有何圖謀，大家須提防些。」

因淮南距離遙遠，與幽燕並無直接關係，這段時間眾人為了抵擋梁軍，忙得焦頭爛額，實在無暇他顧，並不知淮南竟發生變化，還派了細作潛進來。

韓延徽驚詫道：「這內外夾擊，我幽燕怎受得了？」

馮道說道：「淮南雖派來細作，但他最終目標仍是抵擋朱全忠，對我們暫時不會有影響，或許還是個助力。」

孫鶴點點頭，道：「楊行密生前一直堅持效忠大唐，南方義士都認為他是忠誠君子，才會緊緊跟隨。如今徐溫雖然掌了大權，應不會改弦易轍，否則會寒了忠義之士的心，但淮南太遙遠，又發生內亂，是不會支援我們的。」

馮道說道：「朱全忠逼各藩表態，就是要斷去我們的後援，好全力對付幽燕與河東。」

韓延徽道：「難道真無法可想了？」

孫鶴沉默半晌，緩緩道：「辦法只有一個！便是今天找你二人來的原因。」

馮道、韓延徽一愣，齊聲道：「先生有法子，為何不早說？」隨即想到這法子應該十分困難，孫鶴才會故意兜了大圈子，要兩人先說出其他援兵的方法，待找不到任何援兵，就會心甘情願地去執行任務。

孫鶴目光在兩人臉上微微一掃，道：「二公子活著回來了！不只回來，還在幽州城郊召集舊部，建立了軍隊，只要他肯從城外率兵攻入，與節帥裡應外合，便有機會將梁軍夾殺在盤山迴廊，一舉殲滅！」

馮道從徐知誥口中已知劉守光被救活了，卻不知他還快速建立了軍隊，韓延徽卻是此刻才知情，兩人都很聰明，聞言已知孫鶴之意，齊聲道：「先生是想讓我們去當說客？」

孫鶴沉重地點了點頭！

（註❶：天祐五年二月李柷被鴆殺，謚曰「唐哀帝」，葬於溫陵，終年十七歲。）

（註❷：天祐四年四月，朱全忠在開封金祥殿登基，將唐樞密院改為崇政院、思政殿改為金鑾殿，定國號為「大梁」，廢唐西京長安，改稱大安府、置佑國軍，設洛陽為東都、開封為西都，更名為朱晃，史稱「後梁太祖」。）

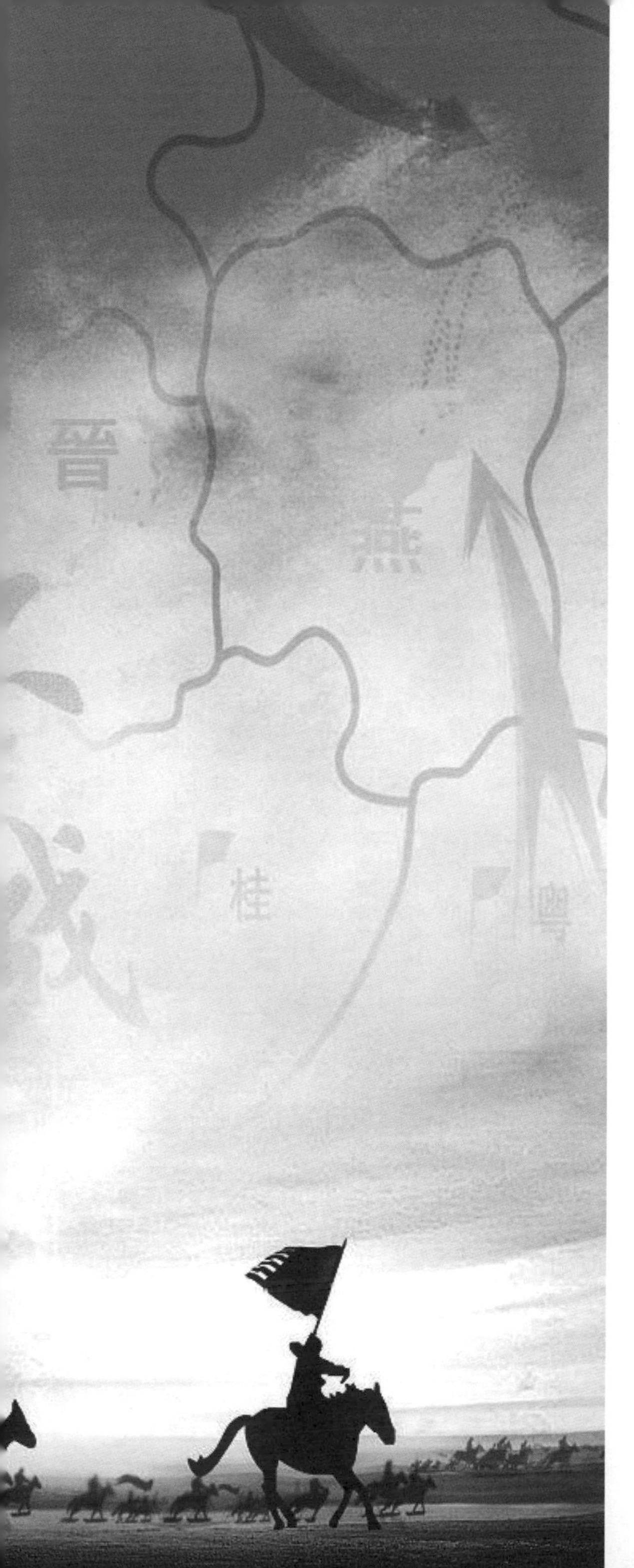

九〇七・二

龍虎相啖食・兵戈逮狂秦

梁開平元年，遣李思安攻仁恭，仁恭在大安，守光自外將兵以入，擊走思安，乃自稱盧龍節度使，遣李小喜、元行欽以兵攻大安山，執仁恭而幽之。《新五代史・卷三十九・雜傳第二十七》

守光引兵出戰，思安去，因回攻大安，虜仁恭，囚別室，殺左右婢媵，遂有盧龍。《新唐書・列傳第一百三十七》

元行欽，幽州人也。為劉守光裨將，守光篡其父仁恭，使行欽以兵攻仁恭于大安山而囚之。《新五代史・元行欽傳》

馮道與韓延徽奉孫鶴之命，前往找劉守光援救幽州城，一路上兩人皆憂心忡忡。

馮道唉嘆道：「我曾為劉守光監督工程，到最後他卻下令把我活埋了，如果發現我根本沒死，會不會氣得當場就把我砍了？」

韓延徽也嘆道：「當初劉守光被節帥打得半死，趕出城去，我們若勸他出兵解救節帥，他會不會把氣撒在我們身上？」

馮道說道：「路見不平，尚且會拔刀相助，更何況是父子，難道兒子還能對父親見死不救？」

韓延徽道：「這話倒是不錯！他們父子倆再鬧騰，終歸是親父子，苦的是咱們做下屬的！聽說劉守光特別討厭讀書人，咱倆在他手下，得提著腦袋過日子，先生可真會給人出難題！」

馮道安慰道：「等梁軍退出幽州，節帥出來主持大局，咱們便可重回先生底下，苦日子不會太久的。」他其實還擔心李小喜會向劉守光咬耳朵，說自己欺騙他當神仙一事，但無論如何，為了幽州百姓，還是得硬著頭皮深入虎穴。

兩人沿路上商量對策，決定說他們是仰慕劉守光的威名，自願前來投靠，先博得對方的信任，再慢慢曉以利益，慫恿他出兵解救幽州百姓。

不料這些擔心都是多餘，劉守光正值大力招兵買馬，對誰來投靠都歡喜得很，他自信地認為所有人都是因為敬佩愛戴他，才會前來，因此對兩人的投誠完全不加懷疑，還親自出營帳接迎，馮道原本還低了頭，不知該如何應付，劉守光見到他卻特別歡喜，親親熱熱地拉著他的手臂直接拖往軍營裡，笑道：「馮掾屬，你來了，真是太好了！我知道你是個有本事的人，上回你蓋的石碑陣真是蓋得好極了！」

馮道還想解釋自己怎麼從泥土堆裡爬出來，劉守光卻已搶著解釋：「上回是那不成材的老頭要活埋你，絕對不是我的意思！當時我聽見噩耗，想到一個大好人才就這麼死了，還傷心許久，幸好你吉人天相，自有福氣！」似乎完全忘了自己讓馮道當李小喜的替死鬼一事。

馮道自認能洞析許多事，卻實在料不到劉守光的反應，連忙陪笑道：「卑職是托將軍的鴻福，才大難不死。」

劉守光哈哈笑道：「你來就好了！過去的事別再提了，從今以後，有什麼事都跟我說，本將軍罩著你！」他心中介意孫鶴從前總是壓制自己，對韓延徽就冷淡許多，韓延徽只得自己快步跟進軍營裡，默默坐在一旁。

劉守光差人去喚李小喜進來見老搭擋，李小喜聽見主子傳喚，三步兩步地奔了進來，劉守光笑著招呼：「小喜，你瞧瞧誰來了？」

李小喜一直以為馮道當神仙去了，見到他彷如見到鬼一樣，驚得眼珠子差點掉下來，馮道只得抬起頭，對他霎霎眼，做了一個「天機不可曰」的謎樣表情。劉守光未察覺兩人之間的古怪，只滿心歡喜地道：「馮掾屬來幫咱們了，以後你倆好好相處，一起用心輔佐本將軍，知道嚒？」

李小喜雖滿腹疑竇，但他最會見風轉舵，見主子喜歡馮道，也不會當面違逆，只連聲稱道：「是！是！末將一定與馮掾屬好好合作，忠心輔佐將軍，赴湯蹈火、萬死不辭！」

劉守光呸道：「本將軍大業剛起，你就說死不死的，像什麼話？」

李小喜「唉喲」一聲，道：「這張嘴亂說話，該打！」說著「啪啪！」兩聲，打了自己兩巴掌，他下手不輕，兩頰登時紅腫，高高鼓起，仍不肯放棄拍馬的機會，鼓著雙頰含混不清地說道：「小喜蒙將軍訓誨，歡喜得全身都發熱，兩頰鼓腫了！」那滑稽的樣子、極力的奉承，逗得劉守光哈哈大笑。

韓延徽雖耳聞劉守光是二愣子，卻沒料到是這等光景，想到日後得時常做這些拍馬逢迎、有辱斯文的蠢事，便覺得鬱悶。他出生官宦之家、書香門第，父親韓夢殷曾擔任薊州、儒州、順州刺史，他自己少年時便才德出衆，在鄉里間頗負盛名，劉仁恭聽聞他奇異不凡，便徵召他擔任幽都府文學、平州錄事參軍，不久又升任幽州觀察度支使，之後因滄州戰事吃緊，便前往滄州輔佐孫鶴調度糧餉。

劉仁恭雖然愛享樂，不顧百姓死活，仍是有些明見的，知道治理邦域需仰賴文才，也因著孫鶴的關係，對士子還有幾分尊重；劉守文雖不是英主，但個性較溫和，對孫鶴言聽計從，也不欺凌百姓，因此即使韓延徽看不慣劉仁恭某些作為，為了幽燕百姓，仍願意隱忍下來，盡心盡力輔佐孫鶴。

官場上的逢迎之道，他也明白，也不介意順著主上的心意說兩句好話，可今日見到劉守光對臣屬極盡羞辱，頓覺得幽燕遲早會毀在劉氏父子手中，自己隱忍苦撐，究竟所為何來？一時間心灰意冷，只沉默不言。

馮道卻想任務在身，必須抓緊機會，便附和道：「將軍英明神武，不日之間，已建立了盛大軍伍，卑職真是佩服得五體投地，因此一聽到募兵的消息，便歸心似箭，披星戴月地趕來，只要能為將軍出一分薄力，卑職於願足矣。」

劉守光對自己能在這麼短的時間內重建軍隊，也十分驕傲，哈哈笑道：「小喜，你聽聽，人家書讀得多，說話就是不一樣，你多學著點！」他原本對讀書人心懷芥蒂，總覺得他們表面恭順，心裡一定瞧不起自己，因此他最喜歡折磨士子，只要他們言語稍有不遜，便狠狠懲罰，此刻忽然覺得士人也有好處，書讀得多，奉承的話就能翻出許多花樣，不像李小喜翻來覆去都是那幾個詞，聽也聽膩了。

李小喜心中暗罵：「這小崽子不是升天了嚒？怎又回來跟我搶功勞？」口裡卻連聲稱：「是！是！小的回去多用功讀點書！」

劉守光見大家一片和樂，唯獨韓延徽繃著個臉，不悅道：「你為什麼不笑？」

韓延徽想不到劉守光會點名自己，微微一愣，勉強擠出個笑意，劉守光見了更加不喜，沉聲道：「你今日來投靠本將軍，是件大喜事，你為什麼不笑？」

韓延徽不由得蹙了眉，劉守光怒道：「你為什麼不回答？你是在我大哥底下待久了，瞧不起本將軍是不是？來人——」他正要呼喝人進來，把韓延徽拖出去打死，韓延徽見劉守光只因自己不笑，說翻臉就翻臉，心中一涼，整個人瞬間僵住，更是半點都笑不出來，

馮道連忙站起拱手道：「啟稟將軍！」

劉守光目光一沉，冷聲道：「什麼事？」

馮道說道：「韓度支是因為前幾日在滄州感染了風寒，臉頰僵硬、咽喉腫痛，這才笑不出來，甚至說不出話，他心中是很欽慕將軍的，還望將軍恕罪。」

劉守光英眉微挑，「哦」了一聲，道：「那他是怎麼欽慕我的？你倒說來聽聽！」

馮道說道：「韓度支得到將軍募兵的消息，立刻鼓動卑職一起前來投靠，如今新軍剛成立，軍用浩繁，極需有人把關，免得被下面不肖士兵給貪污了，韓度支為人清廉勤儉，最擅長財政收支、後勤補給，將軍如果任命他統管府庫，保證一個子兒少不了，錢都花在刀口上！」

劉守光心想自己確實需要一個忠心能幹的度支使，而韓延徽的人品能力，他從前也有所聞，揮揮手道：「罷了！既然感染風寒，本帥便不考問他了！」想了想，問道：「馮掾屬，你先說說，我這盧龍軍建得如何？」

馮道心中一愣：「盧龍是幽州首府，劉仁恭才是盧龍節度使，他卻故意取名『盧龍軍』，豈不是要與劉仁恭互別苗頭？」恭敬答道：「任何士兵經將軍調教之後，都成了一夫當關的悍將，這盧龍軍自是天下無敵了！」

劉守光心花怒放，哈哈笑道：「果然有眼光！」

馮道才剛抵達幽州，連盧龍軍長得怎麼樣，也沒見過，只是信口胡謅，韓延徽聽得心裡發擰，頻頻蹙眉：「可道實在諂媚得太過了，與那李小喜又有什麼兩樣？倘若要我這麼活著，還不如回家教書算了！」他卻不知馮道固然是為了盡快取得劉守光的信任，好說服他出兵，也是因為知道韓延徽不肯做這拍馬逢迎之事，便替他攬了下來，免得劉守光再去逼迫他。

劉守光英眉一挑，冷笑道：「既然我的軍隊已經無敵，那你還有什麼用處？你要怎麼為本將軍出力？」

「這個……」馮道微微遲疑，才支吾道：「這盧龍軍雖好，但還差了一點……」

劉守光正自得意，聽到這句話，立刻轉喜為怒，沉聲道：「本將軍哪裡差了？」

馮道說道：「不是將軍本事差，是新軍剛成立，還沒出去打仗，將軍的威風還沒廣傳天下，讓世人稱頌，這一點不免有些可惜了！」

劉守光聞言，但覺馮道句句都深得己心，大讚道：「不錯！新軍剛成立，必須讓他們出去橫掃天下，否則怎麼顯出本將軍的厲害？那你說說看，本將軍想要一舉揚名天下，應該拿誰開刀好？」

馮道說道：「太簡單的，顯不出將軍的本事，要打就打最難的！天下間，武功最高強的是李克用，將軍或許可以挑戰他看看。」

李小喜見馮道一來，就得到劉守光的歡心，心中頗不是滋味，一直想著該怎麼奉承主子，才能搶回自己原有的地位，見劉守光面露難色，立刻知道他其實不敢去捋虎鬚，卻不知如何下台，連忙替主子圓場，哼道：「李克用算什麼東西？就是一個傻大頭，徒有蠻力，沒長腦子，咱們向來將他玩弄於股掌，有時讓他送送土地、有時教他出兵打仗，他連個屁都不敢放，只能乖乖照做，武功高又怎樣？還不是對咱們將軍服服貼貼的？只不過現在河東軍正幫咱們守潞州，暫時不能拿他試刀。」

劉守光笑讚道：「小喜說得好！李克用武功天下第一，卻只能當我盧龍的看門狗，教他去咬誰，他便去咬誰，半點都不敢違抗，世上去哪裡找這麼忠心的看門狗？眼下咱們還需他守潞州，就先饒他一條狗命！」

馮道微微一笑，道：「那就只剩梁軍了，天下英雄一聽到梁將的威名，莫不聞風喪膽，強如李克用也被打得落花流水，所以，只要將軍能打敗梁軍，必能一戰成名，天下英雄都會崇拜你！」

李小喜方才受到主子讚賞，立刻加把勁，搶話道：「朱全忠又不是什麼大羅神仙，梁軍也不是個個都三頭六臂，有什麼了不起？從前將軍還年輕，被節帥限制著，才讓梁狗放肆許久，今日將軍自己當家作主了，那梁狗不來便罷，只要膽敢踏入幽燕一步，肯定要像殺豬宰狗般，把他們屠個一乾二淨！」

劉守光心知李思安已率大軍攻入幽州燒殺擄掠，又陳兵在大安山下圍逼劉仁恭，但他新軍剛成立，若是貿然出手，恐怕會損失慘重，因此遲遲沒有動作。李小喜卻得意忘形，瞬間把話吹噓得太滿，讓他來不及阻止。

馮道見劉守光臉色沉了下來，知道他心有顧慮，連忙道：「將軍英勇過人，要攻打誰只是彈指之間的事，但將軍惜兵如子，不願他們多受損傷，一出手，必須有萬全之策才行。」

劉守光原本緊繃的臉瞬間綻開燦爛的笑容：「馮掾屬，你真明白本將軍的心！那你有什麼萬全之策？」

「為主上分憂解勞乃是卑職的光榮。」馮道從懷裡拿出一張地圖，呈獻道：「這是卑職準備的投誠禮，請將軍笑納。」

「投誠禮？」劉守光好奇望去，驚見是大安山的完整佈防圖，豁地站起，將圖紙直接搶了過來，當真是越看越震撼、越看越歡喜。

馮道續道：「將軍一向算無遺策，早知道將來會用到這份佈防圖，因而指派卑職前去大安山監工，卑職幸不辱命，監工期間，總算把圖紙畫得一清二楚，不敢有半點遺漏。」

李小喜費了好大的功夫，直到大安山工程完竣，也只畫了半張圖，想不到馮道竟獻上完整的圖紙，劉守光簡直太意外了，笑得闔不攏嘴：「馮掾屬幹得好！不枉本將軍派你去當監工，我得到你，猶如老頭得到孫鶴啊！」又狠狠瞪了李小喜一眼。

李小喜連忙垂低了頭，避開劉守光的凶光，絞盡腦汁，拼命擠出幾句奉承的話以自救：「這說起來，也不算馮掾屬的本事，是將軍鴻福齊天，天威蓋世，本來就有福份得到這張圖。」

馮道順勢道：「李副將說得不錯，將軍福德深厚，原本就能得到佈防圖，卑職能為將軍效勞，真是三生有幸。」頓了頓又道：「只要將軍把李思安逼上大安山，咱們就能根據圖中分佈，與大安山守軍裡應外合，將梁軍夾殺在盤山迴廊，一舉殲滅！」

劉守光哈哈大笑：「不錯！有了這張圖紙，本將軍就能像殺雞屠狗般，殺得梁狗一隻都不留！」

馮道又道：「到那時，將軍在節帥面前立下大功，父子和好，不只獲得重賞，還名揚天下，得到幽燕百姓的愛戴！」

劉守光大聲道：「好！本將軍第一戰就痛宰大梁五天王的李思安，若是成功，必能揚名天下！馮掾屬，你便是首功，除了加官晉階，本將軍還特別恩准你三件事！」

馮道笑道：「多謝將軍！」

韓延徽想不到馮道早有準備，竟及時拿出大安山的兵馬佈防圖，讓事情變得十分順利，心中驚喜之餘，也暗暗鬆了口氣：「看來我們很快就能完成任務，回去滄州，不必再待在這鬼地方了。」

劉守光大聲道：「李小喜，傳令下去，即刻整軍出發！」

馮道連忙歡呼：「將軍天下無敵，必旗開得勝！」李小喜一聽，也不甘心落人後，趕緊跟著歡呼。

馮道和韓延徽隨著李小喜去巡查軍隊，在瞭解大致狀況後，又提出一些建議，已至深夜，兩人便一起走回營房，準備好好歇息。

韓延徽從未見過馮道拍馬逢迎的一面，忽然覺得他變了一個人，並非自己所認識的那個善良樸實、胸懷理想的摯友，心中頗為介意，不免有些懷疑他的為人，但見他輕易完成任務，又似乎不該責備他，一路上只沉默無言，不知該如何開口。

馮道以為他還生劉守光的氣，安慰道：「藏明，我知道劉守光是個二愣子，你不願奉承他，但我曾親眼見他隨手就射殺許多士子，把人命當兒戲，我們既來到這裡，便要盡力活下來，莫要為一時意氣，白白送了性命，不值得！」

「我明白，可是我真的做不到。」韓延徽望了馮道一眼，見他眼神清澈堅定，實不像拍馬小人，嘆道：「可道真是委屈了！」

馮道微笑道：「我說幾句好聽話，不過是舌頭勞動些，臉皮增厚點，有什麼委屈？大不了回去吐一吐，把一肚子噁心吐乾淨就是！真正委屈的是幽滄的百姓，他們還等著我們解救呢！倘若說幾句好聽話，就能解救百姓於水火，讓我再說一羅筐都行！」見韓延徽神情蕭索，拍拍他的肩，笑道：「回去好好睡一覺，把今日所有難聽話都拋在腦後，明日開始，就要準備打仗了，有你忙的，哪有閒心想那些亂七八糟的事？」

韓延徽點點頭，道：「放心吧，我沒事，你也早點安歇。」兩人便互相告辭後，便分別走回自己的營房。

馮道剛進入營房，脫了外衫，李小喜已探頭探腦地尾隨而至，馮道早已預料到，便燒了一大壺茶水招呼他：「小喜兄，坐吧！」

李小喜問道：「馮小兄，你不是當神仙去了，又回來做什麼？」

馮道嘆道：「那一日，我原本已升天，心中一直惦記著要與你結伴同遊天界，做一對逍遙散仙，但我上窮碧落下黃泉，尋尋覓覓，怎麼也找不到兄弟你的身影……」

李小喜懊惱道：「那一日我沒跟上，你不知道嚒？你說要幫我跟神仙求情，帶我一起升天，卻把我一個人落下了！」

馮道歉疚道：「當時一片霧茫茫，我又是第一次升天，因此迷迷糊糊，顧不上你。我後來找不到你，便去請問老仙翁，祂查了仙凡錄，才知道你沒跟上，唉！我心中覺得很對不住你，做神仙也做得沒滋味，便自請下凡了！」

李小喜聽得心中感動，哽咽道：「我真是錯怪你了！」隨即又歡喜道：「好兄弟，你現在找到我了，咱們趕緊一起升天吧！」

馮道搖頭道：「做神仙哪有這麼容易，說升天就升天？你瞧節帥祈求了好久，都還沒成仙呢！」

李小喜愕然道：「可……你不是成仙了嚒？去跟老仙翁求一求吧！」

馮道嘆道：「我既已除了仙籍，就無法返回天界，需等待機緣，咱們還是先好好打梁軍吧！」

李小喜感到美夢再次破碎，灰心至極，喃喃道：「原來你也不能再當神仙了！看來我只能繼續跟隨小將軍了！」

馮道安慰道：「那也未必！說不定哪一天老仙翁又出現了，來找我升天呢！到時候你可一定要聽我的指示，別再妄自作為了！」

李小喜歡喜道：「是！是！到時候你會通知我吧？」

馮道微笑道：「咱們是好兄弟，我自然會關照你。」

李小喜用力一拍他的肩，道：「好！就這麼說定！在將軍手下，我關照你；要升天時，換你關照我！咱們有天同升、有福同享、共進共退！」

馮道笑道：「說得好！咱們兄弟倆總是有天同升、有福同享。」

李小喜心中暗道：「就是有難不同當！」

馮道又道：「既然咱們要互相照應，秘密就要共享，什麼事都不能隱瞞，對吧？」

李小喜也是機靈人，一聽他這麼說，就道：「你想問什麼事，直說吧。」

馮道悄聲問道：「小將軍當初被節帥打得半死，怎麼活下來了？還有辦法建立軍隊！究竟是誰救了他？」心想只要找出解救劉守光之人，或許就能追查到淮南的細作。

李小喜嘆了口氣，道：「小將軍被打得幾乎沒命，我也是嚇了一跳，聽說那些士兵把他隨意丟棄在田野裡，他清醒後，才知道是附近的農戶救了他，後來小將軍身子恢復些，就跑來找我，說要召集舊部，重建自己的軍隊，我心裡七上八下的，但想既做不成神仙，不如就賭一把，若是賭對了，說不定就飛黃騰達，便答應了他！」

馮道問道：「救小將軍的農戶是誰？」

李小喜道：「那只是尋常人家，小將軍找我時，還說了要答謝他們，誰知回去找人時，農戶全家就死絕了。」

馮道心中一沉：「徐知誥做事還真是乾淨俐落！」又問：「小將軍怎能這麼快建立起軍隊？」

李小喜笑道：「當時滄州大亂，節帥規定所有人都得自備軍糧參戰，否則就要砍頭，許多人心中不服，想要逃亡，小將軍剛好趁機收留他們，這些年，小將軍斂了不少錢財，自可招兵買馬。」

馮道萬萬沒想到滄州餓死千萬百姓的苦難，剛好提供了劉守光壯大的機會，心中一嘆，又道：「小將軍再怎麼英勇，新軍總是剛成立，他為何有信心擊敗李思安？」他觀察許久，發現就連膽小的李小喜似乎也不擔心攻打梁軍，實在有些古怪。

李小喜嘿嘿一笑：「你自己提的主意，卻害怕了？」

馮道說道：「為主上提供最好的策略是參軍的本分，但梁軍實在強大，那李思安可是大梁五天王之一，我自然有些擔心。」

李小喜卻不肯再說，賣了一個關子，得意道：「到時你便知道了！」

誰都知道劉仁恭是出了名的荒淫巨貪，山頂上的宮殿金碧輝煌，全用珠寶打造，殿中美女如雲，多不勝數，對梁軍而言，攻打大安山是畢生最肥美的差事，一旦攻頂之後，就能大肆搜刮享樂；另一方面，卻也是最困難的任務，因為朱全忠已下了命令，不准放火燒山，免得火勢一發不可收拾，將山頂寶殿化成灰燼，畢竟大梁初立，四方未靖，財寶的累積乃是軍隊之基石、立國之根本，絕不能付之一炬，所以入山只有一條最狹長險峻的盤山迴廊，只能拿命去拼！

大粱將領誰都想爭取這個差事，朱全忠在仔細研究過盤山迴廊的地形後，千挑萬選，終於選中貼身先鋒大將李思安！

李思安武功或許不是最高的，但他能成為朱全忠的貼身先鋒，除了身手快如閃電，手中飛槊變化莫測，宛如光影飛梭，讓人防不勝防，還有一項特別本事，便是耳聰目明、心思縝密，能在各種形勢中搜索探路、防止敵人設伏，這也是朱全忠派他攻打盤山迴廊的原因。

李思安率大軍抵達幽州後，在桑乾河邊紮營，為了避免直接進入盤山迴廊這險地，他先以老弱士兵引誘劉仁恭出來。劉仁恭也是狡猾，派大將單可及領軍試探敵情，卻中了圈套，單可及被斬首身亡，從此劉仁恭便躲在大安山裡，無論對方怎麼引誘，也不肯出來。

李思安於是在幽州城內殺掠一段日子，將可能埋伏的敵軍肅清之後，見劉仁恭根本不在乎幽州百姓的死活，一意躲在大安山裡，便留下一小部份粱軍固守幽州城，自己率領大軍前往大安山下重重包圍，準備憑著自身高強的武藝，從唯一的通道——盤山迴廊，直搗劉仁恭的巢穴！

盤山迴廊狹窄彎曲，暗無天光，勉強可容兩、三個壯漢經過，劉仁恭的親衛可以藏在岩壁上方往下灑射飛箭，也可躲在左彎右拐的角落裡，暗施突襲，李思安卻無畏無懼，孤身飛奔在前，長槊左揮右刺，一路掃清兩旁伏兵，勢如破竹地穿過盤山迴廊，其他粱兵緊緊尾隨在後，頭戴鐵盾帽，以防敵軍從上方射下飛箭。

就在李思安意圖奪取大安山時，劉守光也趁著幽州梁軍所剩不多，長驅直進，不費吹灰之力就搶回幽州城。首戰輕易勝出，劉守光更相信自己神通廣大，所向披靡，盧龍軍也因此激發起士氣，浩浩蕩蕩地向大安山出發，決定一舉殲滅梁軍。

李思安率領梁軍深入盤山迴廊，一路登高，眼看出口只十幾丈遠，勝利在望，他長槊唰唰揮去，正要一舉解決左右兩邊隱藏的伏兵時，黑暗之中，赫然出現一道刀光，宛如幽影般閃來，無聲無息地刺向他心口，李思安吃了一驚，已來不及收槊抵擋，幸而他身手極快，硬是收勢往後一仰，那人手中長刀卻如附骨之蛆般，緊緊貼著他胸前劃去，若不是他身穿薄甲，早已被開膛剖腹了！

李思安吃了一驚：「幽州哪來這麼厲害的人物？」但他不愧是五天王中身法最輕捷、對形勢最敏銳的，瞬間判定形勢，除了這個高手之外，其他都是一般士兵，手腕一轉，寧可被另一位伏兵刺中肩頭，也要把長槊撤回來，拼命擋住那高手的厲刀，「噹噹噹噹！」一個厲勁無形、一個快捷如影，兩人在黑暗狹窄中交手十數擊，都感到對方不易善與。

李思安方才已消耗許多力氣，又被偷襲挨了一刀，雖有鐵甲保護，卻也受了內傷，眼看再打下去，實在不利，但後面梁軍一個挨著一個，阻擋住自己的退路，暗暗咬牙：「今日我太輕敵，難道要命喪於此？」拼命抵擋間，卻聽見後方傳來一陣陣騷亂的驚呼，李思安大聲喝問：「發生何事？」

黑暗中一片混亂，傳來零零落落的驚叫聲：「伏兵！後方有伏兵！」接著是一個個士兵碰碰倒地聲！

「怎麼可能？」李思安心想幽州明明沒有任何援軍，而且梁軍只有一半進入盤山迴廊，還有另一半未進入，還守在洞口，就算有敵軍來襲，也應該能抵擋住才對。他萬萬想不到自己前腳才踏出幽州城，劉守光後腳就跟進佔據了幽州，還率領大軍來到大安山腰，與守洞口的梁軍鏖戰。

守洞口的梁軍突然遭遇大軍襲擊，又沒有主將帶領，一時驚慌，竟被劉守光的新軍打得四方逃散，這才讓盧龍軍有機會去洞口焚燒馮道特製的蒙汗迷煙，將李思安率領的大隊梁兵夾殺在盤山迴廊裡。

李思安感到今日的情況太詭異，猜想守洞口的士兵也出事了，卻不知是什麼情況，不由得越戰越心驚：「我還是先帶兄弟回去，莫要全折在這裡了！」大喝一聲：「撤！」

梁兵聽到李思安喝令，想往後撤，卻被後方湧進來的士兵往前推，黑暗中眾人推擠成一團，更加慌亂，李思安眼看後方退不得，心想：「只能拼命衝出去了！」「唰唰唰」連出三槊，想突破出去，無奈前方那人的刀有如鬼影，在黑暗中比他更有利，他幾次險險中刀，又無法突圍，幾乎步步死關，只要稍有不慎，便會成為刀下鬼。

不知是幸或不幸，梁軍倒下的人越來越多，漸漸空出通道來，李思安終於得以往後退，到後來，梁軍倒下十之八九，他退得更快了，前方那神祕人卻也不敢深入險地，並沒有再追過來。李思安一邊帶著殘餘士兵快速後退，一邊察覺到空氣有異，呼喝道：「是毒氣，大家摀緊口鼻！」好不容易帶著殘兵從洞口退了出來，卻見到己軍一片狼藉，心知大勢已去，連聲呼喝：「快退！」梁軍見到他還活著，連忙簇擁到他身邊，一起殺出血路，這才逃出生天。

當初劉守光為了確保山頂宮殿的安全，不想用火油對付盤山迴廊裡的梁軍，馮道於是提出計策，憑著己方對大安山地形的熟悉遠勝敵軍，劉守光可以派人以最快的速度搶先繞至山頂，通知劉仁恭，教山上守軍堵住李思安的出路，盧龍軍則在下方先殲滅守住洞口的梁軍，再將迷煙送入隧道中，將進入盤山迴廊裡梁兵迷暈。

如此果然一戰功成，劉守光大喜之餘，親自率領盧龍軍進入隧道，將昏倒的梁兵一一俘虜。馮道緊緊跟隨在後，對幽州百姓得救，自己戰略成功，也十分興奮。

眾人終於走出山頂洞口，意外地，劉仁恭並沒有歡天喜地出來迎接這個立下大功的兒子，只有上百名盧龍軍肅靜而立，面色沉凝，滿身傷血，卻不見半個定霸都士兵，整座宮殿廣場只充滿了山雨欲來的氣氛，馮道感到出大事了，卻還沒聯想到究竟發生什麼事：「難道還有殘餘的梁軍沒有清除？」

劉守光卻露出一抹比打勝梁軍更歡喜的詭笑：「事情辦妥了？」

領頭之人昂首挺立，目光炯炯地面對劉守光，臉上無半點波動，拱手道：「全捉起來了，就等將軍發落！」

劉守光目光一亮，哈哈大笑：「行欽，幹得好！今日你是首功，回頭本將軍會大力賞賜你，讓你連升三階！」

「末將幸不辱命。」那裨將得到如此獎賞，只眼中微微湛出一道厲光，流露出一絲喜悅，臉上卻沒有半點笑容。

馮道是第一次見到這個人，卻見了一眼就不會忘記，只覺得心中沉沉一震，就像被重錘擊中般，一時竟緩不過氣來。

此人年紀輕輕，不到二十，身穿裨將服飾，軍階還在李小喜之下，鷹眉深眼、身形剽悍，臉上有著超越年紀的堅忍卓絕，渾身散發著嚴謹克制的氣息。

在霸主眼中，這種人是最好的先鋒，沉著果敢、忠勇克制，就像李嗣昭一樣，說話不多，卻讓人更加信任。但馮道直覺此人與李嗣昭又不完全相同，因為他的堅忍之中，隱隱透露一股貪婪與狠勁，腰間的奇形環狀彎刀還不停流淌著鮮血，彷彿在炫耀勝利者的功績，那是想在亂世之中搶佔一席之地的梟雄才有的特徵！

馮道暗想此人軍階不高，劉守光卻把通知劉仁恭的任務交給他，可見上山的秘道也不隱瞞他：「此人是劉守光的心腹！」抬眼望向李小喜，對方也正好回頭望向他，那得意的眼神彷彿在說：「這就是小將軍對付李思安的利器！」

兩人無聲交流間，劉守光已邁開大步，歡快地走向殿中，眾人也趕緊跟隨上。

「究竟發生什麼事了？」在進入宮殿短短數十步的路程，馮道忽然覺得十分不對勁：「當初我獻上佈防圖，是為了取得劉守光的信任，讓他願意出兵拯救幽州，但劉守光身邊既有如此厲害的高手，大可與劉仁恭裡應外合，將李思安夾殺在盤山迴廊裡，為什麼他非要得到那張佈防圖紙才肯出兵？」想到劉守光看到佈防圖時太過歡喜的表情，忽然間，心底沖上一陣惡寒：「他不是要對付梁軍，是要對付……」

眾人進入宮殿後，仍是空蕩蕩地沒有半個守衛，劉守光將其他士兵暫時留在宮殿大堂，只讓親信李小喜、元行欽、馮道和幾名親衛跟隨自己走入內室寢殿。

剎那間，馮道見到畢生難忘的一幕——即使在多年以後，歷經無數次宮廷政變，他依然不會忘了今日這一幕，因為此刻的他還年輕，對人性還沒有完全絕望，還懷抱著一絲信任。

只見劉仁恭全身傷血，被鐵鍊重重綑索起來，口中喃喃喘氣，似乎受了重傷，他身邊的親衛、侍妾、婢媵橫七豎八死了一地，鮮血流淌成河，教人不忍卒睹，而羅嬌兒像隻受驚的小羊般，縮在劉仁恭懷裡瑟瑟發抖，一見到劉守光進來，立刻哭喊：「小將軍，救命啊！這些人造反了，見人就殺……」

劉仁恭抬眼見到劉守光，也宛如溺水中看見救命稻草，大聲呼喝：「你來了，太好了！快殺了他們……」呼喝到一半，忽然間，兩人同時看清了形勢，造反殺人的裨將恭謹地站在劉守光身旁，劉守光則面帶邪惡笑容俯視著地上受傷的兩人。

「你……」劉仁恭氣急之下，忍不住破口大罵：「孽子！想不到竟是你帶人造反！當初我就該打死你！」

劉守光蹲了下來，一手用力將羅嬌兒從他懷裡搶出來，另一手抓住劉仁恭的衣領，隨著自己起身，將他整個人高高舉起，冷笑道：「老頭！你做夢也想不到有這一日吧！」又將他狠狠甩在地下。

劉仁恭痛得齜牙裂嘴，掙扎得呼呼喘氣，又破口罵道：「孽子！她是你庶母，你想做什麼?」

劉守光冷笑道:「只要你好好說出那個地方,我便放了你們!」

羅嬌兒哀求地望著劉仁恭,劉仁恭卻道:「你殺了她吧!」

羅嬌兒怎麼也不相信他竟輕易犧牲自己,瞬間臉如死灰,劉守光冷笑道:「那就先處理她,再整治你!」直接把羅嬌兒纖瘦的身子甩到了肩上,扛起她往後方走去,

「孽子!孽子!」劉仁恭拼命掙扎,無奈不只被元行欽點了穴道,全身更被鐵鍊困縛,動彈不得,他焦急之下,牽動內傷,忍不住嘔出血來,劉守光只感到更加痛快,笑道:「你好好睜大眼,看著好戲吧!看本將軍怎麼凌虐她!」

羅嬌兒不知自己會面臨什麼景況,雙足亂踢,不停掙扎,卻掙不脫劉守光的扛抱,驚呼道:「小……小將軍,當初我是不得已的,是節帥……那老頭逼我的,我真不是故意的!我……我可以服侍你,咱們回去好好在一起,嬌兒永永遠遠愛著你,你說好不好?」

劉守光卻不理會,逕自往後方走去,又對元行欽丟下一句:「你守著!待會再輪到你們!」便將羅嬌兒拋在後方的軟床上。

馮道未料自己為救幽州百姓,忍辱負重地請出劉守光,為他出謀劃策,卻成了劉守光謀反的凶器,為幽燕招來更大的惡主,心中激動痛悔,忍不住急喊道:「小將軍!」

劉守光笑道:「馮掾屬,別著急,待本將軍快活之後,少不了你的賞賜!」

馮道一咬牙,道:「將軍曾說功成之後,允我三件事,現在請將軍允我第一件事!」

劉守光呸道:「你硬是打斷我的興致,是看上這婊子,想搶頭香嚒?」

馮道知道他動了火氣，自己再硬槓下去，恐怕會被處死，可是仍無法眼睜睜看著，拱手道：「卑職絕不敢跟將軍搶人，但嬌夫人其實是我家娘子的小妹，我曾答應娘子一旦尋到她的妹子，便要帶她回家，讓她們姐妹團圓。」

場中所有人都不可思議地望向馮道，李小喜更是蹙了眉，暗罵：「這小子是活膩了？」

馮道跪下行了軍禮，道：「軍令如山，將軍既以軍功承諾我，還請將軍實現諾言！」

劉守光全身熱血沸騰，一意逞凶，不只是為了滿足長年渴求的慾望，更為了報復血仇，無論如何，是沒有人阻擋得了！可馮道一席話，教他反駁不了，一時間滿臉脹得通紅，內心翻騰不已，許久，他狠狠甩了羅嬌兒一巴掌，怒道：「老子快活後，會讓你把人帶走！」又呼喝元行欽：「把他拖出去，要是還有誰敢囉唣，格殺毋論！」

「將軍！將軍！請你手下留情……」馮道不肯離去，卻實在敵不過元行欽，硬是被拖了出去，掙扎吶喊間，只看見羅嬌兒從漸漸關閉的殿門縫隙裡，遠遠望著自己，那一雙似水美眸，從最初的乞求、悲痛，越來越黯淡，直到絕望……

寢殿裡傳來了劉仁恭的斥罵聲、喘氣聲，交雜著劉守光的歡淫聲，卻始終沒有羅嬌兒的聲音，馮道在殿外焦急如焚、心痛如刀絞，幾次想衝進去，元行欽卻宛如一座高山般阻擋在門前。

李小喜原本高興馮道得罪了劉守光，自己的位子就穩如泰山，但見他不知死活地亂衝亂撞，深怕劉守光一怒之下，自己反受連累，連忙用力拉住他，在一旁勸說，教他不要衝動，等將軍滿意了，自然會放人回來，為一個女人賠上性命，不值得。

終於，殿內成了一片死寂，馮道的心也沉了下去，他不敢想像會面對什麼樣的情景，卻只能緊握雙拳、咬牙苦等。許久，殿門終於緩緩開啟，劉守光一臉心滿意足地將羅嬌兒丟向門外的馮道，拍了拍雙掌，將手上的血跡擦去，笑道：「本將軍已經信守承諾，把人還給你了！」又吩咐元行欽和李小喜：「把老頭帶回去，好好拷問，直到他吐實為止！」說罷哈哈大笑地離去。

元行欽快步進入內殿，將蒼老頹廢、顫抖不止的劉仁恭扛抱出來，劉仁恭像發了瘋似的一路上不斷咆哮：「那些都是我的，誰也搶不走！你這輩子都休想知道！那些是我的！是我的……」元行欽索性將他打暈，李小喜和其他親衛趕緊跟隨在後，一起離去，只留馮道孤獨地抱著羅嬌兒，坐在這個寒冷的山頂上。

羅嬌兒殘破不堪、氣息奄奄，馮道連忙脫下外衣裹住她赤裸的身子，心中悲憤至極，全身忍不住微微顫抖：「嬌兒，嬌兒，妳撐住，我帶妳去治傷……」

羅嬌兒眼神茫然，已認不清他是誰，只伸出手輕輕拉了他的手指，喃喃道：「我忍著……忍著……可是……我……終究沒把事情辦好，你別生氣……」

馮道知道她呼喚的不是自己，強忍心中悲痛，安慰道：「我不生氣！我現在就帶妳去治傷。」

羅嬌兒輕聲道：「不！我不治傷，你……親親我……一次就好……」

馮道不知該如何回應，只好道：「我……我不是……」羅嬌兒低聲道：「你不肯？我知道你嫌棄我……你要冰清玉潔的姑娘……可嬌兒只能這樣了……嬌兒不夠好，你還帶我去看……三月煙花嚒？」她聲音越來越虛弱，幾乎沒了氣息，雙眼卻睜得大大的，不肯闔上，眼底有著最深的眷戀、渴望與遺憾。

馮道心中不忍，低頭在她唇上輕輕一吻，那雙晶眸終於緩緩闔上，美豔的唇角也釋出一抹解脫的微笑，拉著他的手輕然垂下。

「啊——」馮道忍不住仰天大叫，憤怒地擊打身邊的石柱，一次又一次，彷彿要將這段日子所見的不公不義，滿腔悲憤都發洩出來，倘若揭竿起義是因為民不聊生，戰爭殺伐是因為抵抗強暴，那麼骨肉相殘是為了什麼？欺凌弱小又是為了什麼？軍兵吃人、惡霸凌女，又是為了什麼？為何人性可以惡劣至此？他不斷地問自己、問蒼天，直到雙手滿是傷血，虛脫無力，也找不到答案，就像羅嬌兒永遠也等不到那個人的答案。

終於，他沒了力氣，頹然坐倒，直到日暮西山，不得不回去，才緩緩站起，在宮殿後方山林裡，找了一塊淨土，將羅嬌兒掩埋後，才失魂落魄地走下山，他暗下決定就此離開，再也不回去劉守光身邊。

到了山下，開善寺的鐘聲遠遠傳盪而來，一聲一聲寧靜清幽，彷彿撫慰著世人的傷痛，他心中憤怒稍稍平靜下來，想起韓延徽還留在軍營裡，必須通知他梁軍已退，兩人可以起程前往滄州，走著走著，來到幽州城內，當初劉守光一趕走梁軍，便下令士兵嚴加守衛，因此到處都是盧龍軍來往巡邏。

馮道不想惹起糾紛，便循著小巷匆匆而行，卻發現寂靜的街巷角落裡，躲藏著一雙雙驚惶的眼，原來幽州百姓歷經粱兵殺掠後，都如驚弓之鳥般，不敢輕易外出，許多殘存的老弱婦孺沒有壯丁養家，只好捱到深夜偷偷跑出來翻找食物，還必須躲著士兵。

「劉仁恭苛政貪淫，弄得民不聊生，劉守文為了抵禦外侮，放縱軍兵吃人，如今幽州換成劉守光當家作主，更不得安寧……」馮道望著家鄉在劉氏父子的相繼蹂躪下，漸漸淪為地獄，心中更是悽惻絕望。

忽然間，街角的一個老人帶著幼童奔了出來，拉住他的衣袖，喚道：「馮掾屬！你是馮掾屬嚒？」

馮道一愣，停下腳步，回首望去，卻是曾在大安山做工的一對爺孫。

老人和小童歡喜道：「真的是你！」

馮道想到自己一身落魄，勉強擠出一絲笑意：「你們怎麼不在三笑齋，卻在這裡？」

老人道：「我們一直在三笑齋做雜役，這兩日幽州城打完仗，百姓都捱餓，幸好孫明府說過兩天就可以發糧賑災，我們因此先過來幫忙。」

馮道說道：「有地方安身就好，大家互相幫忙，日子總能過下去。」

老人想到從前的辛酸，忍不住抹了抹淚水，又伸手緊緊拉住馮道的手，感激道：「當初劉守光抓我們去做工，幸好是你監工，又把我們安頓在三笑齋，大夥兒才能活下來。」

馮道也握了他的手，悵然道：「能活著，就是福氣，我們都要好好珍惜。」

「對！對！馮掾屬，你說得都對！」老人小心翼翼地問道：「聽說以後這幽州城又是劉守光做主了，你……還在他手底下當差吧？」

馮道不知怎麼回答，只問：「你怎麼知道這兒以後是劉守光做主？」

老人道：「劉守光已大肆宣告說他是盧龍節度使，全城的人都知道了！」忽覺得不對勁，驚問：「你不知道嚒？難道你不在他手底下當差了？」

馮道望著老人期盼的眼神，實不忍他失望，又不能欺騙，一時支吾不答，老人急道：「大家都說只要有你在，大夥兒便有救了，就算劉氏父子再凶惡，也不必擔心！你真不在劉守光底下了？那……那誰能幫我們？」一著急，幾乎又要紅了眼眶。

馮道想到不久前，自己才眼睜睜看著慘劇發生，卻什麼都做不了，感傷道：「我也不是萬能，總有力窮之時。」

老人反過來安慰他：「不要緊！不要緊！只要你肯幫著大夥兒，咱們便萬分感激，若是老天不准我們活了，那也沒法子，絕怪不到你頭上，可你千萬別拋下我們，求求你了！」又推著小童道：「快！你跟馮哥哥說，教他別拋下咱們！」

小童從懷裡拿出一隻小蚱蜢，認真道：「馮哥哥，翁翁沒吃肉，身子一直不好，我剛才在草地裡抓到小蚱蜢，本來要存到晚上給翁翁吃，我給你了吧，求求你別拋下我們！」

馮道聽著他稚嫩的童言童語，望著兩人樸實純善的臉龐，彷彿自己真是他們的救星，忍不住蹲了下來緊緊抱住小童，哽咽道：「謝謝你……」

小童不知這一句「謝謝你」包含了多少沉重與溫暖，在他近乎死寂的心裡，重新燃起對人性的希望，只伸出小手臂，抱了抱他，又回頭向老人道：「馮哥哥答應了！」他將小蚱蜢遞給馮道，卻忍不住吞了吞口水，一臉不捨。

馮道握著他的手，將小蚱蜢放入他懷裡，道：「哥哥不吃，你留著給翁翁，以後也要孝順翁翁。」

小童歡喜道：「我會記住哥哥的話！」爺孫倆這才歡天喜地向馮道告別，相偕離去。

馮道緩緩地走了回去，一路上思潮起伏，又似什麼都不能思想，直到深夜，才抵達營房。韓延徽一直煮著茶水等候他，茶水熱了又冷，冷了又熱，終於見到他失魂落魄地回來，連忙起身關心道：「我聽說大安山大捷，梁軍已經撤了，你怎麼這時候才回來？究竟發生何事了？」

馮道望了他一眼，心想倘若告訴他羅嬌兒的死訊，恐怕他會額手稱慶，說這個禍水死得好，實在不能說什麼，只坐下來，倒了一杯茶水，一口氣喝盡。

韓延徽見他沉默不答，道：「我已經收拾好包袱，咱們趁夜快走吧！」見馮道猶豫不決，以為他有所顧忌，又道：「盧龍軍都在大肆慶祝，個個爛醉如泥，我們悄悄離去，絕不會被發現的。」

馮道忽然抬起頭，深深地望著他，道：「我決定留下來！」

韓延徽失聲道：「你不走？」連忙勸道：「劉守光已經宣佈自己取代劉仁恭成為盧龍節度使，他不是什麼善類，我們留在這裡，遲早會送命，不管他許了你什麼榮華富貴，都抵不上丟掉性命！」

馮道想不到這最好的知己竟誤會自己貪求榮華，深吸一口氣，道：「正因為劉守光不是善類，我才更不能走！藏明，如果劉守文知道幽州發生的事，會怎麼樣？」

「他肯定會坐不住，直接揮軍過來，救出劉仁恭……」韓延徽話到一半，忽然明白後勢又要大亂了，憤慨道：「既是這樣，我們才更應該趕回滄州，相助劉守文奪回幽州。」

馮道感傷道：「幽州百姓又要陷入災難了，我怎麼能走？你走吧！」

韓延徽微微蹙了眉，道：「你真的不走？」

馮道堅定道：「不走！」

韓延徽嘆了口氣，頹然坐下，道：「罷了罷了！有時我覺得你全身似沒骨氣，有時又倔得像塊石頭，我真弄不懂你，你不走，我也陪你留下，且走且看吧！」

九〇七・三
尺布不掩體．皮膚劇枯桑

守光素庸愚，由此益驕，為鐵籠、鐵刷，人有過者，坐之籠中，外燎以火，或剔其皮膚以死，燕之士逃禍於佗境。《新五代史．卷三十九．雜傳第二十七》

仁恭將佐及左右，凡守光素所惡者皆殺之。銀胡簶都指揮使王思同帥部兵三千，山後八安巡檢使李承約帥部兵二千奔河東，守光弟守奇奔契丹，未幾，亦奔河東，河東節度使晉王克用以承約為匡霸指揮使，思同為飛騰指揮使。思同母，仁恭之女也。

義昌節度使劉守文聞其弟守光幽其父，集將吏大哭曰：「不意吾家生此梟獍！吾生不如死，誓與諸君討之！」乃發兵擊守光，互有勝負。

天雄節度使鄴王紹威謂其下曰：「守光以窘急歸國，守文孤立無援，滄州可不戰服也。」乃遣守文書，諭以禍福。守文亦恐梁乘虛襲其後，戊子，遣使請降，以子延祐為質。帝拊手曰：「紹威折簡，勝十萬兵！」加守文中書令，撫納之。《資治通鑑．卷二六六》

「恭迎節帥——」

翌日清晨，幽州城中鼓角聲來回傳盪，馮道和韓延徽被驚得清醒過來，連忙趕去廣場集合，只見萬軍在李小喜的安排下，排列得整整齊齊，劉守光在盛大歡呼聲中，意氣風發地現身，揮手示意眾人安靜，朗聲道：「不管幽燕從前的主人是誰，從今爾後，本帥就是盧龍節度使、幽燕之主，你們都要死命效忠於我，要是有人敢造反謀亂、違抗軍令，一經察覺，必嚴懲不貸，這些人就是你們的下場！」又呼喝：「把人帶上來！」

眾人心中一凜，都想：「節帥要懲罰大梁俘虜嚒？」抬眼望去，只見元行欽率領盧龍軍手執長槍，驅趕著一大批罪犯進來，個個雙手戴銬、雙足拖著長鐵鏈，數百條鐵鐐錚錚撞擊，化成一片淒厲響聲。

眾軍認出站在最前頭的一排，不久前還是他們的頂頭長官，都吃了一驚。原來劉守光打退梁軍之後，一方面派元行欽率數百親信潛入大安山寢殿，悄悄擒住劉仁恭，一方面以慶功之名，設宴款待眾將領，卻趁著眾人爛醉之際，以迅雷不及掩耳之速，將劉仁恭的心腹將領全捉起來。

但最可怖的不只如此，另有數十名士兵在廣場前方舖了長長的柴薪，又搬來十數個鐵籠，一座座安放到到柴火堆上，眾人不知這是要做什麼，都睜大眼睛觀看。

被擒的將領還宿醉未醒、昏昏茫茫，雖全身上拷，但想昨日才立下打退梁軍的大功，今日怎會被鐵鍊鎖起？應該是弄錯了，有人想辯解一番，有人直接喝問：「小將軍，我們犯了什麼錯，你竟把我們拷起來？」

李小喜道：「鄭將軍，你開口第一句話就錯了，就犯了忤逆大罪！」

那鄭將軍實在不明白，怒道：「我犯了什麼忤逆大罪？你這奸佞小人，在小將軍耳邊亂嚼什麼舌根？」

李小喜哼哼兩聲，道：「節帥神威赫赫、雄才大略，乃是我幽燕第一大英雄，唯一的藩主！你口口聲聲稱他『小將軍』，不是忤逆犯上又是什麼？判你一百個死罪都不為過！」

此話一出，眾將領心中已瞭然，欲加之罪，何患無辭，劉守光是存心要他們的命，排在第一位的將領最是剽悍，直接火冒三丈地開罵：「你這小崽子，老子昨日才大殺梁軍，你今日就翻臉不認，究竟是什麼意思？還不快把老子給放了！」其他罪犯也紛紛喝罵。

卻聽李小喜高聲喊道：「劉雁郎——倚仗軍功、欺凌主上，節帥仁德，賞賜火鐵籠一座。」

幾名士兵立刻走到罪犯前方，押住第一位罪犯，用力將他推入鐵籠裡，那劉雁郎心知一旦進去，必死無疑，不肯屈服，拼命掙扎，士兵們幾乎抓他不住，元行欽只得親自出手，硬是抓住他後心大穴，將他丟進牢籠裡。

其他將領直到此刻，方知大事不妙，紛紛呼喝起來，李小喜又一一點名罪犯，一邊表訴他們的罪狀，有的結黨營私、密謀造反，有的仗恃武功、壓迫良民，每喊一個人，便有士兵將他們送進鐵籠，過不多久，十幾隻鐵籠已裝滿了人，劉守光大喝一聲：「點火！」

場上眾軍心中驚顫：「殺人不過頭點地，若是放火燒人，雖然痛苦，也是一下子即死，但這鐵籠下面盛柴火，是要將人慢慢烤死！」看著鐵籠慢慢炙紅，散發出烘烘熱氣，全身不禁感到陣陣寒涼。

劉守光見眾軍臉色蒼白，露出驚懼的眼神，感到自己威風盡顯，大大震懾了軍心，十分得意，又看鐵籠子裡的將領昔日盛氣凌人，今日卻像垂死野獸般不斷衝撞、掙扎扭曲、慘烈哀嚎，更覺趣味至極，想到今後大權在手，生殺予奪，不由得哈哈大笑。

那劉雁郎聽到他的笑聲，憤恨難消，破口大罵：「劉守光！你造反囚父、冤殺功臣，將來必不得好死！」

劉守光聽他竟然在眾軍面前喊破自己的惡行，急怒之下，喊道：「來人，給我熄了他的火！把人拖出來！」

眾軍愕然：「難道節帥怕他繼續亂說話，要殺了他？」幾名士兵連忙奔上前，將劉雁郎拖了出來，劉雁郎抬頭望向劉守光，不知他意欲何為，劉守光彷彿惡魔般，冷笑地看著他，呼喝道：「拿鐵刷來，給我刷那張臭嘴！」

士兵們立刻分站在劉雁郎左右兩側，用力架住他的身子，不讓他亂動，另一名士兵拿出早就準備好的鐵刷開始用力刷劉雁郎的臉面，不一會兒，劉雁郎已被刷得面目全非，滿臉鮮血，口舌盡毀，再也說不出話來，只嗚嗚呼喝。

劉守光似乎找到新樂趣，還不肯罷休，哈哈笑道：「給我刷！將他全身皮肉一層層刷下來！」

眾人眼睜睜看著慘絕人寰的場景，只嚇得心膽俱裂，連大氣也不敢喘一口，膽小者忍不住瑟瑟發抖，甚至尿了褲子，也有人實在忍不住，竟嘔吐了出來，整個廣場上瀰漫著死寂氣氛，只迴盪著劉守光魔鬼般的笑聲。

馮道和韓延徽只是文臣參軍，原本不必參加這場軍兵集合，只是聽到劉守光一大清早就發出緊急召集令，以為發生大事，連忙趕來瞭解狀況，乍見到這慘無人道的一幕，簡直不敢相信自己的眼睛，韓延徽氣得雙拳緊握，胸口淤塞，馮道卻是心腸絞痛到無法呼吸：

「他們都是幽燕軍的中堅猛將，劉守光卻殘殺他們，不只是讓幽燕痛失良將，更使軍心寒涼，他真是自掘死路！」

此時鐵籠裡的將領幾乎死絕，劉守光又指著下一排罪犯，道：「換人！」

李小喜朗聲道：「眾逆首雖然都已受死，但逆反大罪禍及九族，還有其他參事將領也要一起連誅。」其他士兵又推著第二排的副將上來。

那些副將看到前面的慘狀，早已嚇得雙腿發軟，任士兵拖行，頻頻叩首哭喊：「節帥饒命啊！饒命啊！」其中一人為求生存，情急大喊：「節帥神威無敵、胸襟似海，不計小人過犯，我等此後一定忠心耿耿，赴湯蹈……」看見前面那座火鐵籠，心中害怕，想道：「我可萬萬不能蹈火！」瞬間硬生生把「火」字給吞下去，改口道：「赴湯蹈水！我等願為節帥赴湯蹈水，盡忠效命！」

劉守光雖然不學無術，但聽多了李小喜阿諛之詞，也知道只有「赴湯蹈火」，沒什麼「赴湯蹈水」，一聽到這新鮮詞，覺得這個副將跟自己一樣不愛讀書，很合脾味，指著他哈哈笑道：「等等！把陳副將留下！」

陳副將死裡逃生，已驚出一身冷汗，雙腿還發軟，站不起來，索性跪在地上頻頻叩首：「謝節帥不殺之恩！謝節帥活命大恩！末將日後必忠心效命……」又唸叨許久，才連滾帶爬地爬了出去。

其他副將還在抵死掙扎，見陳副將靠著拍馬躲過死劫，立刻爭相奉承，其中一人嘶聲喊道：「當今天下英雄豪傑，沒一個比得上節帥！」

另一個道：「對！對！李克用、朱全忠是什麼東西？連節帥的一根汗毛都不如，還妄想與節帥相爭！」

忽然有一道聲音衝出群聲，大喊：「你們這些豬狗不如的東西，說的什麼話？全說錯了！」

眾軍都暗暗驚嘆：「這王副將平時臉厚心黑，想不到臨到死關，方顯英雄本色，酷刑在前，竟還能不畏強權，力辯到底，令人可敬可佩！」

其他副將心中羞愧：「我們上戰場抗敵，生死也不皺一下眉頭，今日卻為了苟活求生，醜態畢露……」又想：「這王副將一副寧死不屈的姿態，豈不更顯得我們貪生怕死？不行！得好好踩他一番！」

眾副將為求生存，有志一同地喝斥：「你什麼意思，難道節帥不是天下第一人？」「你竟敢污衊我們功高蓋世的節帥？簡直該刷臭嘴！」「對！對！刷他的臭嘴！」

眾副將心中都想只要有人頂了罪，讓劉守光消消氣，或許就有救了，豈料那王副將在百般掙扎中，大喊：「冤枉啊！是你們污衊了節帥，竟還冤枉我？」轉對劉守光頻頻磕首道：「節帥！節帥！末將有話稟報，你不只是當世的英雄豪傑，更是古往今來第一人，你文德武功亙古橫今，沒有一人比得上，就連天上的神仙都要敬佩你、向你低頭！小人若有幸服侍你，那真是光宗耀祖、光耀門楣，十八代祖先積下的福氣。」又伸臂指向其他副將道：「可他們這些人都小瞧了你，是不是該死？」

「完了！」眾副將心中一涼，雖絞盡腦汁想要反擊，卻怎麼也比不上這王副將厚顏無恥，只能拼命叩首：「小人做牛做馬，全家為奴為僕，服侍節帥千秋萬代！」

劉守光見這些將領平時桀傲難馴，此刻卻像小狗一樣搖尾乞憐，哈哈大笑道：「既然你們忠心耿耿，本帥也是寬厚之人，就不念過往罪咎，讓你們戴罪立功，但誰敢有貳心，一經發現，本帥一定將他挫骨揚灰、折磨至死，就像那劉雁郎一樣！」

眾副將逃出死關，早已嚇破了膽，個個感激涕零，頻頻磕首謝恩。

眾人見劉守光釋放了所有副將，以為他怒火已消，都鬆了口氣，劉守光卻是忽然掌握生殺大權，但覺樂趣無窮，他原本還想折磨這些副將，豈料他們太沒骨氣，一下子就服軟，他聽著歌功頌德，心中著實歡喜，實在不想殺了這幫人，卻也沒過足癮頭，一時心癢難搔：「我得再找人玩玩，找誰好呢？」見這幫副將後方還排著一群老弱婦孺，是方才被殺的將領的家眷，大喜道：「帶下一批！」

這些老弱根本毫無抵抗力，一下子就被拖到廣場前方，見到那鐵籠燒得火燙，只嚇得面無血色、瑟瑟發抖，連話都說不出口，更別說像那些副將用拍馬逢迎來活命。

柴火燃燒的噼啪聲、劉雁郎還未死絕的嗚呼聲、老弱婦孺的啜泣聲，交織成世間最悲慘的畫面，讓人不忍卒睹。

韓延徽原以為劉守光只是個二愣子，萬萬沒想到他如此殘暴，眼看一群無辜弱小就要被推進火鐵籠裡，慘受酷刑，卻無人敢挺身而出，實在無法再忍耐了，一咬牙就要衝出去勸諫，卻被馮道一把拉住，韓延徽錯愕地望著他，憤怒的眼神彷彿在說：「你也這般貪生怕死？我自己去吧！」

馮道把他微微往後一扯，自己卻昂首快步，走向劉守光拱手道：「節帥！卑職有事稟奏！所有造反將領已經受到應有的懲罰，還請節帥手下留情，放了其他無辜的人。」

所有軍士都睜大了眼，不可思議地盯著眼前這個瘦弱文士，暗想：「他瘋了麼？」

劉守光見馮道又來打擾自己的玩興，一把怒火沖起，決定將他也關進火鐵籠，正要開口下令，卻見馮道忽然跪下，道：「以彰顯帝王仁德，教化天下！」接著將內力聚於口舌間，大喊道：「謝主隆恩！」要讓全場軍兵都聽見。

「謝主隆恩？」劉守光一愣，有點微微的驚喜自內心深處竄出，卻又不那麼確定，顫聲問道：「你……你方才說帝王仁德、謝主隆恩？」

「是！謝主隆恩！」馮道伏首在地，重重九叩，每叩一次，便揚聲大喊：「謝主隆恩！」每一聲都像誘人的魔咒般，深深地鑽進劉守光心底，教他睜大了眼，眼中閃爍著驚奇的光芒，全身竟因興奮而微微顫抖起來。

場上軍士一見情狀，也趕緊跪倒一片，大喊：「謝主隆恩！」

這短短四個字，比什麼「忠心耿耿、赴湯蹈火、文德武功、英雄豪傑」都來得更加動聽！劉守光雖然自大自滿，隱隱還是知道自己沒有文德，武功也比不上朱全忠、李克用，就連「千秋萬載」這種頌詞也太虛渺，畢竟那個追求「千秋萬載、長生不死」的父親才剛剛被自己抓起來，變得半死不活的，只有「謝主隆恩」這四個字，將他潛藏已久的雄心壯志徹底釋放出來，看著十數萬大軍跪伏在腳下，聲震雲霄地崇拜自己，眼前就像忽然打開一片新天地，他已經可以想像一統天下、登坐龍椅的場景，這貪婪的魔根一旦竄了出來，便再也無法拔除，只會越長越茁壯！

「准奏！」劉守光終於滿懷歡暢地下令釋放所有人，結束了一場血禍。

馮道挺身解救大家，眾人都萬分感激，只有李小喜暗暗嫉妒：「這小子竟然再次贏回瘋狗的歡心，再這樣下去，我還有位子嚒？不行！我得想個法子整治他！」他服侍劉守光甚久，深知主子的雄心壯志不過是一時頭昏腦熱，美女享樂才是長久大事，就算劉守光真想當皇帝，也不是為了安邦治國，而是為了擁有千千萬萬的後宮美女罷了，但覺羅嬌兒一事是兩人心中的刺，便根據這個線索，想了毒計，在劉守光面前進讒言。

馮道剛剛回到營房，才稍稍喘口氣，李小喜便一臉詭異，笑咪咪地跑來傳訊：「節帥讓你去見他。」

馮道不明就理，心想劉守光才消了氣，萬萬不可再惹怒他，便趕緊跟隨李小喜而去。

兩人進到節帥府時，劉守光已坐在大座上等候，一見馮道便滿面笑容：「馮掾屬快過來！」

馮道微笑地行了禮，心中卻覺得有些不對勁，恭謹問道：「節帥有何吩咐？」

劉守光精光一湛，又道：「上回你說羅嬌兒那賤人是你娘子的小妹，此話當真？」

馮道心中一跳：「他為何忽然提起此事？」當時情急之下，脫口而出，無論如何是不能反口了，便道：「是。」

劉守光又問：「羅嬌兒與你娘子見面團圓了嚒？」

馮道見他明知羅嬌兒活不了，還虛假關切，心中暗恨，卻不敢露出半點聲色，垂首答道：「嬌夫人福薄，承受不起節帥的關愛，那日還未下山，便已去世，卑職不敢帶她回家，便將她留在山上了。」

劉守光目光炯炯地盯著馮道，手指輕輕敲打著扶把，不懷好意地笑嘆：「原來她沒能見到姐姐一面啊！你一定恨死本帥了，是也不是？」

馮道誠懇道：「人之生死，自有定數，卑職怎敢心生怨懟？」

劉守光哈哈一笑：「我早知馮掾屬最明事理了！」精光一湛，又冷盯著馮道：「你娘子聽聞她的死訊，一定很傷心了？」

馮道一愕，一時還弄不清他意欲何為，道：「我已經勸解娘子……」一句話未說完，劉守光已露出貪婪急色、垂涎欲滴的模樣：「你勸解她有什麼用？她一定還是怨恨本帥，你把她帶來，讓我好好安慰安慰她，保證她不會再跟你吵鬧了！」

原來李小喜心知劉守光十分迷戀羅嬌兒的姿容，便進言馮妻既是羅嬌兒的姐妹，必也是天仙神姿，不如召來瞧瞧，這一勸言不但立刻贏得劉守光的歡心，還可以讓馮道與劉守光翻臉，爾後自己的地位便穩如泰山了。

馮道忽然明白了劉守光的企圖，心中恨得咬牙切齒：「禽獸！」瞥見李小喜在一旁幸災樂禍，已知是他使壞陷害自己，便佯裝傷心，悲嘆道：「那一日我回去報了嬌夫人的死訊，娘子不依不饒，痛揍我一頓，便離家出走了，至今我還尋不到她！」

劉守光想不到馮妻竟會出走，扼腕道：「你……你……你怎麼讓她走了？唉呀！你這可不是便宜外人了？」忽覺自己措辭不妥，又道：「我是說前幾日梁軍才掃過幽州城，到處還亂糟糟的，萬一小娘子遇到歹人，可就糟了！」

馮道聳聳肩道：「那倒不必擔心，我娘子樣貌奇醜，又凶悍無比，沒有男子會感興趣，要不是我鄉下的阿爺阿娘指了娃娃親，我實在不想娶她，走了也好！我那天會如此衝動，得罪節帥，實在是因為太害怕內人了，怕她覺得我辦事不力，會痛揍我一頓！」向劉守光深深一揖，道：「多謝節帥為我解除這個麻煩！」

劉守光和李小喜想不到馮道竟然還道謝，相顧一愣，李小喜急問道：「她與嬌夫人既是姐妹，怎會奇醜無比？」

馮道解釋道：「她二人只是道上相逢，結成金蘭，並非親姐妹。」

自從李小喜提議後，劉守光滿腦子都幻想著馮妻妖嬈承歡的畫面，如今滿腔血氣無處發洩，心中頹喪，揮揮手，道：「你走吧！」

待馮道行禮告辭後，卻以「聞達」靈耳聽見節帥府中，劉守光痛揍李小喜、李小喜苦苦求饒的聲音，不由得暗暗好笑。

結束了驚恐的一天，已至深夜，馮道拖著疲憊的身心回到營房，韓延徽早已備了茶水相候，在如此艱困的環境裡，兩人只有這一刻，才能感受到些微安寧，但想到日後每一天、每一刻都得提心吊膽，不由得心中鬱鬱，相對無言。

韓延徽緩緩倒了一杯熱茶，遞給馮道：「喝吧！順順氣。」

馮道見他臉色不善，欲言又止，接過茶杯後，當成酒水一口氣飲盡，才微笑道：「你的名字是『藏明』，可不是『藏話』，有什麼話別藏著，免得心裡難過！」

韓延徽想不到在這種時候，他還能說笑話，不由得笑嘆道：「我雖比你年長十多歲，這份鎮靜的功夫卻實在比不上。」

馮道說道：「我們既已決定留下來救助百姓，就要步步為營，這地方萬分險惡，我們只有彼此可以相扶持，所以一定要信任對方。」

韓延徽見他說得極為誠懇，也將茶水一口氣喝光，道：「我知道你今早那麼做，是為了阻止我犯險，也為了救人，可是……」嘆了口氣，責備道：「你實在不該為了奉承劉守光，鼓動他去爭帝王之位！你雖救了一小批人，卻會把幽燕百姓拖進無止盡的戰禍裡！」

馮道嘆道：「幽燕百姓早就在地獄深淵了！」又喝了一口茶，道：「你可知他方才找我去做什麼？」

韓延徽見他臉色淒涼，心想一定是極慘的事，不敢相問，只等馮道自己開口：「大敵當前，他還覬覦我娘子！」

韓延徽想不到早上才看盡慘事，劉守光竟有興致淫樂，不由得「啊」了一聲，馮道嘆道：「倘若寒依妹妹受到傷害，我一定生不如死！幸好她不在我身邊，否則劉守光派了軍隊去搜捕，我能奈他何？」頓了頓又道：「劉守光如今志得意滿，遲早都會想稱帝，既然事情的結果都一樣，我不如用這個方法來救人！」

韓延徽憂慮道：「稱帝是一帖急藥，用之不慎，會招來禍害，自取滅亡……」話說到此，忽然明白了馮道的用意，顫聲道：「你……是故意鼓動他爭帝？不只是救人，還有別的用意？」

馮道沉重地點了點頭，緩緩說道：「劉守文不日之內，一定會率軍來攻，雙方各有優勢，也各有不足，劉守文的優勢在於有先生指點，軍兵齊心，但滄州才剛經歷大劫，生氣都還未恢復，戰力有限。而劉守光憑著剛剛大勝梁軍，士氣可用，再加上大安山宮殿豐厚的財寶做後盾，原本可輕易打退劉守文，偏偏今早他殺盡大將，不只寒了軍心，更沒有將領可抵擋，單憑一個元行欽，或許能暫時守住，但時日一久，必難支撐，到那時，他肯定要找外援，但潞州軍情吃緊，李克用絕不會出兵相助……」

韓延徽驚道：「那就只能找朱全忠！」手中茶水幾乎灑了出來，急道：「不行！我們費盡千辛萬苦才擋住梁軍，怎能回頭向他求救？這一來，朱全忠還不吞吃了整個幽燕？」

馮道沉重道：「不錯！兄弟相爭，正是朱全忠下手的好機會！我更擔心梁軍取下幽燕之後，會乘勝拿下潞州，乃至河東，到那時候，天下就盡歸朱賊所有了！」

韓延徽沉嘆道：「我明白了！你挑起劉守光的稱帝野心，是想在他和朱全忠之間種下一個心結，讓他們無法真心合作，就算這心結一時不發作，只要劉守光野心不死，遲早會自取滅亡。」

馮道說道：「當初張惠、敬翔苦苦相勸朱全忠不能急於稱帝，就是因為這帝王冠冕實在是眾矢之的！若非有大胸懷、大氣魄，是戴不起的，但許多雄主被權力蒙蔽了雙眼，都看不透這一點！若非劉守光太殘暴，我也不想行這險招！如果蒼天憐我百姓，劉守文能夠勝出，幽州或有機會解脫，如果運氣不好……」

韓延徽實在不敢想像運氣不好時，會有什麼後果，不由得又是一嘆：「這一招確實太險、太險了！」

「有時我真不知道——」馮道仰望星空，悵然道：「幽燕究竟是繼續讓劉氏統治好，還是乾脆讓給朱全忠好？」

馮道雖猜到了兄弟鬩牆，卻猜不到幽燕的命運比他所能設想的一切情況還更加糟糕！而劉守光的運氣竟然比誰都好！

不過數日，劉守光的惡行已傳到滄州，劉守文悲憤至極，不顧滄州兵疲馬弱，立刻召集將領，痛聲大哭：「我劉家居然出了這等梟獍，犯上作亂，枉顧人倫！我想到父親還被囚禁著，真是生不如死，守文在此立誓，要與諸君一起討伐逆賊，救出節帥、奪回幽州！」

劉仁恭雖然苛薄百姓，窮奢極欲、湛湎荒淫，卻深知御兵之道，對部將十分豪爽大方，這也是他能在幽燕屹立不倒的原因，因此眾將士一聽到他遇害，都義憤填膺，紛紛表示願意跟隨劉守文討伐叛逆，劉守文得到支持，便迅速集合兵力，趕往幽州救人。

此刻的劉守光還渾渾噩噩，沉醉在溫柔鄉裡，忽聽得李小喜匆匆奔進，著急喊道：「不好了！義昌軍打來了！」劉守光狠狠撥開身上的女子，驚坐而起，抓了外衣披在身上，怒斥：「你慌什麼？教將士們去打仗啊！我大哥那被打殘的義昌軍，有什麼可怕的？」那些女子見情況不妙，嚇得抓了衣衫遮身，匆匆退出。

李小喜不敢多看一眼，伏跪在地上，小心翼翼問道：「節帥，想派誰去應戰？」

劉守光因著宿醉，腦袋還有些昏懵，隨口道：「劉雁郎啊！」

李小喜身子微微一顫，低聲道：「節帥忘了，前兩日劉雁郎被你……刷……死了！」

劉守光怒道：「劉雁郎死了，就沒別人了嚒？還有周將軍、李將軍……教定霸都的將領全都出去！這點小事還要來煩我？」

李小喜頭更低了：「他們……全被節帥你燒死了……」

劉守光一愣：「全死了？」拍拍還昏眩的腦袋，道：「還有誰？誰可以應戰？」見李小喜答不出來，又道：「對了！銀胡簶都指揮使王思同，我外甥，他跟我們一起抓了老頭，是忠心的，我沒刷死他！還有、還有，那個山後八軍巡檢使李承約，還有我弟弟守奇，教他們去應戰！」

李小喜臉色更難看了，垂首顫聲道：「昨夜，小喜想來稟報，可節帥在玩樂，小喜不敢打擾，他們……全逃了……」

「逃了？」劉守光吃了一驚，豁地站起，狠狠地打了李小喜一巴掌，又氣得將床上、桌上的東西全掃落地：「本帥待他們恩重如山，怎麼會逃了？這些忘恩負義的狗東西！」

李小喜忍著嘴上流血，又低聲答道：「王思同率三千士兵，李承約率二千士兵都投奔河東了，至於小公子則是奔往契丹……」

劉守光想不到連親兄弟也背叛，氣得又胡砸一頓，才道：「還有誰可應戰？」

李小喜道：「除了元行欽外，還有高行珪、高行周兩兄弟，都率軍出去抵擋了。」

劉守光心中稍安：「這三人都是猛將，應能抵擋得住。」想了想，又道：「找馮道來！他總有奇計，快找他來！」

李小喜不想馮道又出風頭，連忙道：「小喜有一計策要獻予節帥。」

劉守光英眉一挑，道：「哦？你有什麼計策？」

李小喜鬆了口氣，道：「節帥忘了大安山的宮殿嚒？那裡珠寶連片，只要將那些珠寶都拆下來，便可以招兵買馬，還可以誘惑義昌將領過來！」

劉守光雙目一亮，笑道：「好你個小喜！總算出了個好主意！」

李小喜歡喜道：「小喜馬上帶人去拆宮殿！」

李小喜得了這個肥缺，立刻毫不手軟地將大安山宮殿拆個精光，從中竊取不少珠寶，他感到自己忍辱負重地陪伴一個瘋子，總算有了豐厚的回報，歡喜得連晚上睡覺都合不攏嘴，恨不能改名為李大喜，才更符合身分。

而劉守光有了財寶豢養軍隊，果然重賞之下出勇夫，盧龍軍連連告捷，劉守光也安下心來繼續玩樂，偶爾也捉人來關火鐵籠、刷鐵刷子取樂，只不過現在戰事緊張，他知道不能再對武將下手，轉而對無用的文臣開刀，馮道有時會巧妙相救，有時也來不及阻止，眾人心中感謝他，都與他交上了朋友。

文臣們戰戰慄慄，提著腦袋過日子，有人挨不住這等煎熬，便設法逃到河東，有人轉做武將，暫時還找不到出路的文臣，也不敢輕易離開，因為萬一戰情敗壞，到了人吃人的時候，最先被吃的總是老百姓，文臣還是有機會活下來的。

三個月後，劉守文在孫鶴的幫助下，漸漸反敗為勝，劉守光見情況不妙，連忙召集馮道、韓延徽、李小喜等參軍過來商討對策，李小喜立刻建議他向朱全忠奉獻財寶，以求援軍。

韓延徽一直擔憂朱全忠會趁劉氏兄弟相爭，趁機併吞幽燕，便大力反對，馮道也設法勸阻：「節帥如果還想稱帝，怎能屈居在朱賊之下？這樣會損及威名。」

李小喜道：「節帥是天人之尊，當然不會屈居於朱賊之下，只是利用他罷了！是迂迴之計！」

劉守光連想也不想，立刻道：「小喜說得不錯！這是迂迴之計！你們兩個馬上起草文書，祝賀朱全忠登基，然後說幽州百姓十分愛戴本帥，希望我繼續統管。」想了想又道：「上疏給朱全忠時，就署名『幽州留後』吧！」留後只是個臨時職務，這意思是皇帝還未正式任命節度使，我因此暫代管理幽州，還等著皇帝你的恩賜。

馮道萬萬沒想到劉守光在士兵面前如此凶厲，一遇真正的強敵，卻膽小如灰孫子，原本已大肆宣佈自己是盧龍節度使，為了得到朱全忠的認同，居然甘心自降級別，只稱「留後」，馮道不禁暗嘆：「我激勵他稱帝，好讓他與朱全忠分裂，這個計劃只怕也行不通了！」

朱全忠得到劉守光的臣服，歡喜難已，很快給了回覆，正式任命他為盧龍節度使，還順帶加封他同平章事、燕王，以籠絡其心。

劉守光得到如此嘉獎，十分高興，大大賞賜了李小喜，對馮道、韓延徽便不那麼看重了，只派他們去處理後方諸事，不讓他們參與戰策謀劃。

劉守光、李小喜想重施故伎，像利用李克用般利用朱全忠去對付劉守文，卻不知朱全忠才是真正的老狐狸，對劉氏兄弟相爭早已虎視眈眈，一見他投誠，立刻召集眾臣商討如何收服劉守文。

羅紹威自動請纓，說自己能以一封書信勸降劉守文，信中寫道：「守光以窘急歸國，守文孤立無援，滄州可不戰服也。」

劉守文收到勸降書，知道弟弟找了大靠山，一時忐忑無已，連忙與孫鶴商量。孫鶴知道勢已不可為，若不臣服大梁，朱全忠肯定會立刻揮軍攻打滄州，到時只會更加淒慘，只得忍痛答應。劉守文為了爭取朱全忠的支持，索性一不做、二不休，不只送去大批財寶，甚至讓兒子劉延祐去大梁當人質。

如此一來，朱全忠不費一兵一卒輕取幽燕，不禁拊手大笑：「紹威一封信，勝我十萬兵！」接著便加封劉守文為中書令，並派使者前往滄州加以安撫。

朱全忠加封劉守文為中書令的消息傳到了幽州，劉守光簡直是氣壞了，緊急召來心腹將領李小喜，和馮道、韓延徽等一干文臣，破口罵道：「那朱瘟就是個白眼狼！收了我那麼多好處，竟還回頭咬人！」卻完全忘了白眼狼是他們劉家的標誌，當初他父親就是這樣對付李克用，而他自己也是這麼對付父親。

向朱全忠稱臣送禮是李小喜的主意，他見劉守光暴跳如雷，心中十分懊惱：「以前孫鶴這麼依違在李克用、朱全忠之間，就順順利利的，怎麼換我使用這計策，就不靈光了？我真是倒了八輩子的楣！連財寶都還沒享受，難道就要去坐火鐵籠？不行！我得想個法子自保！」只得鼓起勇氣道：「節帥莫擔心，朱全忠只是想在兩邊撈好處，絕不會出一個兵子兒去幫大公子！」

劉守光聞言，焦急的心稍稍緩了下來，問道：「這是為何？」

李小喜道：「節帥雄才偉略，不知勝過大公子幾百倍，朱全忠為什麼要加封他？那是因為潞州戰事吃緊，朱全忠和李克用已到了決戰時刻，他不想幽燕發生什麼事，扯他的後腿，才勉為其難地安撫大公子，否則他何必提拔一個庸才？」

劉守光覺得這話很動聽，怒氣稍解，道：「這麼說來，朱全忠也不會幫咱們了，本帥花了那麼多錢財，竟是一場空？一切又打回原點？」目光一掃眾參軍，道：「你們快想想辦法？想不出辦法，我讓你們一個個去坐火鐵籠！」

眾參軍一聽到劉守光放了狠話，都嚇得臉色蒼白，頭更低了，李小喜也嚇得趕緊道：「節帥莫怒，小喜有個釜底抽薪的法子！」

劉守光怒斥：「有話快說、有屁有快！什麼抽新抽舊的，小心我抽你鞭子！」

李小喜道：「是！是！小喜的意思是既然朱全忠兩不相幫，咱們就再找援軍。」

劉守光呸道：「潞州戰事吃緊，李克用那看門狗也出不了兵！」

李小喜露出一抹邪惡的笑容，道：「李克用管什麼用？我說的是契丹！」

「契丹？」眾文臣一聽，都驚得抬了頭，怒瞪李小喜。

韓延徽對李小喜時常妖言惑主，早已忍耐許久，聽到他竟想引進契丹，再也按捺不住，直接斥罵：「契丹連年侵略我邊界，怎能向他求援？這簡直是引狼入室！李小喜，你為了保命，竟想出這種禍國殃民的法子！」

其他人也紛紛附和：「這真的是引狼入室，萬萬不可啊！」

李小喜哼道：「小喜才不是為了保自個兒的命，而是為了節帥的千秋大業！」不顧群聲反對，繼續道：「節帥明明是天人英才，為什麼我們與義昌軍一直僵持不下？那是因為劉守文瘋了，他不顧滄州才經過大戰，也不管後方空虛，竟然傾巢而出，動用全副身家只攻擊幽州一個地方，想跟咱們拼個你死我活！他可以拼命，可咱們不行，至少，咱們還得分兵力防著北邊的契丹，所以說，咱們是不是挺吃虧的？」

劉守光重重地點頭，顯然李小喜說中了他的心，李小喜受到鼓舞，又繼續道：「我見節帥愁煩，實在痛恨自己不能為主分憂，於是絞盡腦汁、日思夜想，想破了頭，終於想出這個道理，滄州此刻空虛，只要我們教契丹去捅上一刀，義昌軍腹背受敵，還怕劉守文不乖乖投降？」

劉守光撫掌大讚：「此計甚妙！好你個小喜，越來越長進了！」

馮道暗想：「李小喜此番論述，的確符合用兵之道，他能得到劉守光的歡心，也不是只會拍馬，確實有一些鬼點子！」

韓延徽氣得臉色發白，不顧惹怒劉守光，堅決道：「絕對不可！這幾年，耶律阿保機陸續降服了室韋、奚、霫、女真等部族，勢力雄強，咱們給他這個機會，簡直是把滄州拱手讓出，到時候難保他不會揮軍南下！」

劉守光英眉一蹙，但覺韓延徽說得也有道理，自己將來要統一幽燕、登基稱帝，拿下滄州便是第一步，開這後門給契丹，將來恐怕很難對付。

李小喜見主子遲疑，連忙道：「契丹分成好幾個部族，耶律阿保機只是其中一個小族『迭刺部』的首領而已，幾隻小蠻子能折騰出什麼風波來？他給咱們節帥提鞋都不配！」

劉守光覺得李小喜所言十分有理，一個蠻族族長有什麼可怕的？韓延徽見兩人識見淺薄，以至誤國誤民，心中幾欲氣炸，卻只能強忍怒氣解釋道：「契丹族分有八部，依照慣例，可汗是八部首領輪流做，每三年一輪換。

去年底，契丹首領痕德菫可汗去世，輪到『遙輦部』出任新可汗，痕德菫卻留下遺詔，要耶律阿保機繼任可汗，耶律曷魯仗著迭刺部兵強馬壯，遠勝其他部族，就率領眾人擁戴耶律阿保機，繼任可汗位，成為契丹共主。

但這只是他的第一步，據說他就算任滿三年，也不會交出可汗大位，他真正想要的是登上帝位，學中原帝制，讓耶律一脈的子子孫孫都當皇帝！」

劉守光心中想道：「想不到連一個蠻子頭都想當皇帝！我可不能落人後了，得加快稱帝的腳步！」

韓延徽又道：「不只如此，他正積極籌劃，要分設南、北宰相，百官皆以中國官號命名，還要把城郭、宮殿建在潢水畔，在南岸蓋一座漢人城，城中設有佛寺三座，僧尼千人。」怒問李小喜：「你說，他這麼做，究竟是為什麼？」

李小喜笑道：「那還用說，自然是蠻族崇仰我中原文化了！」

韓延徽憤然道：「他事事根據我中原禮制，還設了漢人城，是為了討好我中原百姓的心，為進攻中原做準備！他不只要做契丹皇帝，更要世世代代做中原的皇帝！」

馮道曾與耶律阿保機交過手，早知道他夫妻非池中之物，卻不知在短短三年間，契丹已完全收入他囊中，更不知他打算登基稱帝，廣設漢官制，韓延徽因久居幽州軍營，對契丹動靜一直深有研究，即使這段日子，眾人都忙得焦頭爛額，他仍不忘留意背後這頭巨狼。

馮道聽韓延徽一番言論，心中暗讚：「藏明胸懷丘壑，明明是個宰相之才，卻窩在這裡受制於一個二愣子，確實是委屈了，難怪他滿腔憤慨！」

劉守光卻只聽到「子子孫孫當中原皇帝」，不由得更加興奮，滿腦子都是美夢：「待我當了皇帝，我也讓子子孫孫一直傳接下去！一個蠻子都能，我為什麼不能？」

李小喜對韓延徽的一番論述，無法反駁，一時脹紅了臉，哼道：「你不贊成找契丹幫忙，那便找出一個援軍出來，莫要空口說白話，只會反對！」

劉守光但覺雙方都有理，一時難決，馮道插口道：「既然朱全忠無情無義，卑職有一個報復的方法。」

這段時間，馮道和韓延徽既不受重視，也樂得裝聾作啞，以免惹起劉守光注意，兩人私底下去找了三笑齋，一起幫助百姓躲避戰火，調度糧食、修補缺乏、救助傷患，已許久不曾主動提過任何計策，此刻馮道忽然出聲，劉守光著實愣了一下，他平日雖然喜歡李小喜跟隨左右，心裡卻知道馮道才是有本事的人，往往能出奇計，聽到他說能報復朱全忠，立刻被引出興趣，歡喜道：「馮掾屬，你快說。」

馮道微笑道：「咱們也去拉攏朱全忠的敵人、咱們的老朋友，讓朱全忠嚐嚐被人背叛的滋味！」

劉守光皺眉道：「你是說李克用？」

李小喜哼道：「還以為你有什麼奇計，潞州吃緊，看門狗是不會出兵的！」

劉守光忽然拍桌破口大罵：「他奶奶的！本帥剛跟朱全忠裝完孫子，你還要我去跟看門狗裝孫子？」

李小喜嚇得噤了聲，眾文臣也驚得臉色發白，都想：「糟了！馮掾屬要去烤鐵籠了！」

馮道嘻嘻一笑，道：「節帥是天人，怎能裝灰孫子？要裝也是卑職去裝！」

劉守光又是一愣，瞪望了他半晌，但覺眼前真有隻灰孫子，問道：「你真有把握說服李克用出兵？」

馮道說道：「只要解了潞州之危，晉王就一定會出兵相助，為了節帥的千秋大業，卑職願盡力試試。」

劉守光心想既然他開了口，應有幾分把握，但最近很多文臣逃往河東，他實在不想失去馮道，冷哼道：「你該不是想借機投奔河東吧？」

馮道肅容道：「卑職生是幽燕人，死是幽燕鬼，我阿爺阿娘都還在景城，承蒙節帥不棄，兩老與你也算是故舊，當初他們想方設法地讓我來投靠節帥，足見我馮家對節帥是一片赤膽忠心，倘若我真想叛逃，也要顧慮兩老的處境。只不過潞州之危不是一時三刻能解，還請節帥要有點耐心等待，這中間我會時常回報，節帥也可派小喜兒前來監督。」

劉守光心想他說得有道理，景城里長馮良建，他是認識的，也知道馮道在鄉里間頗有孝名，絕不會棄雙親安危於不顧，更何況自從馮道投奔以來，不但立下剿滅梁軍的大功，並沒有犯過一件錯事，思來想去，終於答應：「好！你去吧，若是你敢一去不回，小心你馮家滿門坐火鐵籠。」

馮道恭敬道：「多謝節帥給卑職立功的機會，道必結草銜環，以報大恩。」

劉守光拍桌罵道：「本帥給你立功機會，你就給我啣幾根草回來？你最好給我帶千兵萬馬回來！」

馮道和一眾文臣暗暗苦笑：「以後拍馬，還是淺薄一點，說得深了，人家不懂，馬屁可拍在馬腿上了！」連忙說道：「是！卑職一定帶千軍萬馬回來。」

劉守光這才有些歡喜，又想潞州之戰打了許久，一直膠著不下，馮道雖有些本事，也不是神仙，還是多找些援兵才安全，心想韓延徽對契丹最有研究，便指了他道：「你——

去契丹找援兵！」

馮道提議自己去找李克用，除了想幫河東軍徹底站穩潞州，以阻擋朱全忠的野心，更希望能阻止契丹入侵，想不到劉守光還是做了這決定，心中不禁一嘆。

韓延徽眉頭微蹙，心想：「他見我反對最力，便故意派我去契丹，我若是不遵命，只怕要去坐火鐵籠了……」一咬牙道：「卑職謹遵節帥之命。」

馮道、韓延徽領了命令，各自回營房準備行囊，準備明日一早啟程。到了深夜，兩人照舊煮了茶水小聚，閒聊兩三事，馮道原本與河東將領熟識，又有李嗣源、張承業相幫，並不擔心這一趟行程，韓延徽對於出使契丹，卻是憂心忡忡。

馮道對耶律阿保機的情況很是好奇，問道：「契丹八部輪流繼承可汗，由來已久，耶律阿保機卻忽然改變傳統，想必費了一番心力？」

韓延徽道：「當時耶律曷魯仗著迭剌部的強勢，率領眾人請耶律阿保機繼任可汗，阿保機推辭說：『我們祖先夷離堇也曾受族民推舉，但他覺得不合祖制，仍是立阻午為可汗，你們怎能這樣做？』

曷魯說：『夷離堇大人推辭，是因為沒有遺詔。現在于越有先君遺言，又是人心所向、天命所歸，望于越莫要推辭。』

阿保機問說：『你怎麼知道我是天命所歸？』

曷魯又說：『于越出生時，神光照天，奇香滿佈帷帳，上天從來不會私恩於人，只會應於有德之人，可見于越是天命所歸。』

阿保機責備曷魯說：『眾人借遺詔逼迫我，你難道不瞭解我的為人，竟也隨他們起舞？』

曷魯又說：『我契丹祖制雖是八部輪流做主，但十幾代傳下來，為了強行遵守這原則，不只君臣名份混亂，法紀也被破壞，引起不少戰爭紛擾，讓百姓疲於奔命，以至國力衰弱，受鄰國欺侮，因此長生天才會降下聖人來興隆我們。痕德堇可汗在夢中受到神人教誨，才會留下遺詔，命于越你接任。

遙輦九營，繁密如棋，也是人才輩出，但臣民一心擁戴你，當年伯父釋魯如此的大英雄，都說自己只是蛇，而于越你是龍，可見我契丹大運要興盛，就在今日你的決定！天命不可違，人心不可逆，而君命也不得抗，為了契丹，還望于越承擔起大任，報答先君遺命，不可錯失良機。』耶律阿保機這才勉為其難地燒柴告天，接受可汗之位，並且命耶律曷魯總攬軍國事務。」

馮道但覺這情景似曾相識，當年朱全忠在昭宗去世後，想逼迫小皇帝李柷給自己加九錫，也是先讓滿朝文武齊聲勸進，自己再假惺惺地三推三讓，馮道回憶起當時情景，不禁啞然失笑：「這耶律阿保機果真熱愛漢族文化，確實將我中原禮制的精髓學了個十足十！」又問：「藏明，你雖然對契丹動靜瞭如指掌，但他們君臣說的話，怎能記得如此詳細？」

韓延徽苦笑道：「這有什麼難？耶律阿保機恨不得全天下都知道他是天命所歸，這段過程一開始是從契丹朝廷『不經意』地傳了出來，很快地一傳十、十傳百，到如今，已匯聚成一個天人出世、英主崛起的傳奇故事，北方各族無不傳頌。」他說到「不經意」三個字時，特別加重了語氣。

馮道拍手哈哈大笑：「有趣！有趣！下次我若有機會再遇耶律阿保機，定要把這故事背頌給他聽，問他我有沒有背錯？」

韓延徽一愕：「你見過耶律阿保機？」幽州長年與契丹交戰，他在關注敵情時，常遙想這位中原最可怕的敵人，究竟是怎樣的三頭六臂？可他卻從來沒有機緣見到對方的真面目，心中不免有些忐忑，聽馮道語氣，似乎不只見過，還頗為相熟。

馮道見韓延徽愁眉難舒，欲言又止，便將自己與耶律阿保機交往的過程述說一番，拍拍他的肩安慰道：「耶律阿保機是個有見識的英雄，不至於濫殺無辜，藏明不必如此擔心，等你平安回來，我大概也從河東回來了，到那時，咱倆再一起烹煮小火爐，共賞清風明月。」

韓延徽嘆道：「我不只擔心耶律阿保機會殺我，更擔心……我不想慫恿契丹出兵，就無法完成任務，到那時，劉守光會讓我去坐火鐵籠。」望了馮道一眼，又問：「你怎能主動將雙親押給劉守光當人質？」

馮道說道：「我自請去河東，並不是想潛逃過去，我一定會回來的。」

韓延徽聽到他一心想留在劉守光底下，又聯想到自身處境的艱難，不由得微微激動：「到了今時今日，你還對劉守光懷抱希望嚒？捨棄一切去擁護一個殘暴的傻子，值得嗎？」

馮道說道：「世局變幻無常，抉擇對錯難分。我不知將來會如何，也知道他不值得，但為了幽燕百姓，就值得！」

韓延徽凝望他許久，終於坦言道：「我不想坐火鐵籠！除非劉守文能打勝仗，否則我……」一咬牙道：「不回來了！」

馮道沒有太意外，這段日子，兩人為了幽州百姓，攜手共度許多困苦難關，馮道知道他是如何熱愛自己的鄉親，若非到了萬不得已，絕不會興起離開的念頭，溫言道：「我是個鄉下小子，本來就常看官兵臉色，有時也得哄著鄉里的老人家，逗他們開心，面對苛政暴吏，不只得想辦法生存下來，還得幫鄉親們活下來，所以對劉守光說些好聽話，對我來說實在沒什麼！可是你出身官宦，讀的都是剛正不阿的道理，這段日子確實難為你了！」

韓延徽見他體諒自己，心中一暖，握了他的手，求懇道：「可道，請你看在我倆的交情上，照顧我母親。」

馮道重重握了他的手，微笑道：「放心吧，我會視她如親，我爺娘有一口飯吃，絕餓不著韓大娘。」

韓延徽知道他是個重承諾的人，也知道他是個有本事的人，聽他允諾，心中大石總算放下來，微笑道：「我不會就這麼逃跑，仍會去一趟契丹，因為只有深入虎穴，才能知己知彼，真正抵擋住這頭巨狼！待我回來後，會差人把契丹的內情傳給你，我自己則會去滄州找先生，等劉守文打勝仗後，我們再一起慶功歡聚。」

馮道凝望著他，心中卻想：「藏明，你不知道自己有多麼優秀，在劉守文底下，仍是委屈，總有一天，你會遠走他鄉、展翅高飛，但不知是何年何月？又是哪一位雄主有幸得你相輔？只盼到那時候，我們不會各為其主，成了敵人！」❶

東方漸白，兩人不得不結束談話，匆匆起身，回去營房梳洗之後，便各自出發。

馮道出了軍營，往南而行，心想這段日子與三笑齋齊力幫助百姓，許多事還未完成，自己這一趟出去，不知何時才能回來，既與潞州同方向，也不耽擱時間，便決意先往三笑齋辭行。

自從劉氏兄弟相爭後，孫師禮礙於與孫鶴關係密切，便一直待在景州，不敢回來，三笑齋大小諸事都是千荷出面處理，馮道想不到這個嬌滴滴的小姑娘如此能幹，把難民安頓得十分妥當，每一回他去三笑齋，心底總存了小小奢望，希望能遇上褚寒依恰巧回家，但奇蹟從來沒有出現，這一次，他來辭行，千荷見他幾度欲言又止，心知他想問姑娘的消息，但問者問不出口，答者不好回答，直到馮道黯然離開，終是誰也沒提起。

千荷望著他離去的背影，心中悵然，輕輕嘆道：「姑娘，妳從此不用心煩了，他不會再來了！」

小竹齋裡傳出打翻針盒，銀針輕輕落地聲，千荷又嘆：「聽說李克用是吃人的老虎，馮郎此去河東，道途凶險，也不知能不能平安回來？」

小竹齋裡一片靜默，許久無聲，千荷忍不住又道：「姑娘，這段日子，妳明明幫他那麼多忙，為什麼就是不肯見他？」

那一日，褚寒依離開德州渡口後，其實並沒有乘船南下，心想既然雲遊、喝酒都不能解愁，就算見了銀面公子也無用，終於死心回家，此後就一直待在三笑齋裡。

後來劉氏兄弟爆發內戰，馮道和韓延徽前來三笑齋請求一起救助百姓，褚寒依便隱身幕後指揮諸事，只讓千荷出面去與馮道接頭。孫師禮也曾要求愛女搬去景州才安全，褚寒依卻堅持留下來，讓逃難的百姓有個安頓之所，孫師禮拗不過她，只好由她去。那一日馮道遇見大安山做工的爺孫說孫師禮要發糧賑災，其實正是褚寒依去附近山寨打劫了米糧，再以父親的名義發放。

她聽千荷語氣悵然，冷哼道：「我才不是幫他，是幫幽州百姓！只不過大家必須通力合作，才能救助更多人，他要是敢出現在我面前，一樣饒不過他！」

千荷拍手笑道：「我明白啦！」

褚寒依見她笑得歡喜，哼道：「妳這小Ｙ頭片子，又明白什麼了？」

千荷取笑道：「姑娘放了狠話，若是見到他，就要殺他，現在心軟了，不想殺人，但說過的話不能不算數，只好避不見面！」

褚寒依被道破了心事，粉頰一紅，啐道：「妳再亂嚼舌根，信不信我現在就去殺了他！」

千荷笑道：「姑娘表面冷冰冰，其實心腸最軟了！像馮郎那麼好的人，妳才捨不得下手呢！」

褚寒依想不到千荷竟會誇讚馮道，問道：「妳從前總罵他是書呆子、登徒子，癡癡傻傻，現在怎麼改口了？難道妳也覺得他是個好人？」

千荷抿嘴一笑，道：「姑娘，妳自己都覺得他是個好人吧？才會說：『也』覺得他是個好人。」她故意把「也」字加重了語氣。

褚寒依被這小丫頭弄得著急了，嗔道：「他是世上最壞最壞的人！是幽州百姓需要他，我才留他性命，等戰事過後，再殺他也不遲！」

千荷笑道：「是啊！幽州百姓都很感激馮掾屬呢！我從前以為他是書呆子，原來他一點也不傻，不只計退梁軍，還救了許多百姓。」

褚寒依想起洞穴兩人相親之事，又想起馮道一心維護羅嬌兒，氣憤道：「無論他救了多少人，他就是個登徒子，看到甚麼姑娘都兩眼發直，不倫不類！」

千荷並不知兩人發生的事，又道：「我幾次和他一起去救災，替姑娘悄悄觀察了，他對別的女子都斯文有禮，連一根手指也不敢觸碰，甚至目不斜視，應該是咱們冤枉他了！」

褚寒依哼道：「誰要妳多事？」

千荷道：「我怕姑娘嫁錯郎君，一生受苦，才自作主張。」嘻嘻一笑，又道：「姑娘放心，他只為妳一人犯傻！」

褚寒依忿然道：「他才不是為我犯傻！他是我把當成另一個人！」

千荷愕然道：「另一個人？原來他真有心上人？」想了想，又覺得不合理：「但他是見到妳的醜面，還不肯放棄，為什麼呢？難道他的心上人也是醜的？」

褚寒依哼道：「他心上人如何，我怎麼知道？」

千荷低呼道：「莫非馮郎君有怪癖，專門喜歡醜女？」

褚寒依氣呼呼道：「既然喜歡醜女，那他為何又糾纏羅嬌兒？」

千荷不敢相信，再次確認：「他真的糾纏羅嬌兒？」

褚寒依一想到此事，就怒火中燒：「我親眼所見，還能有假？他美的、醜的全都要招惹，根本是來者不拒！」

千荷點點頭，道：「馮郎君行事不清不楚的，難怪姑娘生氣！」思來想去，又覺得有些不明白：「可是不對啊！姑娘既不喜歡他，他招惹誰，又有什麼關係？姑娘為何這麼生氣？」

「我……」褚寒依一時答不上話，羞急道：「反正他就是令人生氣！」

千荷嘻嘻一笑，道：「姑娘莫非是吃醋了？」

「妳胡說什麼？信不信我拿針縫了妳的嘴！」褚寒依氣惱之下，手中銀針卻不小心扎了自己的指尖，不由得低呼出聲：「唉喲！被妳氣的！」

千荷吃驚道：「姑娘怎麼受傷了？我去拿傷藥。」

褚寒依道：「不必了！這點小傷不礙事，總之妳別再替他說好話了！一提到這傢伙，就讓人心煩！」

千荷卻感到不可思議，嘖嘖道：「姑娘向來聰明大膽、我行我素，就連刺殺劉仁恭都能冷靜應對，卻被一個呆書生弄得七上八下、不明所以，看來馮郎君的本事比劉仁恭還厲害！」

褚寒依哼道：「一個鄉下書呆子，能有什麼大本事？怎比得上銀面公子？」

千荷聽她仍念念不忘夢中人，輕輕一嘆：「可憐書呆子，一片癡心付水流，我聽說潞州戰事激烈，他說不定就要死在河東了！」

「他明明是個登徒子，還說什麼癡心？他真要死在河東才好，省得我動手……」褚寒依口中嘟噥，心裡卻思潮起伏，但覺有千絲萬縷的滋味盤繞心頭，道不清、說不明，一時無法可解，真真懊惱，忽然拍桌起身道：「妳好好看著三笑齋，我明天去一趟潞州！」

千荷嚇了一跳：「姑娘，妳也去潞州？太危險了！」見褚寒依星眸燦爛、粉頰暈紅，似乎做下這決定，頗為歡喜，連忙勸道：「妳就算擔心馮郎的安危，也不能以身犯險！」

褚寒依氣惱道：「誰說我擔心他？我去潞州，是要瞧瞧他死了沒有？倘若不死，我便殺了他，省得妳成天在一旁囉唣！」

千荷吐了吐小舌，不敢再說，心中暗暗祝禱：「馮郎！馮郎！我本意是要幫你，不是要害你，倘若你真遭遇不測，你大人大量、吉人天相，千萬別責怪我這個小丫頭！」

（註❶：《資治通鑑・後梁記》裡記載：「劉守光末年衰困，遣參軍韓延徽求援於契丹」，由此推測韓延徽前去契丹，時間應是劉守光稱帝後的事，但為小說情節之故，讓韓延徽提前去契丹。）

九〇八・一

翔雲列曉陣・殺氣赫長虹

帝以亳州刺史李思安代懷貞為潞州行營都統，黜懷貞為行營都虞候。思安將河北兵西上，至潞州城下，更築重城，內以防奔突，外以拒援兵，謂之夾寨。調山東民饋軍糧，德威日以輕騎抄之，思安乃自東南山口築甬道，屬於夾寨。德威與諸將互往攻之，排牆填塹，一晝夜間數十發，梁兵疲於奔命。夾寨中出芻牧者，德威輒抄之，於是梁兵閉壁不出。《資治通鑑．卷二六六》

汴軍閉壁不出，乃自東南山口築甬道樹柵以通夾城，德威之騎軍，倒墻堙塹，日數十戰，前後俘馘，不可勝紀。梁有驍將黃角鷹、方骨侖，皆生致之。《舊五代史．周德威傳》

當初李克用派二太保李嗣昭、侄兒李嗣弼率領數千騎兵火速疾行，又遇上丁會開城投降，這才以迅雷不及掩耳的速度拿下潞州，令朱全忠吃了一記悶棍。

潞州不只是梁晉的交界地，更位於大梁王朝兩座都城夾角的正上方，若是讓李克用站穩了潞州，以沙陀騎兵的速度，三天之內，往東南可攻入東京開封，往西南可襲擊西京洛陽，朱全忠只要想到有把利劍懸在頭頂上，便覺得渾身都是刺，即使坐上龍椅也不安穩，因此登基大事一定，立刻下令保平節度使康懷貞擔任潞州行營招討使，率領八萬大軍，聯合以剽悍著稱的魏博軍，氣勢洶洶地撲向潞州，誓要討回這攸關大梁命脈的要地。❶

康懷貞智勇雙全，曾多次打敗李茂貞，立下赫赫軍功，朱全忠才把這麼重要的任務交給他。康懷貞也心懷壯志，想一舉奪回失地，遂憑著大軍優勢日夜進攻。

潞州節度使即二太保李嗣昭，個子雖然矮小，性情卻沉毅不群，膽略過人，他心知雙方兵力懸殊，出去肯定是送死，卻也不能棄城而逃，遂嬰城固守，避不出戰，另一方面，又派飛騎以八百里加急的速度趕回晉陽求援。

大唐時期為了抵禦外族入侵，北方城防都建得比內地城防來得堅厚，潞州更是城牆險固、壁壘高深，康懷貞猛攻十多天，也難靠近城頭，反倒是李嗣昭勇猛異常，在等待援軍前來的同時，往往趁著天色昏暗，悄悄打開城門，率精騎出城偷襲，宛如秋風掃落葉般，一陣呼嘯肆虐後即消失無蹤，被突襲的梁軍甚至來不及拿起武器對抗，便已人頭落地。

梁軍兵多，營壘遍佈廣闊，李嗣昭隨機選擇打點，時常神出鬼沒，梁兵面對來去如風的騎兵，簡直吃足了苦頭，夜夜睡不安穩，漸漸地，士氣越來越低落。

康懷貞索性命士兵沿著潞州城挖掘一道長長的壕溝，外邊再築起高高的圍牆，建立一條蜿蜒般的長城牆，將潞州城徹底包圍起來，一方面耐心等候城內糧盡援絕，另方面還打著主意：「李克用一定會派援軍過來，到那時我便可憑著強大的軍力，一箭雙雕，殲滅前來馳援的河東軍！」

一切如康懷貞所料，李克用得知潞州被圍，立刻派手下頭號大將周德威擔任行營都指揮使，率領六太保、馬軍都指揮使李嗣本，九太保、蕃漢馬步副指揮使李存審，十太保、副兵馬使李存賢，先鋒指揮使史建瑭、鐵林軍都指揮使安元信、騎將安金全，連同二萬軍兵趕來救援。

史建瑭是十一太保史敬思的兒子，當年朱全忠攻打黃巢軍遇險，李克用帶兵千里奔赴，救他脱困，之後兩人一起在上源驛館慶功，朱全忠卻恩將仇報，趁著李克用酒醉，縱火暗算，史敬思為了救義父脫困，力戰身亡，李克用恨極了朱全忠，也格外感念史敬思，因此對他的兒子史建瑭特別栽培提拔，而史建瑭也是虎父無犬子，每每身先士卒、衝鋒在前，憑著一身戰功，贏得了「史先鋒」的威名，這一次他便跟隨周德威，與眾將一起擔負起救援潞州的重責大任。

八月初，大梁探子回報，河東援軍快速逼近，康懷貞大喜，立刻派副將秦武率軍前去，打算迎頭痛擊，秦武也是赫赫有名的猛將，誰知遇上周德威，完全不是對手，不到一回合便敗戰而歸。

周德威率軍迅速抵達了潞州外圍，駐紮在城西二十里外的「余吾寨」，準備與城內的李嗣昭裡應外合，夾擊梁軍，又命十太保李存賢率兵駐紮在「交口」，與余吾寨互為犄角，以防梁軍從側後方突襲。

周德威心知己方兵力有限，要一舉擊潰十萬敵軍，並非易事，只能以沙陀軍最擅長的「彼出則我歸，彼歸則我出」的快騎戰術，不斷閃電突襲，希望能像螞蟻吞象般，一步步吞噬對方大軍。

六太保李嗣本和九太保李存審每天率領騎軍如狂風呼嘯般突穿過梁營，一日數十回；先鋒史建瑭也常在梁軍必經之路設下埋伏，神出鬼沒地突襲，不過半個月，就殺敵數千，其他如鐵林軍副使安元信、騎將安金全也各有斬獲，梁兵不由得人心惶惶，都不敢離營。

康懷貞好不容易建立了蜿蜒圍牆，擋住由內而外突衝的李嗣昭，卻擋不住外邊周德威的奇襲軍，十萬大軍竟陷入了苦戰。

消息傳回開封，朱全忠勃然大怒，立刻將康懷貞貶為行營都虞侯，改換剛從幽州回來的李思安擔任潞州行營都統，又命符道昭為統軍副招討使，率領大隊魏博軍疾趨潞州，誓要收復失地！

「報！」余吾寨的河東軍營裡，騎將安金全策馬飛馳而來，一見主帥周德威昂立在前，連忙用力一扯轡繩，那馬兒還來不及停步，安金全便以精湛的騎術直接滾身落地，單膝下跪，聲音急促：「報告將軍，敵方出現重大變化，康懷貞被撤走，改換亳州刺史李思安擔任主帥，他又帶來上萬魏博軍！」

原本周德威的奇襲戰術已打得梁軍心慌意亂，想不到對方這麼快就派援軍過來，他不由得臉色一沉，快步登上烽堠，功聚雙眼，往下眺望，果然有篷篷煙塵在山谷間緩緩移動，一路通往潞州城外的梁營。

他憑著煙塵大小、形狀判斷出敵方援軍確實如安金全所說，又添加了上萬生力軍，不由得握緊刀柄，心頭更沉重了，即使幾個驍勇將領利用各種奇襲術，拼命突殺敵軍，但對方總有補不完的兵馬，就好像朱全忠的「不老」神功般，總能源源不絕地回補真氣——一個武士最怕的不是遇見更高強的對手，而是怕遇見打不死的敵人，同樣的，一場戰役最怕的是永遠打不完的敵人，當初李克用就是這樣敗給了朱全忠，而如今，難道悲劇竟要重演，河東軍要再次敗給梁軍？

但更令他疑惑的是：李思安是先鋒戰將，明明是衝鋒陷陣的人物，為何行軍如此緩慢？其中必有原故，難道大梁有什麼新戰略？長年征戰的敏銳，讓他知道朱全忠會忽然走馬換將，必是李思安帶來新的戰略，這一念頭，讓他隱隱感到不安，遂吩咐安金全：「你們好好盯著，看梁軍有什麼動作？」

不過數日，謎題便揭曉了！

朱全忠見始終拿不下潞州，十分煩躁，頭號軍師敬翔自然要為主分憂，他仔細觀察戰場形勢後，發覺潞州城堅固異常，無法用大軍壓境的方式一舉攻破，而河東頭號大將周德威也確實名不虛傳，康懷貞並非對手，硬是短兵相接，梁軍絕對不敵河東軍的驍勇善戰，只有以龐大的軍力、豐厚的物資，做長期圍困，使對方糧盡援絕，才是解決之道。但大軍圍駐在城外，會受河東騎兵襲擾，他思索許久，終於想出破解周德威奇襲戰術的方法！

「將軍！」安金全幾番打探之後，急匆匆趕來稟報：「李思安正在大興土木，不知要做什麼？」

「大興土木？」周德威恍然明白當初李思安行軍緩慢，是帶了大量土木器械過來，他連忙登上烽堠察看，但覺梁軍似乎是在建圍牆：「他們不是已經建了一道高牆死死圍住潞州城嚒？為什麼還要建圍牆？」思索一陣，猛然醒悟：「該死！他是要把我們阻隔在外邊！」

敬翔確實命人畫了一張工程圖，交給李思安，讓他在潞州城外，延著康懷貞原本的壕溝圍牆線，再建一道長長的高牆、柵欄相結合，形成一座堅固無匹的長線碉堡，數十萬梁軍便可安心地躲在這兩堵圍牆裡，內防潞州守軍突衝，外抗周德威奇襲，穩穩地守株待兔，坐等潞州城內兵盡糧絕，時日一久，不費吹灰之力，就能收割成果。

這樣的奇想，以前從未有人用過，朱全忠大是讚嘆，立刻命李思安依法施為，此後，五代群雄便多了一種戰略防禦工事，名為「夾寨」！

「若是讓梁軍建好圍牆，我河東便完了！」雙方已僵持數月，周德威心知再拖延下去，城內的糧食遲早會吃完，到最後人肉相食、滿城荒涼，梁軍便能長驅直入。

一旦主客易位，河東軍就不可能奪回潞州了，因為攻城戰中，向來只有大圍小，沒有小圍大，攻城方往往得耗費比守方多數倍的軍力物資，才可能成功，而河東與大梁原本兵力懸殊，物資也相差甚遠，一旦失去潞州防線，就等於梁軍可直逼太原了。

周德威絕不能放任敵人動作，立刻派出更多騎兵，趁著梁軍才剛砌好城牆，那夯土還不穩固，轟隆一聲，就把土牆推倒，或是把大量柴木土石倒入剛挖好的壕溝內。

梁晉雙方，一邊忙著砌牆修寨，一邊忙著推牆拆寨，陷入了毅力與速度的考驗戰，天氣漸漸酷熱，士兵們都苦不堪言。

即使河東軍日夜不休地拆垮對方的土牆，但梁軍兵力勝過數倍，以螞蟻雄兵的方式不停地堆壘築堡，夾寨仍是漸漸成形。

這一日，周德威坐鎮軍帳中，炯炯雙眼正專注在桌上大幅的地形圖上，苦苦思索破敵之法，安金全小心翼翼地進來，拱手道：「將軍！」

周德威手中執筆，正在地圖上標註應敵之策，道：「什麼事？」

安金全一咬牙，憤慨道：「河北傳來消息，幽燕發生內戰，劉守光囚禁劉仁恭，劉守文發兵討伐他，兩兄弟為爭取援軍，競相向大梁稱臣！」

周德威心中一震，幾乎擰碎手中的筆，黑沉沉的臉色瞬間更深黑了，許久，他才抬起頭來，不發一言地走向帳外，騎上愛駒，馳騁而去，在狂風呼嘯中，他思索著如今天下英雄盡向朱全忠折腰，僅存河東、鳳翔、西川和淮南還不肯低頭，鳳翔苟延殘喘，西川野心勃勃，淮南鞭長莫及、內亂未定，河東只能孤獨地對抗全天下，而他能不能成功救援潞州，更成了萬軍之所繫。

他登上附近一座高坡觀察形勢，望著高逾數丈的夾寨，牆內駐滿多不勝數的梁軍，彷彿可以預見河東正一步一步陷入死地，而自己除了繼續突襲外，竟然束手無策！

襖熱的夏風、困迫的難局，令這位老將胸口窒悶、鬱結難舒，黑沉沉的臉上不停滴落汗水，衣衫也被汗水濕透了，他平生歷經無數戰役，有九死一生、有豪情壯烈，從來是閃電決斷、輸贏痛快，從未像今日這般煎熬，就像有一座大山沉沉地壓在雙肩上，讓他幾乎透不過氣來。

「將軍！」安金全從後方飛奔而來，周德威並沒有回轉過身，他不能讓下屬看見自己的懊喪，雙眼一閉，沉聲問道：「又有什麼壞消息？」

安金全道：「幽燕使者求見。」

「劉守光投靠了大梁，還敢來求援？」周德威想到幽燕的背信棄義，長期壓抑的怒火猛然爆發，拔出長刀雷霆一掃身前的草木，喝道：「讓他滾回去！」「轟！」一聲，前方一片草木盡成枯朽。

周德威一張黑臉不怒自威，根本不需疾言厲色，就能令下屬不寒而慄，因此安金全從沒見過他發這麼大的火，嚇得噤了聲，心想：「幽燕真是太欺侮人了，也難怪將軍發這麼大的火。」便趕緊退下，過不久，又奔了回來，道：「啟稟將軍，那人說他不是來求援，相反地，是來幫助我們破解梁軍……」

周德威未等他說完，冷斥道：「真是滿口騙子！再不滾，就讓他人頭落地！」安金全只得黯然退下。

周德威微吸一口氣，平息了情緒，正欲轉身回營，卻見安金全又出現了，站在遠遠的地方，欲言又止，心知是那幽燕使者不肯放棄，剛壓下的怒火幾乎又沖起，沉聲問道：「究竟是那個人不怕死，還是你不怕死？」

安金全單膝下跪，拱手道：「那人說了一句話，末將拼著腦袋滾地，也要帶給將軍！」

周德威知道安金全不是魯莽之人，終於道：「你說吧！」

安金全道：「那人說他是河東故友，也是都監的忘年之交。」❷

周德威心中「嘿」了一聲：「原來是他！」黑黝黝的臉上微微泛了烏光，道：「讓他過來！」

安金全喜道：「是！」

碧草連天的盡頭，一名清瘦書生悠然行來，身在遠處，便已拱手行禮，微笑道：「周大將軍，多年不見，威武猶勝往昔，令在下不敢貿然僭越，只能苦苦等候召見。」

周德威一雙精眸虎虎生光，瞪視著對方，冷笑道：「你從前是朝廷宣諭使，先皇崩逝後，竟又成了劉守光的使節？」

「晚生是大唐人，也是幽燕人，先前是忠君報國，現在是保護家鄉，有什麼不對？」馮道走到他跟前，微笑道：「但我感念晉王的禮遇之恩，還有當年與眾太保大哥們共同守護晉陽，生死患難的情誼，前日一聽說潞州有難，便立刻請求劉節帥讓我前來此相助。」

周德威並不相信，沉聲道：「你真是來相助？不是劉守光在朱賊那裡碰了一鼻子灰，才又想起大王的好？」

六年前，馮道曾至晉陽說服李克用出兵救先帝，就領教過周德威的厲害，他向來沉默寡言，一旦開口，便是直刀直進，宛如他手中的紅陌刀那般鋒利，但馮道也知道像周德威這樣的剛鐵漢子，是不會輕易屈服於任何人，能讓他甘願追隨，必是他打從心裡敬重的英雄，是鐵打的情義、生死不渝的承諾，所以只要搬出李克用，他便會軟化了，遂誠懇道：「在下是真心誠意想回報晉王的恩情，還望將軍給一個機會。」

周德威如刀削斧刻般的剛硬臉龐終於稍稍和緩下來，道：「隨我來吧。」

兩人回到主帥軍帳中，周德威被梁軍的夾寨攻略已困擾多日，也不讓馮道歇息，只教人備上白水，便召喚鐵林軍副使安元信進來，將大幅牛皮地圖攤開來，問道：「你可知梁軍眼下的戰略？」

馮道說道：「還請將軍賜教。」

周德威惜字如金，也懶得與馮道說明這麼細微的東西，對安元信道：「說給他聽！」

安元信仔細解釋道：「梁軍原本的主帥是康懷貞，因為被將軍打得落花流水，朱賊便緊急換上踏白飛槊李思安，他一來，就開始大興土木。」

「李思安？」馮道一愕，心想李思安剛在劉仁恭的盤山迴廊裡打了敗戰，想不到在這裡又狹路相逢了，問道：「他大興土木是想修築碉堡麼？」

安元信「嘿」了一聲，道：「碉堡算什麼？他修的東西十分厲害、前所未見！」指向地圖道：「潞州城東邊有連綿大山，難以出入，北方有三垂岡纏繞，南方駐紮著數十萬梁軍，只有西邊地勢平坦，我們因此駐紮在西邊的余吾寨。但梁軍卻從西南到西邊，以堠南、堠北、南寨、北寨各村做為連接點，修築一條長十餘里、寬三里的彎彎曲曲的夾寨，將潞州城圍了個密不透風，把城內守軍與我軍硬生生地隔絕了！」

馮道不解道：「夾寨？那是什麼東西？」

安元信在圖紙上畫了幾筆，解釋道：「夾寨是兩道長長的高牆相夾，像霓虹一樣彎列雄踞在大地上，那高牆壁壘堅固，層層設圍，寨外還環列著一條條密如榆桑的塹壕、木柵，寨內則水井房舍俱全，十萬梁軍從從容容地待在裡頭，坐等潞州糧盡，副帥符道昭甚至把美人兒老婆都帶到寨裡，過得快活似神仙！」

馮道一愣：「連家眷都帶去了？他們對這夾寨還真是自信，難道就沒有任何突破口？」

安元信道：「梁軍打仗不行，但靠著人多，一個個搬沙成塔，總能把築墻挖壕的工程做得不錯！像這次的夾寨，堅固有如城池，靠蠻力是無法攻破的，只能在它還未建好時，盡力破壞。」

馮道說道：「所以雙方就起了追逐戰，一邊加緊蓋，另一邊就忙著拆？」

安元信跟在周德威身邊許久，自是瞭解主帥的想法，解釋道：「朱全忠的家底是宣武軍，當初是用來鎮壓黃巢軍和各地暴動，戰場大多在內地，而內地多有街道巷弄、建築寺殿，並不適合馳騁，因此梁軍的策略一向是以大量步兵結陣，再用人數優勢壓倒對方，並沒有培養像樣的騎兵；相反地，快速襲擊正是我河東騎軍的強項，將軍的想法是——就算他們有三個人可以堆起一塊磚，但我們一個騎兵就可以拆他三塊磚！拆牆的比建牆的速度快，他們這夾寨就蓋不起來！」

馮道愕然道：「這麼忙乎？但河東軍畢竟人少，就算一開始還行，豈能一直支撐下去？士兵們會疲於奔命。」

周德威見馮道不以為然，終於開口：「以己之長攻敵之短，我河東騎兵憑此橫掃天下！」

馮道心中一嘆：「河東騎兵再厲害，也不過是戰術運用！他們向來以一槍之利取勝，便習慣了這樣的打法，從未想過梁軍明明不如自己，卻能併吞整個天下，乃是因為大梁作戰前，早已考量了全局。」

但他不能與一名身經百戰、為河東取得無數勝仗的老將爭論，想了想，轉口問道：「那他們是如何運送物資進去？」

安元信道：「自然是從南方大梁領地送過來。我們也常劫糧，斬獲不少，以至糧食從來不缺！」笑了笑，又道：「但我們兵少，總共不到三萬，要推土牆，還要劫糧，實在忙不過來，梁軍哪邊鬆散了，我們便先往那裡打。」

馮道說道：「我並非問梁軍從前如何集運軍糧，而是如今他把自己給圍起來，十萬大軍躲在夾寨裡吃喝拉撒睡，耗損極大，他們要如何把物資源源不斷地送入夾寨裡？」

安元信答道：「他們有一條糧道通往夾寨，大部份的路段是在梁境裡，只有一小段路進入潞州，因此我們要毀去他們的糧道，也不容易！」

馮道沉吟道：「夾寨不易攻打，糧道不易摧毀……」想了想，道：「那便只有阻截水源！一旦缺水，就能封死梁軍的生路！」

周德威精光一湛，拍案道：「不錯！人無水不活，截斷水源確實是最快的方法！」黑沉的臉上終於有了一絲不易察覺的笑意。

馮道拱手道：「在下學過一點初淺工藝，這就去勘察地形，看從那裡下手最好！」

周德威吩咐安元信給馮道準備馬匹、乾糧、酒水、令牌，任他自由出入軍營。馮道也立刻出發，四處查探地形，尋找梁軍的水源。

這一日馮道往東邊大山行去，發現山裡泉水淙淙，順勢流向潞州城東，又繞過城北流入城西，再匯集城南的其它支流，最後注入南寨村與北寨村之間的「濁漳河」的支流「石子河」，在兩寨之間形成一大片烟波浩渺的水域。

「就是這裡了！」馮道心中大喜，連忙往前奔去，想找出最適合斷水之處，卻發現河面竟有艨艟巡遊：「敬翔不愧是大梁的頭號軍師，早就預防了水源被截！」不由得萬分失望，心中一嘆：「這夾寨內屯重兵，水井房舍俱全；寨外是重重塹壕；河面上戰船巡遊，不只運糧、防禦，還兼作南北兩寨的聯繫，規模之大，構築之妙，功能之全，確實令人嘆為觀止！這樣嚴密的攻防網，真可謂萬無一失，難怪周德威束手無策。這樣的手筆，只怕連魯班這工藝大家也要自嘆弗如了！」

既不能截斷水源，只好重新打起摧毀糧道的主意，馮道見每艘艨艟上都載運滿滿的貨物，目光順著船隻航行的軌跡遠遠看去，心中推算：「朱全忠為奪回潞州，看來是大力徵調山東百姓的米糧，以應軍需！」

他找了地方坐下，拿起石子在草地上寫寫畫畫，仔細推算：「十萬士兵每天至少要吃掉一千六百石米糧，朱全忠若想長期圍戰，花上大半年的時間，至少得準備三十萬石米糧，這只是基本溫飽，還不包括額外賞賜、馬兒的糧草，還有運輸途中至少耗損一半……」抬眼望了望河面上的船隻，忽然發現：「這些船隻運載的糧食，再加上原本糧道運送的數量，根本就不夠供應梁軍的伙食，這其中必有蹊蹺……」

他騎上馬兒，奔向附近幾座高坡，逐一探點，果然發現梁軍為防備河東軍襲擾糧道，除了水道運糧外，早已偷偷從東南山口另外修築一條長甬道，直通夾寨！

一直以來，雙方的主戰場都維持在西邊，那條甬道又藏在東邊的深山裡，因此河東的探子從未查覺，若非馮道仔細計算，又有「明鑒」雙眼，也不會發現在密密叢林中，竟隱藏一條運糧甬道，他連忙趕回去通知周德威：「請將軍把兵力集中攻擊這條甬道！」

周德威聞言實在驚詫，但己方軍力有限，夾寨這邊也需攻擊，一時難以抉擇。

馮道勸道：「兵法之中，圍城乃是下下之策，是不得已之法，不僅消耗極大，時日一長，士氣必然低落，梁軍選擇了圍城，已是勞民傷財，為防糧餉被劫，又徵召士兵加修甬道，造成更多人需要餵飽，每拖延一天，錢財米糧耗損都十分巨大，只要糧餉有所短缺，十萬大軍鬧騰起來，就夠李思安頭疼，等到士兵們忍受不了，爭相叛逃，我們的生力軍再趕過來，必能一舉攻潰對方。」

周德威搖頭道：「偏偏我們再沒有任何援軍可以過來！而且潞州城內也等不了那麼久！」但聽馮道分析得有理，仍是派了一部份騎兵去突襲東邊的運糧甬道，劫糧、毀牆、堵路三管齊下，無所不用其極。

李思安深知要穩住十萬大軍，第一要務便是餵飽他們的肚子，若是軍糧出了狀況，輕則兵卒逃逸，重則聚兵造反，因此他一知道河東軍居然發現了運糧秘道，既驚且急，立刻派了驍將黃角鷹、方骨侖率重兵修築工程，拼命防守。

漸漸地，主戰場轉到了爭奪甬道，經常一晝夜就廝殺數十次，但梁軍實在不如河東軍狡捷，總是疲於奔命又時常被突襲斬殺。

這樣又僵持了數月，從酷夏轉至寒冬，風割如刀，地面漸漸結成厚雪堅冰，梁兵在寒風滑冰上搬石疊磚，已十分吃力，好不容易疊成土牆，一旦大雪飄落，那土牆混了雪水，就變得濕濘軟弱，得重新修整，有時挖了壕溝，一夜之後，又被冰雪填滿，只得重新挖掘，對梁兵而言，簡直是日覆一日、沒完沒了的苦役。

北方士兵還能勉強撐住，從南方徵調來的士兵卻是經受不起，紛紛病倒，自從黃角鷹、方骨侖兩位護糧勇將被河東軍擊殺後，人人更是提心吊膽、惶惶不安，害怕腦袋忽然之間就掉了，再加上軍糧時不時短缺，終於有人受不了煎熬，開始逃亡，就算留下來的，也是士氣低迷！

河東軍也好不到哪裡去，即使他們長年在北方征戰，不畏寒凍，但日夜踐雪飛馳數十趟，往往一不小心便會打滑摔倒，就算人熬得住，馬兒也受不了，眼看多拖一日，潞州就多一分危險，他們又不敢停歇，只能咬牙拼命奮戰，身上鐵甲即使到了夜晚也不曾脫下。

雙方士兵都陷入崩潰的邊緣，周德威幾次派人回晉陽請求增兵，但雙方軍力原本懸殊，李克用幾乎是一開始就把可差調的精兵良將都給了他，其餘兵將還需顧守別的城池，實在無法再派援軍過來，周德威只能孤軍奮戰，教子弟兵不斷突襲，卻永遠突破不了梁軍的封鎖線，再加上潞州城內隨時可能會棄械投降，就算不投降，也不知能支撐到幾時？河東士兵只覺得自己在打一場永遠不可能勝利的仗，實是身心俱疲。

而朱全忠得知消息，一方面再調左神勇軍、河北精兵前去支援，但為了這龐大的糧餉需求，不只從各地廣徵米糧，更徵調大量山東百姓，以一個一個接力的方式，將糧草運至潞州，以確保十萬大軍供應無虞，但增加的援軍和運糧的苦役也要吃飯，如此一來，消耗的米糧更多，大梁再富庶，也開始感到吃不消，此時大梁另一位鬼才軍師李振，為了替主君分憂，也想出一招離間計！

這段時間，馮道四處察看，終於找到一處高崗可俯瞰潞州全貌，索性在那裡搭了簡易的牛皮帳篷，住了下來，從早到晚都待在高崗上眺望，並記錄晨昏變化，觀察數日，已然確定：「敬翔心知潞州城十分堅固，攻城只是徒耗軍力，因此梁軍的攻城只是做做樣子，真正的策略是想長期圍困，逼李嗣昭不戰而降。但要讓這麼龐大的軍隊耐得住性子，長久待在夾寨裡，最好的法子就是讓他們住得舒舒服服，萬物不缺……」想到這裡，心中忽然一跳：「錯了！錯了！從前的法子全都錯了！」

他感到有什麼驚天想法從腦海深處竄了出來，卻還是模模糊糊，他負手在山崗上不停地來回踱步，時而仰望藍天白雲，時而俯望腳下千里煙波，那夾寨、甬通、運河、士兵、朱全忠、李克用、周德威……在他腦中快速飛掠、重組，慢慢地，那念頭終於逐漸清晰起來，歡呼道：「我知道破解潞州危局的法子了！」

他連忙趕了回去，誰知一踏入主帥軍帳中，平日不見蹤影的將領們，今日竟然齊聚一堂，沒有出去突襲，個個面色沉重，不發一語。六太保李嗣本、九太保李存審與馮道也算舊識，此刻才碰了面，向他微微頷首，馮道也微笑回禮，又安靜地坐到安元信身邊，悄聲問道：「發生什麼事了？」

安元信低聲道：「晉陽那邊傳來三個消息，兩好一壞，馮小兄想先聽哪一個？」

馮道問道：「好消息是什麼？」

安元信道：「大王已命八太保率軍攻打晉、洺兩州，好分攤我們的重擔，而朱全忠原本要再派河中、陝州兩軍過來，聽到消息，不得不轉去救援晉州，看來他們的援軍也用盡了！」

這八太保乃是擔任馬步都虞候的李存璋，長年待在晉陽輔政，並護衛李克用，如今連他都派出去打仗，表示河東真無多餘的將領可再外派了。

馮道喜道：「大梁無法再增兵，確實是好消息，可大家為何悶悶不樂？」

安元信微微瞄了周德威一眼，更壓低聲音，道：「壞消息是晉陽城中竟有謠言，說將軍與二太保不合，才故意拖延，不肯全力援救！兄弟們已經快支撐不下去了，倘若大王不相信將軍，陣前換將，那便完了！」

馮道見周德威臉色更深黑了，卻始終不發一言，心中一涼：「我好不容易想出的破敵方法乃是劍走偏鋒，此時周德威不想李克用誤會加深，肯定不會採用，我最好親自去一趟晉陽，請公公幫忙！」正想問第二個好消息是什麼，周德威已開了口：「你們都已知道情況，該打的仗還是要打，先出去吧！」又望了馮道一眼，道：「馮小兄請留下。」

眾將都出去，周德威問道：「馮小兄怎麼看這件事？」

馮道說道：「將軍絕不會背叛晉王，棄二太保於不顧。」又安慰道：「晉王若是懷疑，早就調將軍回去，怎會派八太保去攻打晉州，分攤將軍的重擔？」

周德威沉默半晌，才緩緩道：「我與二太保一起攻打梁軍無數次，難免意見相左，說沒有心結是騙人的，這事大王也心知肚明，若是因此聽信了謠言，也不奇怪。」

他的語氣一如往昔，平穩沉厚，沒有半點波瀾，可馮道已能感受到隱藏其中的疲憊，想了想，道：「我瞧此事是大梁的詭計，他們見將軍太過厲害，因此使了離間計，希望調走將軍，將軍千萬不能離開，否則就中計了！」

周德威道：「你有什麼法子讓大王安心？」

馮道說道：「這樣吧，晚生趕去晉陽，向晉王說明此間情況，相信必能解開謠言，不讓有心人得逞。」

周德威留下馮道商議謠言一事，便是想請他回晉陽替自己分辯，因為馮道親眼目睹潞州情況，又與張承業關係深厚，且不屬於周德威麾下，這樣的身分最適合說服李克用，馮道當然明白這個黑面將軍拉不下臉求自己，不等他開口，便自行提出。

周德威微微鬆了口氣，頷首道：「那便勞煩馮小兄走一趟。」

馮道說道：「將軍放心，我必把話帶到！」

周德威道：「第二個好消息是大王已向耶律阿保機求援，當初兩人在雲中結拜為兄弟，承諾互助，相信只要再撐持一段時間，我們便能聯合契丹擊退梁軍，此刻正值關鍵，本帥絕不能離開！」

李克用與耶律阿保機結拜一事，馮道曾參與其中，知道詳情，心想：「耶律阿保機當上了可汗，契丹如今團結一致，比當年更強大了，但不知藏明出使契丹，情況如何了？」念及韓延徽，便想到當初他曾仔細研究過契丹的情況，頓覺不妙，道：「不好！這不是好消息，反而是大大的壞消息！」

周德威一愣，道：「此話何意？」

馮道說道：「耶律阿保機當上可汗後，為了壓制反對他的部族，曾派遣袍笏梅老出使開封，向朱全忠表達歸附大梁之意，只怕他二人早已合謀！」❸

周德威知道李克用最重信義，與耶律阿保機既然結拜，就不會生疑，聽馮道所言，也是一驚，道：「大王一心事唐，聽說朱賊竄位稱帝，不勝憤慨，剛派使者送給契丹無數財寶，還以兄弟之盟約定雙方合力討伐朱賊，耶律阿保機怎能如此？」想到契丹此刻兵強馬壯，又位於河東後方，心中不禁升起一陣寒慄：「萬一他真的從背後補上一刀……」

他簡直不敢想像河東即將面對契丹與大梁兩大強敵的夾殺，會有什麼結果，不由得攥緊雙拳，憤恨道：「這天殺的狗東西！」

馮道但覺情況太糟了，起身道：「晚生這就出發！」見周德威面色凝重，又道：「倘若契丹真的勾結大梁，晉王必須抽兵回防北方，這潞州就只能請將軍多擔待了！」

周德威沉聲道：「我會撐持住，你快快去吧，務要保護大王！」

馮道簡單收拾了行李，找了一匹快馬便即出發，他日夜兼程、疾行千里，直奔晉陽。

此刻寒冬凜冽，冰雪飄零，時隔多年，他又重回舊地，遙見巍巍高城隱在濛濛雪霧裡，往日英姿已不復見，只餘皚皚冬雪覆蓋滿城，蒼白得有些淒涼，教人望了，竟心生悽惻。

不知為何，馮道隱隱感到不安，便將馬兒緩了下來，慢慢踱近晉陽宮城外，他正打算翻身下馬，那城門卻忽然開啟，城內傳出嗚嗚嗚的號角聲，馮道知道這是河東最緊急的號令，心中一驚：「發生什麼事了？」不及細思，後方已傳來馬蹄急響，不多時，數匹急馬從他兩旁呼嘯而過，馬背上的騎士神色凝重，只專注前方，對他視而不見。

「我是來求援的，萬一晉陽也出事……」馮道萬分擔憂：「河東真能挺過這次難關嚒？」前方城門又快速關閉，嚴拒任何人出入，四周再度陷入一片蒼茫之中，只餘長長的號角聲不停迴蕩在晉陽的上空，教人心慌……

（註❶：康懷貞即康懷英。）

（註❷：「都監」乃監軍的稱呼。）

（註❸：契丹習俗披髮左衽、狐帽氈裘，但歸服契丹的漢人官員卻是身穿布袍，腰紳插笏，因此契丹人統稱漢官為「袍笏」，此並非官職名。遙輦的總兵指揮官，或皇家總管有時稱為「梅老」，也做「梅落」、「梅祿」，即回鶻的「媚祿」、「密祿」。阿保機欲以漢制治理契丹，對「袍笏」十分禮遇，「袍笏梅老」的地位自然很高。）

九〇八・二　少年負壯氣・奮烈自有時

晉王疽發於首，病篤。周德威等退屯亂柳。晉王命其弟內外蕃漢都知兵馬使、振武節度使克寧、監軍張承業、大將李存璋、吳珙、掌書記盧質立其子晉州刺史存勖為嗣，曰：「此子志氣遠大，必能成吾事，爾曹善教導之！」辛卯，晉王謂存勖曰：「嗣昭厄於重圍，吾不及見矣。俟葬畢，汝與德威輩速竭力救之！」又謂克寧等曰：「以亞子累汝！」亞子，存勖小名也。言終而卒。克寧綱紀軍府，中外無敢喧嘩。克寧久總兵柄，有次立之勢，時上黨圍未解，軍中以存勖年少，多竊議者，人情恟恟。存勖懼，以位讓克寧。克寧曰：「汝冢嗣也，且有先王之命，誰敢違之！」將吏欲謁見存勖，存勖方哀哭未出。張承業入謂存勖曰：「大孝在不墜基業，多哭何為！」因扶存勖出，襲位為河東節度使、晉王。李克寧首帥諸將拜賀，王悉以軍府事委之。《資治通鑑・卷二六六》

世傳武皇臨薨，以三矢付莊宗曰：「一矢討劉仁恭，汝不先下幽州，河南未可圖也。一矢擊契丹，且曰安巴堅與吾把臂而盟，結為兄弟，誓複唐家社稷，今背約附賊，汝必伐之。一矢滅朱溫，汝能成吾志，死無憾矣！」莊宗藏三矢於武皇廟庭。《五代史闕文》

「報——」

晉陽宮殿群、大明宮殿裡，李克用煩憂潞州之困，正召集胞弟李克寧、監軍張承業、五太保李存進、侄女婿左教練使孟知祥等人商議對策，卻有北方歸來的探子急奔而入，伏跪於地：「大王！契丹出事了！」此時戰事緊張，李克用因此允許密探可隨時入內稟報。

❶ 河東正等著契丹的援軍，眾人聞言，心頭都是一緊，李克用微微蹙眉，問道：「何事？」

探子抬首答道：「耶律阿保機派袍笏梅老携帶駿馬、貂裘和錦緞，前往開封向朱全忠奉表稱臣，朱全忠受禮之後，就命太府少卿高頎、親軍騎將郎公遠帶著金帛，還有朝霞錦、大花魚牙錦等綢緞作為賜禮，遠赴契丹，那禮物比我們送給契丹的更多好幾倍！而耶律阿保機讓他們以上國貴賓的身分見證燔柴告天大典，之後高頎便唆使耶律阿保機說此時我大軍困在潞州，契丹可以兵犯雁門，夾擊晉陽，使我們首尾不能相顧，並約定功成之後，雙方平分河東！」

這探子口舌伶俐，一下子就把事情說得清清楚楚，眾人卻似被天雷劈中般，聽得頭昏腦懵，心中震撼，久久不能回神，過了好半晌，眾人才激起義憤，李存進性子剛烈，正想罵耶律阿保機不是東西，卻見李克用臉色鐵青，驟然起身，他只得把口裡惡言硬生生吞回去，大殿中頓時一片靜默，眾人都望向李克用，等待他的指示，他卻不發一語，只大步走出殿室，又逕自登上城樓。

張承業見李克用臉色由青轉白，起身時甚至微微顫抖，連忙跟隨其後，其他人也趕緊跟了過去。李克用昂立在城樓上，眺望北方大漠，怔怔出神，眾人不知他心裡在想什麼，都不敢作聲，俱安靜等候。

張承業輕輕站到他身邊，想安慰幾句，李克用卻舉起手臂遙指北方，傲然道：「我們從那個地方來！從前沙陀是一支小部族，沒有自己的草原牛羊，只能四處流浪，我們靠著替別族殺敵求存活，每一個孩子都是十歲不到，就得上戰場殺敵，在一場場死戰中，若不能成為最強的勇士，就會死在敵人的利刃下！

為了活下去，我們一生征戰無數，我十三歲便能一箭射中飛翔的雙鴉，因此人們送給我一個外號『李鴉兒』，每一次爭戰，我總是一馬當先，驍勇非常，於是他們又叫我『飛虎子』，老虎是萬獸之王，會飛的老虎是何等厲害！本王一生縱橫天下，未遇敵手，可是……」眼前彷彿出現一望無際的草原曠漠，他率領萬軍奔馳、縱橫沙湯，豪氣萬千，忽然間，暮色來臨，漸漸遮蔽了草原，將天地染成一片漆黑，所有戰友一個個倒落、離去，只餘他孤獨地擊著寒鴉槍，力抗世間一切黑暗，他深吸一口氣，不甘心地吶喊：「蒼天竟要亡我——」身子一晃，噴吐出一大口鮮血，隨即往後仰倒！

「義父！」「大王！」在眾人急切的呼喚聲中，李克用終於醒來，卻已經臥病不起，眾人方知當年他被朱全忠所傷，身子一直無法恢復，這段時間潞州艱難，他心力交瘁，邪氣已灌入體內，浮於表面，氣血凝滯成大片疽瘡，卻仍強撐著病體主持大局，只盼契丹能帶來一線生機，想不到苦苦等候，竟等來結義兄弟的背叛！他想到河東即將覆滅，終於心神耗盡，再也支撐不下去。

正月辛卯日，嘉福殿裡人人神色驚慌，卻無人敢發出一聲，李克寧、張承業、八太保李存璋三人得到晉王病危傳召的消息，緊急進入寢殿，立在病榻的帷幕外，等候晉王傳承遺命，心中萬分焦急。

李克用的正室劉妃、李存勖的生母曹妃、魏國夫人在一旁嚶嚶哭泣。李存勖與存美、存霸、存礼、存渥、存乂、存確、存紀、存矩等八個弟弟也都跪在殿內，一干義子、文臣武將則跪在殿外。

帷幕後方傳來李克用虛弱的聲音：「承業！」

張承業輕輕穿過帷幕，到了病榻邊，見李克用面容憔悴、頹靡萎頓，哪有一絲飛虎子的英風？不禁心酸難忍，伸袖拭了拭淚水，握了他的手，輕聲道：「咱家在這兒。」

李克用憂心道：「潞州現今如何了？」

張承業溫言安慰：「大王莫再煩憂軍事，務必好好休養，咱家和孩子們拼死也會守住晉陽，絕不會讓逆賊踏入一步。」

李克用感慨道：「當年你奉了先皇之命前來河東，本王與你初見面，就烈酒相酌，徹夜暢談大志，從此惺惺相惜……」

張承業回想前事，忍不住濕了眼眶，輕聲道：「大王不輕視我是閹人，只以情義相待，我便知道大王是胸襟廣闊、忠直耿介的真英雄！值得我生死相扶……」

李克用目光迷茫，彷彿望見從前烈火雄心的情景，悵然道：「咱們還一起許下興復唐室的誓願，並肩經歷許多險關，每一回都熬過去了，只可惜這一回，我真是不行了，要辜負誓言了……」

張承業哽咽道：「當年先帝下了除宦令，是大王以一身豪氣相庇護，承業才得以倖存，後來朱賊竄位、群雄自立，唐室已不復榮景，大王也從未逼迫我入河東官職，而是讓我繼續擔任大唐監軍，好成全咱家的一片忠心……天下人或有誤會，咱家卻是心知肚明，你對大唐始終是赤心熾烈，才會拼命與朱賊苦苦周旋，咱家代先帝謝謝你了……」說到後來已是潸然淚下。

李克用心知張承業並非巧言之人，實是到了生死別離，才會吐出這一番真摯言語，感到這世上終於有一個人是真正明白自己，也紅了眼眶，哽咽道：「本王得你這知己，足堪慰平生，只嘆我征戰一生，始終無法親眼看見大唐再興！」

張承業安慰道：「大王切莫說喪氣話……」

李克用握了他的手，道：「我雖不行了，但亞子能做大事，此刻河東艱難，你答應我，務要盡力輔佐他。」

張承業溫言安慰道：「大王放心，咱家一定會盡力輔佐亞子光復大唐，完成你我心中的宏願！」

李克用知道張承業既重情義又有謀略，得他承諾，李存勖便有了堅強的後盾，道：「亞子性情衝動，不懂人情政務，你要多為他周全！」

張承業道：「我拼盡一把老骨頭，也會保護他，縱然肝腦塗地，也絕不辜負。」

李克用握緊了他的手，感激道：「以後要連累你多操心了！」嘆了口氣，又道：「讓克寧進來吧。」

張承業連忙到帷幕外呼喚李克寧，又自行退到一旁，默默拭淚。

李克寧快步走了進來，哽咽道：「大哥……」

李克用感傷道：「我朱邪家的兒郎個個為保護社稷，都馬革裹屍、戰死沙場，只剩你我兄弟二人相扶持，可今後大哥再也不能帶著你了……」

李克寧忍不住痛哭失聲：「長兄如父，大哥……我自幼隨你一起打天下，歷經許多生死交關，一直陪在你身邊，以後也是這樣……」

李克用道：「你是我們幾個兄弟中，性情最仁孝的，昔日太宗寄遺孤予長孫無忌，今日我也要託付你照顧我的孩兒……」

李克寧握緊他的手，道：「大哥放心，我一定會好好照顧他們。」

李克用微微喘了口氣，又道：「我手下那幫悍將，個個手握重兵，難以馴服，你是他們的叔叔，輩分最高，手上的兵權也最大，他們就算欺侮亞子年輕，總要賣你面子，你答應我，要帶領大家一起扶持亞子，若有人覬覦王位，想要反叛，你就想辦法除去他們！」

李克寧咬牙道：「若有人膽敢造反，我絕不容逆賊活命！」

李克用欣慰道：「好！有你這個親叔叔全力護持他，我便放心了，讓存璋進來吧！」

李存璋聽義父召喚，連忙進入帷幕內，跪到了病榻邊，強忍著淚水哽咽道：「義父！孩兒在這裡。」

李克用輕輕拍了他的肩，道：「你自幼便跟著我，總是護衛左右，形影不離，義父知道你最是忠心。」

李存璋想起義父從小手把手地教導武藝，待自己有如親兒，再忍不住落下淚來：「孩兒少立功勳，都是義父恩寵，才有今天，護衛義父是孩兒的終身之志。」

李克用見這個義子如此貼心，老懷安慰，溫言道：「好孩子，義父有件事要交託給你，亞子年輕，許多老將會不服氣，內外都會有人拿他當箭靶，此刻我河東危在旦夕，他忽然背負了重責大任，難免血氣衝動，需有個大哥提點他、幫助他，存璋，你性情忠懇沉穩，義父走後，你答應我，要保護好他，不要讓有心人毀去河東基業。」

李存璋在十三太保中位居第八，戰功不是最顯赫的，但一向恪盡職守，能在危局中堅持，也能輔政，聽李克用沒有把輔佐之事交給其他太保，反而視自己如李克寧、張承業這樣的託孤大臣，心中既哀傷又感動，熱淚盈眶道：「今後我必效忠亞子如同義父，以回報義父的恩情，將來若有人為難亞子，孩兒就算粉身碎骨，也會阻擋在前，絕不讓他受到半點傷害！」

李克用見他願意以身相護愛兒，十分感動，握了握他的手，道：「好孩兒，你幫義父取三支箭過來。」

「是！」李存璋起身到了外邊，從李克用慣常使用的金帛箭袋中取出三支金雕翎箭，盛在銀盤裡端了進來。

李克用又喚：「亞子！」李存勖悲傷無已，連忙跪到病榻前，緊緊握住李克用枯乾的手，低低喚了聲：「父王……」卻再也說不出話來，只不停哭泣。

李克用輕輕撫摸他的頭，慈愛道：「好孩子，不要傷心，人生自古誰無死？如今父王的時候到了，你身為長兄，又是晉軍之主，要扛起保護兄弟子民的重責大任，你雖然智勇雙全，但畢竟年輕，你小叔久經沙場，戰陣經驗豐富；都監雖是內侍，但為人忠正，處事深謀遠慮，還有八太保性情忠誠謹慎，明白許多政事，他們都是父王信任之人，可以彌補你的不足，日後若有什麼不明白的，可以聽他們的意見。」

李存勖哭道：「孩兒一定會牢記父王的訓誨，也會聽從他們的諫言。」

李克用沉沉一嘆，感傷道：「嗣昭對我向來忠誠孝敬，如今卻被困在潞州，萬分危險，我來不及見他最後一面了！我聽說德威與他有些小怨，才沒有全力救他，等我安葬之後，你告訴德威，要以大局為重，全力解決潞州之圍，一定要把你二哥救出來，我才能安心……」

李存勖握了他的手，安慰道：「父王放心，孩兒一定把話轉給周叔叔，全力救出二哥！」

李克用心中稍寬，又道：「你一向聰明果敢，父王很是放心，但我此生有三件憾事，你若能完成，便可告慰我在天之靈。」

李存勖早已泣不成聲，只拚命點頭，李克用伸出顫抖的手想去拿銀盤上的箭矢，李存璋連忙將長箭遞入他手中，李克用望著陪伴自己征戰一生的箭矢，想到此後再也無力挽雕弓、射虎狼，不禁微微激動了起來：「這三箭，一箭一血恨！你要牢牢記住三件事！」

李存勖將雙手高舉過頭，準備接箭，含淚道：「請父王吩咐！」

「第一箭，你務必除掉劉仁恭！」李克用把第一支箭放到他雙手掌心，道：「你若想跨過黃河，進取大梁，首先必須拿下幽燕，除掉這個反覆小人，才沒有後顧之憂！」

李存勖對劉仁恭恨之入骨，咬牙道：「孩兒必殺此人，以消父王心頭之恨！」

「好！好孩兒，有志氣！」李克用說罷，眼前彷彿浮現與耶律阿保機換袍易馬，結為兄弟的情景，當時烈酒交心、肝膽相照，曾發誓要一起光復大唐江山，實是英雄惜英雄，如今耶律阿保機為了穩固可汗地位，竟然背信棄義，投靠朱賊，想到火熱的兄弟情終究敵不過冰冷的權力，實在讓人寒心，他取了第二支箭放到李存勖掌心，嘆道：「父王一生以信義待人，卻屢遭背叛……這第二支箭，你要打敗契丹，阻止耶律阿保機入侵中原！」

李存勖朗聲道：「孩兒必敗契丹，為父王討回背信之辱！」

李克用欣慰一笑，又取了第三支箭放入他雙手掌心，哽咽道：「我雖是沙陀人，可是從來沒有一刻不念著唐廷的恩情，當初吐蕃追殺我族民時，是大唐的包容，才讓我們有立足之地，不致全族滅亡，可是朱全忠這狗賊，不但對我恩將仇報，竟還竄唐稱帝，不誅此賊，我死不瞑目！」說到痛心處，忍不住劇咳起來，咳得滿臉通紅，血淚俱下，激動難已。

「父王！」李存勖見父親喘不過氣，還咳出血來，驚得哭喊：「父王放心！孩兒一定會除掉朱賊！為你報仇雪恨！你莫再傷神……」一句話未說完，只見父親大吐一口血，握著他的手陡然鬆開，臉上的潮紅漸漸退去，李存勖驚得大哭：「父王！父王！孩兒一定會完成你的心願！」

「好孩子！父王把這些難事交給你，你若真能完成，我雖死也無憾了……」李克用知道這三件事，一件比一件艱難，自己終其一生、傾盡全力，也沒能成功，此刻卻將重擔盡數壓在兒子身上，心中實在不捨，垂眼看去，見兒子雖哭得兩眼紅腫，眼中卻綻放著光芒，渾身都透著堅定昂揚的鬥志，彷彿看見了年輕的自己：「我費盡苦心栽培他，總算後繼有人了！」他鼓起最後一口氣，大聲對眾臣道：「本王不能平靖亂賊，收復河山，實在愧對李唐君恩，但我這孩兒一向志氣遠大，必能成就我未竟的志業，你們要好好教導他，我把亞子託付給眾卿了！」

眾人泣道：「臣會竭盡股肱之力、效忠貞之節，輔佐三太保，以報大王知遇之恩。」

李克用聽見眾人許誓，終於放下心懷，緩緩闔了眼。

李存勖將父親的靈柩安葬於雁門，又將三支金雕箭供奉在家廟裡，因不用朱梁年號，一代沙陀豪雄逝世時，乃大唐天祐五年正月辛卯，享年五十三歲。

面臨大梁的步步進逼，河東的擎天支柱卻忽然倒落，眾軍兵既悲傷又驚慌，雖然張承業和李存璋帶領群臣處理政事，李克寧也負起治理軍府的責任，但晉陽城仍瀰漫著一股山雨欲來、河東將滅的氣氛，他們實在不相信年輕的李存勖扛得起這天大的重擔，更不相信河東能挺過這次難關。

當初李克用從雲州起兵，跟隨最久的部將都是邊地外族，他們性情粗獷、恃功自傲，常常在市肆間縱馬呼嘯來去，隨意搶掠，李克用為攏絡軍心，長期縱容他們，連法司也不敢禁止，此刻眾人心中恐慌，都想反正走投無路，不如多搶一些財寶好做亡命之用，於是變本加厲地集體打家劫舍、擄掠百姓，晉陽城內漸漸紛亂。有些忠心的文臣武將眼看再這麼下去，晉陽將要大亂，想求見李存勖，卻不得其門而入。

此時的李存勖只將自己緊閉在家廟裡，痛悔不已：「父王是何等疼愛我，我卻萬分不肖，竟沒有盡早剷滅仇敵，為他分憂，只眼睜睜看著他倒下……」面對巍峨高山般的父親轟然倒落、含恨以終，他心中哀慟、自責、恨怒，萬般情緒就像潮浪般一波接著一波洶湧而來，將他擊打得幾乎無法站起，即使知道河東此刻已經天翻地覆，需要有人主持，他並不想父親失望，一次又一次逼迫自己要盡快振作起來，但那巨大的悲慟卻像漩渦般，一再地將他捲向地獄深淵，不讓他有一絲喘息的機會。

外邊不斷傳來眾將領的吵嚷聲，有的要他出來主持大局，有的要他拿出對策，有些將領一言不合，自己就爭吵起來。李存勖感到橫亙在前方是一座又一座比山還高的難題，自己若踏錯半步，就會辜負父親的期待，甚至把全族推入一個滅亡的境地，心中更是膽顫驚怯、茫然無依，只日日夜夜將自己鎖在家廟之中，對著父親靈位和三支血箭哭泣：「父王，你告訴孩兒究竟該怎麼做，才能把河東基業維持下去？」

數日之後，眾將領漸漸對李存勖感到失望，紛紛離去。這一夜，萬籟俱寂，李存勖知道所有人都走了，雖然鬆了口氣，卻也倍感孤單，彷彿全世界都離棄他，只剩下空虛包圍著自己了。他疲憊地伏倒在父親的靈堂前，只想沉沉睡去，半夢半醒之間，卻有一縷簫聲輕悠悠地飄來，就像天界落下的仙音，溫暖地環繞著他，又像父親沉穩的鼓勵迴盪在耳畔，令他心中的悲慟稍得舒解。

之後每個深深夜裡，那溫柔的簫聲總會陪伴他進入夢鄉，李存勖也越來越渴望簫聲的安慰，就像上了癮般，他心思意念盡被牽引，只想耽溺在迷離虛幻中，不肯清醒。

到了第七夜，李存勖還恍恍惚惚地沉醉其中，那簫聲卻軋然而止，李存勖頓失依恃，心中一驚，急得起身想追隨而去，他奔出後門外，極目望去，簫聲逝處，只有樹影搖曳，沒有半點人影，他感到生命中又要失去重要的東西，急得拿起腰間的篳栗用力吹曲，希望能召喚簫聲前來。

他一遍又一遍拼命吹著，悽愴悲傷的聲音就像河東末路的蒼涼，令人聞之心酸。直到天色曉明，他吹得氣虛力空，那簫聲始終不曾出現，他失望到了極點：「她真的來過嚒？」望著前方一片空盪盪的幽暗，他失魂落魄地走回家廟，想再次躲回自己幽暗的黑洞裡，卻赫然發現門柱上釘著一封簡短的信箋！

李存勖連忙拿起信箋拆開，見其中筆跡娟秀，語意卻決絕：「晉王離世，汝只會悲泣？君若是天下第一，妾自會相見。」

「天下第一」四個字乍然映入李存勖眼底，彷彿在無盡的黑暗中映入一絲亮光，令他心底微微震盪：「父王曾是天下第一，我怎能辜負這個封號……」

張承業聽了眾臣參奏，但覺事情不能再拖下去，便親自前往家廟，用力破門而入，見李存勖全身披麻戴孝，仍跪坐在父親靈位前垂淚不止，神情萎頓，彷彿失了魂魄的泥塑木像，即使他走進去，李存勖也未曾抬頭看一眼，張承業想到從前的天之驕子何等風采，今日卻頹喪至此，實在心痛難忍，望著李克用的靈位，祈求道：「大王，你在天之靈要保祐這個孩子快快振作起來，否則咱家真是對不起你了！」

張承業合十拜首後，又以溫暖的雙掌輕輕扶住李存勖的雙肩，與他正面相對，溫言勸道：「亞子，大王去世，咱家和你一樣悲痛，但你既然繼承了王位，再困難、再痛苦，你都必須扛起重擔，不能讓大王在九泉之下，還要為你、為王妃、你的弟弟們、還有河東子民擔心，哭泣、懊悔又有什麼用？真正的大孝，是不能讓祖宗基業淪亡！」

李存勖感受到張承業對自己真誠的關切，思想著「天下第一」的父親，再聽到「大孝在於不墜基業」一句，終於如醍醐灌頂般，整個清醒過來，忽然間，他用力抱住張承業嚎啕大哭，彷彿要將喪父的悲痛盡情渲洩。

張承業抱著他，輕輕拍著他的背，就像安慰一個孩子般，輕聲道：「好孩子，你要堅強，無論前路多艱難，咱家一定會陪你走過去。」

李存勖狠狠大哭一場，直到哭得夠了，便毅然拭去淚水，重新跪在父親靈位前立誓道：「父王放心，孩兒必會好好振作，擔起責任，絕不會教你失望。」

張承業拭了拭淚水，欣慰道：「這就對了！大王一定會以你為榮。」

李存勖感激道：「多謝都監一番話讓我明白道理，但如今內憂外患，椿椿困難，我心中千頭萬緒，實在不知該從何做起。」

張承業嘆道：「河東大將有數十人，個個強悍，或掌內政，或握重兵，外邊又有大梁虎視眈眈，情況確實混沌不明，萬分艱難。」

李存勖黯然道：「從前人人都聽從我的意見，我以為自己很了不起，現在才明白是父王的威嚴震懾了他們，一旦父王去世，他們便輕視我年少，個個擁兵自重。」

張承業嘆道：「我瞧你躲著不出，還以為你不知道外頭都亂成什麼樣子了！」

李存勖原本聰明，一旦振作起來，心思立刻變得清明，道：「我自然知曉，只是一時無計可施！父王曾說謀略之事可以請教你，不知都監有何想法？」

張承業沉吟半晌，道：「倘若亞子信得過咱家，我想為你引薦一個人。」

「引薦？」李存勖愕然道：「這人不是我河東臣屬？」

「不是！」張承業答道：「從前咱家服侍先皇時，與此人有數面之緣，前日他路過太原，寄住在蒙山開化寺裡，得知大王薨逝，便聯繫咱家，表達了慰問之情。咱家知道他有些能耐，就自作主張，請他為河東謀劃前路，他心中感佩大王的忠義，因此答應了。」

李存勖奇道：「都監已是能人，卻去請託他？究竟是哪一家的名士？」

張承業淡淡道：「那人向來閒雲野鶴，並沒有什麼顯貴的名頭。」

張承業說得越是輕巧，李存勖越覺得此人並不簡單，疑道：「沒有顯貴的名頭，都監為何欣賞他？」

張承業微笑道：「亞子若是好奇，不妨隨咱家一同去聽聽他的謀略，若是聽得順耳，便多了一份助力，若覺得不中聽，就當做與人閒聊，喝茶散心。」

此刻李存勖急需得到更多助力，任何人才都是他渴求的，能讓張承業欣賞之人，他更是非見不可，當即答應：「這就去吧！」

張承業道：「許多將領還圍在外面喧鬧不休，咱們從後門悄悄出去，快去快回！」

李存勖道：「請都監帶路。」

張承業領路在前，快步繞往後方，李存勖一出後門，見兩匹健馬繫在松樹下等候，心想：「都監把事情都安排好了，就等著我去見人，到底是何方神聖，竟如此神祕？」兩人上了馬，即往西北方馳去。

清曉時分，群星已歿、旭日未升，圓月殘影還懸掛在蒙山峰頂，若隱若現，顯得格外淒迷。

兩人快馬奔馳，凜冽的寒風直凍入肌骨，李存勖卻是既緊張又火熱，他不知那位神祕高人是否真能為自己力挽狂瀾，心中不斷反復揣測，奔馳間，忍不住又問：「都監，那位高人姓名為何，哪裡人氏？」

張承業安撫道：「亞子莫心急，就快到了！」心想李存勖一向心高氣傲，又叮囑道：「這人不喜被打擾，也不想讓人知道他的行蹤，待會兒見面時，亞子可以請問、可以閒聊，也可以離開，但切莫勉強他做一些不願意的事。」

李存勖是個聰明人，聽張承業這麼說，心想：「都監話說得委婉，其實是在提醒我要以禮相求！」便暗暗告誡自己：「高人總有些怪脾氣，無論他如何挑剔，我絕不能魯莽，為了替父王報仇，無論他提出什麼要求，我都要做到，絕不能任性離開。」道：「都監放心，我今日既來求教，便不會逾矩。」

不多久，蒙山寨已近在眼前，一座高二百餘尺的大佛巍巍矗立，乃是晉陽赫赫有名的蒙山大佛，始鑿於北齊天保年間，後來隋文帝修建了「淨明寺」以保護大佛，唐高祖李淵則重新命名為「開化寺」。

張承業下了馬，李存勖也跟著下了馬，他站在佛座底下，抬頭仰望，見大佛面目慈和、氣勢恢宏，在晨曦染映下，微微綻放著金色華彩，流照崖岩、光映山川，彷佛散發著無邊佛力庇祐著晉陽蒼生，他心中頓生感傷：「當年父王竭盡河東之力，動用了三十萬民工，花了五年時間，才重新修好這座大佛閣，如今大佛依舊在，英雄卻已逝……」又不禁忿然：「我父王如此敬虔地維護祢，祢又何曾庇祐過他？」

張承業不知李存勖心中所想，見他停了腳步，催促道：「那人寄住在開化寺後院中，已等候數日，咱們這便上去吧。」

開化寺分為前後兩院，後院高大宏偉，與蒙山大佛相依，座落於山崖旁；前院則是為遠瞻大佛而建，兩院之間隔著山澗遙遙相望。

李存勖聽說那人在後院寺閣裡，心中急切，立刻施展輕功，延著後方石徑飛奔而上，張承業也緊跟在旁。不多久，兩人進入開化寺，只見四周一片莊嚴肅靜，幾名寺僧正在打掃，張承業領著李存勖安靜快步地穿過幽深的長廊，直走到盡頭，那裡有一間禪房，半懸在山崖邊，門口掛了一只木牌，牌上刻了「無名」二字。

張承業輕輕推開房門，輕輕地走了進去，李存勖也快步跟進。禪房裡瀰漫著幽幽檀香，李存勖原本積壓了許多焦燥悲傷，一聞到這靜謐香氛，全身頓時放鬆下來。

禪室左側牆面立著一片高高的木書架，架上擺滿了書冊；右牆臨著懸崖，牆面敞開一大片窗牖，漫漫熹光灑映進來，剛好暖了一室，若是站在窗口往外眺望，能將晉陽景觀一覽無遺，如今窗外飄著細細雪粉，頗有「窗含西嶺千秋雪」的況味。

南面擺放一張桌案、兩只高椅，案上有一壺溫熱的汾酒，兩盞小杯，杯中酒水還散發著淡淡花香，顯然主人早就知道他們會於此刻前來，剛剛備好酒水。

桌案對面卻是一大片屏風，將房間深處的人影給隔絕了，李存勖透過屏風看去，隱約見到一名散髮披肩、長鬚垂胸、身穿大袍的男子端坐在後方，但看不清高人樣貌，他心中更生好奇：「這人年紀老邁，雖是都監的朋友，卻不是宦官，究竟是什麼樣的人物？」

屏風內傳出蒼老的啞聲：「晉王和張公雪夜急行，想必有些寒涼，先喝點溫酒，暖暖身子吧。」

李存勖乍聽到「晉王」這個名號，不禁微微一愣，那向來是李克用的頭銜，還沒有人這麼稱呼過他，莫說眾將領比他年長十多歲，雖知道他聰明果敢，卻只把他當做少年兒郎，從來不曾將他與統率數十萬大軍的「晉王」稱呼相連結，就連他自己也忘了這個身分，但這一聲尊稱，剎那間提醒了他身為晉王的責任，激起了他心中的志氣。

兩人依言分坐在桌案兩旁，李存勖一口喝盡杯中酒水，直接道：「事情緊急，本王今日來此，開門見山，想請問先生有何方法助我挽救河東，扭轉局勢？」

「如今朱賊已稱帝，獨霸天下，河東卻是內憂外患、窮途末路，晉王若想翻轉乾坤，不能依循常規，只能使用非常手段——」神祕老者沉聲道：「但這條路上，每一步都是奇中之奇、險中之險，晉王真的敢走麼？」

李存勖精光微微一湛，道：「如先生所說，河東已窮途末路，我還有什麼不敢？為了父王遺志，就算粉身碎骨，我也在所不惜！」

神祕老者道：「前方之路，稍有差池，確實會粉身碎骨，所以老道只會給一步之計，倘若晉王真能完成，再來問第二步，否則老道也不必白費心思。」

李存勖聽見「老道」二字，心想：「原來他是個修仙道長。」又聽見只有一步之計，不免心中生疑：「如今情況錯綜複雜、萬般艱難，只給一步，有何用處？難道他不是真心相助，只是來探聽河東情況？」道：「先生若有全盤計劃，便請直言道出，不必顧忌，事情若成，本王必有重賞。」

神祕老者道：「老道並沒有全盤計劃。」

「原來先生沒有計劃，那本王算白來了！」李存勖頓感不耐，便想起身離去，卻聽見老者道：「晉王可願聽一個故事？」李存勖心中好奇，只等再度回座。

神祕老者緩緩道：「從前有位大王少讀詩書，卻想爭霸天下，他聽說有一位才子精通《春秋》大義，便去延請那位才子，說：『我想以《春秋》之法圖謀天下霸業，先生以為如何？』

那才子答道：『不可！古時所制定的禮樂都沒有完全承襲下來，更何況是兵道？兵者詭道，必須隨機應變，才能出奇制勝，若是一味學習《春秋》之法，只是因佰守舊，為了追求虛名而失去實效，大王的霸業也很難成就了！』

那位大王欣然接受建言，在才子的輔佐下，經過一段時日後，就真的建立了霸業。」

李存勖自幼熟讀《春秋》，帶兵打仗更是家常便飯，讚許道：「那位才子能推翻成規，說出這番道理，確實不容易！」

神祕老者微笑道：「那位大王願意廣納諫言，才更加不容易。」

李存勖明白他在喻示自己，笑了笑道：「先生有何建言，但說便是。」

神祕老者道：「晉王可知故事中的兩人是誰？」

李存勖道：「不知。」

神祕老者道：「是朱全忠與敬翔！」

李存勖乍聽到大仇人的名字，微微一愣：「竟是他倆人！」又想：「倘若我的大仇人都懂得隨機應變，我又怎能依照常規去打這場仗？」微然點頭，道：「本王明白了！先生此後的每一步，都不會墨守成規。」

「晉王果然聰明！」神祕老者又問：「但河東諸事紛亂，晉王以為哪一件最緊急？」

李存勖想到潞州危在旦夕、晉陽內亂、諸將蠢蠢欲動，梁軍即將壓境，每一件都是萬分火急，思索半晌，道：「我父王新喪，朱賊若得到消息，必會親自率大軍來攻，如今晉陽城中，恐怕無一人是他的對手。」

神祕老者又問：「晉王打算如何應對？」

李存勖道：「我打算祕不發喪，不讓大梁得知消息，先穩住局面……」微微哽咽道：「但我父王一世英雄，怎能這麼安安靜靜而去？我心中為難得很！」

神祕老者道：「晉王若是隱瞞父喪，要如何光明正大地繼承王位？又要如何名正言順地率領河東軍？時日一久，對晉王的地位很不利！更何況河東人人知曉此事，也不可能隱瞞多久，因此晉王不但要舉行大葬，更要邀請各藩主前來祭悼，才不愧先王英名！」

李存勖鬆了口氣，道：「先生說得不錯，我父王一世英雄，絕不能無聲無息地埋沒！」

張承業卻是擔憂：「若因此引來朱賊覬覦，該當如何？」

李存勖誠懇道：「敢問先生有何良策？第一步計劃是什麼？」

神祕老者道：「疑兵！」

「疑兵？」李存勖一愕，心知其中必有玄機，連忙請教：「這疑兵之計要如何實行，還請先生明示。」

神祕老者道：「一個天下無敵之人，是不會相信他最大的對手會輕易死去；再者，自從張惠去世後，朱全忠接連遭遇淮南兵敗、丁會叛變，已經疑心重重，如今潞州戰局僵持不下，河東卻忽然大舉發喪，你說他信或不信？」

「不錯！他肯定不會相信！」李存勖精光一湛，終於露出父親去世後的第一抹笑容：「他會以為父王詐死，必有圖謀，反而不敢輕舉妄動！」

張承業道：「萬一朱全忠沒想到這一層，豈不是引狼入室了？」

神祕老者道：「朱全忠想不到，敬翔一定想得到，就算敬翔想不到，還有詭計多端的李振，他肯定會告訴朱全忠：『倘若李克用真的去世，河東最好的處置方法就是祕不發喪，如今他們大肆宣揚，似恨天下人不知，其中必定有詐，咱們萬萬不能上當！』」

張承業聽他聲音雖蒼啞，學李振那奸邪的口氣倒學得十分像，忍不住哼哼一笑：「倘若李振真的想不到，咱們便派人到大梁軍營裡散佈這番話便是。」

神祕老者道：「如此一來，晉王便能爭取時間穩定內部！」

李存勖感激道：「多謝先生指點迷津，想出這兩全其美之法，令本王既能盡孝心，又能迷惑仇敵。」

李存勖與張承業回去之後，即大舉發喪通知各藩，引起了天下震動，大家都不敢相信一代豪雄就這麼死了，時值梁晉交戰，各方藩主怕得罪朱全忠，不敢親自去弔唁，紛紛派遣使者前去晉陽致意。

消息果然很快傳到了大梁，此時李思安久攻潞州不下，士兵疲憊不堪，逃亡者數以萬計，朱全忠為了分攤潞州重擔，還親自赴鄰近的「澤州」督戰，卻忽然得到李克用去世的消息，震驚之餘，果然如神祕老者所料，犯起了疑心：「這廝不惜詛咒自己，用詐死做誘餌，也要引我上鈎，背後必定隱藏了巨大的陰謀，我絕不能上當！」

潞州一戰已是艱困異常，如果李克用還有陰謀，就太危險了！朱全忠思來想去，決定讓李思安撤軍，以策安全，但轉念又想，河東軍向來神出鬼沒，萬一退軍時，對方忽然從後方追襲，必會造成正撤退的梁軍大亂，損失慘重，如此進不能進、退不能退，又該如何是好？

他趕緊召來敬翔、羅紹威等心腹臣子商議此事，眾人都不相信鋼鐵一般的李克用會輕易死去，商討大半個月，始終想不出河東的陰謀究竟為何？最後還是讓已經潛伏在晉陽城的李振仔細打探情況；另一方面，朱全忠又召喚匡國節度使劉知俊率軍前來澤州，倘若潞州軍真要撤退，就讓劉知俊指揮澤州軍做掩護。

就在朱全忠猶豫不決時，晉陽已接連發生幾件大事！

李存勖爭取到少許的緩衝時間後，立刻偕張承業再度前往無名禪房求問第二步。

神祕老者一如往常地坐在屏風後，桌案上也備好溫熱汾酒和兩只酒杯，以款待貴客。

李存勖心中敬服老者，誠懇求問：「先生料事如神，朱賊果然遲疑不進，但不知下一步該如何？」

神祕老者簡簡單單地吐了兩個字：「讓賢！」

李存勖以為自己沒聽清楚，重覆問道：「先生說讓什麼？」

神祕老者道：「河東驕將眾多，個個都對晉王存疑，為免四分五裂，晉王若是肯將王位讓予賢者，眾將便會心服口服，團結一致！」

李存勖臉色一變，怒道：「這王位乃是父王親口傳承，怎能讓給其他人？」

一直安靜坐在旁邊的張承業也險些衝口罵道：「你出的什麼鬼主意？」幸好話到口邊，硬是吞了回去，卻忍不住脹紅了臉，激動道：「亞子是名正言順的王位繼承人，咱家也答應了先王要好好輔佐他，共同復興唐室，這王位絕對不能讓！」

神祕老者道：「晉王口口聲聲說為河東著想，也說為了父親遺志，任何事都在所不惜，難道連一個王位也捨不得？」

李存勖心中明白老者所言甚有道理，如今河東危在旦夕，實在沒有分裂的本錢，倘若因為自己的堅持，陷河東於滅亡，如何對得起父親？但父親殷殷囑咐自己要完成三件志願，其他人接了王位，還會顧念父親的遺志嚒？他猶豫許久，始終無法答應，神祕老者道：「李公子請回去吧！你連第二步都做不到，何談與朱全忠爭鋒？」

李存勖聽他改口稱「李公子」，其意十分明白，老者已不認為自己具備晉王的資格，甚至是河東不復存在之意，心中一沉，道：「請容我再想想。」

他起身走到窗牖邊，望向遠方的雪山，想讓冷風吹醒自己的腦子，卻發現這個位置剛好將晉陽的景觀盡收眼底，漸漸地，他目光凝聚到了蒲縣高坡，想起那是當年父親與朱全忠血戰之地，也是因為那一場戰役，父親的身子才日益衰敗，直到最後，藥石罔效而撒手人寰：「父王為了保住河東，殫精竭慮，連性命都豁出去，而我……」他緊握雙拳，回過身來，咬牙道：「只要能保住河東，就算讓我當一名小兵也可以！」

神祕老者讚賞道：「晉王果然是有大胸襟、大氣魄之人！」

張承業急得脹紅了臉，還想勸阻，李存勖揮揮手，止了他的話，道：「先生說得對，當此時局，河東絕不能再分裂了。」又問：「但我要讓位給誰？」

神祕老者道：「誰能使諸位將領心服口服，便讓位給他。」

李存勖心中思索：「如今軍中最具威望者是周叔叔和大哥，輩分最高則是周叔叔與叔父，他三人是最好的人選，我應該選擇其一……」又想：「大哥忠義孝順，絕不會違背父王的遺命，來接這個王位；至於周叔叔，他正固守潞州，不宜妄動，我若召他回來，讓位予他，非但潞州不保，叔父更會斥責我不孝，說我將父親的心血拱手讓給外人，我朱邪族人也不會服氣，仍會造成河東分裂……看來只有叔父才是唯一的選擇！但叔父個性仁懦，真能鎮壓得住那一幫驕兵悍將麼？就算一開始可以，時日一久，他們只會變本加厲，更無法無天，再說，叔父根本就對付不了朱全忠，這樣河東真的有救麼？」

他抬眼望了望屏風，覺得這一步實在蹊蹺，又想：「我若不肯讓位，這老先生便稱呼我為『李公子』；我若是讓位，便會失去晉王的身分，成了真正的李公子，為何他反而稱呼我為『晉王』？他教我讓位給眾將領心服口服之人……」忽然間靈光一閃：「我為何不成為眾人心服口服的晉王？」瞬間感到撥雲見日，喜道：「多謝先生指點！都監，咱們快回去吧！」

張承業愕然道：「這……還沒談好，怎能回去？回去做什麼？」

「召集大軍，當眾讓賢！」李存勖回話間，已大步走了出去，張承業趕緊跟上，急問：「你真要讓出王位？讓給誰？」

李存勖道：「叔父、周叔叔和大哥是軍中最有份量的三人，如今周叔叔不在晉陽，暫且不論，我若讓位給大哥，他肯定不會接受，只有……」

張承業急得插口：「你要讓位給克寧？」尖聲呼道：「這樣如何對得起大王？」

李存勖道：「欲取先與！我若不這麼做，永遠不知道有多少人是真心支持我，只要叔父當眾拒絕，並且表明支持我，其他將領便翻不出風浪了！」

張承業嘆道：「話雖不錯，但這一步實在太險了！」

李存勖忽然立定，眼中煥發著炯炯神光，望向前方初升的朝陽，堅毅道：「這條路步步驚心，每一步都可能粉身碎骨，而我只有面對難關，勇往直前，才可能闖得過去！」

「萬一……」張承業急道：「我是說萬一克寧真的當眾接受了，你該如何是好？」

李存勖一咬牙道：「如果真是這樣，我也認了！先生說得不錯，河東基業與王位，究竟孰輕孰重？只要河東能團結一致，我願意全力輔佐叔叔，帶領大家一起度過難關！」

此時的李存勖滿懷赤誠勇氣，並不知前方道路比他想得還要奇險！

兩人匆匆出了開化寺，騎上快馬，趕回晉陽宮，張承業立刻找來李存璋，教他召集所有軍士，張承業自己則邀集所有文臣，齊聚廣場。

李存勖仍在服喪，因此穿了白色軍衣走上點將臺，他目光沉凝、神情肅然，形貌雖然有些憔悴，卻絲毫不減他的年少英氣與王者尊傲，耀眼的日光灑照在他雪白戎裝上，將他原本瑰偉的身形襯得有如天將下凡。

張承業、李克寧分站在他兩側，李嗣源、李存進、李存璋、丁會、孟知祥、郭崇韜等武將恭立在下方，身後排列著自己率領的士兵。李克用去世後，這是李存勖第一次召見大軍，所有人都睜大眼睛等看這位少主會如何表現。

「今日我召集軍士，是有一件重大事情要宣告——」李存勖轉向李克寧，誠懇道：

「叔父……」

李克寧以為他怯場，便走近他，低聲道：「亞子，不必害怕，有什麼話就放膽說。」

李存勖卻對著李克寧拱手朗聲道：「侄兒年幼無知，不通庶政，雖有先王遺命，恐不足以承擔重任。叔父你德高望眾，又長年輔佐父王，我想讓位予你，以保河東大業！」他的聲音清澈響亮，前方將士都聽得一清二楚，不由得驚詫萬分，目光齊聚到李克寧身上，等看他怎麼回應。

李克寧萬萬沒想到他有讓位之意，心中震驚、忐忑，不由得微微瞄了台下將領，見一雙雙銅鈴大眼瞪視著自己，並不完全服氣，心想：「亞子雖然少不更事，不足以承擔大任，但畢竟是大哥親口傳位，倘若我真的答應了，他們肯定會非議我，說我欺凌孤兒寡母，強佔兄長基業……」他原本就不是有野心之人，便朗聲回應：「你身為王兄的嫡長子，又有遺命，自該承襲河東節度使、晉王之位，扛下這重責大任，否則豈不愧對先王？」又對眾軍道：「克寧承先王之託，此生當竭心盡力輔佐大王成就大業，不敢有負，蒼天在上、眾軍在下，皆為我作證！」隨即下跪叩首。

兄終弟及是北方部族的傳統，眾軍原本擔心李克寧會不服氣小侄，覬覦王位，以至鬧得河東分裂，此刻見到李克寧大聲宣誓效忠，心中既驚且喜，李嗣源搶先跪下拜倒，高呼：「我等必誓死效忠大王！」

其餘將領見兩大軍首已然臣服，趕緊跟隨，眾兵見將領已拜，更是高聲歡呼：「我等必誓死效忠大王！」

張承業伸袖拭淚，心中泣呼：「成了！成了！大王，老奴沒有辜負你所託，亞子已經成功登位了！」又想：「想不到那傢伙『欲取固與』的法子還真有效！」

李存勖望著下方蒼茫茫大地，跪著一大片黑壓壓的忠心將士，心中陰霾一掃而空，只感到全身熱血沸騰，激動難已，忍不住仰天長嘯：「你們把命交給我，本王就帶領你們征服全天下！」

眾軍被激起熱血，一遍又一遍齊聲歡呼：「我等誓死跟隨大王，征服全天下！」聲音直衝雲霄，響徹晉陽城上空，久久不絕。

此時，旭日高高掛在中天，耀眼的光芒使迷霧盡皆消散，彷彿象徵著大地也有一顆驕陽冉冉上升，即將光耀天下！

登位大典結束後，李存勖信心大增，立刻偕張承業一起奔赴開化寺，再次進入無名禪房，請教神祕老者：「先生說的第二步，本王已經完成，今日是特意來答謝先生。」

神祕老者一如往昔地躲在屏風後方，也備了一壺汾酒給兩位貴客：「恭喜晉王！」

李存勖拿出一盒金元寶，道：「這是本王的一點心意，還請先生收下。」

神祕老者道：「老道只是感念先王對唐室的忠義，希望輔佐晉王成為明主，才淺談己見。願不願聽從、能不能成功，都在於晉王的智慧和勇氣，老道萬萬不敢居功，至於報答一事，更是無顏領受。」

李克用一向重賞有功將領以攏絡軍心，李存勖對於神祕老者的謙遜，有些意外，暗想：「他不要獎賞，又說無顏領受，難道父王曾有恩於他？又或者他是大唐遺臣，希望借河東之力扳倒逆賊朱氏？無論如何，此人與我目標一致，又是都監帶來，我應可信任！」

神祕老者又道：「登上王位僅僅是開始，之後每一步都只會更加困難，晉王切莫驕矜自喜，仍需戒慎小心，步步為營。」

「多謝先生提醒！」李存勖道：「一旦頂了『晉王』的名號，便意謂著必須一肩扛起河東大業，除非真能除盡逆賊，完成父王遺志，否則本王絕不敢有半分懈怠！」頓了頓又道：「還請先生指示，第三步應當如何？」

神祕老者緩緩道：「這第三步最是困難，倘若你不能完成，便是前功盡棄、後功無望！無論你打了多少勝仗，都將是曇花一現，徒然勞民傷財而已，最後更會拖垮河東！」

李存勖心中一凜：「他是在暗示父王雖然勇猛，打了許多勝仗，仍不敵朱全忠，就在這關鍵的第三步！」一咬牙道：「本王明白了，請先生指教！」

「整軍！」神祕老者沉沉吐出的兩個字，卻讓李存勖和張承業同時心中一跳，有一股冷顫直竄而起。

李存勖微微蹙眉，問道：「先生意思是整軍出發嚒？」

神祕老者見他不願面對現實，道：「整軍出發乃是晉王滿心期待，又何必老道提醒？自然是整頓軍紀！」

張承業瞄了李存勖一眼，見他臉色鐵青、雙唇緊抿，忍不住插口道：「整頓軍紀固然重要，但此刻潞州岌岌可危，是不是應該先安撫大家齊心抗敵？晉王好不容易才收服眾將領，倘若一上位就下重手，大夥兒還不鬧翻了天？只怕要被人給撕成碎片了！」

神祕老者問道：「公公以為何時才能整頓軍紀？」

張承業又瞄了沉默無言的李存勖一眼，嘆道：「至少得解了潞州之圍！」

神祕老者冷聲道：「解圍之後，就是梁晉全面開戰，晉王真做好準備了麼？」

李存勖雙拳緊握，銳利的精光直射向屏風之後，心中震顫不已：「他說得不錯！就算解了潞州之圍，朱全忠豈肯罷休？接下來就是雙方全面開戰……」

神祕老者見李存勖猶疑不決，又問：「晉王是想登基當王，貪圖享樂，還是想打敗大梁，建立千秋功業？如果是前者，晉王已達到目的，此後不必再到這無名禪房；如果是想要贏得長久大業，那麼你必須牢記，從此刻起，你與朱全忠已經全面開戰，你所走的每一步，都是為此而準備！」

李存勖咬牙道：「我永遠不會忘記先父所受的恥辱血恨！就算耗盡一生之力，也要為父報仇！」微微一頓，又忿然道：「但我的刀槍是要刺向仇人，不是用來對付兄弟！多少年來，眾將領跟隨我父子出生入死，忠心耿耿，我豈能一上位，就拿刀槍對準他們？豈不寒了將士們的心？」

神祕老者沉聲道：「對抗大梁是一個漫長的過程，此後一戰又一戰，每一戰都需要團結軍心，又有哪個時候可以整頓軍紀？晉王是不是每次都要犧牲百姓去攏絡軍兵？」

李存勖聽他最後一句簡直是在指責父親的不是，心中氣極，只精光炯炯地瞪視著屏風後的人，張承業感到一股不尋常的氣氛流動在對峙的兩人之間，不由得額冒冷汗，想要勸些什麼，卻似乎都不對，話到口邊終是縮了回去。

李存勖豁然起身，怒道：「我寧可憑自己的力量對抗強敵，死而後已，也不想與一個侮辱先父之人合謀！」遂轉身準備離去。

「晉王且慢！」神祕老者道：「我為方才的失言向你致歉。」李存勖微頓了腳步，神祕老者又道：「倘若你看完這張圖紙，還想一走了之，那就請便！」

李存勖回過身來重新入座，神祕老者轉對張承業道：「請公公垂放屏風上的掛圖。」張承業趕緊走到屏風前，解開繫著掛軸的細繩，那掛軸嘩啦啦地垂下，乃是一幅以梁晉為中心的手繪地圖。

張承業回座和李存勖一起觀閱這張地圖，兩人對梁晉地圖不知看過多少遍，哪裡有山河、哪裡有殿宇，早已嫻熟於胸，但這幅圖與他們平時研究的地圖有些不一樣，以朱紅墨汁將一些重要的河道、城市都圈點起來，連成一片黃河網域，兩人頓覺眼目一新，彷彿看見一張全然不同的地圖。

「朱全忠之所以能併吞天下，除了他本身驚人的藝業外，真正的原因不在戰術，而在戰略！」神祕老者坐在屏風後，以一根長杖點著地圖背面，緩緩道：「從前朝廷興盛時，曾經沿著黃河建立了廣大的漕運系統，一來是為了將江淮豐富的米糧輸入兩京，二來是為了控制地方藩鎮，朝廷還沿著運河畔佈下重兵，只要哪個地方有動亂，立刻就能集結附近的幾個駐軍，讓大量士兵乘船順著運河前往當地，去敉平叛亂。

朱全忠出身黃巢反賊，在朝廷原本沒有什麼勢力，為什麼能快速崛起，日益強大？是因為他的宣武軍正好座落在中原最豐庶之地——」他以長杖點向開封、洛陽兩城，道：「這裡不只有雄厚的人才、物財供其揮霍，最重要的是，宣武藩鎮恰恰掌控了大唐漕運的中樞！

朱全忠長年坐鎮漕運中心，自然明白箇中奧妙，於是他也有樣學樣地利用運河，將自家軍隊送到各地去侵吞其他藩鎮！這樣直達的運河比起陸地的翻山越嶺，速度不知快了幾倍，所以梁軍總能較其他藩鎮更快速補充援軍、糧草，搶佔先機！

不只如此，戰火都在別人家的土地上，被摧毀的是其他藩鎮的軍力，被屠殺的是別人家的百姓，他自己的領地卻毫髮無傷，可以大興建設、大蓄米糧，以供前方軍隊之用，他一次攻取不下，便利用自己豐庶的資源、運河的機動便利，一次次捲土重來，被攻擊的藩鎮還來不及休養生息，就屢遭破壞，最終一定會被拖垮！

亂世爭戰，首要之事就是『吃飽』！許多軍士願意投靠大梁，就是因為他們從來不缺米糧，朱全忠倚靠這消耗戰略，一直無往不利！這次，他為了拿回潞州，幾乎傾盡全國之力，是何原因？那是因為他若想往北擴張，就必須將南方米糧一併集中於潞州，再源源不絕地送往北方，供應北征的軍隊。

如果晉王想避免和其他藩鎮一樣，陷入與大梁的消耗戰，就必須堅守潞州，將來大規模對決時，才可能徹底切斷梁軍的退路和軍需補給線！」

李存勖自幼跟隨父親東征西討，總被教導要盡快打敗前方強大的敵人，贏取眼前的戰役，他天資聰穎、有勇有謀，學會了許多勝仗的技巧，但眼看沙陀軍明明剽悍遠勝梁軍，也打了不少勝仗，卻反而節節敗退，他始終百思不得其解，直到這一刻，聽到這綜觀全局的理論，才有如一道閃電破開重重迷霧，瞬間豁然開朗，前方彷彿開啟了一片新天地，他不由得全身熱血澎湃，緊握雙拳，顫聲道：「原來……原來如此！」

張承業忍不住問道：「但這與整軍有什麼關係？」

神祕老者續道：「河東軍憑藉沙陀鐵騎之利，速度雖然也很快，卻是借道旁人的境地呼嘯而過，因為軍紀敗壞，常常順手打劫，惹得當地民怨沸騰，因此就算打了勝仗，也只能圖得一時痛快，並不能長期佔據遠方的土地；萬一打了敗仗，這般勞師遠征，損失的兵員、物資更是不計其數。

千年以來，最偉大的君王乃是我大唐太宗，他是不世出的英雄名將，卻說：『為君之道，必須先存百姓，若損百姓以奉其身，猶割股以啖腹，腹飽而身斃』，相信晉王明白這句話的意思，若一味縱容軍兵掠奪百姓，百姓不得安穩，又如何興盛農牧、豐裕米糧？就算河東軍憑著獎賞奮勇向前，但最後百姓供不出米糧，也只會『腹飽而身斃』，無法與豐庶的大梁相抗衡！如今就連太原的百姓都怨聲載道，河東軍又如何不敗？」

這番言論或許也有賢臣提及，但李克用一直憑恃「武功」、「重賞」兩大法寶，帶領這些剽悍子弟兵橫掃天下，自然聽不入耳，恐怕那賢臣還未說完，就已人頭落地。

李存勖則不然，他自幼熟讀經書，明白一些事理，只是生長的環境、草原民族搶掠的習性，令他對安邦治世之道一直模糊模糊，但他年輕通透，亟想有一番作為，又面臨了生死關頭，自是願意敞開心胸，廣納諫言。

李存勖豁地起身，拱手道：「先生一番微言精義，令本王受益良多，此番回去，必會大刀闊斧，整飭軍紀！」便告辭離去。

張承業也趕緊跟隨而去，心中卻沒有這麼樂觀，深怕李存勖這一刀砍下去，會步上當年唐昭宗李曄的後塵，平藩不成，反被眾藩欺凌，最終被賊人殺害：「這兩個傢伙竟然談著談著，就想聯手幹一番大事！真是膽大妄為，不知天高地厚！平藩整軍哪有這麼容易？想當初先皇也是鬥志昂揚，哪知……哪知……唉！先皇恩重，我卻無能陪在他身邊，為他擋刀挨槍，以至讓他亡於朱賊之手，咱家真是愧對皇恩！」又想：「晉王待我也是恩深義重，還將亞子託付予我，我真不該帶亞子來見這傢伙，萬一真出了事，我如何對得起晉王？」

他還想勸阻，抬眼望去，卻見李存勖眼神堅毅、志比天高，比他所想得還要堅強，又覺得大唐復興有望，頓時將對李曄的遺憾之情盡數轉到了李存勖身上，暗嘆：「罷了！罷了！這一回，我有幸能陪在小晉王身邊，將來無論誰要造反，我就算拼上一身老骨頭，也絕不讓他受到半點傷害便是！」

李存勖回到晉陽之後，默默觀察了兩天，但覺神祕老者說得不錯，眾將領雖然表明臣服，但面對艱難的處境，已經六神無主，根本無心戰事，只想掠奪百姓以自肥，遂與八太保李存璋暗中商議：「此刻我初登王位，是該大刀闊斧，呈現一番新氣象，倘若我能肅清盜匪、嚴整軍紀，必能樹立威望，教那些老將不能小瞧了我！」

李存璋心知誰去執行這事，就是拿自己的性命往諸將的槍尖上撞，一個不好，惹得眾軍圍剿，下場便會如西漢的鼂錯、大唐的上官儀般，成了主上的替死羔羊。他望見李存勖眼中燃著熊熊烈火，知道這個少主一心要做大事，暗想：「父王待我有如親子，我報恩的時候到了！」遂自動請纓：「這事危險至極，大王若是已經決定，便由末將做先鋒！」

李存勖大喜，立刻讓李存璋擔任河東軍城使、馬步都虞候，命他訂立軍紀，首先約束騎兵在城中，未見敵人不准上馬，更不准劫掠，違犯軍令者一律斬首。

李存璋憑著一腔忠忱義氣，冒著生命危險開始整飭軍紀，以迅雷不及掩耳的速度，將近日侵擾市肆最暴橫的軍領就地革殺，不到一個月，城中紛亂已然肅清，再也沒有人敢隨意搶掠，百姓都額手稱慶，欣喜若狂。

但在百姓的歡呼聲下，河東卻是暗潮洶湧，李存勖的維新之舉已經埋下致命殺機！

（註❶：此大明宮是位於晉陽宮群殿內的其中一座宮殿，並非長安的大明宮。）

《**十朝・奇道・卷二，龍戰于野** 待續》

國家圖書館出版品預行編目(CIP)資料

十朝. 二部曲: 奇道. 卷一, 藏龍臥虎 / 高容著. –
初版, – 臺中市：白象文化事業有限公司, 2022.10
面 ；21 公分. -- (高容作品集 ；16)
ISBN 978-626-7189-31-3 (平裝)
857.9　　　　　　111015087

高容作品集 16　十朝：奇道．卷一，藏龍臥虎

作　　者：高容
作者 fb：www.facebook.com/kaojung.dass
策劃團隊：大斯文創
聯絡電子信箱：dassbook@hotmail.com
總 編 輯：奕峰
責任編輯：李秀琴
文字校對：李秀琴　鄭鉅翰　高容
封面設計：陳芳芳工作室

發 行 人：張輝潭
出版發行：白象文化事業有限公司
地　　址：412 台中市大里區科技路 1 號 8 樓之 2（台中軟體園區）
出版專線：（04）2496-5995　傳真：（04）2496-9901
經銷地址：401 台中市東區和平街 228 巷 44 號（經銷部）
購書專線：（04）2220-8589　傳真：（04）2220-8505

印　　刷：中茂分色製版印刷事業股份有限公司
地　　址：新北市中和區立德街 26 巷 17 弄 5 號 3 樓
電　　話：（02）2225-2627

ＩＳＢＮ：978-626-7189-31-3
訂　　價：380 元
2022 年 10 月 1 日　初刷

www.facebook.com/kaojung.dass